光明社科文库
GUANGMING DAILY PRESS:
A SOCIAL SCIENCE SERIES

·文学与艺术书系·

昨日之风
——阅读批评文集

何玉蔚 | 著

光明日报出版社

图书在版编目（CIP）数据

昨日之风：阅读批评文集 / 何玉蔚著. --北京：光明日报出版社，2023.1
ISBN 978-7-5194-7035-7

Ⅰ.①昨… Ⅱ.①何… Ⅲ.①世界文学—文学评论—文集 Ⅳ.①I106-53

中国版本图书馆CIP数据核字（2022）第251462号

昨日之风：阅读批评文集
ZUORI ZHI FENG：YUEDU PIPING WENJI

著　　者：何玉蔚	
责任编辑：杨　茹	责任校对：阮书平
封面设计：中联华文	责任印制：曹　净

出版发行：光明日报出版社
地　　址：北京市西城区永安路106号，100050
电　　话：010-63169890（咨询），010-63131930（邮购）
传　　真：010-63131930
网　　址：http://book.gmw.cn
E - mail：gmrbcbs@gmw.cn
法律顾问：北京市兰台律师事务所龚柳方律师
印　　刷：三河市华东印刷有限公司
装　　订：三河市华东印刷有限公司
本书如有破损、缺页、装订错误，请与本社联系调换，电话：010-63131930

开　　本：170mm×240mm	
字　　数：277千字	印　　张：17.5
版　　次：2023年1月第1版	印　　次：2023年1月第1次印刷
书　　号：ISBN 978-7-5194-7035-7	
定　　价：98.00元	

版权所有　　翻印必究

目 录
CONTENTS

描绘最平凡事情的现实主义——契诃夫短篇小说《苦恼》赏析 …………… 1
刻骨铭心的刹那——读李娟的《乡村舞会》 …………………………………… 7
日常生活中的璀璨与深邃——解读《阿勒泰的角落》 ………………………… 12
论布莱希特的反向改编——从《三毛钱歌剧》到《三毛钱小说》 …………… 20
"曲高"如何"和众"——论布莱希特戏剧理论及创作 ……………………… 28
这个世界会好吗——解读布莱希特《四川好人》 ……………………………… 37
恶的陌生化——论布莱希特《三毛钱小说》 …………………………………… 43
论《哈克贝利·费恩历险记》中的游戏 ………………………………………… 50
绝对小孩——汤姆·索亚 ………………………………………………………… 57
逃避孤独——《麦田里的守望者》主人公精神症候分析 ……………………… 63
"书中书"——解读塞林格在《麦田里的守望者》中对经典的引用 ………… 68
我们都将死去 太阳照常升起——原型批评视域下的《老人与海》 ………… 75
《老人与海》的双重背景 ………………………………………………………… 82
《枕草子》——包裹在阳春白雪之下的人间烟火 ……………………………… 87
温柔的革命——从《枕草子》看清少纳言的女性意识 ………………………… 92
独处的艺术——解读《瓦尔登湖》 ……………………………………………… 99
不服从中的服从——解读亨利·戴维·梭罗的自由思想 …………………… 103
徐志摩的《偶然》与惠特曼的《从滚滚的人海中》 ………………………… 109

《都柏林人》中的《痛苦的事件》与《安娜·卡列尼娜》 …… 117
孩童与哲学——解读《小小哲学家》 …… 124
一个本真、广阔、深邃的儿童世界——《窗边的小豆豆》 …… 130
存在中的枷锁　枷锁中的存在——重读毛姆《人生的枷锁》 …… 134
一部关于寂寞的自白——《艾格妮丝·格雷》 …… 142
安静耐心地守候自我——读辛波斯卡《万物静默如谜》 …… 149
库切《青春》中的疑问句分析 …… 156
从卡夫卡的《变形记》看都市生活中的人际关系 …… 163
一碗粥的幸福——解读伊凡·杰尼索维奇的幸福观 …… 169
人类是万物的敌人——解读梅特林克《青鸟》中的生态思想 …… 175
《达罗卫夫人》的另一种阐释视角 …… 180
莫泊桑小说中的印象主义绘画 …… 186
解读果戈理、茨威格、斯丹达尔笔下的异域与本土 …… 192
《教书匠》中的教学艺术 …… 199
一部"倡异议者"的自传——解读《瓦尔登湖》 …… 205
一部梭罗的传记——论爱默生的《梭罗》 …… 211
梭罗的另一幅像——论《西方文明的另类历史》中的梭罗 …… 218
马克·吐温的墓中回忆录——《戏谑人生》 …… 224
艰难时世中的自我剖析——论库切自传体小说《青春》 …… 231
自传之外《诗与真》 …… 239
《富兰克林自传》中的叙述策略 …… 244
从《昨日的世界》看茨威格自传中的"隐身术" …… 250
我读理查德·艾尔曼的《乔伊斯传》 …… 259
试析传记中的一人多传现象 …… 264
后　记 …… 272

描绘最平凡事情的现实主义
——契诃夫短篇小说《苦恼》赏析

俄国作家契诃夫（Anton Pavlovich Chekhov）创作了一系列举世公认的短篇小说佳作，而《苦恼》堪称是其中的一部经典，小说写的是一位名叫约纳的车夫，一心想跟别人谈谈他才死不久的儿子，以此减轻一些内心的伤痛，可几次三番没有人愿意听，结果他只好把满腹心事向他的小马诉说。这是个朴素平淡的故事，但历来很受推崇。

列夫·托尔斯泰（Leo Tolstoy）认为它是第一流的小说；高尔基（Maxim Gorky）对约纳的遭遇产生了强烈共鸣，称赞《苦恼》是一部非常真实生动的作品，他在《我的大学》中这样写道：当年他在面包房工作的时候，传来了他外祖母去世的消息，他感到万分憋闷，很想找个人讲讲他的外祖母，可是没有人听他讲，他的这个心愿也就永远埋在心底了。后来他读了《苦恼》，使他又想起了他那时的心情。

在契诃夫的小说里，那个马车夫曾对着马诉说了自己儿子的死。遗憾的是在这个极悲哀的日子里，我身边既没有马，也没有狗，我更没有想到把悲哀去讲给老鼠听，老鼠在面包作坊里倒是很多的，我跟它们处得一团和气。①

英国女作家凯瑟琳·曼斯菲尔德（Katherine Mansfield）在日记中写道："我愿意以莫泊桑和其他什么作者所写的一切作品换取安东·契诃夫的一篇短篇小说"，② 她还这样写道："我宁愿把所有法国短篇小说扔掉来读这本书。

---

① 高尔基. 童年·在人间·我的大学 [M]. 刘辽逸，等译. 北京：人民文学出版社，2021：610-611.
② 曼斯菲尔德. 曼斯菲尔德书信日记选 [M]. 杨阳，等译. 天津：百花文艺出版社，2007：132.

《苦恼》是世界上的杰作之一。"① 曼斯菲尔德的观点未必人人赞同,但她是有凭有据的,下面我们具体分析一下文本。

一、苦恼的原因

契诃夫写的是车夫约纳的苦恼,他的苦恼是双重的:首先是失去了儿子,这是第一个苦恼,随之而来的苦恼是自己的愿望实现不了。什么愿望?失去了亲人,遭遇了不幸,不求别的,只要有个人肯听自己说说这个不幸,这是个起码的愿望,不是想让儿子起死回生,况且他身居闹市,整天迎来送往,可就是这么一个小小的、可怜的愿望也实现不了,愿望之小,与实现愿望的难度之大形成强烈反差,更显示出约纳苦恼的厚重。

二、《苦恼》的组织结构

《苦恼》的层次非常清楚,写了约纳四次向他人倾诉,四次碰壁,最后只好走进马棚,对马诉说。契诃夫每写完一次约纳的碰壁,接着便写他的苦恼,而每次碰壁后,他的苦恼就随之加深,在第二次碰壁后,加了一段抒情,在第四次碰壁后,写了约纳想象中的第五次努力——向女性倾诉,整个故事看似平铺直叙,其实匠心独运。

约纳遇到的四类人及对他们的称呼是军人(老爷)、三位年轻人(老爷)、仆人(老哥)、年轻车夫(老弟),这四类人的先后顺序不是随意安排的,而是按照地位从高到低的顺序,约纳在最后一次碰壁后,他在想象中向"娘们儿"倾诉,从排列顺序看,排在牲口(小马)的前面,我们可以想象一下当时俄罗斯女性处于一种什么样的社会地位。令人感到困惑的是,当约纳向军人和三位寻欢作乐的年轻人倾诉时,这两类人虽不耐烦,却还敷衍一句:"他是害什么病死的""大家都要死的",而当他去向仆人和年轻车夫诉说时,前者让他走开,后者一言不发倒头便睡。如果说,被约纳称为老爷的军人和三位年轻人,绝不会花时间去听一个穷车夫的诉苦,这里存在社会地位的隔膜;而当约纳去向和他同阶层的仆人和年轻车夫诉说时,他们竟连敷衍的话也懒得说,这的确发人深省。

---

① 曼斯菲尔德. 曼斯菲尔德书信日记选[M]. 杨阳, 等译. 天津:百花文艺出版社,2007:148.

三、《苦恼》的细节分析

细节是关于人物、事物的细部的具体描写,一切卓越的作品,"如果把那些绘声绘影、栩栩传神的细节抽掉,使它们仅仅存下一个故事的梗概,它们的魅力也就消失了。正是这许多真实的细节使那些作品形象饱满,并且光芒四射的。"① 下面我们选取《苦恼》中的一些细节进行分析:

小说的第一自然段有一句话连续出现"伛"字,约纳"身子往前伛着,伛到了活人的身子所能伛到的最大限度"。② "伛"即曲背,而"伛到的最大限度"即胸部紧贴大腿,这个动作在成年人的日常生活中是很少见的,但在特殊情况下很有代表性,我们在看新闻照片时,会发现一场灾难后,受害者坐在亲人的尸体旁边或被毁家园的废墟上,他的身体是伛着的,在小说中,契诃夫虽然没有直接描写约纳的内心世界,但通过身体语言明白无误地传达了他的悲苦心境。

小说的前几个自然段在写约纳等待乘客的过程中,出现了约纳和他的小马的姿势对应:"车夫约纳·波塔波夫周身雪白,像是一个幽灵,他在赶车座位上坐着,一动也不动……他那匹小马也是一身白,也是一动都不动"③,"车夫吧嗒着嘴唇叫马往前走,然后像天鹅似的伸长了脖子,微微欠起身子……那匹瘦马也伸长脖子,弯起它那像棍子一样的腿……"④ 什么是姿势对应?它指的是"朋友间无意识的动作一致"⑤。当两个身份相同、意趣相投的朋友面对面交谈时,常会采取一致的身体姿势,如果对谈论的问题又具有相同的态度,那么他们的身体所采取的姿势就会更加相像,甚至会成为相互临摹的复本。小说中出现了人与马的姿势对应,意味深长,这其实为小说结尾约纳向马倾诉苦恼埋下了伏笔。

在约纳向他的第一位乘客军人诉说的过程中,契诃夫着重写他的动作,约纳在车上"就像跟有鬼附了体一样,仿佛他不明白自己是在什么地方,也

---

① 秦牧. 艺海拾贝 [M]. 上海:上海文艺出版社,2001:47.
② 契诃夫. 契诃夫短篇小说选 [M]. 汝龙,译. 北京:人民文学出版社,2003:19.
③ 契诃夫. 契诃夫短篇小说选 [M]. 汝龙,译. 北京:人民文学出版社,2003:19.
④ 契诃夫. 契诃夫短篇小说选 [M]. 汝龙,译. 北京:人民文学出版社,2003:20.
⑤ 戴斯蒙德·莫里斯. 男人女人行为观察 [M]. 刘文荣,今夫,译. 上海:上海文化出版社,2001:91.

不知道为什么在那儿似的"。表明了约纳失去了亲人后那种茫然失措的状态，而当军人顺口敷衍地问了他一句话时，约纳"掉转整个身子朝着乘客说"，并且，当军人不愿再听了时，"他有好几次回过头去看他的乘客"，唯恐遗漏诉说的机会，这些动作表明约纳倾诉内心苦闷的心情是多么迫切。

在约纳遇到三个年轻人后，契诃夫通过年轻人之口点评了一下约纳戴的帽子，即"全彼得堡也找不出比这更糟的了"。我们知道，服装有三种主要功能：遮盖、保暖、显示，大多数服装都同时具有这三种功能，只要人穿上衣服，就会发出社会信号，每一种服装都显露出与穿该种服装的人有关的、时常还很微妙的一些情况，即使是那些对个人穿衣戴帽漫不经心的人，也就是说，在任何情况下，服装都在向他人传递某种信息，告诉他穿着者的背景、气质和个性，正如索尔斯坦·凡勃伦（Thorstein Veblen）在《有闲阶级论》中所言：

要证明一个人的金钱地位，其他方式也可以有效地达到目的，而且其他方式也总是很流行，到处都在使用，但是服装消费在这方面优于其他大多数方式，因为我们的衣服总是明显可见的，提供了我们的金钱地位标志，一切旁观者都会一目了然。①

作为衣着信号的帽子，"帽子比领带更容易说明等级问题"。② 契诃夫通过约纳头上那顶全彼得堡最糟的帽子向读者言简意赅地揭示了约纳处于一种怎样的经济状况和社会地位。

在同三位年轻人交谈的过程中，虽然他们对约纳骂骂咧咧，但约纳却一直在"笑"，并且当年轻人到达目的地后，约纳还"久久地看着那几个游荡的人的背影"，一副恋恋不舍的样子，从这些细节描写中，我们可以得知约纳是多么孤寂，只要有人和他说话，就是骂他他也觉得舒服，就在这里，契诃夫抓住了抒发情思的良机：

约纳的眼睛不安而痛苦地打量街道两旁川流不息的人群：在这成千上万的人当中有没有一个人愿意听他倾诉衷曲呢？然而人群奔走不停，谁都没有

---

① 索尔斯坦·凡勃伦. 有闲阶级论［M］. 赵伯英，译. 西安：陕西人民出版社，2011：74.
② 保罗·福塞尔. 格调：社会等级与生活品味［M］. 梁丽真，等译. 北京：世界图书出版公司，2013：92.

注意到他，更没有注意到他的苦恼……那种苦恼是广大无垠的。如果约纳的胸膛裂开，那种苦恼滚滚地涌出来，那它仿佛就会淹没全世界，可是话虽如此，它却是人们看不见的。这种苦恼竟包藏在这么一个渺小的躯壳里，就连白天打着火把也看不见……①

这段抒情读来十分贴切自然，既是约纳的心声，我们也能感觉到作者契诃夫的声音，它增强了整部小说的艺术感染力，对突出约纳的苦恼起了画龙点睛的作用。

当约纳下决心与一个扫院子的仆人攀谈时，他这么主动地问了一句："老哥，现在几点钟了？"我们知道，在生活中当素不相识的人开始搭话时，通常的话题是时间、天气之类，这句问话非常符合人们的实际生活经验，同时契诃夫也在貌似不经意中向读者透露了小说的内部时间：小说的开头第一句"暮色昏暗"，而仆人的回答"九点多钟"，接着契诃夫连续两次点明了时间，"可是五分钟还没过完"，"大约过了一个半钟头"，我们可知到此为止小说中的事件发生在从黄昏到晚上十一点之间的时间段里。

当约纳第四次向年轻车夫倾诉碰壁后，契诃夫写了他想象中的第五次努力，小说是这么写的："要是能跟娘们儿谈一谈，那就更好。她们虽然是蠢货，可是听不上两句就会哭起来。"② 为什么约纳说这么一句充满性别歧视、有损自己形象的蠢话呢？

高尔基曾比较过现实生活中的平民与书本中的平民的显著不同，他指出：

在书中，一切平民都是不幸的，不管善良的，凶恶的，说话都比实际的平民少，思想也贫弱……他们也不大讲女人，讲起来也不大粗鲁，要亲切得多，可是活的平民，女人是他们的玩物，而且是危险的玩物……书中的平民不是坏蛋就是好人，但他们永远只是活在书里。活的平民，既不是好人，也不是坏蛋，他们都是出奇的有味。③

回顾一下俄国批判现实主义文学对小人物题材的艺术处理：从普希金

---

① 契诃夫. 契诃夫短篇小说选［M］. 汝龙，译. 北京：人民文学出版社，2003：23-24.
② 契诃夫. 契诃夫短篇小说选［M］. 汝龙，译. 北京：人民文学出版社，2003：25.
③ 高尔基. 童年·在人间·我的大学［M］. 刘辽逸，等译. 北京：人民文学出版社，2021：508.

(Alexander Sergeyevich Pushkin)的《驿站长》、果戈理(Nikolai Vasilievich Gogol-Anovskii)的《外套》到陀思妥耶夫斯基(Fyodor Mikhailovich Dostoevsky)的《穷人》,进步的俄国作家对受压迫、遭欺凌的小人物表示同情,他们的作品充满了人道主义的同情心。契诃夫早年生活贫困,有过和小人物同样的生活经历,因此他对小人物的生活比较熟悉,对他们的精神状态也非常了解,但契诃夫并没有因为自己同情约纳,就美化抬高约纳,约纳作为生活在社会底层的小人物,没有受过多少教育,他身上存有消极落后的思想,比如轻视女性,这是正常的,也是真实的,而契诃夫也是如实描写的,这使我们又一次想到高尔基对《苦恼》的赞赏:这是一部非常真实生动的作品。

小说的结尾是,约纳只好寄情于他的小马,向不懂人情世故的牲口诉说自己的悲哀,这个"对马弹琴"的细节使人感到既可笑又可悲,它从一个侧面反映了人与人之间的隔膜,而人与人隔膜的主题一直贯穿于契诃夫的整个创作中,也延伸到20世纪世界文学大潮中。

《苦恼》突出体现了契诃夫创作的本质特色,即"描绘最平凡事情的现实主义,这种现实主义能够从最平常的现象中揭示出生活的本质"[①]。车夫约纳丧子后去向他人倾诉,这是平凡人的日常生活事件,从平常现象中揭示生活的本质,是契诃夫现实主义的本质特色。契诃夫曾说,写苏格拉底比写小姐或厨娘容易,的确,写普通的生活,平常的事物,从中揭示出生活真理,这远比写戏剧性事件、叱咤风云的人物要难,它要求作家有敏锐的生活观察力,能于平凡中见卓识,把它提高到美学的高度,这也正是我国古人所云,画"鬼魅最易",画"犬马最难"。

[①] 朱逸森. 契诃夫[M]. 上海:华东师范大学出版社,2006:212.

刻骨铭心的刹那
——读李娟的《乡村舞会》

　　李娟的散文集《我的阿勒泰》体现着她散文的一贯风格，文字机灵朴实，不落俗套，令人过目难忘，就内容上讲，《我的阿勒泰》其中有一篇《乡村舞会》，最引人注目，也最动人心弦，如果给《乡村舞会》加一个副标题的话，那就是"刻骨铭心的刹那"。

　　《乡村舞会》第一段就开门见山："我在乡村舞会（拖依）上认识了麦西拉。他是一个漂亮温和的年轻人，我一看就很喜欢他。"[1] 外表的"漂亮"那是上天给予的，性情的"温和"更多的是后天的修炼，这样漂亮而又温和的年轻人有谁会不喜欢呢？但是故事中的"我"刚干完活，脏外套还没有换下来，鞋子又是那么脏，这个样子怎么能够走到麦西拉面前和他跳舞呢？于是"我"飞快地跑回家换衣服，洗了把脸，还特意穿上了熨过的一条裙子，可是，等"我"焕然一新地回到舞会上时，麦西拉已经不在了，他已经走了！"我"真是又失望又难过，但又不好意思向周围人打听麦西拉，只好在舞会角落里坐下来，希望过一会儿麦西拉就会回来。那就等吧，等到了午夜两点，舞会是从晚上十二点半开始的，月亮舞、"黑走马"、交际舞、迪斯科都跳过好几轮了，等到了凌晨三点钟，我的小舞伴五岁的库兰都来了，又等到快四点钟了，不等待的人都来了，可"我"苦苦等待的麦西拉就是没来，而"我"已经跳得肚子疼了，并且当"我"看到特意为麦西拉而穿的浅色裙子已被库兰这个小家伙的脏手捏黑了一大片的时候，突然一下子难过得快哭出来，"我"心灰意冷，终于决定离开。就在这时，山重水复疑无路，柳暗花明又一村，突然听到后面隐隐约约有人在喊："麦西拉！麦西拉过来……"

---

[1] 李娟. 我的阿勒泰［M］. 昆明：云南人民出版社，2012：96.

"我"忍不住悄悄往回走,一直走到院子北侧的大房间那边,趴在窗台上看了一会儿,由于窗户玻璃外面贴着厚厚的塑料纸,加上窗户内红色金丝绒窗帘和白蕾丝窗纱的双重作用,看不出什么名堂,"我"只好打开门,站在门边,慢慢扫了一圈,麦西拉不在这里,正准备退出时,突然瞟到床栏上搭着的一件外套,看着挺熟悉的,拿起外套袖子一看,袖口打着块补丁,啊!正是麦西拉的。"我"于是坐在炕沿最里头,守着麦西拉的那件打着补丁的外套,就像守着黑夜里的一线光明,一边等一边慢慢地吃葡萄干儿。果然,功夫不负有心人,没过一会儿,麦西拉和另外一个年轻人拉开门进来了!他们说笑着,向"我"走过来……然后越过"我",俯身去取自己的外套。"我"连忙起身帮他把外套拿下递给他。他从外套口袋里摸出一个很旧的小本子,取出里面夹着的一张纸条给了那个人,只顾着和那个人说着什么,居然当"我"是隐形似的,直到"我"叫了他的名字,他才格外地注意了"我"一下,对"我"表示谢意,随后,麦西拉窝进木漆床后面的角落里,顺手从墙上取下双弦琴,随意拨弄了几下,又挂了回去。"我"想了想,伸手过去把琴再次取下,递给他:"你弹吧。"他笑着接过来:"你会不会呢?""'我'当然不会。"麦西拉说:"这个不难的,我教你吧?"多么好的机会呀!多么浪漫的事呀!难道这不正是"我"梦寐以求的吗?但是"我"却鬼使神差,大煞风景地说道:"我笨得很呢,学不会的……"

爱情的反讽之一,你越不喜欢一个人,你越能够信心百倍、轻而易举地吸引她,强烈的欲望使人丧失爱情游戏中必不可少的一种漫不经心,你如被人吸引,就会产生自卑情结,因为我们总是把最完美的品质赋予我们深爱的人。①

"我"爱上了麦西拉,意味着我对自己的价值丧失了所有的信心。"我"是谁,仅仅是一个身份低微的裁缝家的丫头,怎么配坐在麦西拉的旁边?怎么配麻烦麦西拉教自己学琴?因为在"我"心中,麦西拉已经不仅仅是麦西拉了,麦西拉是位货真价实的国王,他英俊高大,有一颗柔和清净的心,还有一双艺术家灵巧的双手……"我"心目中的国王麦西拉开始弹琴了,他拨

---

① 阿兰·德波顿. 无聊的魅力 [M]. 陈广兴, 译. 上海: 上海译文出版社, 2013: 53.

了几下弦,把琴扶正了,熟滑平稳地拨响了第一串旋律——那是一支普通的曲子,调子很平,起伏不大,旋律简单而循环不止,但一经麦西拉拨响,里面就有一种说不出的"浓重"的东西,听起来醇厚踏实。

不知是因为双弦琴节奏的鲜明,还是因为弹者对曲子的太过熟悉,在这一房间的嘈杂之中——炕的另一头在起哄、合唱、鼓掌,手风琴的琴声明丽响亮,还有人一边喝酒,一边激烈地争论……麦西拉的琴声,完整而清晰,不受一丝一毫的干扰,不浸一点一滴的烦躁。他温和平淡地坐在房间嘈杂的旋涡正中央,安静得如同在旷野一般。那琴声一经拨响,就像是从不曾有过起源也不会再有结束似的,一味深深地、深深地进行着。音量不大,却那么坚定,又如同是忠贞……①

这哪里是一位默默无闻的哈萨克族小伙子在弹琴,这明明是一位世界顶尖级别的音乐大师在演奏,不仅故事中的"我"被迷住了,连故事外的笔者也为之倾倒,当然笔者也不会弹琴,"我"做梦似的看着四周,除了"我"和麦西拉两个,其余的人都喝得差不多了,酒气冲天。"我"找到一只翻倒了的空酒杯,用裙子擦了擦,又顺手拎过来半瓶白酒,满满地斟了一杯,递给麦西拉。他停下来,笑着道谢,接过去抿了一小口,然后还给"我",低头接着又弹。"我"捧着酒杯,晕晕乎乎地听了一会儿,忍不住捧着酒杯低着头也小口小口地啜了起来,一边听,一边啜,一边晕,大半杯酒让"我"喝见底了时,这才意识到再这么坐下去实在不体面,于是晕乎乎起身,穿过一室的嘈杂悄悄走了……推开门要踏出去时,忍不住又回望了一下麦西拉,麦西拉仍坐在那个角落里,用心地——又仿佛是无心地——弹拨着,根本不在意"我"的去与留……

美国小说家托马斯·沃尔夫(Thomas Wolfe)(1900—1938)曾写有一篇短篇小说《远与近》,讲了一个耐人回味的故事:在铁路边有一所白木板小屋,二十多年来,一位火车司机每天开车经过这个小屋的时候,总看到一个妇人带着她的女儿向他挥手致意,这小屋和母女俩,使他感到了异乎寻常的幸福,他对她们以及她们所居住的小屋,怀有一片深情,就像一个男人对他

---

① 李娟. 我的阿勒泰[M]. 昆明:云南人民出版社,2012:101.

的妻女所怀的深情一样。终于他在铁路上服务的岁月结束了,他决定去看看这母女俩,同她们说说话,因为她们已经完全糅进了他这二十多年的生活里。他真的有一天来到这个小镇,一路走去,心中的惶恐和慌乱却越来越强,他觉得,那个他以前每天都看见的屋子是那么的陌生,那么的令人不安,他就像走在一个梦中的小镇一般。终于,他走到了那两个向他挥手致意过几千次的女人和孩子面前,但她们只是用怀疑甚至敌意的眼光看着他。最后,他只能结结巴巴地向她们道别,这时他突然意识到:"那条明亮、曾经走过的道路所散发出的魔力,那条闪闪发光的铁路线的景色,那个希望所寄托的、美好世界的幻想之地,都一去不复返了,永不再来了。"①《乡村舞会》中的"我"对麦西拉的爱恋很容易让人联想到《远与近》中的那位火车司机对那母女的情感,实际上李娟的《乡村舞会》并没有结束于"我"和麦西拉在凌晨时的别离,紧接着又写了几页"我"和其他女伴参加乡村舞会的情景,最后又回到了麦西拉身上,抒了一段画龙点睛的情:"我想我是真的爱着麦西拉,我能够确信这样的爱情,我的确在思念着他——可那又能怎么样呢?我并不认识他,更重要的是,我也没法让他认识我。"② 这是互不相识的两个人一方对另一方的强烈的爱恋,就像《远与近》中的那位火车司机对那母女的深情一样。距离、障碍以及种种的不可能造就了一种情感,而正是因为我们对这些距离、障碍以及种种的不可能的无能为力,激发了也强化了我们的情感。在《乡村舞会》中,"我"想象麦西拉的新娘子的模样,她应该是一个又高又美的哈萨克族女子,当她生过三个孩子之后体重会超过两百斤,无论是站着还是坐着都稳稳当当;她目光平静,穿着长裙,披着羊毛大方巾;她弯腰走出毡房,走到碧绿辽远的夏牧场上,拎着挤奶的小桶和板凳,这一幕情景温馨动人,但未必真正是"我"想要的生活。"我"是出于年轻而爱上麦西拉的,甚至有一次还梦见了麦西拉,他站在电子琴边,随意地弹拨着,脸上挂着"我"所熟悉的那种笑容……可那又能怎么样呢?就像"我"对麦西拉的爱与麦西拉无关一样,要不又能怎么办呢?白白的年轻着。在这样美丽的世界里,一个人的话总是令人难过的,所以"我"就有所渴望了,所以麦西拉就出现

---

① 托马斯·沃尔夫. 上帝的孤独者——托马斯·沃尔夫中短篇小说选 [M]. 刘积源,等译. 南京:江苏文艺出版社,2013:2.
② 李娟. 我的阿勒泰 [M]. 昆明:云南人民出版社,2012:102.

了……故事的结尾是"我"被陌生人邀请去参加另一个乡村舞会,"我"在那儿还会遇见麦西拉吗?"我"与麦西拉的见面又会是怎样的情形?抑或是麦西拉根本就没有去但"我"又遇见别的什么人?年轻岁月如此漫长,"我"总会爱上别的人的,人生是平淡的,爱情就是平淡中的一抹灿烂,人生是一个又一个平凡的日子,爱情就是节日里才惊鸿一瞥的绚丽焰火,虽然短暂,但也刻骨铭心,也许正是这刻骨铭心的刹那,才是漫长生命的真正意义。

　　李娟的散文总的来说都不长,笔者认为读她的散文就像读美国诗人沃尔特·惠特曼(Walt Whitman)(1819—1892)的诗一样,要大段大段地去读,只有这样,才能充分领略惠特曼的诗歌之美,因为,没有哪个诗人像他那样,单独的短语、意象乃至诗行是很少能说明什么的,这也几乎完全适合李娟的散文,也就是说,读李娟的散文一口气要读十篇以上才能体会到她的散文之美。《我的阿勒泰》中的这篇《乡村舞会》应该说是个例外,占了十八个页码,算是李娟散文中比较长的了,抒写了"我"对一名哈萨克族小伙子的默默恋情,这本是文学中司空见惯的主题,但在李娟的笔下却别有风味,整篇散文虽然充满着憧憬和感伤,但这是一种青春时代的憧憬与感伤,所以,尽管感伤,仍然轻快,虽有叹息,但还算轻盈,令读者感到韵味悠长,感慨不已。

日常生活中的璀璨与深邃
——解读《阿勒泰的角落》

一、引言

李娟的《阿勒泰的角落》给人一种时空错乱的感觉，似乎让人穿越到一个影影绰绰、如梦似幻的田园牧歌似的仙境，这是一个奇特的仙境，它既令人神往但又不是海市蜃楼，是既可望又可即的，这个仙境就是我们每时每刻都在经历的日常生活，或者说李娟笔下的那个仙境本质上与我们每时每刻都在经历的日常生活完全一致，只不过李娟用她那惊人的妙语让我们发现了芸芸众生日常生活中的璀璨与深邃，让读者流连忘返而又感慨万千。

二、日常生活中的流光溢彩

这个不是仙境胜似仙境的阿勒泰的角落里有这样一群形形色色的人，先看男人：真的很穷但就是不赖账的、八十元钱分五次还的老实巴交的牧民（《一个普通人》），不过问家务已经严重到了家里七只鸡少了三只都看不出来的男主人（《我们的裁缝店》），乌鲁木齐的师范学院毕业、说起汉语来上一句和下一句之间起码隔着三个逗号停顿的尔沙（《尔沙和他的冬窝子》），靠着门框津津有味地看着作者拉面的陌生的男人（《看着我拉面的男人》）……再看女人：敏捷优雅、无声无息、长年粗重的劳动和寒酸的衣着但没有磨损掉青春灵气的库尔马罕的儿媳妇（《我们的裁缝店》），拼命地诉苦、干净利索地讨价还价、平均每三句话就得捎带一声"感谢主"的河南籍老太太（《更偏远的一家汉族人》），白天睡觉、深更半夜旁若无人地唱那种川味极浓的招魂一般的曲子的外婆（《外婆的早饭》）……除了男人、女人，当然还有孩子：那些脚上穿着鞋帮子、手里提着鞋底子、满小镇串着消磨童年的小家伙（《我们的裁缝店》），把鸡追得失魂落魄、一团面似的雪白、眼睛美得像两朵花一样的五岁男孩叶尔保拉提（《叶尔保拉提一家》），还有那搂上自家的一只小羊羔、一身温柔干净的处子气息、用孩子一样喜悦新奇的小嗓门轻轻交谈的年轻姑娘（《怀揣羊羔的老人》）……作者不仅写了男男女女、老老少少，她还写了那些富有灵性、让人刮目相看的小动物：那只忍着饥饿和寒冷、孤独地在黑暗冰冷的地底下顽强打洞的雪兔（《离春天只有二十公分的雪兔》），长得像羊似的、浑身卷毛、体态笨拙、吊眉吊眼地跟在驼队中的牧羊犬（《狗》），那只像人一样发抖、像人一样小心又像人一样固执地老钻入被窝的沉默的猫（《巴拉尔茨的一些夜晚》），有人一样美丽的眼睛、额头上有一抹刘海、嘴巴粉红而柔软的小羊羔（《怀揣羊羔的老人》），不用整天待在臭臭的猪圈里、一天到晚净在村子里到处乱窜、不时凑在别人家门缝上或趴在院墙上往里窥视的猪（《在桥头见过的几种很特别的事物》），还有那些植物，怎么养都养不死、乱蓬蓬的一盆子、吵吵闹闹簇拥了一窗台的酢浆草（《我们的裁缝店》），一棵一棵细细长长、几乎没有分枝像是灌木丛的火柳（《河边的柳树》），长着长长的有锯齿边的叶子、平平展展地呈放射状贴在大地上的蒲公英（《拔草》），当然更多的是深藏自己美丽的名字、却以平凡的模样在大地上生长的没什么花开的各种各样的植物（《河边洗衣服的时光》）……

　　我们生活的世界可以很大，大到无边无际，大到让我们迷失方向，找不到东西南北，也可以很小，小到一个弹丸之地，小到一个犄角旮旯，小到作者写的偏僻的阿勒泰的角落，读完《阿勒泰的角落》，我们感觉是亲切的，有一个重要原因是角落里的世界没有那么大，而是小的，甚至小到不能再小，作者通过对"小"的发现、"小"的体悟，展示了一个令人目眩神迷、美轮美奂的奇妙新世界，这个奇妙新世界像是一个让人心生羡慕的世外桃源，但透过五光十色的表象，我们便会发现：阿勒泰角落的人们与我们一样是平凡的、渺小的，甚至是卑微的，他们的日常生活和我们一样是平淡的、琐碎的，甚至是庸碌的，但人的总体构成主要是普通人、平凡人，而不是名人、伟人、英雄，日常生活又与每个普通人的生存息息相关，无法隔离，是每个普通人无时无刻不以某种方式从事的活动，比起非日常、超日常生活领域的崇高、悲壮来，日常生活显得那么平庸、暗淡、千篇一律，正因为如此，它很少引起人们的注目、反思，使我们对日常生活司空见惯而又熟视无睹，但"日常生活是历史潮流的基础。正是从日常生活的冲突之中产生出更大的总体性社会冲突"①，而总体性的社会冲突一旦得到解决，它们马上就会重新塑造和重新建构日常生活，所以"日常生活恒常存在，并充满价值、礼俗习俗和传说"②，李娟用她那独特的文笔让我们体悟到日常生活的美，让我们意识到（事实也是）只有在发生危机的时候，经济、政治问题才显得重要，除了这些时刻，日常生活根本就是第一位的问题，打开《阿泰勒的角落》，就像打开美国诗人惠特曼（Walt Whitman）的《草叶集》，使我们联想到美国哲学家桑塔耶纳（George Santayana）对它的赞美：

  繁多中之一致的魅力从未曾这样完全地这样独到地被人感觉到；不是鲜花而是草叶，不是音乐而是鼓声，不是组织而是集合，不是英雄而是一般人，不是危机而是最平凡的时刻；而凭藉坚决地罗列这些无足轻重的东西，凭藉努力对我们指出一切东西不过是一个流动而无结构的整体的暂时悸动，他深深地激发我们的想象。我们也许不想爱这种力量，但是，我想，我们定必在内心里赞美它。不论我们在这种可怕的平等对待中看出了什么实践的危险，我们的审美能力却不能谴责其真实的效果；它的特权是让反对派喜爱它，而且能够发现纷乱状态是崇高的，而不断地使自然显得美。③

  惠特曼的诗具有繁多中之一致的魅力，我们读的时候只有大段大段地读，才能充分领略惠特曼诗歌的美，因为没有哪个诗人像他那样，单独的短语、意象乃至诗行是很少说明什么的。同样，读李娟的散文也是，我们读一两篇只能有些模糊的感觉，我们要一口气读十篇以上，才会发觉李娟散文的震撼力，我们才会发觉日常生活蕴含无限可能，如同露珠折射阳光，异彩纷呈，惊喜不断，还可以使我们双足踏在坚实的大地上，呼吸着清新的空气，与普通人同行，以平常心生活，恢复做普通人的尊严，人生境界得以升华。

---

① 阿格妮丝·赫勒. 日常生活［M］. 衣俊卿，译. 重庆：重庆出版社，1993：51.
② H. 列菲伏尔，A. 赫勒. 让日常生活成为艺术品：列菲伏尔、赫勒论日常生活［M］. 陈学明，等译. 昆明：云南人民出版社，1998：74.
③ 乔治·桑塔耶纳. 美感［M］. 缪灵珠，译. 北京：中国社会科学出版社，1982：75-76.

三、日常生活中的那些微妙的事

李娟不仅让我们品味到日常生活之美,使我们产生"让生活变成一件艺术品"① 的冲动,她也展示了日常生活中的一些微妙、深邃、那些让她也让我们心生困惑、拿捏不准的事。在《和喀甫娜做朋友》一篇中,李娟叙述了她与哈萨克族姑娘喀甫娜交往的全过程。作者家里开了一个缝纫店,曾经为喀甫娜做过一个马夹,并主动把价格降到合适的位置,这让喀甫娜和她的父亲既高兴又感激,喀甫娜让作者骑上她那匹灰白色的母马,在帐篷周围散步,而当喀甫娜走的时候,作者又满满地给她外套口袋里塞了瓜子和苹果,以这种古老而直接的方式表达了她们的友谊,并且日后也以这种古老而直接的方式维持着她们的友谊——喀甫娜让一位风尘仆仆的牧人捎来一块黄油、一包红绸子包裹的干奶酪,作者回送了两对花卡子、两瓶指甲油,一个礼拜之后,又有了第二次礼物的往来,喀甫娜送的是一块风干羊肉,作者回送了一个大白菜、一些鸡蛋还有一个镶着很多彩色小珠子的发卡,但过了半个多月,当两个好朋友突然见面时,在互相问了一大通礼节性的废话后,那股激动劲儿过去了,两两沉默,突然间降临的尴尬像大石头"咚"地落在两人之间,实在不知该怎么办好……愣了半天,作者只好拿起一盒鞋油向喀甫娜请教这个东西的哈萨克语名称该怎么说,她说了,又安静了,作者实在没有办法,只好又扯下脚边的一根草,问她"叶子"该怎么说,事后作者写道:

> 真是痛恨一切的不自然……为什么会这样呢?为什么和喀甫娜的交往到头来会如此生硬、困难呢?她是一个多么真诚善良的,又随和的姑娘呀。她曾那样的感动过我,并且我的确是真的喜欢着她。但又为什么会如此勉强地对待——甚至是"应付"着她呢……是不是我并不是很渴望她的友谊……可这友谊分明是珍贵的,想一想都感到快乐幸福的……我到底怎么了呢?②

后来,喀甫娜在两个月之内又来了两三次,作者与她的友谊还是滞留在没完没了地问好、慷慨地互送小礼物来维持的地步,不但毫无进展,而且愈

---

① H. 列菲伏尔,A. 赫勒. 让日常生活成为艺术品:列菲伏尔、赫勒论日常生活 [M]. 陈学明,等译. 昆明:云南人民出版社,1998:73.

② 李娟. 阿勒泰的角落 [M]. 沈阳:万卷出版公司,2011:137-138.

渐尴尬。按理说，有一场好的开始所牵扯出来的交往，总会比一个有着平淡开端的交往更顺利、更愉快才对。但这次，开端太过美妙却不以美好收场，真是令人诧异，甚至有一次，远远地看到喀甫娜来了，正在草地上的木头桩子那里系马的作者真想跳起来，缩到帐篷帘子后面的布匹堆上装睡觉。作者认为装睡觉总比装万分热情、万分想念的架势要自然一些，但是"为什么要'装'呢？为什么会无力面对她呢？在躲避什么呢？真是觉得每次的见面都是对她的伤害——而又不愿意更直截了当地去伤害。"① 这是什么原因呢？是因为我们不会、不善于交谈吗？就像波兰诗人辛波斯卡在《不期而遇》中所写："我们彼此客套寒暄，并说这是多年后难得的重逢……在交谈中途我们哑然以对，无可奈何地微笑。我们的人相互都不会交谈。"② 还是正像作者在本文中所写的：毕竟我是汉人，喀甫娜是哈族，我们是多么地不一样啊，于是作者猜测，"既然我从她那里感觉到这个，说不定她也从我这里感觉得到……说不定，我们两个都累于同一种苦衷……"③ 或许，"孤独是人的本性，独一无二是我们每个人存在的价值"，④ 再细致、再紧密的人际关系也无法将人与人合为一体，也不可能完全消除我们的孤独……

和这场友谊同样无疾而终的是作者的恋爱，在《有林林的日子》里作者写到她与拉铁矿石的司机林林谈恋爱了，谈恋爱真好，用作者的话来说："谁见了都夸我男朋友长得帅，太有面子了。而且他每次来看我的时候，都会给我带一大包好吃的东西。"⑤ 但是，即便如此，他们见过第八次面后就基本上没戏唱了，这真让人唏嘘不已，作者也曾反问过自己，为什么会喜欢林林呢？大概是因为他有一辆大大的卡车吧，这使他看起来非常强大似的，强大到足够给人带来某种改变。"还因为他与我同样年轻，有着同样欢乐的笑声。还因为他也总是一个人，总是孤独。……还因为这是在巴拉尔茨——遥远的巴拉尔茨。这是一个被废弃数次又被重拾数次的小小村庄。"⑥ 作者所分析列举的这些原因既是又不是，实际上，即使我们已经熟知许多人对爱情做过的睿智

---

① 李娟. 阿勒泰的角落 [M]. 沈阳：万卷出版公司，2011：138.
② 辛波斯卡. 万物静默如谜 [M]. 陈黎，张芬龄，译. 长沙：湖南文艺出版社，2013：22.
③ 李娟. 阿勒泰的角落 [M]. 沈阳：万卷出版公司，2011：139.
④ 何玉蔚. 逃避孤独——《麦田里的守望者》主人公精神症候分析 [J]. 芒种，2014（09）：65-66.
⑤ 李娟. 阿勒泰的角落 [M]. 沈阳：万卷出版公司，2011：84.
⑥ 李娟. 阿勒泰的角落 [M]. 沈阳：万卷出版公司，2011：86.

的思索、写下的精辟的箴言，但这丝毫不改变爱情神秘的气息，它来的时候我们毫不知晓，它走的时候我们无能为力，由此可见，日常生活可不是个小领域，而且其中荆棘丛生，要把这些棘手的情形弄个清楚可得有了不起的能耐，李娟通过阿勒泰的角落展示了日常生活中深不可测的一面。

四、用独特的日常语言描述日常生活

《阿勒泰的角落》在2004年左右写成，所描述的生活情景是在1998年至2003年之间，作者记录了那个时间、那个地点特有的色彩、声音、光影和气味，以及最普通人的心理状态，与所描述的内容相契合，作者使用的语言也是自然亲切、清澈如水的日常语言，或者说是经过作者加工改造的独创的日常语言，李娟的语言极为精湛，不是一般用优美、精致之类所能形容的，在她那些独树一帜的文字里，丝毫没有晦涩的地方，所表达的思想以鲜明纯净的方式结晶，相互交映散发出立体的光辉。她对汉语语词的感觉，对其中各种微妙语义差异的感觉，给人一种无出其右的印象。比方说她写小孩子眼睛的这一段文字：

> 我后来认识的小孩子库兰有一双银绿色的、漂亮的，甚至可以称得上是"美艳"的眼睛。在此之前，真的没想过小孩的眼睛也可以用"美艳"这样的词来形容。她的眼睛的轮廓狭长，外眼角上翘，睫毛疯长着，零乱而修长，像最泼辣的菊花花瓣。迎着这样的瞳子看去，里面盛着一池碎玻璃，再一看，又全是钻石颗粒——晶莹交错，深深浅浅的绿晃着闪闪烁烁的银……[1]

的确，通常情况下，"美艳"这样的词应该用在妩媚的妙龄女子身上才确切，用"美艳"来形容纯真无邪的孩子的眼睛，似乎给人一种不伦不类的感觉，但通过作者细致入微的描绘，我们反倒觉得用"美艳"是恰如其分的，李娟的文字从某种程度上具有西方印象主义绘画风格，栩栩如生地展现了孩子的眼睛所特有的光影的画面效果，在这里，李娟已经不是在描述自然了，而是帮助我们发现自然，我们读后不能不心悦诚服，还有这样的文字："我在这里生活，与迎面走来的人相识，并且同样出于自己的命运去向最后时光，

---

[1] 李娟. 阿勒泰的角落[M]. 沈阳：万卷出版公司，2011：112.

并且心满意足。我所能感觉到的那些悲伤，又更像是幸福。"① 悲伤和幸福是相对立的，把感觉到的悲伤说成像是幸福，从语义上说不合乎逻辑，也让人感到莫名其妙，但深入探究下去，我们便会发现"最美的爱情，分析起来只是无数细微的冲突，与永远靠着忠诚的媾和。同样，若将幸福分析成基本原子时，亦可见它是由斗争与苦恼形成的，唯有斗争与苦恼永远被希望所挽救而已"②。这样看来，悲伤与幸福并不是截然对立、水火不容的，它们也有相辅相成、密不可分的一面，李娟的文字不但不矛盾，而且含有哲理意味。还有这样的文字："我们用模模糊糊的哈语和顾客做生意，他们也就模模糊糊地理解，反正最后生意总会做成的。不善于对方语言没关系，善于表达就可以了，若表达也不善于的话就一定得善于想象。"③ 这段文字表达了作者对语言的思考，语言是用声音表达思想的符号系统，奥古斯丁（Saint Augustine）曾区分过语言的声音与意义："声音与意义是两回事，声音方面有希腊语、拉丁语的差别，意义却没有希腊、拉丁或其他语言的差别。"④ 声音因人而异，意义却是同一的，而"语言的主要效果在于它的意义，在于它所表现的思想"⑤。也就是李娟在这里所说的善于表达出意义就行了，直接越过了声音这个意义的外壳、工具，但李娟认为比语言、表达更重要的是想象，李娟这里所说的想象更多的是指想象对方想要表达的事物（观念、思想），因为"字眼所标记的就是说话人心中的观念，而且应用那些字眼的（当标记用）的人，亦只能使它们直接来标记他心中所有的观念"⑥。如果我们已经理解对方想要表达的观念、思想，那么他到底是用什么样的话语表达就无关紧要了，所以法国诗人波德莱尔（Charles Pierre Baudelaire）曾说，想象力是一切能力的皇后，要像珍惜生命一样珍惜想象力，李娟也用她独特的文字提醒我们在日常人际交往中想象力的重要性。

五、结语

李娟重视日常琐事在人的生活中的作用，因而她总是着眼于平凡的日常

---

① 李娟. 阿勒泰的角落 [M]. 沈阳：万卷出版公司，2011：124.
② 莫罗阿. 人生五大问题 [M]. 傅雷，译. 北京：生活·读书·新知三联书店，1986：145.
③ 李娟. 阿勒泰的角落 [M]. 沈阳：万卷出版公司，2011：5.
④ 奥古斯丁. 忏悔录 [M]. 周士良，译. 北京：商务印书馆，1997：196.
⑤ 乔治·桑塔耶纳. 美感 [M]. 缪灵珠，译. 北京：中国社会科学出版社，1982：113.
⑥ 洛克. 人类理解论 [M]. 关文运，译. 北京：商务印书馆，1997：386.

生活，但她又没有陷于日常生活的泥沼，而是精于观察、善于提炼，使生活素材形象化并诗意盎然。俄国小说家契诃夫曾说，写小姐或厨娘要比写苏格拉底困难得多，是的，把传奇写成日常事件，远比把日常事件写成传奇要困难得多，也就是说，书写日常生活的文字是难度最大的、要求最高的，但李娟就是这样一位善于书写日常生活的高手。通过《阿勒泰的角落》，李娟给我们展示了一个生机勃勃而又奇妙无比的角落里的生活图景，在此充满着常人忽视的感觉、边缘人物、日常习惯，李娟以独创性的清澈语言揭示日常生活的本质与奥秘，为司空见惯的事物提供全新的视点，她当然没有改变我们生活的世界，但改变了我们对这个世界的感受，改变了我们生活在这个世界的状态。

论布莱希特的反向改编

——从《三毛钱歌剧》到《三毛钱小说》

作为20世纪德国最具震撼力的剧作家、诗人和小说家，布莱希特（Bertolt Brecht）一生创作的许多戏剧和小说是加工别人作品的产物，也就是说是通过改编的方式完成的，如剧作《大胆妈妈和她的孩子们》取材于17世纪德国小说家格里美尔斯豪森（Grimmelshausen）的小说《女骗子和女流浪者库拉舍》和《痴儿历险记》，剧作《第二次世界大战中的帅克》取自捷克作家雅洛斯拉夫·哈谢克（Jaroslav Haek）的小说《好兵帅克》，剧作《高加索灰阑记》利用了中国元代李行道的杂剧《包待制智勘灰阑记》以及《圣经》里的故事，我们还可以继续列举下去，确实，布莱希特善于改编，他特别擅长将他人的材料进行加工改造，然后转化为不容混淆的他自己的独特作品。在他的改编中，比较引人注目的是根据18世纪英国诗人约翰·盖伊（John Gay）的《乞丐歌剧》改编的《三毛钱歌剧》以及随之又改编的《三毛钱小说》，特别是他的再度改编，即由《三毛钱歌剧》到《三毛钱小说》，是一种反向改编，因为被广泛接受的观点是改编是由文字到影像，在布莱希特这里，改编成了一种创造，一次反思和升华。

一

约翰·盖伊的《乞丐歌剧》是所谓的"时调歌剧"，有说有唱，说多于唱，因此基本上还是普通的歌剧，布莱希特据此改编的《三毛钱歌剧》体例上也保留了这一特色，只是歌曲完全是新的，对话几乎完全不同，故事背景从原作的18世纪的伦敦向后推移到19世纪甚至更后一些的伦敦，剧中人物有的只保留了原来的名字，有的甚至连名字也换了，剧作情节也已经越出了原来的框架。在布莱希特笔下,"尖刀"麦基是强盗头目,偷东西也偷女人,商人皮彻姆则掌握着全伦敦城乞丐的命运。麦基偷娶了皮彻姆的女儿波莉,这使把女儿视为资本的皮彻姆认为自己蒙受了巨大损失,于是向警察局检举麦基,虽然警察局长布劳恩和麦基交情深厚,暗地里称兄道弟,但迫于压力仍将麦基逮捕。麦基准备用金钱换取自由,但无人愿意救他,正在生死关头,使者宣布女王圣旨,赦免麦基,并且封他爵位,赐他年金。

约翰·盖伊的《乞丐歌剧》是一个简单的讽刺剧,它的题旨,除了在形式上以"时调歌剧"来挖苦当时流行的高雅歌剧以外,内容上无非讽刺达官贵人男盗女娼,作者借台上乞丐的口故意说:"上下层社会世态人情如此相似,以致难于断定,究竟是缙绅先生模仿了'路上君子'呢,还是'路上君子'模仿了缙绅先生。"① 布莱希特在他的《三毛钱歌剧》里进一步表明戏剧里那样的男盗女娼不仅是资本主义社会的产物,而且是资本主义社会的本质,因此《三毛钱歌剧》就不仅是一部简单的讽刺剧,而且是一部复杂的寓言剧。然而简单有简单的好处——直截了当,让观众一目了然,复杂有复杂的困难——打不中要害,容易使观众买椟还珠:我们知道寓言作为一种古老的文学形式,"是密切关系到人类在理解、解释并建构我们的经验的努力中与他人交流思想(先是口头的,后是书面的)这一基本需要的文学类型。寓言的特性使它特别适于作为语言和叙事交流的图解。"② 作为一部寓言剧,人物的心理活动和他的生活场景、社会环境胶合在一起,而这一切内在的哲学底蕴,只有靠读者或观众个人的诠释、体味来把握,而舞台表演是稍纵即逝的,很难通过现场表演来传达作品深藏的底蕴,戏剧主要是通过演出产生效果的,更多的是靠以情动人,也就是说,寓言的性质和戏剧的形式存在着一种难以摆脱的悖谬;从另一方面来说,戏剧对受众的文字水平要求相对较低,相比之下,戏剧要比传统的精英文化更民间,是"市民文学"或"大众文化",如果依靠它来传达深刻的哲理,要观众体味其中深刻的内涵,剧作家要面对更大的技术难度。所以即便仅仅是为了吸引更多的观众来保证戏剧的生存,戏剧从某种程度上来说也不可能是精英的,而是势必要适合、迎合观众已经形成的最一般的艺术、道德口味,或者更确切地说,市民大众的审美趣味、

---

① 转引自卞之琳. 布莱希特戏剧印象记 [M]. 合肥:安徽教育出版社,2007:11.
② 雅各布·卢特. 小说与电影中的叙事 [M]. 徐强,译. 北京:北京大学出版社,2011:104.

欣赏水平和道德评价一定要并且会对剧作家的创作和戏剧的演出产生一定的影响，用麦克卢汉（Marshall Mcluhan）的话来说：那就是"在事物运转的实际过程中，媒介即讯息"①。我们通常认为媒介仅是形式，仅是信息、知识、内容的载体，它是空洞的、消极的、静态的，但是麦克卢汉提醒我们注意媒介对信息、知识、内容有强烈的反作用，它是积极的、能动的，对信息有重大影响，它决定着信息的清晰度和结构方式，也就是说，戏剧这种媒介对它发出的信息会有反作用。

布莱希特对此深有体会，他意识到使人获得娱乐，从来就是戏剧的使命，并且还认为"丝毫也不应该奢望它进行说教，除了充分的赏心悦目以外，不能奢望它带来更实用的东西"②。即便如此，布莱希特还是不肯就此却步，教育因素硬是被他插入到《三毛钱歌剧》里，他只是希望《三毛钱歌剧》里面的道德说教成分和那些具有教育意味的歌曲能够产生几分娱乐的作用。事实证明布莱希特如愿以偿，1928年上演的该剧是第一次为他赢得国际声誉的作品，曾连续上演两百多场，使布莱希特名利双收。既然如此，如何又会有《三毛钱小说》呢？况且由小说改编成戏剧、电影层出不穷，而反过来由戏剧、电影改编成小说却寥若晨星，乍一看布莱希特似乎是多此一举，实际情况是他的《三毛钱歌剧》已于1931年被著名导演G. W. 帕布斯特（Georg Wilhelm Pabst）改编成电影在柏林上演。

二

布莱希特的改编绝对不是无缘无故的，原因也不难找到：最直接的原因是1932年希特勒上台后，布莱希特举家流亡国外，流亡使他失去了剧院和观众，但又迫使他能够把更多的精力投入到散文创作，给了他进行小说"实验"的机会；其次正如我们前面所论述的，戏剧这种媒介形式多少影响、左右着它所要发出的信息，对此布莱希特体会颇深，虽然表面上看《三毛钱歌剧》大获成功，但观众对剧中人物的理解和布莱希特的创作初衷产生了极大的偏差，使他有一种本末倒置的荒诞感觉，于是再次改编也就顺理成章了。《三毛

---

① 马歇尔·麦克卢汉. 理解媒介——论人的延伸［M］. 何道宽，译. 南京：译林出版社，2011：18.
② 贝托尔特·布莱希特. 布莱希特论戏剧［M］. 丁扬忠，等译. 北京：中国戏剧出版社，1990：6.

钱小说》写于1933年到1934年流亡丹麦期间，这是布莱希特计划创作的数部长篇小说中唯一完成的一部，在世界文坛有"德国最重要的流亡作品""德国文学史上最重要、最渊博的讽刺小说"之称，这部小说利用了剧本《三毛钱歌剧》中的情节和人物，但《三毛钱小说》不论情节、内涵、主题等都大大地不同于前者了，《三毛钱小说》的情节发生在1899年至1902年英国的布尔战争期间，小说中的主人公虽然仍是《三毛钱歌剧》里的乞丐王皮彻姆、他的女儿波莉以及强盗大王麦基，但他们的身份变了，皮彻姆成了商人，开设出售乞丐乞讨时用的乐器和假肢等物，而小说的另一位主人公麦基则一面做盗贼一面开销赃的零售店，小说就以两人为线索交叉进行，两条线索又通过波莉与麦基结婚而又相交，在小说结束时两家联手合作，使两条情节线索合并在一起。布莱希特在这部小说中用两条情节线索呈现垄断资本主义形成过程的同时，花了很多的篇幅表达了他对这样一个时代多方面的见解，这些也正是全书最深刻、最引人思考回味的精彩之笔。

小说是以描写人物为主的文学样式，可以说人物是小说的第一要素，也是文本中最可靠的实体。在《三毛钱小说》中，布莱希特弱化了警察局长布劳恩这个人物，添加了在情节中起穿针引线作用的费康比和科克斯，整部书以费康比这个在布尔战争中的伤兵要在社会上找一个栖身之处开始，最后以费康比被这个社会绞死结束，费康比所艰难挣扎的世界是一个怎样的世界，为何容不下一个所求甚少的人生存下去？生活在这个世界上的又是怎样的人？我们看一下另一个新添的人物科克斯，科克斯的身份是经纪人，我们知道经纪人是大城市中不确定的人，他们依靠千差万别、充满机遇色彩的赚钱机会生存。对科克斯而言，除了赚钱，根本没有可以确切说明的生活内容。货币，这个绝对不固定的东西，是他的固定点，他的行动以无限制的幅度围绕着货币摆动，于是他勾结政府要员弄虚作假，把一口名副其实的水上棺材伪装成一艘豪华游艇卖给政府，结果使满船官兵命丧海底；而皮彻姆则绞尽脑汁地利用路上行人的同情与怜悯心，让他手下的乞丐如何用人工制作的伤残相来乞讨更多的钱，他也认为政府是理想的顾客，义无反顾地参与到科克斯的卑鄙勾当中，因为他深切地体会到"这种盯人的竞争真可怕！不管什么卑鄙生意，只要你不干，马上就会有其他人来干"①。他认为这种生意是十拿九稳的，目的是想让政府当冤大头，一旦他面临破产的危险，他就把女儿波莉推到经纪人科克斯的床上，以此来挽救自己；而波莉奉父亲之命来找科克斯，在他写字桌上看到一枚她目测大约值二十英镑的胸针，她认为"超过接吻是完全不可能的，至多他可以搂抱我。这对那枚胸针来说并不太多"②。她内心进行着对各种亲密接触行为的价格计算，而真当科克斯向她扑过来，她就半推半就地顺从了，因为她已下定决心为自己的家庭做出牺牲，她觉得自私自利是令人讨厌的，人不能只考虑自己。在布莱希特笔下，"性本身也是给人消费的，"③可以用商品化了的物品及信息来评估性欲，当一个女性为了一种完全非人格的、纯粹外在事实性的回报而委身他人时，她献出自己最隐秘、最富有个性的东西时，金钱等价物就说明人类尊严降至最低点，因为在科克斯那里，他是倾向于以复数形式谈论女性的，不具体、不加分别地评判女性，原因是，女性身上那种激起男人原始欲望的东西，在他看来，上至公主下至裁缝皆无区别，这让我们感到难堪，因为只有双方都奉献出同样个体性的东西才能够取得平衡，而科克斯是在用货币这种最没有个性的东西去购买人的最富有个性的东西；而强盗大王麦基为扩大自己的"事业"加大投资，他企图通过与皮彻姆的女儿波莉的婚姻带来的巨额陪嫁作为新的资金来源，在审视自己和波莉的感情时这样对自己说：

同一个姑娘结婚，是看中她的钱还是看中她的人，这样自问是完全错误的。两者常常兼而有之。一个姑娘家很少有什么东西能像一笔财产那样激发一个男人的热情。她没有财产我当然也会想要得到她，但是或许不会这样热烈。④

西美尔（Georg Simmel）曾在一篇探讨货币在性别关系中的作用一文中这样写道：

---

① 贝托尔特·布莱希特. 三毛钱小说 [M]. 高年生，黄明嘉，译. 上海：上海译文出版社，2008：35.
② 贝托尔特·布莱希特. 三毛钱小说 [M]. 高年生，黄明嘉，译. 上海：上海译文出版社，2008：101.
③ 让·波德里亚. 消费社会 [M]. 刘成富，全志钢，译. 南京：南京大学出版社，2001：159.
④ 贝托尔特·布莱希特. 三毛钱小说 [M]. 高年生，黄明嘉，译. 上海：上海译文出版社，2008：24.

对于婚姻来说，经济动机才是根本性的，这在任何时代、任何文明阶段都如此，但在现代社会比在较原始的群体和状态更甚，以至于在习惯上不会激起任何不满。个体尊严在今天是伴随并非出于个性偏爱而缔结的婚姻而被给予的，对经济动机羞答答的掩饰看起来是庄重的义务。①

这段话可以看作是对麦基心理的透彻分析，我们可以看出实质上麦基是从经济角度选择婚姻的，他想为自己缔造一门金钱婚姻。

布莱希特在这部小说所描写的社会里，一切都为了赚钱，一切都用来赚钱，至于商场上的欺骗和尔虞我诈则在全书比比皆是，可以说个个穷凶极恶，人人机关算尽。但布莱希特创作的是"非亚里士多德式小说"，就像他提倡的"非亚里士多德戏剧"一样，不以亚里士多德（Aristotle）美学为其创作的理论基础，不以亚式理论的核心"模仿—共鸣—净化"作为小说创作的手段和目的，与"传统小说"（主要指19世纪至20世纪的现实主义小说）就有了本质区别：《三毛钱小说》没有亚里士多德美学提倡的"模仿"，全书既不模仿人的外貌、衣服穿戴，也不模仿自然风景、住宅陈设，因为《三毛钱小说》反映的是社会的本质，不是模仿社会的外表；布莱希特没有刻意塑造人物性格，而是着意于写人物的行为动机及揭示人物行为动机的社会原因；全书完全摒弃对人物及其命运的"情感共鸣"这一根本技巧和传统手法，它不是通过人物的命运、经历所构成的情节感染读者，也不刻意描写各种细节来让读者感到作品真实可信，因为布莱希特不是要给读者讲故事，而是要启发读者的理性，让读者去思考认识这个世界，反思自己的生活，他是站在哲学、经济学、社会学的高度反映问题的，他不是"就事写事"，也不是"就事论事"。布莱希特大胆地进行了小说实验，读者被作品吸引，首先是因为作者犀利的讽刺和干净利索的语言，继而折服于作者的智慧和敏锐的人生观察，全书没有一点"情感教育"的影子，整部小说毫无欢乐可言，不管怎么说，世界也没有坏到如此地步，这一点，布莱希特肯定和我们读者一样心知肚明，但不应搞错，他是巧妙地加以夸大，以便用许多"不舒服"让读者认识到必须铲除这些弊端。

为什么从《三毛钱歌剧》那个娱乐的世界到了《三毛钱小说》换成了毫

---

① 西美尔. 金钱、性别、现代生活风格［M］. 顾仁明，译. 上海：学林出版社，2001：88.

无欢乐的令人不舒服的天地？因为"书籍是一种个人的自白形式（private confessional form），它给人以'观点'"。① 布莱希特通过把《三毛钱歌剧》改编成《三毛钱小说》表达了他的深入思考，他的思考涉及了现代生活的理性主义特征，而这种特征显然受到了货币制度的影响，现代用以应对世界、调整自身的内在关系的精神，其功能大部分可以称为计算功能，它的认识模式是，将世界理解为一个巨大的计算样本，用一个数字系统来捕捉事物的过程和物质的规定性。换句话说，由于越来越多的东西可以用金钱来支付，可以用金钱来获得，所以人们甚至常常忽视经济活动的对象还有不能用金钱来体现的方面。人们甚至太轻易地就相信，能够在货币价值的形式中找到这些对象确切的、完整的等价物，这就出现了一种夷平的过程。货币是一切的等价物，任何东西的等价物，而只有个别的才是高贵的，夷平就把最高的东西拉到最低的水平上，直接导向了最低因素的位置，最高的因素总是能下降到最低因素的位置，但最低因素几乎不会上升到最高因素的位置，所以现代法律将金钱处罚限制在相对较轻的违法行为的范围，而现实生活中普遍存在的夷平过程正是我们这个消费社会令人疑虑的品质，也是我们现代人不安与不满的主要根源。也就是说：

由于货币经济的原因，这些对象的品质，不再受到心理上的重视，货币经济始终要求人们依据货币价值对这些对象包括结婚的对象进行估价，最终让货币价值作为唯一有效的价值出现，人们越来越迅速地同事物中那些经济上无法表达的特别意义擦肩而过。对此的报应就是产生了那些沉闷的、十分现代的感受，生活的核心和意义总是一再从我们手边滑落，我们越来越少获得确定无疑的满足，所有的操劳最终毫无价值可言。②

当然，这里并不是在做一种断言，认为我们的时代已经完全陷入这样一种精神状态，但是我们的时代正在接近这种状态，而与此相关的现象是：一种纯粹数量的价值，对纯粹计算多少的兴趣正在压倒品质的价值，尽管最终只有后者才能满足我们的需求。

---

① 马歇尔·麦克卢汉. 理解媒介——论人的延伸 [M]. 何道宽，译. 南京：译林出版社，2011：234.
② 西美尔. 金钱、性别、现代生活风格 [M]. 顾仁明，译. 上海：学林出版社，2001：8.

三

　　正如批评家所言，《三毛钱小说》不是属于那种给人安慰的艺术范畴，这也秉承布莱希特的一贯风格，他向来"不专注于塑造正面人物。往往相反，他常常塑造了'污秽'的人物"①。而在《三毛钱小说》中，这种特色表现得更加鲜明，这部小说展现的世界几乎没有善，全书没有一个所谓的正面人物，没有忠诚的信仰，充斥着虚假的神圣，正因为此，这部作品恰恰具有令人深思的启迪作用："如果没有恶，善又会是个什么样子呢？如果没有恶，或者根本就不存在恶，那人们也就没有必要存心向善了。"② 向善的愿望——不管我们对善的具体理解如何——与人类同恶的斗争如影随形，人类显然需要恶的存在，特别是以虚拟的形式存在，这种存在为人类的道德和法律体系提供了良好的题材；同时它又表现了布莱希特敏锐的历史感：他生活在一个极端的年代，一个"屠杀、拷问和大规模流放成为每天的生活经历"③ 的年代，却睿智地预言了另一个极端的年代——"什么东西有价值"被"这个东西值多少钱"的问题所取代的年代，用一种一律的方式，因而也是单调无味的，对其中的差异不加区别的方式去感受所有一切的麻木不仁的年代，《三毛钱小说》既是对当今消费社会的预言，也是一部意味深长的寓言，它在有限的形式里包含着无限的内容，在浅显的词句中蕴藏着深邃的思想，《三毛钱小说》既有表面完整的字面意义，同时借比喻表现另一层相关的意义，这一特点决定了它更适合以散文或诗歌的形式出现，这也是为什么布莱希特的"叙事体戏剧"总存在形式与内容的张力的主要原因，不论是预言还是寓言，都是布莱希特对人类社会的严重警告，这也是他对《三毛钱歌剧》进行反向改编的深意所在。

---

① 余匡复. 布莱希特论 [M]. 上海：上海外语教育出版社，2002：203.
② 弗朗茨·M. 乌克提茨. 恶为什么这么吸引我们 [M]. 万怡，王莺，译. 北京：社会科学文献出版社，2001：28.
③ 艾瑞克·霍布斯鲍姆. 极端的年代 [M]. 马凡，等译. 南京：江苏人民出版社，2011：39.

"曲高"如何"和众"
——论布莱希特戏剧理论及创作

一、引言

保罗·约翰逊（Paul Johnson）在他那部知名度颇高的《知识分子》一书中这样写道："那些试图影响人类思想的人们早就认识到，戏剧是进行这种尝试的最有力的手段。"[①] 的确，1601年2月7日，就在埃塞克斯伯爵（Essex）及其下属在伦敦发动叛乱的前一天，他们赞助莎士比亚（William Shakespeare）所属的剧团上演了一部未经删改的莎剧《理查二世》，该剧被认为是对王权的颠覆。由耶稣会教士领导的反宗教改革运动，也把戏剧演出作为信仰宣传的中心，第一批世俗知识分子同样认识到舞台的重要性。伏尔泰（Voltaire）和卢梭（Jean-Jacques Rousseau）都写过剧本；维克多·雨果（Victor Hugo）利用戏剧摧毁最后一代波旁王朝；拜伦（George Gordon Byron）投入大量精力创作诗剧；甚至连卡尔·马克思（Karl Heinrich Marx）也写过一部剧作；"现代戏剧之父"易卜生（Henrik Ibsen）第一次深思熟虑地、有计划地利用戏剧舞台引发一场社会观念的变革，并取得了惊人的成就。贝托尔特·布莱希特（Bertolt Brecht）——一个在很多方面全然不同的剧作家——在这一点上却是易卜生天然的继任者。他创造了复杂的现代宣传戏剧，出色地利用了政府资助的大规模剧场——这一20世纪新的文化机构。在他去世后的20年内，即20世纪60年代和70年代，他成为全世界最有影响力的作家，并且，他的戏剧理论也具有世界影响力。他最重要的戏剧理论著作是《戏剧小工具篇》，以英国哲学家培根（Francis Bacon）《新工具篇》那种警句风格，把他的戏剧主

---

① 保罗·约翰逊. 知识分子[M]. 杨正润，等译. 南京：江苏人民出版社，2000：220.

张压缩在77条论纲式的文字中。他指出，戏剧要借陌生化技巧让观众认识到世界是可变的，认识社会事件的因果关系，从而参与变革现实的斗争，从戏剧要实现的目的和戏剧所面对的广大接受者来说，布莱希特所要解决的是"曲高"而又要"和众"的难题，那么他是如何解决这一难题的呢？

二、寓教于乐——娱乐和教育的内在统一

布莱希特一向主张戏剧应该寓教育于娱乐，并一直为此而努力，在《戏剧小工具篇》中，对娱乐的论述比比皆是：像"'戏剧'就是要生动地反映人与人之间流传的或者想象的事件，其目的是为了娱乐"①。他还直言不讳地写道："使人获得娱乐，从来就是戏剧的使命，像一切其他的艺术一样。这种使命总是使它享有特别的尊严；它所需要的不外乎是娱乐，自然是无条件的娱乐……娱乐不像其他事物那样需要一种辩护。"② 这样看来，戏剧的娱乐性在布莱希特那里是一件自然而然、天经地义的事了。

当然，"寓教于乐"并不是布莱希特首次提出的，我们追根溯源的话，两千多年前古罗马批评家贺拉斯（Quintus Horatius Flaccus）在他那封诗体书简——后被称为《诗艺》的书中已有论述，他是这样说的：

> 诗人的愿望应该是给人以益处和乐趣，他写的东西应该给人以快感，同时对生活有帮助。在你教育人的时候，话要说得简短，使听的人容易接受，容易牢固地记在心里……寓教于乐，既劝谕读者，又使他喜爱，才能符合众望。这样的作品才能使索修斯兄弟赚钱，才能使作家扬名海外，流芳千古。③

表面上看贺拉斯在这里将教化和快感同时并举，但细读《诗艺》，我们却发现贺拉斯实际上更强调诗的教化作用，他称颂俄耳甫斯（Orpheus）使人类不再自相残杀，放弃野蛮的生活；安菲翁（Amphion）用琴声感动了顽石，筑成忒拜城邦；荷马（Homer）的诗歌则鼓舞了战士们的勇气，使他们斗志昂扬地奔赴战场。另外，诗人还以智慧划分公私，禁止淫乱，制定法律，建立邦国。总之，按照贺拉斯的说法，"神的旨意是通过诗歌传达的；诗歌也指示

---

① 贝托尔特·布莱希特. 布莱希特论戏剧 [M]. 丁扬忠，等译. 北京：中国戏剧出版社，1990：5.
② 贝托尔特·布莱希特. 布莱希特论戏剧 [M]. 丁扬忠，等译. 北京：中国戏剧出版社，1990：6.
③ 贺拉斯. 诗艺 [M]. 杨周翰，译. 北京：人民文学出版社，1997：155.

了生活的道路，"① 于是，在这样一种极致的描述中，诗的社会功用被抬高到无以复加的程度。

事实上，古往今来，几乎所有的"寓教于乐"说的信奉者都把文学的教化作用视为首要任务，而把快感当作实现这一任务的手段。也就是说教育才是目的，而娱乐只是方法和形式，当然，我们认为问题并不在于教育和娱乐何者为重，本来，文学的功能就是多重的，如果单独强调其中的任何一项，都意味着一种趋于极端的错误。问题的关键在于文学的快感究竟是一种什么性质的快感，而文学的教育作用也应当与一般的政治、道德说教有所区别，我们看布莱希特是如何理解寓教于乐的，他对戏剧中的娱乐有着清醒的认识，他认为把剧院当成一种娱乐场所，这在美学里是理所当然的，但需要探讨的是什么样的娱乐才合适，戏剧能随心所欲地借助教育和探讨进行娱乐。

戏剧把对社会的真实反映——这种反映又能影响社会——完全当成了一出戏：给社会的建设者展示出社会的见闻，既有从前的，也有现在的，并且以这样一种方法，即我们当中最热情、最有智慧和最活跃的人，从日常和世纪的事件中获得的感受、见解和冲动可以供人"享受"。他们获得娱乐，是借助从解决问题的过程中得来的智慧，借助对被压迫者的同情转变而来的有益的愤怒，借助对于人性尊严的尊重，亦即博爱——一句话，借助一切足以使生产者感到开心的东西。②

从以上文字我们可以看出布莱希特对娱乐认识的独到之处：他倡导借助教育和探讨进行娱乐，而不是借助娱乐进行教育和探讨，热情、智慧、活跃的剧作家用他们的感受、见解和冲动来供观众享受，这种享受就是娱乐，而这种娱乐又与智慧、理性密切相连。显然，布莱希特认为引起观众的思考，唤起观众的能动性，这就是一种崭新的艺术享受（娱乐）。另外，布莱希特还在一篇《娱乐戏剧还是教育戏剧》的文章中论述了学习（受教育）与娱乐之间的关系，他认为学习与娱乐不应该有鸿沟，特别是被剥削阶级要明白自己为什么受压迫、受剥削的道理，因而对学习原本是抱着很大的兴趣的。因为

---

① 贺拉斯. 诗艺 [M]. 杨周翰，译. 北京：人民文学出版社，1997：158.
② 贝托尔特·布莱希特. 布莱希特论戏剧 [M]. 丁扬忠，等译. 北京：中国戏剧出版社，1990：14-15.

对他们来说，为了改变自己的处境，为了改造世界而去学习，这种学习是令人愉快的和富有战斗性的学习。"倘若没有这种愉快的学习，那么戏剧自身就不可能去教育人们。戏剧就是戏剧，即使它是教育戏剧，仍然还是戏剧，只要是好的戏剧就是娱乐的。"① 的确，我们在艺术欣赏的过程中都有过这样的感受：凡是能引起我们思索、意犹未尽而需要我们深入探讨的作品往往给我们带来更好的艺术享受，因为这时我们不是被动的感受者，而是主动的思考者，而这种思考的过程也就是学习的过程，同时又是欣赏的过程——娱乐的过程。这样看来，布莱希特没有把娱乐和教育割裂开来，因为教育本身就可以给人带来快感，布莱希特把思维变成娱乐，他的"寓教于乐"是娱乐和教育的内在统一。

三、艺术风格——诗歌的运用、幽默以及朴素机智的语言

布莱希特在具体创作实践中体会并深刻认识到，他必须突破传统的即亚里士多德（Aristotle）的戏剧创作模式和传统的形式，才能有效地揭示20世纪社会本质和社会根本矛盾这一内容，因此他的戏剧理论是在他的具体创作实践中形成的，是他创作实践的产物。布莱希特不是一位纯理论家，纯理论家们的美学观念、美学创作和美学理论是用哲学作为他们理论的全部构架，他们往往从观念出发，而布莱希特主要是一个作家，他的全部理论主要是为了解决他创作的需要，所以他的美学思想非常具体和实际，绝无任何故弄玄虚的痕迹，或从观念到观念的空泛。换一种角度也就是说，他的创作比他的理论更加丰富具体，更能表明他是如何做到既"曲高"而又"和众"的。比方说，布莱希特对于诗和歌在戏剧中的灵活运用有其深刻而独特的见解，他认为由于他的戏剧比较长，要使用诗歌的手段，要加进一些诗和歌，这样使戏剧变得轻松一些，生动一些。他利用了古典戏剧中的合唱形式来为自己服务，以新内容输入旧形式，这样他就同时让观众欣赏诗歌的艺术之美。布莱希特虽以戏剧创作著称于世，但在他短暂的一生中，根据1988至1999年柏林—法兰克福出版的《布莱希特全集》（30卷，计32册）的统计，布莱希特共写了2334首诗。就数量而言，他是德国文学史上诗歌创作最丰富的诗人之

---

① 贝托尔特·布莱希特. 布莱希特论戏剧 [M]. 丁扬忠，等译. 北京：中国戏剧出版社，1990：72.

一。就质量而言，布莱希特开创了战后德国诗歌的一代新风。并且，布莱希特早年还在慕尼黑和柏林时曾亲自上台演唱自己写的歌，赢得了很多追随者，所以他剧中创作的人物的独白或对话中常用诗歌的形式也就顺理成章了。例如在《四川好人》中，单纯善良的沈黛在劝那些不愿意帮助他人的人时，唱了一首相当精彩的歌：

你们的兄弟惨遭毒打，你们却紧闭双眼！
受害者高声呼喊，你们为何不发一言？
凶手耀武扬威，四处搜寻猎物，
你们却说：他饶恕了我们，因为我们并未表示反感。
这是个什么城市啊，你们都是些什么人……①

听了善良的沈黛的这首歌，观众怎能不认真想一想呢？这首歌是唱给每一个人听的，大家都生活在这个地球上，大家都要回答这个问题，尤其是在希特勒大举进攻周边国家，用暴力霸占别国土地的时候，在兄弟姐妹被当作猎物追赶杀戮的时候，怎么能"紧闭双眼""不发一言"？尤其是歌中最后提出的问题不能不使观众为之一震，问题问到了大家心里。在敌人毒打你们的兄弟的时候，你怎么能庆幸敌人饶恕了你自己？观众能无动于衷吗？歌德（Johann Wolfgang von Goethe）认为，诗之所以成为真正的诗，是因为它像是现世的福音一样，凭借内心的明朗，外表的舒畅，得以使我们摆脱压在肩上的沉重负荷，也就是说诗歌本身就具有娱乐功能，能给鉴赏者带来快感，同样诗歌还具有教育功能和认知功能：也就是说诗歌内容所产生的伦理道德感（像善、恶、好、坏）以及有助于鉴赏者获得知识、真理或提高认识能力的功能，在此布莱希特将诗歌的娱乐功能和认知、教育功能完美地结合在一起。

布莱希特还特别注意在戏剧创作中发挥自己的特长——幽默，他善于把严肃而枯燥的道德问题表达得十分生动，使观众既思考问题，剖析自我，又得到生动、轻松愉快的舞台艺术享受。例如在《四川好人》一开始序幕部分，神仙下凡来到人间寻访好人，剧中卖水的老王认出他们是神仙，并不是因为他们气质非凡或服饰飘逸或神情庄重，而是因为"没有一点儿干活的迹

---

① 贝托尔特·布莱希特. 四川好人 [M]. 丁扬忠，等译. 上海：上海译文出版社，2012：74.

象"①。不干活、没有明确职业而又饿不着肚子,理所当然是个神仙,对此,观众怎么能不发笑呢?在这场戏快结束时,三位神仙中最有头脑的一位特别嘱咐沈黛,千万不要对别人讲他们付给了她高昂的住宿费,观众一定会想,为什么?这位神仙提供的原因是:否则可能会引起误解。这是多么有趣而又让人感到吃惊的回答,观众自然而然想到把大量金钱给一位妓女的含义,而且他们还会发笑:神仙原来也害怕流言蜚语,看来流言蜚语是多么厉害呀,一旦让它缠上身,那就是跳进黄河也洗不清了,不但我们凡人害怕,神仙也避之不及。可以说布莱希特在戏剧创作中把他的幽默发挥到淋漓尽致,我们认为幽默唯有机智的因素,其可笑性才不至于流于打情骂俏式的好笑,它才显得有深度、有涵养、有味道,也可以说在谐趣性的前提下,机智的高低程度应当成为判定幽默作品合格程度的一个决定性因素,即越机智、幽默越成功,毕竟,"幽默是机智和快乐之子",② 机智作用于人的理性,这种充满机智的幽默给人一种智慧的快感,它引导观众跟着作者设计的节奏前进,布莱希特通过幽默的艺术手段做到了娱乐、智慧、教育的内在统一。

布莱希特戏剧中的语言别具特色,他追求用朴素机智的语言表达深刻的思想,使他的戏剧能被普通人所理解,即使表达高深的哲理,布莱希特也不让语言玄奥晦涩,但他又不满足于一般的生活语言,他把它提炼升华,让它既保留着浓郁的生活气息,又闪烁着作家智慧的光彩。比如在《伽利略传》第十三场,当伽利略(Galileo)经受不住刑具威吓,公开否定自己的学说向梵蒂冈宗教裁判所投降后,他的弟子之一安德烈亚对他愤怒斥责:"没有英雄的国家多么不幸啊!"③ 伽利略回答:"不,需要英雄的国家是不幸的。"④ 这种平易明晰又具有哲理内涵的辩证台词是布莱希特艺术创作的特色。的确,公众需要有一个英雄,以缓解他们在日常生活中油然冒出的平庸感和卑琐感,不然他们就无法应对琐碎的日常生活从而津津有味地生活下去;一个社会不能没有英雄,只有这样才能保证和维系每一个人对至善、理性和进步持有信心,只要现实生活中仍然存在着邪恶,就应该有英雄,一个不能造就英雄的

---

① 贝托尔特·布莱希特. 四川好人 [M]. 丁扬忠,等译. 上海:上海译文出版社,2012:4.
② 罗伯尔·埃斯卡尔皮特. 幽默 [M]. 卞晓平,张志红,译. 北京:商务印书馆,2004:42.
③ 贝托尔特·布莱希特. 伽利略传 [M]. 丁扬忠,译. 上海:上海译文出版社,2012:163.
④ 贝托尔特·布莱希特. 伽利略传 [M]. 丁扬忠,译. 上海:上海译文出版社,2012:164.

33

国家，是没有希望的国家。但是反过来说，一个国家需要英雄也说明这个国家处于危难中，斯蒂芬·茨威格（Stefan Zweig）在他那部闻名遐迩的回忆录《昨日的世界》中写到第一次世界大战，奥地利需要"普通人"成批地成为英雄时，他意识到：

> 热烈的陶醉混杂着各种东西：牺牲精神和酒精；冒险的乐趣和纯粹的信仰；投笔从戎和爱国主义言辞的古老魅力。那种可怕的、几乎难以用言辞形容的、使千百万人忘乎所以的情绪，霎时间为我们那个时代的最大犯罪行为起了推波助澜、如虎添翼的作用。①

也就是说当一个国家或一个民族需要英雄、特别是需要大量英雄的时候，这个国家或民族就危在旦夕，甚至是在参与一个时代最大的犯罪行为，这是需要英雄问题的另一面，布莱希特通过伽利略的回答睿智地点出了这一面。另外，布莱希特还擅长把音乐、美术这些不同类型的艺术品种相对独立又相互统一地组织在一起，使观众能从中获得丰富的、多元的审美享受，之所以笔者对诗歌的运用、幽默以及朴素机智的语言着重论述，是因为这三点更具有代表性。

四、理解媒介——戏剧的特性

各类艺术以其自身的表现媒介而获得自身的规定性，各类艺术以其独特的表现媒介而构成相互之间的根本区别，也可以这样说，决定艺术门类的根本标志是该门艺术的表现媒介。小说、散文、诗歌的表现媒介是语言文字，它们的重要特征（相对于戏剧艺术）是抽象和间接的，它需要接受主体去联想形成。戏剧艺术的表现媒介主要是人物的台词和外部形体动作，它给出的人物形象永远是生动、具体而直观的，直接诉诸人的视觉感官，这样看，戏剧艺术应该是一种最感性、最通俗也最具感召力的大众文化，是视觉化和听觉化的综合，当人们在欣赏戏剧艺术时，主要不是凭借语言文字去想象，而主要是通过视觉和听觉来触摸舞台这个艺术世界。在这里，显然是"形象大于思想"，更何况，舞台表演，稍纵即逝，很难通过现场表演来传达作品深藏

---

① 斯蒂芬·茨威格. 昨日的世界——一个欧洲人的回忆 [M]. 舒昌善，等译. 桂林：广西师范大学出版社，2005：183.

的底蕴（相对于小说），曾经创作了70多部戏剧（包括未完成的）的德国文豪歌德就很有体会，在他那部著名的自传《诗与真》中写道：在狭小的舞台上，由于受种种条件的制约，要想弄出一台有分量的戏，实在是一件十分困难的事。戏剧的特征在于：戏剧对受众的文字水平要求相对较低，相比之下，戏剧要比传统的精英文化更民间，是"市民文学"或"大众文化"，如果依靠它来传达深刻的哲理，要观众体味其中深刻的内涵，剧作家要面对更大的技术难度。所以即使仅仅是为了吸引更多的观众来保证戏剧的生存，戏剧从某种程度上来说也不可能是精英的，而是势必要适合、迎合观众已经形成的最一般的艺术、道德标准，或者反过来说，市民大众的审美趣味、欣赏水平和道德评价一定要并且会对剧作家的创作和戏剧的演出产生一定的影响。用传播学巨匠马歇尔·麦克卢汉（Marshall Mcluhan）的话来说：那就是"在事物运转的实际过程中，媒介即讯息"[1]。我们通常认为媒介仅是形式，仅仅是信息、知识以及内容的载体，它是空洞的、消极的、静态的，但是麦克卢汉提醒我们注意媒介对信息、知识内容有强烈的反作用，它是积极的、能动的，对信息有重大影响，它决定着信息的清晰度和结构方式，毕竟，"真理不能、也从来没有，毫无修饰地存在。它必须穿着某种合适的外衣出现，否则就可能得不到承认，"[2] 这样看来，如果传播方式改变了，传递的信息即有可能也不一样，也就是说戏剧（舞台艺术）作为一种媒介对它发出的信息会有反作用。

纵览布莱希特的戏剧创作，不难发现一个有趣的现象：布莱希特很少独创故事情节，他似乎对借鉴或改编情有独钟——成名作《三毛钱歌剧》改编自18世纪英国诗人约翰·盖伊（John Gay）的《乞丐歌剧》，剧作《大胆妈妈和她的孩子们》取材于17世纪德国小说家格里美尔斯豪森（Grimmelshausen）的小说《女骗子和女流浪者库拉舍》和《痴儿历险记》，剧作《第二次世界大战中的帅克》取自捷克作家雅洛斯拉夫·哈谢克（Jaroslav Haek）的小说《好兵帅克》，剧作《高加索灰阑记》采用了中国元代李行道的杂剧《包待制智勘灰阑记》以及《圣经》里的故事，我们还可以继续列举下去。确实，布

---

[1] 马歇尔·麦克卢汉. 理解媒介——论人的延伸 [M]. 何道宽, 译. 南京：译林出版社, 2011：18.
[2] 尼尔·波兹曼. 娱乐至死 [M]. 章艳, 译. 桂林：广西师范大学出版社, 2008：28.

莱希特善于改编，他特别擅长将他人的材料进行加工改造，然后转化为不容混淆的属于他自己的独特作品。那么他为什么要如此钟情于改编呢？这是否和戏剧表演的一次性、流动性、完整性密切相关呢？我们完全有理由这样推测，运用观众相对熟悉的故事情节，减少了观众在短暂的戏剧演出过程中把注意力集中在纯故事情节上的时间，相对增加了观众思索剧作所提的问题上的时间，正如我们文中一开始所说的，这是一个难题，对此布莱希特体会颇深，正因为如此，他在把握戏剧特性的基础上进行了种种大胆尝试，取得了既"曲高"又能"和众"的艺术效应，当然有时也存在不尽如人意的地方，比方说他的《三毛钱歌剧》虽然曾经连续上演200多场，并为他赢得了世界性声誉，但观众对剧作的理解和布莱希特想要达到的效果之间产生了偏差，后来布莱希特又把《三毛钱歌剧》改编成讽刺小说《三毛钱小说》，但瑕不掩瑜，综观布莱希特的创作，他是20世纪西方艺术革新的一面旗帜，他的戏剧既是属于平民世界的，又是先锋的、现代的，而且得到东西方两个世界的承认，其影响至今方兴未艾，布莱希特的确最大限度上做到了既"曲高"又"和众"。

五、结语

弗雷德里克·詹姆逊（Fredric Jameson）1998年写的《布莱希特与方法》是为纪念布莱希特100周年诞辰的一部专著。应该说，布莱希特是一直备受詹姆逊重视的世界文坛大师之一，这不仅仅是因为布莱希特作为剧作家和戏剧理论家的建树丰厚而最富独创性，也不是因为他与詹姆逊志同道合，都信奉马克思主义（尽管布莱希特从未加入德国共产党），在詹姆逊看来，布莱希特之所以值得我们花费气力加以详尽研究，是因为他仍然对我们"有用"，而且，布莱希特的"'有用'不仅仅意味着'说教'"。[①] 的确，布莱希特的戏剧理论及其创作对中国当下的文学创作也很"有用"，他使我们意识到娱乐不等同于低俗，"和众"未必就是媚俗，而"曲高"未必"和寡"，不论是布莱希特的成功还是他的遗憾都给予我们今天的戏剧创作、艺术创作极大启示。

---

① 弗雷德里克·詹姆逊. 布莱希特与方法 [M]. 陈永国，译. 北京：中国社会科学出版社，1998：2.

这个世界会好吗

——解读布莱希特《四川好人》

一般来讲,艺术家主要分为两大类:一类是"直觉性"的艺术家,他们以自己的直觉式的感知,通过艺术形式展示个体生命中的自我判断;另一类是"理性式"艺术家,"他们以自身对文化与艺术的深刻的思辨形式意义上的解读与体悟,来判断自己的创作方向与创作形式。"① 如果我们赞同这种简单而略显粗暴的分类的话,德国剧作家布莱希特(Bertolt Brecht)应该属于后一类。20世纪70年代以后,研究者逐渐意识到,不了解中国哲学就很难真正理解布莱希特的作品。的确,布莱希特善于研习和吸纳中国哲学,并把自己的感悟和体会运用到文学创作中,正如他的朋友、作曲家、音乐理论家汉斯·艾斯勒(Hanns Eisler)所说的那样:

中国哲学为布莱希特的文学创作提供了许多有益的"思想启发",这使他的作品洋溢着浓郁的哲理趣味、耐人寻味的东方智慧,给酷爱哲学的德国观众提供了许多思维愉悦和审美享受。②

布莱希特的《四川好人》就是一部从里到外洋溢着浓浓的中国特色的戏剧,也是一部广为人知的寓言剧。从故事框架上说,布莱希特借鉴了关汉卿的《救风尘》,演绎了一出好心助人却不得好报的故事;从细节上说,还能看到他对庄子"材之患"比喻故事的运用;而剧终则是以审案形式结束的,这是中国戏曲里常见的结尾形式,在欧洲戏剧里虽有,但不多见。"布莱希特显

---

① 贝托尔特·布莱希特. 四川好人 [M]. 王正浩,汪春花,译. 北京:光明日报出版社,序二,2013:Ⅲ.
② 张黎. 洋溢着中国式辩证法智慧的德国散文. 转引自贝托尔特·布莱希特. 中国圣贤启示录 [M]. 殷瑜,译. 北京:北京师范大学出版社,2015:7.

然也是受中国戏曲的启发，把这一手法引入自己的史诗剧里，为表现自己的生活感悟、哲理思考增加了新的手段"。① 但布莱希特毕竟是德国剧作家，作为一个德国人，作为一个信奉马克思主义的剧作家，他对黑格尔（Georg Wilhelm Friedrich Hegel）的哲学思想绝对不会是陌生的——毕竟，"黑格尔最著名的学生和反对者是卡尔·马克思（Karl Heinrich Marx）。马克思反对黑格尔，但并不妨碍他继承黑格尔的辩证观点"，② 我们知道布莱希特作为20世纪世界戏剧舞台上的艺术大师，主要在于他创立并发展了"史诗戏剧"③ 以及"陌生化"理论，而"陌生化"理论在"意识形态上的合法性，其哲学上的合法性"④ 来自黑格尔，其实，黑格尔对布莱希特的影响是多方面的，具体到《四川好人》，我们可以看出，不论是在主题思想、剧情设计还是人物塑造上，都与黑格尔的辩证思想有着这样或那样的微妙联系。

《四川好人》完稿于1941年，为写好这个剧本，布莱希特花了很大精力，初稿完成后又重写过若干遍，并进行过多次修改，剧本讲述三位神仙来到人间（四川）寻访好人，却难以找到栖身之地，只有妓女沈黛愿意提供帮助，仰赖三位神仙的馈赠，沈黛开了家烟店，并向求助者无偿提供住宿，这使她获得"城郊天使"的美名，却使得烟店难以为继。无奈之下，沈黛只好以所谓的表兄隋达的身份出现。隋达处事精明，不但把烟店打理得井井有条，还出面处理沈黛的情感纠葛——沈黛爱上了一名失业飞行员杨森，并有了爱情结晶，可杨森是一位自私自利之徒。有人举报隋达谋害了沈黛，在由三位神仙乔装打扮的法官面前，隋达现出沈黛的真面目：

是的，我就是沈黛。隋达是我，沈黛也是我，两人都是我。你们的告诫：做好人又要生存，它像闪电一般将我劈成两半。我不知道，对人好对己也好，怎能两周全——谁能长期拒绝作恶，当他们饿得快死的时候……⑤

从故事中我们可以看出，沈黛是三位神仙在人间找到的唯一的好人——

---

① 张黎. 异质文明的对话——布莱希特与中国文化［J］. 外国文学评论，2007（01）：28-38.
② 艾莉森·利·布朗. 黑格尔［M］. 彭俊平，译. 北京：中华书局，2002：13.
③ 布莱希特晚期把他的 episches Theater 改成了"辩证戏剧"，具体参见：余匡复. 布莱希特论［M］. 上海：上海外语教育出版社，2002：70.
④ 张黎. 布莱希特研究［M］. 北京：中国社会科学出版社，1984：205.
⑤ 贝托尔特·布莱希特. 四川好人［M］. 丁扬忠，等译. 上海：上海译文出版社，2012：176-178.

但最初三位神仙认为不嫌麻烦帮助他们找住处的卖水人老王就是一位他们要找的好人,可是在与他打交道的过程中发现老王用来卖水的勺子底部是两层的,换句话说,老王实际上是一个骗子、奸商,但沈黛似乎也不是百分之百的、纯洁的好人,当卖水人老王找她留宿三位神仙时,她正在从事一项女性非常古老的职业——以至于沈黛门前出现的那个男人每吹一次口哨,老王就震颤一下。沈黛主观上很愿意做一个百分之百的、纯粹的好人,她不但向神仙坦诚自己是靠出卖身体过日子的,而且还向神仙倾诉自己的困惑:

如果我能够守住德行,孝顺父母,诚实做人,我会是幸福的。能够不乞求邻居帮助,是一种快乐。能够忠实于一个男人,我会很快活。我不会伤天害理,损人利己,我不会偷抢无依无靠的人,落井下石。但是我怎样才能做到这一切呢?要是我做不到当中几条,我怎能算是好人呢?①

是的,关于好人,我们全都明白,日常生活中我们所说的"好人"是什么含义,好人要做好事,并且要持续地做大量的好事,好人对犯罪有正常的厌恶,另外,"最要紧的是,他的'道德',即从狭义来说的道德,必须是无可非议的。"② "一个人,如果当别人是幸福时,他是幸福的、胸襟宽阔的、慷慨的和高兴的,那他就是'好人'。"③ 这样说来,沈黛的职业虽难登大雅之堂,但她本质上确实是一位货真价实的好人,神仙给沈黛一千多块银圆作为住宿费,帮助沈黛成为一家烟店的老板,随即她过去的房东(一家八口人)、失业工人、木匠甚至飞行员杨森等纷至沓来——正所谓小小救生艇,人人想攀登,被淹的人太多,眼看就要沉入海中。在这种情况下,沈黛不得不戴上面具以表哥隋达的身份粉墨登场。他只用二十块银圆就打发走了木匠(木匠要价一百银圆),赶走了沈黛原来的房东老汉一家八口人,当看出杨森对沈黛的爱情只不过是把她当作取款机时,隋达还与警察共同草拟一个征婚广告——让沈黛嫁个有钱人,从而解救沈黛的经济危机,隋达还开了烟厂——剥削无依无靠的穷苦人。按照隋达(当然也是沈黛)的辩词:"我的一切犯罪,都是为了帮助我的邻居。爱我心中所爱的人,拯救我儿子不受饥

---

① 贝托尔特·布莱希特. 四川好人[M]. 丁扬忠,等译. 上海:上海译文出版社,2012:15.
② 伯特兰·罗素. 真与爱——罗素散文集[M]. 江燕,译. 上海:上海三联书店,1988:96.
③ 伯特兰·罗素. 真与爱——罗素散文集[M]. 江燕,译. 上海:上海三联书店,1988:107.

饿。"① 三位神仙无法反驳隋达，只好提出让沈黛一个月做一次隋达（坏人）的建议（沈黛表示最少一个礼拜一次）。这次人间之行使三位神仙意识到："如若长期观察仔细描述，美好发现也要消逝。你们的身躯投下阴影，在金光闪闪的洪流里。"② 这是一个善恶交织的世界，连神仙也无可奈何，留下受着良心煎熬的、绝望的沈黛在滚滚红尘中苦苦挣扎。

　　布莱希特认为："演员所扮演的特殊的人，最终必须适合更多的事物，而不只是适合发生的事物，这主要是因为，当事件体现在一个特殊的人身上时，显得尤为触目罢了。"③ 用布莱希特的观点来观照沈黛这一人物形象，我们就会发现沈黛的困惑与绝望也是我们观众的困惑与绝望，沈黛仅仅是我们甚至人类的代言人而已。我们对沈黛的认识经历了三个阶段。第一个阶段：沈黛是好人；第二个阶段：沈黛（隋达）是坏人；第三个阶段：沈黛既是好人也是坏人（善恶于一体）。这让我们很自然地联想到辩证法，这是黑格尔哲学的中心思想，按照英国哲学家罗素（Bertrand Arthur William Russell）的概括，黑格尔的辩证法包含三个阶段："先是有一句话，然后有一句与之相反的话，最后二者合为一个混成的东西"。④ 比如我们可以提出一个正题：黄金有价值，与之相对的是一个反题即黄金没有价值（如果你在撒哈拉大沙漠里迷了路，你有一袋黄金而需要水，黄金就不如水有价值，黄金就没有多大价值）。最后得到一个命题：黄金的价值要看具体情形而定，也就是说，辩证的过程是对立的"正"和"反"产生"合"。"从辩证法产生出来的另一个古怪的偏见是黑格尔对于'三'这个数目的偏爱，什么都是按'三'来的，只是因为辩证法包含正、反、合三个阶段"⑤。在《四川好人》中，数字"三"也是频频出现⑥：三位神仙来到人间寻访好人，卖水人老王等神仙等到第三天才等到他们，沈黛在神仙离开后三天当上烟店老板。剧本除去序幕和审判也是三个部

---

① 贝托尔特·布莱希特. 四川好人［M］. 丁扬忠，等译. 上海：上海译文出版社，2012：178.
② 贝托尔特·布莱希特. 四川好人［M］. 丁扬忠，等译. 上海：上海译文出版社，2012：181.
③ 贝托尔特·布莱希特. 布莱希特论戏剧［M］. 丁扬忠，等译. 北京：中国戏剧出版社，1990：34.
④ 伯特兰·罗素. 西方的智慧——从社会政治背景对西方哲学所作的历史考察［M］. 温锡增，译. 北京：商务印书馆，1999：249.
⑤ 伯特兰·罗素. 西方的智慧——从社会政治背景对西方哲学所作的历史考察［M］. 温锡增，译. 北京：商务印书馆，1999：251.
⑥ 需要在此说明的是，数字"三"也是《圣经》中的吉利数字，而布莱希特在学生时代就是一位《圣经》通，他坦承给他印象最深的书是《圣经》。

分,这三个部分对应着我们对沈黛的三个阶段的认识:沈黛是好人;沈黛(隋达)不是好人;沈黛既是好人也是坏人。沈黛为什么从好人变成坏人,从剧中得知,沈黛装扮成隋达剥削他人、卑鄙赚钱的目的是能保证沈黛做好人。如果沈黛一直做好人,钱很快就会花完,她很快会变成穷人,因而再也不能做好事。为了把好事坚持做下去,她就不能仅仅是个单纯的好人,她需要隋达,一个令人憎恶的剥削者,然而她变成了隋达,就像从绵羊变成了饿狼、从天使变成了魔鬼一样,她就不再是好人了。神仙和大众赞扬的好人沈黛,却不得不去干坏事,不得不去做一个被人咒骂的残忍的隋达,这真让人既心痛又无奈,布莱希特的结论是:"为了当好人就得干坏事,人永远不能扮演一个自然的、原本的自己"。[①] 通过沈黛这一艺术形象,布莱希特让我们去思考人性的复杂、世界的复杂,沈黛(隋达)通过作恶而扬善,恶的表象有着善的动机,善的动机需要恶的手段,沈黛在善恶之间纠结徘徊,可见,善与恶并不是界限分明的,相反,让人感到吊诡的是,善与恶在内部常常交织在一起,既然善在某种情况下可以展现为恶,那么表现为善的恶更加危险,因为在这种情况下人们很难识别它的真正目的,反而更容易被它可人的表面所蒙蔽,这也许正是布莱希特提醒我们去思考但没有在剧中直接表现出来的……

在剧终神仙说了这样一句意味深长、充满张力的话,作为临别人间的赠语:"这个世界应当改变吗?怎样改变?不,这一切都很正常。"[②] 对这句话的解读,有学者认为"布莱希特由此暗示:改变世界不能依靠神仙,他们不但是软弱无力的,而且还以为人间一切是正常的!"[③] 这样解读很有道理,因为布莱希特认为戏剧要借陌生化技巧让观众认识到世界是可以改变的,认识社会事件的因果关系,从而参与变革现实的斗争,而现实世界没有什么神仙和救世主,要靠的只有人自己,但如果联系到前面神仙和沈黛对做坏人(隋达)的讨价还价来看——沈黛提出至少一个礼拜做一次坏人,而神仙认为一个月做一次就足够,其实无论是七分之一还是三十分之一,其本质是一样的,只不过是五十步笑一百步,神仙也并没有对恶斩尽杀绝。也许,神仙的话委婉提醒我们,更美好的世界是有着三十分之一的恶的世界?恶在社会中是难

---

① 张耘. 现代西方戏剧名家名著选评 [M]. 北京:外语教学与研究出版社,1999:126.
② 贝托尔特·布莱希特. 四川好人 [M]. 丁扬忠,等译. 上海:上海译文出版社,2012:179.
③ 余匡复. 布莱希特论 [M]. 上海:上海外语教育出版社,2002:129.

以摆脱的，恶与善同生死、共存亡，毕竟，如果没有恶，善会是什么样子呢？如果没有恶，或者根本就不存在恶，那人们也就没有必要存心向善了。"向善的愿望——不管我们对善的具体理解如何——不仅与人类同恶的斗争，如影随形，而且这种愿望还促使人类照顾恶的存在，以免这种斗争不能继续进行下去。"[①] 是的，人们喋喋不休地谈论着好人的理想，实际上却是依靠恶来生活的，也就是说人们一方面希望拥有一个美好的世界，但另一方面又早已习惯在一个充满恶的世界里生存。各种各样的恶消失后的景象，我们很难想象出来，不过这一现象恰恰说明了，我们是如何倾向于恶，服务于恶，沈黛的善良、慈悲不正是在恶的反衬中愈发展现出迷人的光彩吗？正如布莱希特的一句诗所言："在杀戮的时代，生活着友善的人们。"[②] 1918年冬，清末官员、学者梁济向25岁的儿子梁漱溟说的最后一句话是："这个世界会好吗？"从此，梁漱溟去思考这个问题，作为寓言剧的《四川好人》使用的虽然不是现实主义手法，但寓言可以更深入地反映现实、反映现实中的问题，并让我们去思考——这个世界会好吗？怎样才能让这个世界变得更美好？

布莱希特非常善于吸收、接纳异域文化为自己所用，以至于韩国学者宋云耀称他为"中国的布莱希特"，的确，"所有的革新都是一种适应，而文化碰撞能够激发创造性。"[③] 但另一方面，布莱希特始终认为"多愁善感不属于艺术，"[④] 他虽然不是一位纯理论家，但他把哲理作为灵魂，诉诸观众思辨，即使在一部具有浓浓中国特色的《四川好人》中，我们也能体会到他那特有的德国文化风格，毕竟，影响不是被动的，影响也不是没有选择性的，影响只有通过被影响者的内在作用才可能发生效应，而这种内在作用是与被影响者的主观意图紧密相连的。

[①] 弗朗茨·M. 乌克提茨. 恶为什么这么吸引我们 [M]. 万怡，王莺，译. 北京：社会科学文献出版社，2001：28.
[②] 转引自弗朗茨·M. 乌克提茨. 恶为什么这么吸引我们 [M]. 万怡，王莺，译. 北京：社会科学文献出版社，2001：128.
[③] 彼得·伯克. 文化杂交 [M]. 杨元，蔡玉辉，译. 南京：译林出版社，2016：5.
[④] 露特·贝尔劳. 恋爱中的布莱希特——露特·贝尔劳自述 [M]. 张黎，译. 北京：昆仑出版社，2002：42.

恶的陌生化

——论布莱希特《三毛钱小说》

  作为20世纪德国最具震撼力的剧作家、诗人、导演和戏剧理论家,布莱希特(Bertolt Brecht)创立和发展的"史诗戏剧"以及"陌生化效果",不仅给现代剧坛注入了蓬勃生机,也是对西方传统戏剧的一次颠覆性突破,但是,这并不意味着布莱希特置小说创作于次要地位。早在20世纪20年代,布莱希特就考虑过创作长篇小说,1920年7月1日他在日记中这样写道:"我有很多想法……还有很多关于如何写小说的认识,这些认识之所以引人入胜,因为它足以置因为(所有其他)小说而早已存在的传统以死地"。① 应该说《三毛钱小说》就是一部充分体现布莱希特的小说想法的作品,同时也是布莱希特计划创作的数部长篇小说中唯一完成的一部,在世界文坛上有"德国最重要的流亡作品"和"德国文学史上最重要、最渊博的讽刺小说"之称。

  《三毛钱小说》是布莱希特在1933年至1934年流亡丹麦期间完成的,这是一部"反向改编"的作品②,1928年,布莱希特把英国剧作家约翰·盖伊(John Gay)的《乞丐歌剧》改编成《三毛钱歌剧》,这个剧作给他带来国际声誉,也是他史诗戏剧的第一次成功实践,而《三毛钱小说》又改编自《三毛钱歌剧》,这样说来,《三毛钱小说》不仅是一次"反向改编"的作品,而且也是一部"双重改编"之作。

  《三毛钱小说》虽然改编自《三毛钱歌剧》,借用了后者的主要人物与情

---

① 贝托尔特·布莱希特. 三毛钱小说 [M]. 高年生,黄明嘉,译. 上海:上海译文出版社,2008:1.
② 关于布莱希特把《三毛钱歌剧》改编成《三毛钱小说》的问题,本人已有专文论述,具体参见:何玉蔚. 论布莱希特的反向改编——从《三毛钱歌剧》到《三毛钱小说》[J]. 戏剧文学,2012 (07):118-122.

节，与后者存在着一种坚定的互文关系，但这并不意味着在读《三毛钱小说》之前读者要先去剧院看《三毛钱歌剧》，或者要先去读《三毛钱歌剧》的剧本。实际上《三毛钱小说》就是一部地地道道、如假包换的小说，它与其他小说并无二致，如果说有的话，那是因为布莱希特是一位善于与魔鬼打交道的人，加上他对小说的独到思考，使《三毛钱小说》展现了一个异彩纷呈的奇妙恶世界，让人感到既惊心动魄又魅力无穷。

布莱希特把《三毛钱小说》的背景放在19世纪末到20世纪初的英国伦敦，主人公皮丘姆（1990版称"皮彻姆"，下同）表面上是一家出售旧乐器的商店老板，实则是伦敦丐帮的帮主。他像任何一位资本家一样进行剥削，只不过他剥削的对象是乞丐，他是伦敦行乞行业的垄断资本家；与他产生交集的是一位绰号"尖刀"的麦奇思（1990年版称"麦基"，下同）先生，他是一系列廉价品商店的老板，这种商店以大甩卖的价格抛售商品，商品价格十分低廉，因为它们全部都是偷来的，麦奇思可以说是盗窃行业的垄断者，他把伦敦的全部盗贼都变成了他手下的雇员。麦奇思偷娶皮丘姆的女儿波莉，婚宴上警察总督布朗（1990版称"布劳恩"，下同）竟然前来道喜，原来麦奇思和布朗是铁哥们，强盗和警察是一家。丐帮和强盗本来就不和，于是皮丘姆去告发麦奇思，紧要关头警察头目布朗帮助麦奇思，使他摇身一变成为"银行家"，随后麦奇思又同皮丘姆沆瀣一气，合伙对伦敦民众为非作歹。小说的结尾是受剥削压迫最重的退伍伤残士兵费康比被判处死刑并被绞死，行刑时，一大堆小业主、缝纫女工、伤兵和乞丐在场，大家无不拍手称快。读者读到这里不禁毛骨悚然，正如评论家所言："很难想象还有什么更凄惨、更无指望的结局了。"①

德国文艺理论家施勒格尔（Friedrich von Schlegel）认为："如果在一部长篇小说里，以一种有趣的方式塑造并阐明了一个全新的性格，那么即便依照最寻常的看法，也足以使这部小说出名。"② 应该说，布莱希特在《三毛钱小说》中就塑造了一种全新的性格——撒旦式性格，而这种撒旦式性格却又散发着奇妙的恶的魅力。比如丐帮帮主皮丘姆，他不应被看成是通常模式的吝

---

① 玛丽安娜·凯斯廷. 布莱希特 [M]. 罗悌伦，译. 北京：中国社会科学出版社，1992：132.
② 施勒格尔. 雅典娜神殿断片集 [M]. 李伯杰，译. 北京：生活·读书·新知三联书店，1996：135.

啬鬼，他是个恶棍，这毫无疑问，他的罪行在于他的世界观："变坏是根本没有止境的。这是皮丘姆深信不疑的，也是他唯一的信念。"① 既然他有这样的信念，他做起事情来完全没有底线，为所欲为。他把自己的女儿波莉当作资本，把她推到一个令人作呕的色鬼的床上，因为在他看来，自己的女儿也如同《圣经》一样，只不过是给他提供帮助的渠道罢了，他在把女婿麦奇思送上绞刑架之前，把他当作空气，从不看他一眼，因为皮丘姆想象不出有任何一种个人的价值能吸引他对这个夺走他女儿的人采取另外一种态度。"尖刀"麦奇思及其罪行之所以使他感兴趣，是因为他可以假借这些罪行杀人，而书中另一位撒旦式人物威廉·科克斯，他作为一名经纪人，却勾结政府要员弄虚作假，绞尽脑汁地把货真价实的"水上棺材"伪装成舒适豪华的游艇，把几艘破烂不堪的旧船卖给国家充当运兵船，结果使满船官兵全都命丧海底，因为作为把赚钱当作自己生活内容的科克斯与其商业伙伴都深深意识到：

　　这种盯人的竞争真可怕！不管什么卑鄙的生意，只要你不干，马上就会有其他人来干。一个人不得不忍受很多事。你如果感情冲动，即使只有一秒钟，那你就全完了。只有铁的纪律和自我克制才能成功。②

　　《三毛钱小说》中充斥着各种各样、形形色色的撒旦式人物，充满着畸形、暴戾、黑暗，令人触目惊心、脊背发凉，读者读后"与其说感到厌恶，还不如说感到悚惧"③。

　　但这又有什么新奇之处呢？在此之前巴尔扎克（Balzac）的《人间喜剧》里就充满着长长的一大串穷凶极恶、光怪陆离、满身血污的大资产阶级身影，把人吓得胆战心惊，《人间喜剧》的主导方面不是肯定与颂扬，而是批判与否定，在巴尔扎克的作品中，丑恶得到了痛快淋漓的表现。马克思就曾经说巴尔扎克写的是"杀人、通奸、诈骗和侵占遗产"的人的历史，尽管如此，巴尔扎克毕竟还对《人间喜剧》中的贵族寄予深深的同情，为他们唱了一曲无

---

① 贝托尔特·布莱希特. 三毛钱小说 [M]. 高年生，黄明嘉，译. 上海：上海译文出版社，2008：37.
② 贝托尔特·布莱希特. 三毛钱小说 [M]. 高年生，黄明嘉，译. 上海：上海译文出版社，2008：35.
③ 沃尔夫冈·耶斯克. 三毛钱小说的影响. 转引自贝托尔特·布莱希特. 三毛钱小说 [M]. 高年生，黄明嘉，译. 上海：上海译文出版社，2008：369.

尽的挽歌,这一方面说明了巴尔扎克头脑中残留的贵族观念,另一方面,从深层象征意义上看,巴尔扎克笔下的贵族形象,又是人欲横流时代人的理性与善的象征,寄予了巴尔扎克对人性复归的希望。布莱希特与巴尔扎克的不同在于《三毛钱小说》中没有正面人物形象,当然更谈不上通过正面人物形象寄托作家对人性复归的希望。布莱希特笔下的世界是鬼魅的世界,在这里,人脱去了虚假的道德外衣,赤裸裸地走向读者,他们不再高贵,不再优雅,而变得自私、凶残、专横,一切人性之恶都表现出来,就是人们最心仪的男欢女爱,也变成了金钱魔鬼式的爱情,爱情不再是人类精神的一种最深沉的冲动,而是暴露他们身上的恶的化学试剂。"尖刀"麦奇思认为:"女人委身于一个男人,责任自负,风险自负。他完全反对给女人规定条条框框。爱情不是养老保险"[1]。他在心里是这样反思自己对波莉的感情的:

同一个姑娘结婚,是看中她的钱还是看中她的人,这样自问是完全错误的。两者常常兼而有之。一个姑娘家很少有什么东西能像一笔财产那样激发一个男人的热情。她没有财产,我当然也会想要得到她,但是或许不会这样热烈。[2]

而当波莉奉父亲之命来诱惑科克斯,在科克斯的写字桌上看到一枚她估价二十英镑的胸针时,在她的想象中这枚胸针便与科克斯不可分割地联系在一起,内心进行着对各种亲密接触行为的价格计算:"超过接吻是完全不可能的,至多他可以搂抱我。这对那枚胸针来说并不太多。"[3]

在《三毛钱小说》中,不仅爱情丧失了使人们的生活充满温柔和芳香的能力,就连悬壶问世的医生也道貌岸然起来,暗地里"大刀阔斧"地为人非法堕胎,表面上却冠冕堂皇地大谈宗教和道德的神圣、官方禁令、职业良心等,他对前来找他做堕胎的波莉这样说道:

您向我提出的是何种非分要求?一切生命都是神圣的,且不说这方面有

---

[1] 贝托尔特·布莱希特. 三毛钱小说 [M]. 高年生, 黄明嘉, 译. 上海: 上海译文出版社, 2008: 122.
[2] 贝托尔特·布莱希特. 三毛钱小说 [M]. 高年生, 黄明嘉, 译. 上海: 上海译文出版社, 2008: 24.
[3] 贝托尔特·布莱希特. 三毛钱小说 [M]. 高年生, 黄明嘉, 译. 上海: 上海译文出版社, 2008: 101.

公安条例。医生要是做您想的那种事，就会失去自己的诊所，而且还要进班房……这毕竟是非法手术，即使为了患者的利益而不用麻醉药，也得要十五英镑，而且要先付，免得事后翻脸不认人……亲爱的小姐，腹中的胎儿就像其他生命一样神圣……星期六下午我有门诊……还有，您把钱带来，不然您就根本不必再来了……①

正如评论家所言："对混乱不堪的世界中那种混乱不堪的人际关系进行如此冷酷刻画的，除了布莱希特外，恐怕很难找到第二个人了。"②

本杰明·富兰克林（Benjamin Franklin）是 18 世纪美国最伟大的文学家，他的《自传》被誉为美国文学史上第一部经典文学作品，他用自己的经历回答"人如何生活"这个大难题，自传中最吸引人的部分，是他为自己制订的达到完美品德的十三种德行计划。可以说，道德的自我完善是富兰克林在《自传》中孜孜以求的人生境界。布莱希特在《三毛钱小说》中从另一个角度回答了"人如何生活"这个"天字号"第一大难题，书中这样写道："人究竟靠什么活？靠每时每刻折磨、掠夺、袭击、扼杀、吞噬人！只有完全忘掉自己是人，人才能活。先生们，休要自作聪明，人只有靠作恶才能活！"③德国哲学家叔本华（Arthur Schopenhauer）认为：和动物一样，人类主要的和根本的推动力是自私的，也就是对自己生存和舒适的追求。但不要忽略的一个事实是，人类同所有其他动物有一个本质的不同，那就是人类建立了道德的体系，试图以此约束其自私的天性，因此，如果以盗窃、抢劫或杀人来作为获得资源的手段就会受到道德规则的约束，他能够凭良心觉得自己所做的违背道德的事很不好，产生负疚感。吃掉了羚羊以后，狮子就已经满足了，事情仅止于此。人类也需要美餐，但对于人类来说仅有美餐是远远不够的。毕竟，人类生活中确实存在一种无论如何也要捍卫的、超越一切的价值，虽然，一旦涉及细节问题，涉及具体的情况，人们的思想和道德情感就开始发生分裂。但从另一个角度看，恶也与我们息息相关，恶与我们如影随形，魔

---

① 贝托尔特·布莱希特. 三毛钱小说 [M]. 高年生，黄明嘉，译. 上海：上海译文出版社，2008：58.
② 玛丽安娜·凯斯廷. 布莱希特 [M]. 罗悌伦，译. 北京：中国社会科学出版社，1992：112.
③ 贝托尔特·布莱希特. 三毛钱小说 [M]. 高年生，黄明嘉，译. 上海：上海译文出版社，2008：40.

鬼、女巫、吸血鬼等，它们虽是文化虚构出来的产物，但人们正是利用它们形象地对恶进行描绘，这一类恶形恶状的事物教育我们应该感到害怕，同时也召唤我们与之交锋。

从某种角度上说，基督教完全清楚来自恶的这一方面的长期诱惑，甚至耶稣都受到过魔鬼的诱惑，魔鬼将世上的万国与万国的荣华都指给耶稣看，并对耶稣说，你若俯伏拜我，我就把这一切都赐给你（具体参见《马太福音》第4章第8节）。耶稣拒绝了，但诱惑始终都非常强大，毕竟，大多数人都不像耶稣那样坚若磐石，毫不动摇。其实，我们根本没有必要借助恶魔来对恶进行具体的想象，因为，"恶真实地存在着，它就存在于人类的形象之中，潜伏在我们每一个人身上。"[1] 格奥尔格·西美尔（Georg Simmel）在他的《社会学》一书中是这样说的："恶与秘密有一种直接的内在联系。"[2] 是的，按照现代精神分析学家弗洛伊德（Sigmund Freud）的观点，撒旦不是什么外在之物，它来自人类的潜意识，是本我，是受到压抑、排斥的欲望，是本能的形象化表达。本我"没有价值观念，没有伦理和道德准则。它只受一种考虑的驱使，即根据唯乐原则去满足本能的需要"。[3] 撒旦对上帝的反叛，正是欲望、本能以其强大的生命力对道德律令的挑战与挞伐。毕竟，道德是建筑在群体的彼此约束上的，而本能是活生生的生命之根，具有冒险精神和反抗性，使生命呈现出丰富性与生动性。从某种角度上来说，对于本能的扼杀就是文明对生命的禁锢，就是上帝对撒旦的惩罚，就是超我对本我的压抑。人不能长久地囿于知觉状态，他必须重新闯入无意识存在中，因为那里存在着他的根。歌德（Johann Wolfgang von Goethe）的浮士德就是这种"根"的产物，是歌德摆脱自我知觉状态而进入无意识存在的本我产物。如果说生命之花的开放需要根的话，那么这花一定是艳丽诱人而又邪恶的"恶之花"，是那心理潜意识哺育了它，所以荣格（Carl Gustav Jung）说："《浮士德》并非是歌德创作的，而是《浮士德》创作了歌德。"[4]

---

[1] 弗朗茨·M. 乌克提茨. 恶为什么这么吸引我们［M］. 万怡，王莺，译. 北京：社会科学文献出版社，2001：33-34.
[2] 转引自彼得-安德雷·阿尔特. 恶的美学历程——一种浪漫主义解读［M］. 宁瑛，等译. 北京：中央编译出版社，2014：315.
[3] 卡尔文·斯·霍尔. 弗洛伊德心理学与西方文学［M］. 包华富，等译. 长沙：湖南文艺出版社，1986：27.
[4] 荣格. 现代灵魂的自我拯救［M］. 黄奇铭，译. 北京：工人出版社，1987：249.

应该说，布莱希特的《三毛钱小说》就是一部散文体的《恶之花》，给读者带来一种惊惧的恐怖美，而恐怖又是与人类自我保护的机能相联系，所以恐怖有一种更加深刻的审美效果。弗洛伊德认为，在常人的理解中，害怕的东西之所以吓人那是因为它不为人所熟悉或了解，实际上这种观点是错误的。他认为恐惧是对"某种本应隐蔽起来却显露出来的东西"的心理反应，因为"令人害怕"的事物是脑子里早就有的，只是由于约束的作用，它才被人从脑子里离间开来。"这种同约束因素的联系使我们进一步懂得谢林对'令人害怕的'所下的定义，某种本应隐蔽起却显露出来的东西。"① 在弗洛伊德看来，害怕的感受来自本应受到约束的熟悉的东西，这种东西就是本能，人类的本能应该深藏于潜意识领域，如果它被暴露于光天化日之下，就会遭到道德的惩罚。这种对道德戒律的畏惧就是恐怖。撒旦（恶）本应潜藏于黑暗中，停留在人的无意识领域，但它却走到了阳光下面，呈现在读者面前，这种令人陌生而又熟悉的东西又怎能不令人感到恐怖？从创作理念上说，这也正是布莱希特倡导的"陌生化效果"。他认为"陌生化的反映是这样一种反映：对象是众所周知的，但同时又把它表现为陌生的……毫无疑问，这种陌生化效果会阻止发生共鸣。"② 共鸣诉诸人的情感，造成丧失主观能动性的负面效应，会让人丧失改造现实世界的冲动，"每一种旨在完全共鸣的技巧，都会阻碍观众的批判能力。只有不发生共鸣或放弃共鸣的时候，才会出现批判。"③ 毕竟"艺术之成为艺术，是因为它具有使人精神获得解放，震动，奋起及其它种种力量。倘使艺术无能为此，它就不是艺术了"④。这样看来，布莱希特把《三毛钱小说》写成一部散文形式的《恶之花》，是因为他意识到，比起善来说，破坏性的恶更是历史发展的重要动力。它表现为一种原始的力量，表现为对一个旧时代的否定，还表现为对某种既定价值的颠覆，因为布莱希特坚信："这个可怕而又伟大的世纪的人是可以改变的，他也能够改变这个世界。"⑤

---

① 弗洛伊德. 弗洛伊德论创造力与无意识 [M]. 孙恺祥，译. 北京：中国展望出版社，1987：149.
② 贝托尔特·布莱希特. 布莱希特论戏剧 [M]. 丁扬忠，等译. 北京：中国戏剧出版社，1990：22.
③ 贝托尔特·布莱希特. 布莱希特论戏剧 [M]. 丁扬忠，等译. 北京：中国戏剧出版社，1990：249.
④ 贝托尔特·布莱希特. 布莱希特论戏剧 [M]. 丁扬忠，等译. 北京：中国戏剧出版社，1990：61.
⑤ 贝托尔特·布莱希特. 布莱希特论戏剧 [M]. 丁扬忠，等译. 北京：中国戏剧出版社，1990：66.

论《哈克贝利·费恩历险记》中的游戏

大多数在少年时期读过《哈克贝利·费恩历险记》的人，都会认为这是一本"儿童读物"，的确，这部小说表明了马克·吐温（Mark Twain）儿童时期的内心世界，"文学史上还很少有把少年的思想表现得如此清晰的作品，"[①]但它绝不是一部单单为少年而写的小说——故事发生在南北战争前，黑奴吉姆听说女主人华珍小姐要卖掉他，就逃出来，想逃到北部自由州去。路上遇到为逃避父亲毒打的白人孩子哈克贝利，他们俩乘木筏顺密西西比河一起逃亡，路上相互依靠并结下了深厚的友谊。但是他们找不到通往自由州的卡罗镇，反而碰上自称"国王"和"公爵"的两个骗子。这两个骗子企图卖掉吉姆，而哈克贝利也觉得帮助一个被追捕的黑人奴隶逃跑是件大逆不道的事情，得到阴间去下油锅。毕竟，哈克贝利出生在蓄奴的南方，自幼受社会环境的影响，接受了白人天生是主人，黑人天生是奴隶，黑人的命运由他们的主人任意支配的观念，这种观念构成这个社会道德准则的核心，成为这个社会成员的"良心"。这"良心"始终使哈克贝利不安，但他同时又有一颗"健全的心灵"，与这所谓的"良心"相对抗，他富有同情心，善于思考，因而他又多次"包庇"吉姆，使他逢凶化吉、化险为夷，"良心"与人性的矛盾，成为哈克贝利富有戏剧性和深刻社会意义的心理矛盾，也是作者有意为之的精彩篇章，最后哈克贝利在汤姆的帮助下救出吉姆，直到这时，他才知道——根据女主人华珍小姐的遗嘱，吉姆早就已经获得自由。

《哈克贝利·费恩历险记》是马克·吐温最优秀的作品之一，从思想和艺术两方面讲，都是美国文学史上一部经典小说，小说的主题是反对奴隶制，

[①] 罗伯特·E. 斯皮勒. 美国文学的周期——历史评论专著［M］. 王长荣，译. 上海：上海外语教育出版社，1996：126.

这使我们很自然地联想到另一部具有同样主题的小说,揭露和控诉南部蓄奴制的代表作——哈里特·比彻·斯托(Harriet Beecher Stowe)的《汤姆叔叔的小屋》,斯托的这部小说"是美国出版史上的最大成功之一,同时也是美国最有影响的书籍之一——至少它曾对当时的社会产生过直接的影响"①。该小说于1852年5月20日出版,一年后在美国就销售了305000册,至于它的影响,只要记住林肯(Abraham Lincoln)的那句话就足够了。当斯托夫人被迎进白宫接受林肯召见时,林肯见到她时的第一句话就是:原来你就是那位燃起这场大战的小妇人。的确,《汤姆叔叔的小屋》可以说是一颗炸弹,在各种压力——既有历史的也有个人的——推动之下投进了世界,而同样是反对奴隶制的《哈克贝利·费恩历险记》却发表于1884年,比《汤姆叔叔的小屋》的出版时间整整晚了32年,也就是说,马克·吐温是在美国南北内战结束20年后才写了一部反对奴隶制的小说,主题相同但绝对不是炸弹,斯托的写作特点是直截了当、毫不含糊地反映客观现实,《汤姆叔叔的小屋》完美地展现了她的"政治家的风度",而马克·吐温把现实主义的精心镂刻与浪漫主义的抒情描写结合在一起,《哈克贝利·费恩历险记》充分地展现了他的"游戏家的风度"——这从贯穿作品始终的大大小小的、环环相扣的游戏可见一斑。

把马克·吐温说成是"游戏家",并不是指他游戏人生,而是指他喜欢游戏,也擅长游戏,甚至在对游戏一无所知、毫无经验的情况下,他也总能吉星高照,打败对手,不论是玩滚球、弹子球,还是玩木炮,于是精通游戏的对手一开始总是对马克·吐温的获胜感到莫明其妙,进而认为马克·吐温撒谎,明明自己是个老手,却佯装一窍不通,马克·吐温在自传中披露过这一点,他说在他的"一生中经常遇到这样的情况"②。另外,马克·吐温小时候是个恶作剧者,他喜欢在别人床上放黄蜂啦、忽悠别人上屋顶啦之类的事,他这样解释自己的喜好:"年少无知的年代,我只是感觉好玩儿,"③ 也就是说,年少的马克·吐温把恶作剧当成了游戏,还有,马克·吐温在现实生活

---

① 埃德蒙·威尔逊. 爱国者之血——美国南北战争时期的文学[M]. 胡曙中,等译. 上海:上海外语教育出版社,1996:3.
② 马克·吐温. 戏谑人生——马克·吐温自传[M]. 石平,译. 合肥:安徽人民出版社,2012:143.
③ 马克·吐温. 戏谑人生——马克·吐温自传[M]. 石平,译. 合肥:安徽人民出版社,2012:54.

中喜欢商业冒险（也有游戏的意味），他创作《哈克贝利·费恩历险记》始于1876年，是《汤姆·索亚历险记》的姐妹篇，马克·吐温摆笔数次又继续创作，在此期间他的个人财务政策出现了失误，始于1880年的对排版系统的一项投资项目逐渐失控，并走上了破产的边沿，于是他把精力重又投向写作，在文学作品中嵌入游戏，绝没有破产的危险，我们从马克·吐温的喜好回到他的作品——《哈克贝利·费恩历险记》，小说一开头就是一个通告：

  本作者奉兵工署长G·G指示，特发布如下命令：如有人企图从本书记叙中发现写作动机，将对之提出公诉；如有人企图从中发现道德寓意，将处以流刑；如有人企图从中发现情节结构，将予以枪决。①

  加利福尼亚大学出版社1986年出版的《马克·吐温文库·本注》称之为"游戏文章"式通知，很显然，这个通告为全书确定了一个基调，给整部作品涂上一层萦绕全书的强烈喜剧色彩。小说第一章第一页，哈克贝利在介绍完《汤姆·索亚历险记》结尾发生的事情后，向读者告知陶格拉斯寡妇认他为干儿子，要教他做人的规矩，可是哈克贝利实在受不了文明世界里的条条框框，重新又逃了出来。"可是汤姆·索亚他找到了我，告诉我说，他打算成立一个强盗帮，如果我肯回到寡妇那儿去，学好，我就可以加入这个帮。于是我回去了。"② 在这句引文里，文明与受人尊敬和儿童游戏联系在一起——游戏的参加者要装扮成罪犯，让读者觉得既荒诞又幽默，紧接着开始了一个个游戏：汤姆假装有一队阿拉伯人和西班牙人带着数百头骆驼、大象在附近露营，可那实际上是一个周日学校的野餐会，汤姆仍解释说，那确实是一队阿拉伯人和西班牙人——只不过他们都被施了魔法，像《唐·吉诃德》里一样。男孩们对野餐会中的冲锋只网罗到几个甜面圈、果酱和许多麻烦。为了验证汤姆的另一个理论，哈克贝利擦了擦老台灯和戒指，却召不来妖怪。于是哈克贝利做出判断：汤姆的大多数故事都是"骗人的"游戏。《哈克贝利·费恩历险记》充满了谎言、骗术和闹剧，它们都有游戏的意味，其中许多出自所谓的公爵和国王——两个骗子，他们实施的骗术不断，高潮是公爵弄来几大张包

---

① 马克·吐温. 汤姆·索亚历险记, 哈克贝利·费恩历险记 [M]. 成时, 译. 北京：人民文学出版社, 1998: 24.

② 马克·吐温. 汤姆·索亚历险记, 哈克贝利·费恩历险记 [M]. 成时, 译. 北京：人民文学出版社, 1998: 247.

装纸和一些黑漆,画了一些海报,在全村张贴:

> 受聘伦敦及欧洲大陆各剧院
> 誉满全球的悲剧演员
> 小大卫·加利克!
> 老爱德蒙·凯恩!
> 假座本镇法院大厅!
> 联合演出!
> 只演三场!
> 惊心动魄的悲剧
> 《国王的长颈鹿》
> 又名
> 《王室异兽》!!!
> 门票每位五角。
> 然后在海报底下用最大的字写了这样一行:
> 妇孺恕不招待。①

大幕一起,国王光着身子,手脚并用地蹦上场来,他全身画满花花绿绿的圆圈和条纹,像彩虹一般叫人眼花缭乱,观众们一个个笑得前仰后合,国王进行了两回这样的表演后,演出就草草结束了,公爵和国王差点受到攻击。观众对于遭人戏弄感到羞愧难当,他们决定捍卫自己的荣誉,准备让镇子上的每一个人都受到戏弄。于是,他们在观看了演出后,告诉没有观看的人:演出棒极了!所以第二天晚上,演出时观众仍然爆满。正如公爵所料,第三天的观众全是前两天的观众,他们是来复仇的,国王和公爵的把戏只得收场。第二十七章"葬礼"是马克·吐温游戏套餐中的绝妙一场,戴着黑手套、一句话也不说、全凭手势来调动人位置的殡仪人,发出像是得了肠绞痛那样叫喊的风琴声,号啕大哭的哀者以及大煞风景的狂叫声,所有这一切让哈克贝利在为他藏在棺材里的钱的命运担忧的同时,对人类本性也做出了令人沮丧的观察。小说的结尾既模糊得令人失望,又复杂得令人振奋——读者意识到

---

① 马克·吐温. 汤姆·索亚历险记,哈克贝利·费恩历险记 [M]. 成时,译. 北京:人民文学出版社,1998:404-405.

书中的一切都是一个恶作剧，都是一场游戏。因为从严格的法律角度上讲，吉姆几乎一直都是个自由人，于是哈克贝利所有的道德危机，他曾说的所有谎话，他所打破的所有社会习俗，都成了一场游戏的一部分。从某种意义上说，当得知吉姆早已是自由身时便把小说前面的内容一笔勾销，把它变成另外的样子——一场游戏套着另一场游戏。

马克·吐温为什么把一部具有严肃主题的《哈克贝利·费恩历险记》写成游戏套餐？这样的提问貌似合理自然，却暗含着对游戏的否认，即游戏是一种不严肃的事物，严肃性和游戏不能兼容，而真实情况是："游戏与严肃性之间的对立常常是含混的……游戏可以求助于严肃性，而严肃性也求助于游戏。"① 因为"敢于面对挑战，承担风险，承受压力。这些是游戏精神的要素。压力增加游戏的重要性，并且更能使选手遗忘他只是在游戏"②。可见，"游戏并不排除严肃性。"③ 其实，早在2500年前，"历史之父"希罗多德（Herodotus）在他写的《历史》中就有这样一段文字：吕底亚发生了严重的饥馑，他们开始筹划对策对付这种灾难，

> 不同的人想出了不同的办法。骰子、阿斯特拉伽洛斯、球戏以及其他所有各种各样的游戏全都发明出来了……他们使用这些发明来缓和饥馑。他们在一天当中埋头于游戏之中，以致不想吃东西，而第二天则只吃东西而不游戏。他们就这样过了十八年。④

希罗多德睿智地指出，游戏是一种介入社会危机的有效方式，它出人意料，极具创造性。而当代学者也认为："游戏是应对当前最迫切共同问题的一种潜在解决方案。"⑤ 既然游戏具有如此特性，那么马克·吐温在内战结束20年后通过游戏的手法写一部反奴隶制的小说也就可以理解了。

19世纪80年代初，将战后美国重新组合到一起，让解放了的奴隶融入社会的重建计划处于风雨飘摇之中，尽管这个计划表面上还没有失败——该计

---

① 约翰·赫伊津哈. 游戏的人 [M]. 多人，译. 北京：中国美术学院出版社，1998：10.
② 约翰·赫伊津哈. 游戏的人 [M]. 多人，译. 北京：中国美术学院出版社，1998：55.
③ 约翰·赫伊津哈. 游戏的人 [M]. 多人，译. 北京：中国美术学院出版社，1998：201.
④ 希罗多德. 历史 [M]. 王以铸，译. 北京：商务印书馆，2016：58.
⑤ 简·麦戈尼格尔. 游戏改变世界——游戏化如何让现实变得更美好 [M]. 闾佳，译. 北京：北京联合出版公司，2016：10.

划于1887年，也就是《哈克贝利·费恩历险记》出版3年后宣告失败。在马克·吐温创作这部作品之时，自内战后似乎已经缓和了的种族关系再度紧张起来，用来限制南方黑人权利的《吉姆·克劳法》成为一种潜在的新型压迫工具，表面上看，美国黑人严格按照法律意义可能已经自由了，但他们仍然受到社会的束缚，社会拒绝承认他们作为个人的合法平等地位，马克·吐温做了一个了不起的决定："描写一个已不复存在的制度，而这样做可能只会使那些缺乏同情心的读者声称黑人的境况已大为改观。"① 正如奴隶制把高尚的吉姆交给白人（不管这个白人是多么的堕落）掌握一样，"在重建计划后期，更加隐蔽的种族主义无端地、伪善地压制黑人。"② 南方的新种族主义虽然不像以前那么制度化和稳固，对它进行批评仍是很困难的。奴隶制的合理性是很难证明的，但当南方白人以对新解放的奴隶进行自卫为借口，实施种族主义法律时，无论是北方人还是南方人，竟然没有几个人将此举视为不道德的行为。马克·吐温揭露了奴隶制的伪善，表明种族主义不仅扭曲了被压迫者，同样也扭曲了压迫者。马克·吐温在如此早的时期就精心刻画了这一主题，由于南方从未真正摆脱奴隶制的枷锁，这个主题在整个20世纪不断激励着南方文学作品的创作，尤其是在南方作家威廉·福克纳（William Faulkner）的作品里更是得到充分体现。

我们再回过头看看《汤姆叔叔的小屋》，这部在战前名噪一时的作品，在战后的岁月里，却逐渐不那么流行了。根据斯托1887年下半年的稿费收入情况记录，那半年里只销售了一万两千册，最后《汤姆叔叔的小屋》一书终于绝版了。一直到1948年，此书列入《现代图书馆丛书》时才得以重印。在那以前，除了在旧书店以外，事实上已很难寻觅到它的踪影了。这本小说的销售量骤减，其根源究竟在哪儿呢？"在美国，《汤姆叔叔的小屋》通常被认为是一部带有宣传色彩的小说，仅此而已。一旦目的达到，也就失去继续存在的必要了。"③ 反观马克·吐温的《哈克贝利·费恩历险记》呢？美国评论家

---

① Melissa Martin, Stephanie Pumphrey. 哈克贝利·费恩历险记导读 [M]. 阎玉敏，译. 天津：天津科技翻译出版公司，2007：47.
② Melissa Martin, Stephanie Pumphrey. 哈克贝利·费恩历险记导读 [M]. 阎玉敏，译. 天津：天津科技翻译出版公司，2007：49.
③ 埃德蒙·威尔逊. 爱国者之血——美国南北战争时期的文学 [M]. 胡曙中，等译. 上海：上海外语教育出版社，1996：3.

认为:《哈克贝利·费恩历险记》"是我们的《奥德赛》,"① 海明威(Ernest Miller Hemingway)认为:整个现代美国文学可以说源出于一本书,那就是马克·吐温的《哈克贝利·费恩历险记》,确实,马克·吐温在《哈克贝利·费恩历险记》中把游戏与深刻的道德问题联系在一起并贯穿小说的始终,这种"亦庄亦谐"的艺术风格令人耳目一新,深受读者称赞,又以丰富的艺术含量进入了严肃文学的领域,它雅俗共赏,百读不厌,永远散发着生机勃勃的青春气息。

---

① 克利夫顿·费迪曼. 一生的读书计划[M]. 乔西,王月瑞,译. 海口:海南出版社,2002:390.

绝对小孩
——汤姆·索亚

人与作品的关系有时就像人与人之间的交往一样,有的见过多次还记不住,有的匆匆一面却永生难忘——马克·吐温(Mark Twain)的《汤姆·索亚历险记》就是一部让人读时赏心悦目,读完过目不忘的作品,虽然它的姐妹篇《哈克贝利·费恩历险记》在生活厚度、思想性和艺术性方面更胜一筹,但《汤姆·索亚历险记》自有其独特价值,正如评论家所言:"马克·吐温以汤姆其人为底本写出了这个具有普遍性特征的男孩,并且在描绘的过程中以一种非常特殊的方式将他自己置于这个孩子的心目中。这种真实性,使这本书出版一百年来一直魅力不衰。"[①]

《汤姆·索亚历险记》发表于1876年,描写南北战争前一个小镇上男孩汤姆·索亚不满枯燥的生活环境、追求冒险生活的故事。马克·吐温用对比的手法,把生气勃勃的儿童心理同陈腐刻板的生活环境加以对照,小市民的庸俗保守、枯燥无味的死读书、虚伪的宗教仪式、催眠一般的牧师布道等,这一切都叫汤姆感到厌烦。小说通过汤姆在课堂上的"捣乱"、在教堂里的恶作剧和最后幻想当强盗等情节,奚落了当时儿童教育的清规戒律。作品对儿童的心理世界描写得细致真切,一个绝对小孩的形象栩栩如生地展现在读者眼前。

什么是小孩子?或者什么是儿童,这听起来似乎像是个愚蠢的问题,答案当然很显然,"儿童经常被看作是成人的较小的较弱的版本——更具依赖

[①] 约翰·坎尼. 最有价值的阅读——西方视野中的经典[M]. 徐进夫,等译. 天津:天津教育出版社,2006:274.

性，缺少知识、竞争力，没有完全社会化也不善控制情绪。"① 这样使用负面意义的词语的描述使得人们只注意到儿童所缺乏的能力，忽略了儿童所具有的成长的巨大潜能，而马克·吐温认为儿童的生命体中蕴含着成人生命所不能替代的人生价值，并将这一观念深深植入小说文本，汤姆·索亚作为绝对小孩的形象出自马克·吐温的笔下也就顺理成章了。

小说开头，这个货真价实的绝对小孩汤姆·索亚以一系列调皮捣蛋行为"闪亮登场"。偷吃果酱却通过玩把戏的方式逃脱包莉姨妈的鞭打，但跑得了和尚跑不了庙，姨妈为了惩罚他不听话，把他的周末假日改为"禁止外出专做苦工"——要他粉刷庭园的院墙，那是一个美丽的早晨，对一个男孩而言，绝对不是一个粉刷墙壁的好日子，汤姆为了摆脱痛苦，试图把刷墙这个苦差事转嫁给他人，把自己的一颗白弹子送给另一个小男孩杰姆，这颗白弹子虽然诱惑力极大，但还大不过杰姆对包莉姨妈的害怕，这时汤姆又加了一个筹码，给杰姆看看他受伤的大拇脚趾。杰姆实在是太好奇了，便答应了汤姆的要求。书中写道："杰姆到底不过是个凡人——这一招对他的诱惑力太大了。他放下了水桶，接过弹子，弯下身去对着正在解开绷带的大拇脚趾看得出了神。"②

这样的交换条件（特别是看受伤的大拇脚趾）只能存在于儿童世界，成年人绝对不会感到一个受伤的脚趾有多大的吸引力，可能更多的是感到恶心，外科医生感兴趣的话那另当别论，但是小孩子就会这么做，他什么都好奇，他的快乐当然也就比大人多得多，马克·吐温写出了成人世界里荡然无存的"童趣"。虽然杰姆的帮忙被包莉姨妈发现，汤姆首战失利，但他最终开动脑筋成功摆脱刷墙的苦役，并且

> 汤姆已从早上一个穷得叮当响的孩子变成了腰缠万贯的富翁……他已拥有十二颗弹子，口拨琴上的一部分，一块可以透光的蓝玻璃瓶碎片，一尊纱管做的大炮，一把什么也开不了的钥匙，一段粉笔，一个圆酒瓶的玻璃塞子，一个洋铁皮做的大兵，两只蝌蚪，六个爆仗，一只独眼的小猫，一个铜制门把手，一只狗项圈——可没有狗，一把刀柄，四块橙子皮，还

---

① 鲁道夫·谢弗.儿童心理学［M］.王莉，译.北京：电子工业出版社，2012：16.
② 马克·吐温.汤姆·索亚历险记，哈克贝利·费恩历险记［M］.成时，译.北京：人民文学出版社，1998：21.

有一个破旧的窗框。①

把这些东西看作是破烂儿、废品、垃圾,还是财产、宝贝、心头好,表明你所从属的两个世界——成人世界与儿童世界,这些东西在大人眼里,一文不值,废品收购站都不一定会收,因为"大人就喜欢数字"②,正如圣埃克絮佩里(Antoine de Saint-Exupéry)在《小王子》所言,要是对大人说,有一幢漂亮的房子,红砖墙窗前种着天竺葵,屋顶上停着鸽子……如果你这样描述房子,他们想象不出这幢房子是怎样的,你得这么跟他们说:"我看见一幢十万法郎的房子",他们马上会大声嚷嚷:"多漂亮的房子!"儿童追求的是快乐,"金钱万能"的观念不是儿童世界自主产生的,一件成人世界的废物如果能给他们带来快乐,那也是宝贝,由此可见儿童世界是浪漫的、充满着情感和好奇心的,而成人世界则是现实的、狭隘的、受工具理性驱动的,成人的快乐远远少于儿童,过于数字化是一个不能不说的原因。

汤姆与蓓姬少男少女之间的情感纠葛在马克·吐温的笔下既妙趣横生,又平实质朴,汤姆回家时看到一个陌生的小姑娘——蓝眼睛,黄头发编成两条长辫子,穿一件白色衫子和一条绣花宽松长裤,这个女孩是如此可爱,使得汤姆这位刚打完仗的、得胜还朝的英雄竟然不放一枪就投降了。"他偷偷瞅着这位新天使,恨不得顶礼膜拜,直到他看见她已经发现了他;接着他又装作不知道有她在场似的,用种种可笑的孩子气十足的动作来'表现'自己,求得她的赏识。"③而蓓姬对汤姆的回应则是把一朵三色紫罗兰抛到篱笆外,渐渐两位少男少女熟悉了,汤姆向他的心上人畅谈他未来的远大抱负——去马戏团当小丑,而他心上人的回答是,哇,真的,那可好啦,小丑身上全是斑斑点点,可爱极啦!是的,"儿童都喜欢小丑,大人则否,因为自己已经够像了。"④ 马克·吐温完全站在小孩世界里写小孩,把小孩子的天真、纯洁的天性表现得淋漓尽致,十足的儿童本色。而汤姆和蓓姬发生了小矛盾之后,他感到后悔要向蓓姬和好时,蓓姬回答他,你永远不要来找我了,可是转眼

---

① 马克·吐温. 汤姆·索亚历险记, 哈克贝利·费恩历险记 [M]. 成时, 译. 北京: 人民文学出版社, 1998: 24.
② 圣埃克絮佩里. 小王子 [M]. 周克希, 译. 上海: 上海译文出版社, 2011: 12.
③ 马克·吐温. 汤姆·索亚历险记, 哈克贝利·费恩历险记 [M]. 成时, 译. 北京: 人民文学出版社, 1998: 27.
④ 朱德庸. 绝对小孩 [M]. 北京: 中国出版集团, 现代出版社, 2015: 43.

之间蓓姬也后悔了，马克·吐温把处于恋爱关系（实际上是少男少女朦胧的好感）中男女双方千变万化、复杂微妙的心理刻画得细致入微，让读者感到既温馨又美好，本来对异性的渴慕就是瓜熟蒂落、水到渠成的美好感情，根本不存在"早"不"早"的问题。

的确，"大人有个大人世界，小孩有个小孩世界。大人用尽方法想把小孩拉到他们的世界里，小孩却只想待在自己的世界。"① 哈克贝利·费恩是酒鬼的儿子，镇上所有的母亲都打心眼儿里既恨他又怕他，因为他游手好闲，而且无法无天，又野又坏——还因为所有她们的孩子都爱慕他。汤姆跟其他体面孩子一样，羡慕哈克贝利那种叫人眼花缭乱的弃儿世界——来来去去，一切由着他自己。他不用上学，也不用上教堂；不用叫任何人主人，也不用听谁的命令。他想在什么时候、什么地方钓鱼游泳，都没有人拦着，想玩多久就玩多久。没人禁止他打架，他爱多晚睡觉就多晚睡觉，他从来不必梳洗，也不必穿干净衣服。他骂人骂得可溜了。"总而言之，凡是生活中叫人痛快的事，这孩子全占了。圣彼得堡每一个受磨难、受压制的体面男孩子都这么想。"② 汤姆虽然也不例外，但他还有更远大的理想——当海盗（当小丑的想法已被他放弃），那时他的声名将传遍世界，让人一听到他的名字就打战！他将驾一艘长长的、吃水很深的黑色快船，船头飘扬着他那面令人胆战心惊的旗帜，在波涛汹涌的海洋上驰骋！当他的声名达到顶峰的时候，他将突然出现在古老的镇子上，阔步走进教堂。他皮肤黝黑，饱经风霜，身穿黑天鹅绒的紧身衣裤，脚蹬过膝长筒靴，挎着深红色的绶带，皮带上插满了手枪……两耳听得大家在窃窃私语——这是海盗汤姆·索亚啊！是的，这一切都让汤姆心花怒放，在他心目中，宁可在舍伍德树林里做一年强盗，也不愿意永生永世做合众国的总统。他现在所能尽快付诸行动的是——计划好跟他的海盗弟兄一起回家，从而能够参加他自己的葬礼（汤姆离家出走，大人误以为他已落河而死），这种充满奇思妙想的恶作剧真的让大人匪夷所思，只能由异想天开的绝对小孩子想得出来，所以尽管包莉姨妈和别的大人对他的所作所为口头上严加训斥，心里却感谢他为他们的生活带来新鲜和刺激。

---

① 朱德庸. 绝对小孩 [M]. 北京：中国出版集团，现代出版社，2015：41.
② 马克·吐温. 汤姆·索亚历险记，哈克贝利·费恩历险记 [M]. 成时，译. 北京：人民文学出版社，1998：51.

汤姆·索亚这个活蹦乱跳、生龙活虎的绝对小孩出现在马克·吐温笔下当然不是无缘无故的，原因也不难找到，马克·吐温在《哈克贝利·费恩历险记》中对此有过幽默的提醒："你们要没有念过一本叫《汤姆·索亚历险记》的书，你们就不会知道我这个人，不过这不要紧。那本书是马克·吐温先生做的，其中他讲的大半是真话，也有些是添油加醋。不过大部分他讲的是真话。"① 而在《汤姆·索亚历险记》的序言中，马克·吐温又直言不讳地告诉读者：汤姆是由他认识的三个男孩糅合而成，其中之一就是年幼的萨姆·克莱门斯（Samuel Clemens），即马克·吐温本人，汤姆酷似马克·吐温本人回忆自己当年的模样，而且两人所作所为也极为相似。马克·吐温在小时候共有九次掉入水中又让人救起的经历，他在他的自传《戏谑人生》中写道："虽然大人们不允许我们游泳，但是我们却经常来这儿游泳。因为我们是小基督徒，很早我们就从亚当与夏娃的故事里知道了禁果的价值。"② 马克·吐温在他的自传中还坦承他小时候喜欢恶作剧，从来没有从道德方面好好进行思考，仅仅因为感觉好玩儿，他的母亲为他操碎了心，在母亲八十八岁的时候，马克·吐温曾问过他母亲："'生怕我活不了？'她想了一想——好像是为了梳理思绪想想清楚实际情况——然后回答说：'不，是怕你活下来。'"③ 可见马克·吐温小时候是多么调皮捣蛋，多么让他母亲头疼。

当然很多作家小时候都曾是调皮捣蛋的孩子，但这并不能保证他们长大成人（成为作家）后把调皮天真的小孩活灵活现地展现在他们的作品里，这要看作家的人生体验、艺术感觉、审美趣味。有的文学批评家认为马克·吐温是一位永远长不大的孩子，虽然这种评语主要是从贬低马克·吐温的角度上来说的，但这也提醒我们关注马克·吐温独有的创作风格，当然"马克·吐温也不是一下子就成熟的，因为他的创作主要取决于生活的积累。他最早的短篇小说和札记都是写比较直接的经历，对于美国人物与景色的再发现。"④ 在《汤姆·索亚历险记》中，马克·吐温将十年的童年生活集中到一个夏季，

---

① 马克·吐温. 汤姆·索亚历险记, 哈克贝利·费恩历险记［M］. 成时, 译. 北京：人民文学出版社, 1998：247.
② 马克·吐温. 戏谑人生——马克·吐温自传［M］. 石平, 译. 合肥：安徽人民出版社, 2012：8.
③ 马克·吐温. 戏谑人生——马克·吐温自传［M］. 石平, 译. 合肥：安徽人民出版社, 2012：15.
④ 罗伯特·E. 斯皮勒. 美国文学的周期——历史评论专著［M］. 王长荣, 译. 上海：上海外语教育出版社, 1996：121-122.

作家经过时间的锤炼能够运用自如地抹掉或是强调某些细节，胡适曾给人题词："有一分事实说一分话，"对于作家，我们也可以说："有多少细节，就有多少作品。"正因为《汤姆·索亚历险记》充满了真实可信的细节，使得整部作品像是原汁原味的——水果，它是有生命的，带着生活的汁液，并且有着作家的生命体验，更为关键的是，马克·吐温从自身的童年经验出发，站在儿童的立场去看待教育主义的儿童文学作品，并由此得出了与崇尚说教的成人迥然不同的结论。在英美儿童文学的发展史上，一直有两股相互对立的创作倾向，简明不列颠百科全书将其划分为两大主要的类型：教育主义与儿童本位，前者以教育为终极目的，作品呈现说教口吻，后者以儿童为中心，重视他们的生命诉求。在教育主义的作品中，主人公大多是听话、规矩的小大人，而在儿童本位作品中，主人公大多是顽皮、叛逆的儿童，前者注重儿童文学的教育价值，后者注重激发和满足儿童想象的天性。美国当时的教育主义儿童文学作品有较强的说教目的，一般将儿童分为听话的"好孩子"和调皮的"坏孩子"，并通过将品行与批评或赞扬联系起来的手法达到警戒儿童的效果，而马克·吐温在小说中颠倒了对这两类孩子的态度，塑造了充满生命力的绝对小孩——"坏孩子"（按包莉姨妈的说法，其实不算坏，只是喜欢恶作剧），他的描写更贴近现实生活，更符合孩子的天性与心理规律，虽然，马克·吐温的描写手法是受到了英国哲学家洛克的启发，洛克认为儿童并不是缩小的成人，而是有自己独特意志和特点的人类，他认为"所有的存在都是独一无二"，接受人的生命和生活经验不可复制这一事实，因此，对待每一个儿童，都应该根据他自身的偏好、脾气和心灵的趋向，施以独特的教育，可以说洛克是儿童中心论教育的首创者，改变了人们对儿童和儿童教育的观念，人们逐渐意识到，儿童的调皮和叛逆，也许正说明他们形成了自己的个性、头脑。与洛克的思想一致，马克·吐温塑造的汤姆·索亚形象，虽然不符合成人所谓乖孩子的标准，"但独特的生命活力、不守常规的行为和丰沛的生命激情却使人们获得了意外的审美快感"[①]，并且暗示出学校教育规训的一面，总而言之，汤姆·索亚这样的绝对小孩形象体现出马克·吐温对儿童性格意志的尊重。

---

① 易乐湘. 马克·吐温青少年小说主题研究[M]. 北京：东方出版中心，2009：39.

逃避孤独
——《麦田里的守望者》主人公精神症候分析

在问到生命的哪一时期是最好的时期，一般人都会不假思索地、想当然地认为是青春时代或青年时代，但据美国学者调查过17岁、23岁至25岁、48岁至52岁、58岁至61岁的人当中，反而有五分之二的人认为少年期和青春期是最痛苦的年龄期，[①] 虽然，每个人痛苦的原因各不相同，但笔者合乎逻辑地大胆推测美国著名作家 J. D. 塞林格（Jerome David Salinger）的代表作《麦田里的守望者》中的主人公霍尔顿·考尔菲德，应该也属于这认为青春期是最痛苦的年龄期的五分之二的被调查的人群，笔者认为使他痛苦的主要原因是孤独。

《麦田里的守望者》中的主人公霍尔顿·考尔菲德的故事是从加利福尼亚的一家精神病医院开始的，故事以第一人称的方式讲述他为何住院进行精神分析治疗，以及上一年十二月份三天里发生的事情。霍尔顿的讲述从周六的一个下午开始，他当时还在潘西中学，地点是宾夕法尼亚州的埃杰斯镇，除了英语这门功课外，霍尔顿其余四门功课均不及格，所以校方告诉他圣诞节过后他就不必回学校了，小说一开始就把霍尔顿写成了"被放逐的人物"。[②] 他独自一人坐在高高的汤姆孙山顶上，与他的同学分离，从远处望着他们，此处通过独白的形式来诉说他对周围世界的疏离，更准确地说，霍尔顿和他所生活的世界可以说是格格不入，他曾这样说："我知道。很少有人跟我谈得来。我自己心里有数。"[③] 他的妹妹菲苾这样说他："你不喜欢正在发生的任

---

① 转引自伊·谢·科恩. 自我论——个人与个人自我意识 [M]. 佟景韩，等译. 北京：生活·读书·新知三联书店，1986：339.
② 坎尼斯·斯拉文斯基. 塞林格传 [M]. 史国强，译. 北京：现代出版社，2012：182.
③ J. D. 塞林格. 麦田里的守望者 [M]. 施咸荣，译. 南京：译林出版社，2002：173.

何事情。"① 对此霍尔顿的解释是，你永远找不到一个舒服、宁静的地方，因为这样的地方并不存在，所以他梦想到西部去，装成一个又聋又哑的人，娶一个又聋又哑的姑娘。

霍尔顿在书中的年龄是十六七岁，正处于青春期，而青春期的主要心理收获是对自己内心世界的发现，处于青春期的少男少女走出了童年时代依附于母亲羽翼之下的温柔枷锁，逐渐意识到自己的独一无二、与众不同，同时孤独的感受便接踵而来，按照心理学家和社会学家的研究：因为"'我'往往给人一种模模糊糊的不安感，内心空虚感，这种空虚必须用什么来填补。于是乃有交际需要的增长和交际选择性的提高"②。在与外界交往的同时又需要听见自己内心的声音，但对霍尔顿来说，与周围的人交往受挫或者说完全失败（除了与他的妹妹菲苾），那么，他是怎么与周围的人交往的呢？

霍尔顿原来的那所学校是爱尔顿·希尔斯，根据他的说法，学校的校长哈斯先生是个最假仁假义的杂种、势利鬼，对有钱的家长毕恭毕敬，反之则敷衍了事；他后来转到潘西中学，而潘西中学也好不了多少，潘西中学有的是贼，用他的话来说："不少学生都是家里极有钱的，可学校里照样全是贼。学校越贵族化，里面的贼也越多——我不开玩笑。"③ 霍尔顿与同寝室的同学斯特拉德莱塔打架，原因是这位同学要去跟女朋友约会，可他连女朋友的名字是琴还是琼都搞不清楚，只顾自己开心，霍尔顿来到纽约，本想跟一个妓女聊聊天，而那个妓女却因为他不肯与她上床而发火，最后又以卑鄙的方式和她的同伙向霍尔顿多要了5美元，唯一受到他敬重的安多里尼先生又被他怀疑是一个同性恋者，霍尔顿觉得周围的世界，从家庭到学校到社会，处处都是虚伪和假象，到处都是伪君子，除了与他妹妹菲苾的交往是成功的，他与其他人的交往都以失败告终。第一人称叙述者的叙事不一定可靠，但反映出他本人的主观看法。霍尔顿很自然地使我们联想到美国著名小说家爱伦·坡（Edgar Allan Poe）的一篇小说《人群中的人》中的那位老人，故事中的那位老人为了反抗孤独的折磨，走到熙熙攘攘的大街上寻找川流不息的人群，

---

① J. D. 塞林格. 麦田里的守望者 [M]. 施咸荣，译. 南京：译林出版社，2002：157.
② 伊·谢·科恩. 自我论——个人与个人自我意识 [M]. 佟景韩，等译. 北京：生活·读书·新知三联书店，1986：300.
③ J. D. 塞林格. 麦田里的守望者 [M]. 施咸荣，译. 南京：译林出版社，2002：3-4.

我们不知道他的姓名,也不清楚他的职业,他身上最显著的特征就是孤独。在故事中,老人对他人保持着警惕,虽然他穿的亚麻材质衣裳很脏,但质感却很不错,另外老人身上穿的及膝风衣是件二手货,但"风衣里藏了一颗钻石和一把匕首"①。钻石说明老人并不是贫穷之辈,但是他却把自己打扮成乞丐的模样,而且还藏了把匕首防身,这足以看出老人对他人的戒备之心,老人一方面想摆脱孤独,但另一方面他又不肯以真面目示人,不愿与他人坦诚相对,不愿意被他人了解和认识,他虽然想从人群中找到慰藉,但他在人群中的行为方式注定了他永远孤独,霍尔顿何尝不像爱伦·坡笔下的这位老人呢?他内心善良、单纯,同情弱者,就像老人风衣里藏有钻石,但他表现的却是任性、放纵、荒唐、脏话、谎话连篇,小说中有这样一段霍尔顿的独白:

你这一辈子大概没见过比我更会撒谎的人。说来真是可怕。我哪怕是到铺子里买一份杂志,有人要是在路上见了我,问我上哪儿去,我也许会说去看歌剧。真是可怕。因此我虽然跟老斯宾塞说了要到体育馆去收拾东西,其实完全是撒谎。我甚至并不把我那些混账体育用具放在体育馆里。②

霍尔顿渴望真诚却又以玩世不恭的面目示人,就像老人随身携带匕首、身着肮脏的外衣一样,他怎么能与周围的人成功交往呢?实际上,《麦田里的守望者》有相当大的篇幅是霍尔顿内心独白,他的真诚、善良、单纯也是通过他内心独白的方式为我们读者所知,如果把这些内心独白删掉仅仅去看他的行为方式的话,霍尔顿与周围他眼中所谓的"伪君子"并没有什么本质的区别。

真诚的友谊可以缓解人的孤独,而霍尔顿得不到真诚的友谊,再加上他那敏感的个性,这使得他的孤独感更加深重,更加难以忍受。爱伦·坡《人群中的人》故事的题记是"不能忍受孤独是最大的不幸"。如果给《麦田里的守望者》加个题记的话,那应该是:"不能忍受孤独是最大的痛苦",或者是"不能担当孤独是最大的痛苦"。不管是人群中的那位老人还是霍尔顿,都把孤独当成了消极、负面的情绪要加以摆脱、逃避甚至要加以消除,但实际

---

① 埃德加·爱伦·坡. 爱伦·坡惊悚小说全集:(下)[M]. 简伊婕,译. 合肥:安徽教育出版社,2010:117.
② J. D. 塞林格. 麦田里的守望者[M]. 施咸荣,译. 南京:译林出版社,2002:15.

上孤独并没有什么不好、不对头的地方，孤独可以说是人类的本质。古希腊哲学家柏拉图（Plato）在《理想国》中的《会饮篇》里，通过喜剧家阿里斯托芬（Aristophanes）讲了一个寓言故事，用这个寓言故事来说明"人的真正本性以及人的变化"①，按照阿里斯托芬的说法，最初的人是球形的，有着圆圆的背和两侧，有四条胳膊和四条腿，有两张一模一样的脸孔，圆圆的脖子上顶着一个圆圆的头，两张脸分别朝着前后不同的方向，还有四个耳朵，其他身体各组成部分的数目也都加倍，他们的能力也非常大，他们想要飞上天庭，造诸神的反，于是宙斯想了一个削弱人类而又不至于把人类全部毁灭的办法，把他们全都劈成两半，这个一石二鸟的方法，一方面使每个人只有原来的一半那么强大，另一方面他们的数目也加倍，那么侍奉诸神的人也就加倍了，从此以后我们每个人都只是原来的半个人，每个人都非常想念自己的另一半，每个人都一直在寻求与自己相合的另一半。但是世界上不存在两个完全相同的树叶，也不存在完全相同的两个人，那么我们自然无论如何也找不到与自己完全相合的那个人，从逻辑上讲我们每个人都注定孤独一生，即使我们与最亲密的人拥抱在一起时，我们还是孤独的，再细致的人际网络也无法将人与人合为一体，也不可能完全消除我们的孤独感。

既然孤独是人真正的本性，那么当霍尔顿违背人的本性去逃避孤独、摆脱孤独的时候，他就处于一种绝望的状态。《麦田里的守望者》中充斥着霍尔顿这样的语句："我真是苦闷极了，我觉得寂寞得要命。""我觉得那么寂寞、那么苦闷"，"我觉得太寂寞、太苦闷了。"霍尔顿为什么觉得自己如此寂寞、苦闷，那是因为他还没有理解孤独的真正内涵，他还没有学会去坦然地面对孤独，去担当自己的孤独，他还惧怕孤独。实际上我们前面说了，孤独是人的本质，孤独是一个人存在的价值所在，试想一下，如果这个世界上有一个人和你完全一模一样，也许你找到他（或她）以后就不孤独了，但是你还有存在的价值吗？你是不是多余的呢？霍尔顿没有想到这一层，所以即使他梦想到西部装作一个聋哑人，他也还想娶一个和他一模一样的聋哑姑娘。

孤独是人的本性，独一无二是我们每个人存在的价值，但是，理解了这一点并不意味着我们就要各自为政，画地为牢，与他人老死不相往来，恰恰相反，孤独是我们与他人交往的动力与基础，它使我们更加珍视友谊，更加

---

① 柏拉图. 柏拉图全集：第 2 卷 [M]. 王晓朝, 译. 北京：人民出版社, 2003：227.

珍视生命的美好，虽然我们每个人都独一无二、与众不同，但我们总会有与他人产生共鸣的时候，或者说我们内心深处最柔软的地方都有可能被他人触动的时候，当我们与他人心灵产生交汇的时候这不更加让你感到值得珍惜吗？霍尔顿的问题在于一方面他害怕孤独，逃避孤独，另一方面他没有把别人给他的感动放到一个恰当的位置上，特别表现在他对待安多里尼先生上，虽然霍尔顿也认为"安多里尼先生可以说是我这辈子有过的最好老师"[①]。他能以平易近人的态度对待自己的学生，学生可以和他开玩笑，却不至于失去对他的尊重，他还会推心置腹地开导学生，并且当他去救跳楼自杀的学生时，甚至都不在乎自己的大衣上染满了学生流的血，仅仅因为怀疑安多里尼先生是同性恋，霍尔顿就与他一刀两断，这种偏激的做法未免有些本末倒置，也使得安多里尼先生似乎成为压垮他的最后一根稻草，也使霍尔顿绝望地陷于孤独而不能自拔，最终精神崩溃只能接受治疗。

霍尔顿的最终结局具有独特的象征意义，笔者认为，霍尔顿之所以住进精神病院接受精神分析治疗与他不理解孤独的真正内涵相关，同时他又以独特的方式提醒我们，正确地理解孤独、坦然地面对孤独、尊重别人的孤独并担当起自己的那份孤独，这样才能从容坦然地在风刀霜剑的人世中走完我们的全部岁月。

---

① J. D. 塞林格. 麦田里的守望者［M］. 施咸荣，译. 南京：译林出版社，2002：162.

"书中书"

——解读塞林格在《麦田里的守望者》中对经典的引用

一、引言

一谈到对经典的引用,我们很自然想起 20 世纪英美现代主义代表诗人 T. S. 艾略特(Thomas Stearns Eliot),在他的代表作《荒原》中,艾略特引经据典、旁征博引,这首十九页四百三十三行的诗,引用了三十五位作家和诗人的作品以及《圣经》和流行歌曲,并使用了六种外文,这使得《荒原》看上去就像是用大量引文构成的蒙太奇组合,也使得艾略特在人们心目中成了一位广征博引、用引语写作的诗人。反感者认为他"掉书袋""卖弄",而欣赏者则认为,引用过去时代的文本,可以作为对现实的对照。瑞恰慈(Ivor Armstrong Richards)在他的《T. S. 艾略特的诗歌》一文中,也从艺术表现的角度肯定了这种引语写作策略,他认为:"艾略特先生笔下的典故是追求凝练的一个技巧手法。《荒原》在内容上相当于一首史诗。倘若不用这个手法,就需要 12 卷的篇幅。"① 的确,关于诗的长度,艾略特和爱伦·坡(Edgar Allan Poe)的观点相同,他认为一首诗的长度,应以令人一次坐下即能读完最为理想,因为这样才能使人读过之后,得到一个完整的统一印象。美国著名小说家 J. D. 塞林格在他的代表作《麦田里的守望者》中也有多处引人注目地对经典的引用,作为长篇小说的写作,塞林格对经典的引用是否也是追求凝练?

二、《麦田里的守望者》中对经典的引用

《麦田里的守望者》是塞林格一生中唯一的一部长篇小说,而这唯一的长

---

① 艾·阿·瑞恰慈. 文学批评原理 [M]. 杨自伍,译. 南昌:百花洲文艺出版社,1992:267.

<<< "书中书"——解读塞林格在《麦田里的守望者》中对经典的引用

篇小说,篇幅也不长,只有十几万字。小说的主人公是一位十六七岁处于青春期的少年霍尔顿·考尔菲德,他的故事是从加利福尼亚一家精神病疗养院开始的,故事讲述他为何入院,以及上一年十二月份三天里发生的一些事情。除了英语一科之外,霍尔顿其余的科目均不及格,所以校方告诉他圣诞节后不必回校。当然,由于他在以第一人称讲述故事时,还不断地回忆起他以前的生活,因此小说也可以被视作是他整个少年时期成长经历的记录。小说开头第一句话就出现了对经典的引用:

你要是真想听我讲,你想要知道的第一件事可能是我在什么地方出生,我倒霉的童年是怎样度过的,我父母在生我之前干些什么,以及诸如此类的大卫·科波菲尔式废话,可我老实告诉你,我无意告诉你这一切。①

文中提到的大卫·科波菲尔是英国 19 世纪著名作家查尔斯·狄更斯(Charles John Dickens)的同名自传体小说《大卫·科波菲尔》的主人公。《大卫·科波菲尔》被公认为是狄更斯最重要的代表作之一,也是他"最宠爱的孩子"。我们知道,狄更斯自身的经历具有维多利亚式个人奋斗、自我造就的特征,而他笔下的大卫也在经历了苦难的童年、不幸的婚姻后,经过不懈的努力,成为知名作家,并与心爱的女友喜结良缘,可以说不论是现实生活中的作家狄更斯还是小说中带有自传色彩的虚构人物大卫,都是成功的个人奋斗典型,而《麦田里的守望者》中的霍尔顿为何以一种不屑的语气,认为狄更斯的叙述是某种"大卫·科波菲尔式废话",实际上这是醉翁之意不在酒,笔者认为导致霍尔顿不满的并不是狄更斯的叙述方式,而在于狄更斯以及大卫的价值观。霍尔顿是美国二战后中产阶级子弟的代表,美国在二战中发了横财,战后物质生产发展很快,霍尔顿衣食无忧,他为何不肯用功读书,多次被学校开除,那是因为学校里的老师强迫他读书只是为了出人头地,以便将来可以买辆混账凯迪拉克,而他对这种社会上的主流价值观不感兴趣,这也导致了他对成功的"出人头地"的狄更斯以及大卫的反感。

《麦田里的守望者》中还有这样一段霍尔顿对文学经典的点评,实际上也是塞林格对经典的引用,我们看霍尔顿的原话:

---

① J. D. 塞林格. 麦田里的守望者 [M]. 施咸荣, 译. 南京: 译林出版社, 2002: 1.

我看过不少古典作品,像《还乡》之类,很喜爱它们;我也看过不少战争小说和侦探故事,却看不出什么名堂来。真正有意思的是那样一种书,你读完后,很希望写这书的作家是你极要好的朋友,你只要高兴,随时都可以打电话给他……就拿萨默塞特·毛姆著的《人生的枷锁》说吧。我去年夏天看了这本书。这是本挺不错的书。可你看了以后决不想打电话给萨默塞特·毛姆。我说不出道理来。只是像他这样的人,我就是不愿打电话找他。我倒宁可打电话找托马斯·哈代。我喜欢那个游苔莎·斐伊。①

在这段文字中我们可以看出霍尔顿对毛姆(William Somerset Maugham)的《人生的枷锁》和哈代(Thomas Hardy)的《还乡》推崇备至,更准确地说,在他眼里后者要比前者更胜一筹,因为他都想打电话给哈代,个中原因颇值得玩味。我们先分析毛姆的《人生的枷锁》,探究霍尔顿推崇这部作品的原因。毛姆是英国著名的小说家与剧作家,他的作品取材广泛,洞悉人性,被誉为"最会讲故事的作家",《人生的枷锁》是他的代表作,具有明显的自传色彩,小说中的主人公菲利普·凯里,自幼父母双亡,由伯父收养,后进入寄宿学校,因腿部畸形而受尽嘲弄,性格因此孤僻而敏感。在寄宿学校度过的岁月让他饱受了不合理的学校制度的摧残,而当他步入社会后,又在爱情上经历了伤痛,他迷恋上了一个庸俗放荡的女招待米尔德丽德,沉溺肉欲而不能自拔,直到对方流落风尘。最后菲利普与一位善良纯朴的姑娘走到了一起,开始了新生活。除了结局外,《人生的枷锁》中的菲利普和霍尔顿有很多相同之处。霍尔顿也是在寄宿学校上学,他的性格也比较孤僻敏感,实际上,小说一开始霍尔顿就呈现出一种"被放逐的人物"② 形象,他独自一人坐在汤姆孙山顶上,与同学分离,他自己心里有数,很少有人跟他谈得来,他还与同宿舍的同学打架,另外就像菲利普迷恋米尔德丽德一样,"纵然她无心无肝、腐化堕落和俗不可耐,纵然她愚蠢无知、贪婪嗜欲,他都毫不在乎,还是爱恋着她。"③ 霍尔顿也被俗不可耐的萨丽弄得神魂颠倒。我们看书中的一段文字:

---

① J. D. 塞林格. 麦田里的守望者 [M]. 施咸荣, 译. 南京:译林出版社, 2002: 17.
② 坎尼斯·斯拉文斯基. 塞林格传 [M]. 史国强, 译. 北京:现代出版社, 2012: 182.
③ 毛姆. 人生的枷锁 [M]. 张柏然, 等译. 上海:上海译文出版社, 2007: 370.

<<< "书中书"——解读塞林格在《麦田里的守望者》中对经典的引用

最后，老萨丽上楼来了，我就立刻下楼迎接她，她看去真是漂亮极了。一点不假……好笑的是，我一看见她，简直想跟她结婚了。我真是疯了。我甚至都不怎么喜欢她，可突然间我竟觉得自己爱上了她，想跟她结婚了。我可以对天发誓我的确疯了。我承认这一点……她因为长得他妈的实在漂亮，所以谁都会原谅她，可我心里总有点作呕。①

他与菲利普不同的是，他最终并没有遇到与他志同道合的女孩，用他的话来说，他想到西部去，装作一个又聋又哑的人，娶一个又聋又哑的姑娘。

我们再分析霍尔顿为何特别推崇托马斯·哈代的《还乡》及其女主人公游苔莎·斐伊。哈代被誉为"十九世纪末三十年英国独一无二的作家"，享誉之高如日中天。可在当时的维多利亚时期，社会上关于他作品的评论却是众说纷纭的，总的说来贬多于褒。评论界对哈代作品的指责主要集中于他的"悲观主义倾向"，实际上是哈代悲剧意识在作品中的反映。哈代的小说尤其是"性格与环境小说"中的人生悲剧感是无所不在的，人物的内心冲突、孤独感是这种人生悲剧的主要内容。我们知道人绝不是抽象存在的，而是依托于环境而存在的，人自身也存在着复杂的理性和感情的斗争，即人与人、人与环境、人与自身的矛盾冲突。这种无所不在的冲突性是哈代悲剧意识的一个重要组成部分，是维系哈代"性格与环境小说"的关键。在哈代的笔下，主客观冲突即人与环境的冲突是包容一切冲突的载体，这也是他将自己这部分小说命名为"性格与环境小说"的根本原因，其作品中的人物，只有能够做到自身灵与肉相和谐、做到人际关系相和谐、做到同时代和周遭的环境相和谐的，才能在这种冲突中幸存下来，反之，就只能被抛出社会运转的轨道。比如说《还乡》中的游苔莎，她在布达茅斯度过了自己的童年，海滨城市流光溢彩的生活在她性格上留下了深深的印记，后来由于父母双亡，她从阳光明媚的布达茅斯来到荒凉昏暗的埃格敦荒原，仿佛是从天堂被"放逐"到了地狱。耽于感官享受的游苔莎与荒原上枯燥单调的氛围格格不入。她恨荒原，将其视为监狱，想方设法要改变自己的命运，离开荒原，最后与人私奔招致杀身之祸，难怪她痛苦、绝望而又愤怒地诅咒说：

---

① J.D. 塞林格. 麦田里的守望者［M］. 施咸荣，译. 南京：译林出版社，2002：115.

噢，把我置身于这个残缺不全的恶劣世界是多么残酷！我有能力去做很多事情，但是我被我不能驾驭的事情伤害、摧毁、压垮！噢，我对老天什么伤害都没做，可老天多么冷酷，想出这种苦刑来叫我受！①

老天对她残酷的惩罚是她与荒原或环境格格不入造成的，而荒原可以说是英国社会的缩影。因此，游苔莎想通过私奔的方式达到逃避社会的目的，自然要受到荒原最严厉的惩罚。《麦田里的守望者》中的霍尔顿何尝不是？他与他生活的家庭、学校还有社会总是格格不入，在他眼里，周围的世界，从家庭到学校再到社会，处处都是虚伪和假象，唯一他敬重的老师后来又被他怀疑是一个同性恋者，因此，在这个繁华的世界上，他找不到自己的归依和寄托，感到无比孤独，于是他想到世外桃源般的西部去。特别需要强调的是，哈代的《还乡》的原英文书名为 The Return of the Native，英语 native 有"构成事物之本的""原来的"以及"土生土长者、本地人"之意，根据小说的内容也可以翻译为"返回原来的状态"或"返回自然的状态"，这与霍尔顿想做一名"麦田里的守望者"，想离开都市到荒凉的西部生活有异曲同工之妙，因为西部相对大都市纽约来说是未被现代文明浸淫的自然环境，而霍尔顿虽然已经十六七岁，很快就是成年人了，但他的行为方式有时像十三岁，他痛恨成人世界的虚伪，其实他是不愿意长大的，西部对他来说就有某种伊甸园的意味，在伊甸园里人会保持一种纯真自然的状态。当然霍尔顿最后没有到象征伊甸园的西部而是入住医院进行精神分析治疗，他的结局虽不至于像游苔莎那样失去生命，但霍尔顿充满了成长的挫折感，从某些方面来说，是颓废和消沉的典型，是一个具有悲剧色彩的人物。

三、"书中书"——互文性解读

每一部文学作品都是由具体的作者写成的，但它更是在自己所属的历史关系中写成的。如果说文学作品都具有个性，那它同时又是一个大家族的一员，文学大家族如同一棵枝繁叶茂的树，它的根茎盘根错节，纵横蔓延，它们在原则上有意识地互相孕育、互相滋养、互相影响，同时又从来不是单纯而又简单地相互复制或全盘接受。"借鉴已有的文本可能是偶然或默许的，是

---

① 哈代. 还乡 [M]. 王守仁，译. 南京：译林出版社，1998：316.

来自一段模糊的记忆,是表达一种敬意,或是屈从一种模式,推翻一个经典或心甘情愿地受其启发。"① 在这里我们显然不能忽略《麦田里的守望者》这部小说的书名是从 17 世纪苏格兰诗人罗伯特·彭斯(Robert Burns)的诗句中引用的,通过这样那样的引用,塞林格使两个文本产生了联系,即产生了"互文性"(intertextuality),或"文本间性"。它包括:"一,两个具体或特殊文本之间的关系(一般称为 transtexuality);二,某一文本通过记忆、重复、修正,向其他文本产生的扩散性影响(一般称作 intertextuality)。"② 这样看来,互文就不仅仅是传统的考据,而是理解文本主体部分的一个重要因素,常识告诉我们,一个词在词典中有着自己的语义、用法和规范,当它被用在一篇文本里时,它不但携带了它自己原有的语义、用法和规范,同时又和文中其他的词表述联系,共同转变了自己原有的语义、用法和规范。同样,一个文本出现在另一个文本中,它的意义既有原有的,也有在新的文本中被强调的、转移的和弱化的,似乎它和另一个文本产生了某种对话的关系,它对当下文本发出了若隐若现的暗示,这样看来,引用和借用的关键就不仅仅在于转述别人的言语,而在于转述所产生的后果,即批评者或解释者在分析文本时要把文本放在两个层面上进行思考:一是联系的,即文本之间的交流,是一种有机的联系;二是转换的,在这种交流关系中文本之间的相互改动,即把两篇相关的文本放在一起来确立意义。通过前面我们的分析,塞林格在《麦田里的守望者》中对《大卫·科波菲尔》《人生的枷锁》和《还乡》的引用,使读者注意到它们都有相似的成长文学的主题,另外对深入剖析主人公霍尔顿的精神世界也大有帮助。表面上看,霍尔顿满口脏话、抽烟、不用功读书,但实际上他敏感、纯真、富有同情心,他绝不只是简单的、调皮捣蛋的少年,他对经典有自己的欣赏品位,通过他对经典的点评我们可以揣摩他是怎样的一个人。《麦田里的守望者》虽然只有十几万字,但它不是轻浮之作。塞林格酝酿这部作品花了十年时间,那些与塞林格接触的人都能清晰地看出作者个人在小说里留下的印迹。在《麦田里的守望者》里,霍尔顿说看过英国著名演员劳伦斯·奥列维尔(Laurence Olivier)主演的 1948 年版的

---

① 蒂费纳·萨莫瓦约. 互文性研究[M]. 邵炜, 译. 天津: 天津人民出版社, 2003: 1.
② 赵一凡, 张中载, 李德恩, 等. 西方文论关键词[M]. 北京: 外语教学与研究出版社, 2006: 211.

《哈姆莱特》,他发牢骚说:

> 我实在看不出劳伦斯·奥列维尔爵士好在哪里。他有很好的嗓子,是个挺漂亮的家伙,他走路或是斗剑时候很值得一看,可他一点不像 D. B. 所说的哈姆莱特。他太像个混账的将军,而不像个忧郁的、不如意的倒霉蛋。①

换句话说,霍尔顿认为奥列维尔是个"虚伪的人"。《麦田里的守望者》出版后,塞林格曾有一次被迫坐在餐桌旁与他在小说里大加挞伐的奥列维尔用好话互相敷衍。实际上,塞林格与奥列维尔见面时很不自在,他发觉自己倒是个虚伪的人。他后来写了封道歉信给奥列维尔,他也从奥列维尔那里收到一封很有分寸的回信。这个插曲使我们意识到霍尔顿与塞林格微妙的关系,也许霍尔顿对经典的点评委婉地表明塞林格本人的某些观点,那么在此引文的使用就不仅仅是作家追求凝练的一种手段,而是互文所产生的由此及彼的衍射效果——一个虚构世界的诸多层面借助互文得到扩展,这当然需要批评家和读者良好的记忆力和敏锐的洞察力。

---

① J. D. 塞林格. 麦田里的守望者 [M]. 施咸荣,译. 南京:译林出版社,2002:109.

我们都将死去 太阳照常升起
——原型批评视域下的《老人与海》

一、引言

《老人与海》中的主人公桑提亚哥，前史不清，我们只知道他年轻时在卡萨布兰卡跟一位力大无比的黑人掰腕子获胜，桑提亚哥成为老人后还在从事着年轻时的职业——捕鱼，故事就从捕鱼写起，他已经捕了八十四天的鱼，但两手空空，一条也没有捕到，第八十五天，他早早出发了，把船划到深海，命运之神似乎向他招手了，一条大得令人咋舌的马林鱼上钩了，他捕获了这条破纪录的马林鱼，但当老人驶进小港时，鱼肉已完全被鲨鱼吃光了，只剩下巨大的鱼骨架，桑提亚哥既是赢家又是输家。

这是《老人与海》故事的全部，但又不是故事的全部，海明威（Ernest Miller Hemingway）似乎给这场老人与海的搏斗赋予了抽象的哲学意义，而作品的复杂性和多义性就隐藏在字里行间，就像隐藏在大洋水面之下的"八分之七"的冰山，召唤着读者去深入探究。

二、桑提亚哥与阿喀琉斯

我们说桑提亚哥既是赢家又是输家，但他最终还是输家：本来已经将近三个月的时间没有捕到鱼了，最后捕获一只巨大的马林鱼，但在凯旋回家的途中，胜利的果实却变成干巴巴的鱼骨架，好似竹篮打水一场空，他的一切努力都毁于一旦，最终难逃命运的嘲弄。海明威在《老人与海》中多次写到一位名叫狄马吉奥的老全垒运动员脚上的鸡眼，写到桑提亚哥不知道鸡眼会不会使老狄马吉奥痛得太厉害？还写到桑提亚哥的脚后跟没有出过什么毛病，但他的手却受伤了,桑提亚哥自己也不清楚,他的手给他招来的麻烦是否跟鸡眼一样,桑提亚哥还这样想:"我不懂什么叫鸡眼。也许我们有鸡眼还不知道吧。"① 文中这些叙述使我们很自然地联想到古希腊神话中的一位英雄——阿喀琉斯(Achilles),阿喀琉斯身手不凡,那是因为他曾被母亲倒提着双足将他全身浸入冥河从而使他的身体能够刀枪不入,但在交战中,敌人的暗箭恰恰射中了他的脚后跟,那是他的致命处;而桑提亚哥正是因为自己走得太远、手又受了伤,从而在和鲨鱼的搏斗中处于下风,也最终使自己的胜利果实化为乌有。实际上,荷马史诗中的《伊里亚特》就是围绕着"阿喀琉斯的愤怒"展开的,即由于希腊主帅阿伽门农(Agamemnon)侵犯阿喀琉斯的财产、女奴和个人尊严引起阿喀琉斯的冲天愤怒,拒绝出战,致使希腊联军遭到重大伤亡。如果我们分析一下希腊主帅阿伽门农与阿喀琉斯的冲突,我们就会发现过错当然是在阿伽门农身上,但阿喀琉斯为了个人的荣誉和自尊,不仅愤而退出战场,还祈求宙斯让希腊人流血牺牲。这种以民族集体的不必要牺牲来换取个人荣誉的做法,使希腊联军中以智慧著称的老将涅斯托尔(Nestor)也感到痛心,名将埃阿斯(Ajax)尖锐地指责阿喀琉斯"不想再要那超于整个大军之上的荣誉",也就是批评阿喀琉斯错误地把个人的荣誉放置于整个大军的荣誉上,走向了本末倒置,所有这些,都表现出希腊人对正在萌发的个人意识的忧虑,如果说,脚后跟是阿喀琉斯肉体上的致命处,但实质上,这种把个人荣誉和自尊置于民族集体利益之上的意识就是他思想上的致命处,阿喀琉斯的悲剧性表面上看是在他的脚后跟,实际上是在他的头脑里。反观《老人与海》中的桑提亚哥呢?是什么把他打败的呢?用他自己的话来说,"什么也不是","是我走得太远啦。""你走得太远,把运气给败坏啦。"什么是"走得太远"呢,还用桑提亚哥自己的话来说:"你把鱼弄死不仅仅是为了养活自己,卖去换东西吃。你弄死它是为了光荣,因为你是个打鱼的。"② 也就是说桑提亚哥为了个人荣誉,为了报八十四天捕不到鱼的奇耻大辱,才驶进深海,最终导致自己的悲剧性结局。这样看来,桑提亚哥的悲剧性与其说是由于他受了伤的手、鲨鱼这些客观因素,还不如说是由于他的

---

① 海明威. 永别了,武器——海明威作品集[M]. 汤永宽,译. 杭州:浙江文艺出版社,1992:415.

② 海明威. 永别了,武器——海明威作品集[M]. 汤永宽,译. 杭州:浙江文艺出版社,1992:419.

头脑,是他自己造就了他的悲剧。如果说《伊里亚特》中的阿喀琉斯表明了古希腊人对自己民族精神的自我省察,那么海明威塑造的桑提亚哥是否也包含着海明威对桑提亚哥所象征的硬汉甚至整个人类不断地征服自然、与自然为敌的深刻反省呢?我们这样说绝对不是空穴来风、过度诠释,在《老人与海》中,桑提亚哥捕获了大鱼后曾这样想:"如果一个人每天要去弄死月亮,情形会怎么样呢?那样的话,月亮就跑开了。再想想看,如果一个人每天要去弄死太阳,情形又会怎么样呢?"① 我们替桑提亚哥回答,那个人太了不起了,他能毁灭整个地球,这样,他也就把个人的荣誉放置于整个人类的生存之上。

三、桑提亚哥与俄狄浦斯

桑提亚哥也曾名噪一时,当他年轻时与那位力大无比的黑人掰腕子获胜后,那是一次辉煌的胜利,那次比赛从星期天早上开始,到星期一早上才结束,因此"以后很久,人人都叫他优胜者"。② 桑提亚哥与那位黑人大力士的较量意味深长,很容易使我们联想到古希腊悲剧家索福克勒斯(Sophocles)最负盛名的代表剧作《俄狄浦斯王》中俄狄浦斯与狮身人面女妖斯芬克斯的较量,俄狄浦斯破解了斯芬克斯之谜,铲除了为害忒拜城的妖魔,被拥戴为王,这样看来,不管是桑提亚哥还是俄狄浦斯的确都不是等闲之辈,但他们却共同具有一个悲剧性的结局,怎样理解或解释这种悲剧性的结局呢?如果我们追根溯源的话,根本原因在于人的有限性,或者说人性的某种缺损,俄狄浦斯勇敢智慧,但他性格暴躁,他虽然解开了斯芬克斯之谜,但对自己的真实身份却一无所知;桑提亚哥乐观顽强,但他还是免不了受虚荣心的摆布,为了追求个人荣誉而走火入魔。我们常说性格决定命运,实际上我们并不是指美好的性格决定美妙的命运,我们更多的是指不完美的性格决定了一个人的厄运,就是说厄运是人性某种缺损的外化形式,两者存在着必然的联系,而人性是永远不可能完美无缺的,对此,古今中外的文学家、哲学家都有连篇累牍的论述与描述,法国思想家帕斯卡尔(Blaise Pascal)在《思想录》里

---

① 海明威. 永别了,武器——海明威作品集[M]. 汤永宽,译. 杭州:浙江文艺出版社,1992:403.
② 海明威. 永别了,武器——海明威作品集[M]. 汤永宽,译. 杭州:浙江文艺出版社,1992:400.

曾这样总结道："在我们与地狱或天堂之间，只有生命是在这两者之间的，它是全世界上最脆弱的东西。"①

帕斯卡尔对人类有限性的描述，很有代表性，而关于人的悲剧性结局，也是帕斯卡尔写得最触目惊心、最让人过目难忘的了，他是这样写的：

让我们想象有一大群人披枷带锁，都被判了死刑，他们之中天天有一些人在其余人的眼前被处决，那些活下来的人就从他们同伴的境况里看到了自己的境况，他们充满悲痛而又毫无希望地面面相觑，都在等待着轮到自己。这就是人类境况的缩影。②

海明威在《永别了，武器》中，通过自传性主人公弗雷德里克·亨利之口也曾这样说道：

如果人们给世界带来太多的勇气，这世界就得杀死他们从而动摇他们的勇气，所以当然它就总要把他们杀死。世界迫使每个人都向它屈服，在这以后在被制服的地方仍然有许多强者在。但是那些不愿屈服的人，终究都要被它杀死。它毫不偏袒地杀死非常好的人、非常优美的人和非常勇敢的人。如果你不属于这些人，可以肯定它也要把你杀死的，只是并不操之过急。③

这样看来，世上所有的人都必败无疑，不管你是捕鱼的还是写作的，也不管你走得太远了，还是走得不远甚至就是宅在家中，这是因为人的有限性与世界无限性这一矛盾所致：的确，人类恰似俄狄浦斯和桑提亚哥，悲剧性处境注定着每个人的最终结局，这是一个客观存在，无论哪一个人都无法更改，但是我们可以改变对待悲剧性处境的态度，那就是依靠自己的顽强意志，在与命运的抗争中把悲剧"悲哀"的效果化成悲壮，俄狄浦斯的勇于行动和敢于担当就为我们现代人树立了行动的典范。正如别林斯基（Vissarion Grigoryevich Belinsky）所言：

高贵的自由的希腊人没有低头屈服，没有跌倒在这可怕的幻影前面，却

---

① 帕斯卡尔. 思想录［M］. 何兆武，译. 北京：商务印书馆，1997：103.
② 帕斯卡尔. 思想录［M］. 何兆武，译. 北京：商务印书馆，1997：100.
③ 海明威. 永别了，武器——海明威作品集［M］. 汤永宽，译. 杭州：浙江文艺出版社，1992：213.

通过对命运进行英勇而骄傲的斗争找到了出路，用这斗争的悲剧的壮伟照亮了生活的阴沉的一面；命运可以剥夺他的幸福和生命，却不能贬低他的精神，可以把他打倒，却不能把他征服。①

俄狄浦斯作为神话中的英雄，他所体现的这种精神，感染了后人，不管是有意识还是无意识，海明威笔下的桑提亚哥不就是吗？正如海明威在《老人与海》中所言："你尽可把他消灭掉，可就是打不败他。"② 我们可以这样理解海明威所说的话：生命可以消亡，精神却万古长存，你既打不败他对失败、死亡的态度，你也无法改变他坦然优雅、荣辱不惊的气度，桑提亚哥是俄狄浦斯式的"行动而受难的英雄"。的确，我们读了《老人与海》后，并不为桑提亚哥的失败而沮丧，相反我们觉得他是优胜者，因为他在失败面前表现出的优胜者的风度，表现出永远打不败的精神。

四、《老人与海》与原型批评

中篇小说《老人与海》是 1952 年发表的，1953 年它荣获了普利策奖，1954 年海明威获得了诺贝尔文学奖，海明威如愿以偿，登上了世界文学的巅峰，诺贝尔文学奖评奖委员会在授奖词中指出了海明威获此殊荣是由于他精通现代叙事艺术，突出表现在他的近作《老人与海》中，同时由于他对当代文学的影响，《老人与海》雅俗共赏，声名鹊起，美国的文学评论界也普遍谈论《老人与海》的象征意义，总是企图标新立异的海明威立即表示了自己的看法：没有什么象征主义。大海就是大海，老人就是老人，孩子就是孩子。鱼就是鱼，鲨鱼就是鲨鱼，不好也不坏，人家说的象征主义全是胡扯。海明威在逻辑上犯了错误，好似是厨师禁止食客品尝饭菜后谈论味道，或者说所有的评价必须以厨师的操作标准作为品尝标准，正如诺思罗普·弗莱（Northrop Frye）所言：

诗人对自己作品的看法的可靠程度不过同他对其他诗人看法的可靠性相

---

① 别林斯基. 智慧的痛苦. 转引自：古希腊悲剧经典 [M]. 罗念生，译. 北京：作家出版社，1998：445.
② 海明威. 永别了，武器——海明威作品集 [M]. 汤永宽，译. 杭州：浙江文艺出版社，1992：418.

当。诗人从事批评，就难免不把与其个人实践密切相关的他自己的趣味扩展为文学的普遍规律。但是批评必须基于整个文学的实际：从这种观点看，任何受人推崇的作家所认为的文学通常应该做些什么，都应该放到一个适当的位置上去考虑。诗人作为批评家所说的话并不是批评，而只是可供批评家审阅的文献。它们很可能是有价值的文献，但若一旦它们被视为批评的指南，就有可能让人误入歧途。①

的确，当易卜生（Henrik Ibsen）坚持认为《皇帝与加利利人》是他最伟大的剧作，而《彼尔·金特》中的某些插曲不是讽喻的时候，我们只能说易卜生是易卜生的无关紧要的批评家。华兹华斯（William Wordsworth）为《抒情歌谣集》写的序言是一篇引人注目的文献，但是作为一篇对华兹华斯的批评，我们至多给它评个二等奖，对待海明威针对《老人与海》的评论，我们采取同样态度。

海明威是一个写自己的作家，有批评家嘲讽他，认为如果他不写自己就写不出东西来，《老人与海》中的桑提亚哥多少带有海明威自己的影子，和桑提亚哥这位饱经沧桑的老人一样，海明威在人生旅途上走完了他的多半路程，无论他主观上怎样努力，他此时的创作都有江郎才尽的端倪，本来，一个人的创作不可能是越写越好的，一个时代的创作也不是总比过去的要好，这是再自然不过的事了，但海明威却不愿就此服输，他强打精神，借桑提亚哥之口喊出了自己的心愿：一个人可以被毁灭掉，但不能被打败。确实，"《老人与海》不仅以显而易见的小说形式反映了海明威作为一个作家和一个男人同自己的种种搏斗，同时它还具有更为广泛和更为深远的象征意义。"②

那么，这种更为广泛和更为深远的象征意义具体是如何表现的呢？或者说，我们如何理解《老人与海》所体现的更为广泛和更为深远的象征意义呢？我们知道，希腊文明和希伯来文明是西方思想文化的两大支柱，它们强烈地影响了西方人的心灵，比如说荷马史诗《伊里亚特》和《奥德赛》中的英雄及神明，不仅对当时的希腊文化产生了巨大影响，也影响了当代西方人对勇敢、爱、善恶之争、管理社会的方式、人的傲慢所带来的致命后果等问题的

---

① 诺思罗普·弗莱. 批评的剖析 [M]. 陈慧, 等译. 天津：百花文艺出版社, 1999: 5-6.
② 肯尼思·S. 林恩. 海明威 [M]. 任晓晋, 等译. 北京：中央编译出版社, 1997: 794.

看法。加拿大学者诺思罗普·弗莱将神话原型用于文学批评,而他所谓的"原型",是"一种典型的或重复出现的意象"①。他用原型指一种象征,这种象征把一首诗、一部小说和别的诗、别的小说联系起来,从而有助于统一和整合读者的文学经验。而瑞士心理学家卡尔·荣格(Carl Gustav Jung)认为,所有的人在一出生的时候,就本能地知道某些原型,因为它们通过荣格所称的集体无意识代代相传。另外,原型又不同于具体的符号,这种不同在于原型复杂的可变性,具体表现在原型常常有大量特殊的、靠学习获得的联想,它们是可交流的,鉴于原型是可以交流的象征,弗莱所倡导的神话原型批评主要关注于作为社会事实和交流模式的文学,通过研究程式和文类,从而把个别的文学作品纳入作为整体的文学之中,这样,神话原型批评并不把文学看成是作家个人的事业,而是从整体上来把握、探究文学类型的共性及其演变规律。借助神话原型批评这一视角,我们在分析解读每部文学作品时就不能仅仅孤立地对待它们,而要把它们置于整个文学关系中,从宏观上把文学视为一体。针对《老人与海》来说,海明威在同他人交谈时,曾十分认真地坦承"他在大学里读过"②《伊里亚特》,即便如此,也许海明威在创作时主观上并没有把桑提亚哥当作阿喀琉斯和俄狄浦斯式的人物,但这不能阻止我们从宏观上把他们看作是同一谱系的人物,不论海明威个人意见如何,《老人与海》确实为我们提供了从表层故事到深层话语的多维解读方式,而这也正是《老人与海》的魅力所在。

---

① 诺思罗普·弗莱. 批评的剖析 [M]. 陈慧,等译. 天津:百花文艺出版社,1999:99.
② 肯尼思·S. 林恩. 海明威 [M]. 任晓晋,等译. 北京:中央编译出版社,1997:708.

《老人与海》的双重背景

一、引言

1952年海明威（Ernest Miller Hemingway）发表了中篇小说《老人与海》，1953年它荣获了普利策奖，1954年海明威获得了诺贝尔文学奖。海明威如愿以偿，登上了世界文学的巅峰，诺贝尔文学奖评奖委员会在授奖词中指出了海明威获此殊荣是由于他精通现代叙事艺术，突出表现在他的近作《老人与海》中，同时也由于他对当代文风的影响。瑞典皇家文学院秘书安德斯·奥斯特林（Anders Osterling）在颁奖词中说得更明白：这一类杰作，特别是《老人与海》，令人难忘地叙述了一个古巴渔民和一条大西洋巨鲨搏斗的故事，产生了震撼人心的力量。正如小说中所写的，一个人并不是生来要给打败的，"你尽可把他消灭掉，可就是打不败他"。[1]

但是，在一片赞扬声后出现了冷静的评析，在零零星星的批评声中，最有权威的声音来自约翰·奥尔德里奇（John Aldridge），他坦言到：他无论如何无法分享时下流行着的对《老人与海》的狂热，对他来说，这本书在海明威的小说中显然是次要作品，12年后，经过重新考虑，奥尔德里奇在纽约《先驱论坛报》每周图书专栏里对《老人与海》进行了更为严厉的批评。他这样写道：

这部小说所讲的故事……在我看来，是一个幌子，像是刻在石头上的一个古典寓言，生动极了，也很有意义，但却很死板。一个故事，在它作为独

---

[1] 海明威. 永别了，武器——海明威作品集 [M]. 汤永宽，译. 杭州：浙江文艺出版社，1991：418.

特的个体被感受之前就已作为某种共性被接纳,过快地成为神话,这不能不让人对它的活力提出质疑。①

当我们仔仔细细地读完《老人与海》,我们就会发觉,奥尔德里奇对它的批评绝对不是为了标新立异,也绝对不是空穴来风,剥开围绕着《老人与海》的眩目光圈,我们不得不承认,这部表面上看起来美轮美奂的作品实际上写得明显的生硬、死板,与海明威早期的精彩之作像《弗朗西斯·麦康伯短促的幸福生活》《乞力马扎罗的雪》等不在同一个艺术水准之上。但令人惊奇的是,《老人与海》不但声名鹊起,而且大为畅销。在斯克里布纳公司1952年9月8日正式出版前一星期,《生活》杂志用一期的版面全文登载了这篇27000字的小说,两天之内就售出了530万册,其中大多数显然是上架后不到8小时就被买了。"本月新书俱乐部"把这部小说作为主选读物,订购了第一版印刷的15.3万册,自出版发行后,该书又迅速登上了畅销书排行榜,在榜上一待就是26周。我们不禁要问,这部明显具有瑕疵的作品,怎么竟然会做到雅俗共赏,获得了绝大多数人雷鸣般的掌声呢?

二、海明威的"个人宣言"

从海明威个人创作历程来看,他此时的创作似乎有江郎才尽的嫌疑,本来,一个人的创作不可能是越写越好的,一个时代的创作也不是总比过去要好,这是再自然不过的事了,但海明威却不愿就此服输。为了挽救不断下降的声誉,海明威把赌注押在了长篇小说《过河入林》上,此书1950年出版,并不是读者所期望的重头作品,绝大多数批评家攻击它是顾影自怜的自我仿作,结果输得很惨。文学界内部的派系之争历来臭名远扬,而海明威对其他作家的妒忌也在不断上升。当然,这样说并不意味着他以前就不妒忌。由于此前的几年中他写了好几部虎头蛇尾、半途而废的书,他的失败情绪早已促使他的妒忌达到了一定的高度。不过,一直到评论界对他的《过河入林》嗤之以鼻之后,他对其他作家的评论才开始显得有失体面。在这种情况下,他又用《老人与海》赌了一回,谢天谢地他赢了,正如美国批评家所分析的那样,人们对《老人与海》一书的喝彩,主要是源于要继续崇拜一个伟大作家

---

① 转引自肯尼思·S. 林恩. 海明威[M]. 任晓晋,等译. 北京:中央编译出版社,1997:788.

的强烈愿望，其中既有坚持要唱赞歌的语气，也有感到松了一口气的语气，《老人与海》不仅以显而易见的小说形式反映了海明威作为一个作家和一个男人同自己的种种搏斗，而且也代表了一位深恐自己才思已经干涸的作家富有深刻含义的个人宣言。另一方面，《老人与海》的畅销也与一种微妙的美国当时的社会情绪相关。

三、美国灵魂探索的时代

1952年秋天，在几乎每个美国人都在阅读和谈论《老人与海》的时候，艾森豪威尔（Dwight David Eisenhower）在总统竞选中遥遥领先，把竞争对手远远抛在了后面。其中一个主要的原因是：选民们把在朝鲜无休止的战争归咎于民主党。7年前，也就是第二次世界大战结束时，美国曾迫使敌军无条件投降，可面对朝鲜之战，美国民众早已放弃了实现那个目标的梦想。如今，美国人民的全部愿望就是光荣地结束战争。人们相信艾森豪威尔，相信这位国父般的和谈家有能力找到解决办法。

不知是有意的设计还是无意的摸索，朝鲜战争以及它所有的潜在含义很快就在流行艺术中以各种艺术方式反映了出来。确实，几经磨炼后，美国人对于自己所处的新形势有了很强的意识，以至于大众甚至在其原意完全是另一码事的作品中也能找出影射朝鲜战争的象征来，最有意思的一个例子是卡尔·福尔曼（Carl Foreman）所写的一个著名的电影剧本。长期以来，福尔曼对当时的苏联抱有同情心，于是他遭到美国国会调查员们的调查，这使他大为恼火，他号召左翼的朋友们联合起来，却发现自己被他们给抛弃了——至少在他自己看来是这样的。满怀着对朋友们的厌恶以及对政府的蔑视，他把自己的感情倾注到一部有关良心的电影《正午》，这部电影的背景设置在昔日的西部。当然观众们对福尔曼的创作意图不感兴趣，他们成群结队地去看《正午》，只是因为这部电影反映了他们的情感，而不是福尔曼的情感。

《正午》中的主人公威尔·凯恩是一个小镇的即将退休的警长，他本打算到另外一个镇子生活，就在他将要离开的时候，他得知，五年前在他的帮助下关进监狱的一个罪犯，现在被放了出来，要找他报仇。在去另一个镇子的路上凯恩觉得他不能在这个恶棍面前一逃了之，于是他掉头返回原来的小镇，令他惊恐的是，他发现镇子上的乡亲们都不愿意站在他一边，过了五年平平安安的日子后,他们都不想再打仗,甚至对凯恩也没有多少敬意。没有了乡亲们的帮助,他所要面临的挑战足以致命,延续西部片的传统,英雄最终还是赢得了胜利,可是当镇子上的人们向他欢呼喝彩时,他却冷淡地拒绝了,迈开大步独自离去。是良心驱使他回来,结果却落了个与众人疏远,最后不欢而散的结局,这种胜利的美酒品尝起来如同失败的苦果一般酸涩。

1952年7月30日,《正午》首映式在纽约举行。直到令海明威东山再起的力作在《生活》杂志上登出五周之后,《正午》仍在为成百上千的影剧院吸引着众多的观众。与凯恩警长相比,渔夫桑提亚哥身上更多地刻上了岁月的痕迹,他的一些乡亲们不但对他毫无敬意,还视他为笑料。出海84天,他没有捕到一条鱼,他不顾一切地想进行一次胜利的远征,就像凯恩警长不得已而为之的那样,桑提亚哥独自一人出发去作战了。在他的捕鱼生涯中,这次所遇到的是最可怕的对手。和凯恩一样,他同样既是赢家又是输家,因为他虽然捕获了那条破纪录的马林鱼,但鱼肉已被鲨鱼吃光,所以当桑提亚哥进港的时候,那条大鱼的骨架所宣示的胜利是极具反讽意味的,他曾英勇搏击,因此也许可以说桑提亚哥最后还是证明了他自己,然而,他的朋友,那位小男孩,却在哭泣。

第二次世界大战后,标志着美国从此开始了没完没了的经济消耗,开始了它在所卷入的战争中时不时必须面对的肉搏战的历史,接着美国失去了对原子弹的垄断地位,1950年爆发的朝鲜战争最终以美国的失败而告终,这大大动摇了美国人对自己实力的信心,"20世纪50年代,是美国灵魂探索的时代"。[①] 在这个时期,在人们的眼睛里,美国式的英雄已经发生了变化,不知怎么的,他已失去了一些东西,可到底是什么却又很难确切地指出;他的问题主要和他所处的形势有关;他经验丰富,但如今已上了年纪;继续战斗是一件要求高、难度大的事情,而人们的疑虑,即对于他的技术是否过硬、方法是否得当的质疑,使他所面临的战斗更富有挑战性,最糟糕的是,对于胜利的意义,人们不再有一致的看法,所以也再没有任何一次胜利能给人们带来纯粹的满足。

---

① 朱世达. 当代美国文化 [M]. 北京:社会科学文献出版社,2001:23.

四、结语

海明威是一个写自己的作家,有人嘲讽他,如果他不写自己就写不出作品来,《老人与海》中的桑提亚哥多少带有海明威自己的影子,关于这点我们并不否认,但他的这部作品也暗合了当时的美国社会心理,正如法国批评家丹纳(Hippolyte Adolphe Taine)所言:"要了解一件艺术品,一个艺术家,一群艺术家,必须正确地设想他们所属的时代的精神和风俗概况。这是艺术品最后的解释,也是决定一切的基本原因。"[①] 的确,文学是一种意识形态,它不是孤立存在的自在体,也不是自生自灭的封闭物,它的存在和发展都与周围的一切发生这样、那样的联系,即便《老人与海》的作者"海明威是美国作家中最主观,最带个人主义色彩的一位作家"。[②]

[①] 丹纳. 艺术哲学 [M]. 傅雷,译. 合肥:安徽文艺出版社,1996:46.
[②] 罗伯特·E. 斯皮勒. 美国文学的周期——历史评论专著 [M]. 王长荣,译. 上海:上海外语教育出版社,1996:215.

《枕草子》
——包裹在阳春白雪之下的人间烟火

  《枕草子》大约成书于1001年，它的作者清少纳言与紫式部、和泉式部是日本平安王朝时期的三大才女，具有极高的文学修养。清少纳言的曾祖父、祖父都是著名歌人，她的父亲是《后撰和歌集》的编撰者之一，并且曾担任日本最早的诗歌总集《万叶集》的训点工作。清少纳言大约二十五岁入宫仕定子皇后，定子皇后十分欣赏并且倚重清少纳言，两人建立了互信关系，所以直至定子皇后于1000年去世，清少纳言都在宫中随侍左右。这种家庭生活和宫廷生活的阅历，为清少纳言"积累了丰富的素材和深厚的知性，便成为《枕草子》诞生的人文基础和主要录事的内容"[1]。的确，清少纳言是一位凡事都讲究格调、注重细节之美的女性，全身洋溢着日本平安时代的"小资"情调、"名媛"气息，她写的《枕草子》尽展其卓越的文字表达能力、敏锐的观察力和纤细的感受力，皇宫里的华裳美馔、金杯玉盏和迎来送往的日常生活，在《枕草子》里都有充分的记录和描述，如此说来，《枕草子》中的世界似乎离我们普通人的生活相距遥远，可望难及，但当我们打开《枕草子》仔细读下去，就会发觉所谓的高端、大气、上档次的皇宫生活仅仅是海面上赏心悦目的浪花，像是冰山露出在海面上的八分之一，而八分之七存在于海面下的冰山才是全书最丰厚的内容，正是因为海面下的鱼龙潜跃才能使海面上浪花翻滚，水成波澜，也就是说，包裹在表面的阳春白雪之下的其实是一个充满着人间烟火的、平凡的世界，是我们芸芸众生每时每刻都挣脱不掉的日常生活，只不过清少纳言用她那生花妙笔加以描述和展现，令我们感到异彩纷呈而目不暇接。

---

[1]　叶渭渠，唐月梅. 日本文学史：古代卷［M］. 北京：昆仑出版社，2007：426.

这部被誉为"高尚人士的情态手册和格调辞典"的《枕草子》，一开篇却是对我们司空见惯从而熟视无睹的生动而永恒的大自然一年四季的描写：

春，曙为最，逐渐转白的山顶，开始稍露光明，泛紫的细云轻飘其上。夏则夜。有月的时候自不待言，无月的暗夜，也有群萤交飞。若是下场雨什么的，那就更有情味了。秋则黄昏……冬则晨朝……①

我们在春夏秋冬中成长，我们在春夏秋冬中老去，四季周而复始，岁月来去无情，清少纳言用她那简劲而又深情饱满的笔触，抒写春夏秋冬的自然之美，别开生面，令人耳目一新。她还写道：自天而降者，以雪为最妙，大自然竟然会造出晶莹剔透的、无穷无尽的花朵，从天空中落下，的确让人赏心悦目。太阳呢？清少纳言认为，已经完全沉沦到山边的太阳，尚遗一丝红色的余晖，浅黄色的云飘入远空，那光景，十分令人感动，那是一幅"夕阳无限好"的辉煌画面。月亮呢？清少纳言认为，月亮，以晓月为妙，东山之边端，冒出细弯弯的，才让人感动呢。星星呢？清少纳言写道，星星以昴星为妙，牵牛星、明星、宵星也不错。她不愿意看到流星，因为平安时代的日本有一种传说，妇人见到流星不吉利，这与今天我们不论男女都喜欢对着流星许愿大相径庭。云彩呢？清少纳言认为，云，以白色为佳，紫色亦佳，黑色的云，令人感觉哀伤，风吹时的雨云也好。可以看出，清少纳言用笔最多的，还是我们普通人随处可见、随时可见的自然万物，不论是山川河流、宫殿庙宇，还是花草树木、鱼虫鸟兽，清少纳言都不厌其详，分门别类，一一点评其高低优劣，另外，从清少纳言的文字中，我们觉察到她似乎对紫色情有独钟，比如她认为紫色的云也很不错，比如她还认为"织物，以紫色为最，"② 而穿在袍下的衣服呢？她认为"夏季，以紫色及白色为佳，"③"裤袴，以紫色之深者为佳"④，她还认为高贵的事物，如在淡紫色的底衣上，加搭纯白的外袍等，我们知道，紫色是由温暖的红色和冷静的蓝色化合而成，据说日本人尤其喜欢紫色，它散发出一种哀婉忧郁的气息，美国人类学家鲁思·本尼迪克特（Ruth Benedict）认为

---

① 清少纳言. 枕草子［M］. 林文月，译. 南京：译林出版社，2013：1.
② 清少纳言. 枕草子［M］. 林文月，译. 南京：译林出版社，2013：341.
③ 清少纳言. 枕草子［M］. 林文月，译. 南京：译林出版社，2013：310.
④ 清少纳言. 枕草子［M］. 林文月，译. 南京：译林出版社，2013：307.

<<< 《枕草子》——包裹在阳春白雪之下的人间烟火

日本小说和戏剧中,很少见到"大团圆"的结局……日本的观众则含泪抽泣地看着命运如何使男主角走向悲剧的结局和美丽的女主角遭到杀害。只有这种情节才是一夕欣赏的高潮。人们去戏院就是为了欣赏这种情节。甚至日本的现代电影,也是以男女主角的苦难为主题。[①]

日本民族这种独特的审美心理似乎也和他们所喜欢的颜色息息相关,有人认为清少纳言影响了日本人的审美趣味,的确,日本人心目中的美,美到极致也大都是源于女性的阴柔精致,这一点从清少纳言对颜色的推崇也可略见一斑。

实际上,清少纳言通过创作《枕草子》,不仅确立了日本风情、有趣的审美情趣,今天,一千年之后的我们打开《枕草子》,让我们感到惊艳的还有她那坦率真诚、直言不讳的写作态度。清少纳言在书中写道:我只是将自己心中所感动之事对人谈谈,又如此书写下来,也没指望别人会看,正因为怀有这样朴素的创作初衷,所以她才能坦荡地表达自我。比如她喜欢"花样美男",也懂得如何理性地欣赏和"消费"他们,她喜欢清秀的男子,于是在书中就常有这样的文字:优美者,如纤细清秀的贵公子穿着直衣的模样;两个清秀的男子玩双六等段落,还有她所认为的心旷神怡的事,竟然包括晚间醒来喝一口凉水;正当一个人无聊之际,来了一位未必特别亲密,亦非疏远的朋友,闲谈世事近况,东拉西扯一番,无论公事私事都讲得头头是道,有条有理,当此之际,真叫人欣慰。在《枕草子》中,类似这样的言论,不胜枚举,让我们感觉到她就像是一位生活在我们身边的普通女性,喜欢看美男,喜欢喝凉水,喜欢闲聊与八卦,让我们感到这位风情万种、卓尔不群的女性穿越时空与我们住在同一屋檐下,与我们共同走在熙熙攘攘的步行商业街上。

清少纳言是一位怎样的人呢?关于她的生平事迹及家世背景等问题,没有太多翔实的资料可以参考,她所写的《枕草子》一书,于是成为后世借以塑造其人、复原其性格的重要资料来源。如果按照《格调》一书的作者、美国文化批评家保罗·福塞尔(Paul Fussell)的观点来看,我们首先可以肯定清少纳言不是贫民,因为一个贫民的语言一般是毫无特色的,她也不是当时

[①] 鲁思·本尼迪克特. 菊与刀——日本文化的类型[M]. 吕万河,等译. 北京:商务印书馆,2000:133.

的"中产阶级",因为她敢于直抒胸臆,似乎也不惧怕引起争议,她更不可能是个上层人物,因为她进行文学创作,文学创作需要才华、学识和不懈的努力,而所有这些都是上层人物不具备的。她那温柔的刻薄以及善意的恶毒,加上她对艺术和美的敏锐,这一切都表明她拥有一个特殊的身份。实际上,清少纳言根本不属于任何一个阶层,她来自一个未曾命名的群类,按照保罗·福塞尔的说法,清少纳言属于"另类"一族。保罗·福塞尔认为:

之所以把另类归到某一类而不是某一阶层,是因为你不可能生下来就是一个另类,你的出身和成长必然带有贫民或中产阶级的烙印。你只能通过转变而成为一个另类,或者,说得更清楚些,只有当你艰难地发现自己具备了另类的一些特质,尤其是好奇心和独创性这两种特质时,你才取得成为另类的资格。①

正是因为具有非凡的好奇心,清少纳言才会对周围的一草一木、一鸟一兽观察得细致入微,描写得情景交融,而她的独创性体现在《枕草子》诞生前和诞生后近二百年,日本没有此类的随笔文学形态出现。她既在皇宫"一人之下、万人之上"地风光过,也在京都郊外寂寞地生活过,她大约与橘则光、藤原栋世有过夫妻关系,此外,她又似乎与多名男子有过亲密关系,正因为她见多识广,她才能把处于非常时刻的非常男性描绘得活灵活现,让人忍俊不禁,比如像这一段描写幽会之后晓归男子的文字:

幽会之后,晓归的男子欲寻昨晚放置在房间里的扇子啦,怀中之纸等物,由于天暗,找来找去,到处摸索,一边还口中不停喃喃:"奇怪,奇怪"。好不容易找到了,乃窸窸窣窣揣入怀里,复将扇子打开,拍拍作响地扇起来,末了,才道别。这种人,说他可憎,还算是对他客气的,老实说,实在是不讨人欢喜。同样,夜深时分方自情人处回去的男人,偏将乌纱帽系得牢牢,则又何必那么一本正经系个紧呢!即使不绑紧,只是把头轻轻插入帽子内,也不会有人责备的罢。就算是邋遢些,难看些,直衣、狩衣都歪歪斜斜,又有谁知道,谁取笑呢?②

---

① 保罗·福塞尔. 格调:社会等级与生活品味[M]. 梁丽真, 等译. 北京:世界图书出版公司, 2013:264-265.
② 清少纳言. 枕草子[M]. 林文月, 译. 南京:译林出版社, 2013:37-38.

清少纳言这一段文字里的第一位男子不停喃喃自语"奇怪，奇怪"，让他的女伴无从接话，好像自己对男人的东西施了某种魔法，让它不翼而飞，感到自己有女巫的嫌疑，第二位男子则是一本正经的迂腐，笔者认为如果作者没有亲身经历，很难在作品中活灵活现地、用电影镜头般的语言写出如此活色生鲜的男子，从中既可看出清少纳言优雅的品位，同样还有她非凡的勇气和胆识，这样看来，男性为了自己在女性心目中的美好形象，真的有必要认真研读一下《枕草子》。

　　"生命之所以伟大，是因为我们仅有如此短暂的时间去体味那些细小而又美妙无比的时刻。"① 的确，清少纳言在《枕草子》中尽情抒写那些让人赏心悦目、让人心旷神怡的事，但她并没有一味地粉饰现实生活，于是她的笔下也大量出现"扫兴事""懈怠之事""可憎恶之事""懊恼之事""教人受不了之事""意外而令人扫兴之事""遗憾之事"，这使她的《枕草子》没有沦为像加了过多的添加剂而变得让人感到甜得令人生疑、甜得令人发腻的色彩艳丽的饮料，因为清少纳言既爱阳春白雪，更食人间烟火，既然生命过程就是一种体验，那么我们既要体验幸福，也要体验痛苦，体验感悟生命中的所有酸甜苦辣，这样的人生才是富有情趣而又真实生动的人生。

---

① 尼尔·帕斯理查. 生命中最美好的事都是免费的［M］. 赵燕飞，译. 南京：江苏文艺出版社，2014：295.

温柔的革命
——从《枕草子》看清少纳言的女性意识

清少纳言的《枕草子》（约1001年）是日本文学史上第一部随笔作品，它继承了物语、日记文学形式的写作方法，并尽展清少纳言"优秀的文章表现能力、敏锐的观察力、纤细的感受性和丰厚的汉学才华"，[①] 实际上，今天，一千多年之后的我们打开《枕草子》，让我们感到惊诧的还有她那超越时代的女性意识。笔者认为清少纳言的女性意识表现在三个方面：强调男女平等，书写理想女性形象；描写男性的负面形象、揭露男性对女性的不负责任；尽情书写女性的真情实感。

一、强调男女平等，书写理想女性形象

清少纳言在《枕草子》中写道：我只是将自己心中所感动的事对人谈说，又如此书写下来，也没有指望别人会看，正因为怀有这样自然朴素的初衷，所以她在书中才能坦率真诚，直言不讳，而我们读者也才能通过作品去还原一个气度不凡的女性作家。比如她曾这样直抒胸臆地写道：

我最看不起那些没什么志向指望，只一味老老实实待在家伺候丈夫，便自以为幸福的女人；其实，身家不错的千金小姐，应当出来见见世面，譬如说做一段时间的宫中内侍啦什么的，总要有机会跟人相处才好。有些男人动不动就说："仕宫的女子会变得轻薄。"他们才真是可恶。当然啦，一旦仕宫，伺候的对象上自至尊无上的皇帝，乃至于公卿、殿上人，四位、五位、六位的官员们不消说，还有一些女官们，也无不教人看得清清楚楚。此外，尚有

[①] 叶渭渠，唐月梅. 日本文学史：古代卷 [M]. 北京：昆仑出版社，2007：433.

女官的侍从，家乡亲戚，以及下女、清厕妇等执贱役者，做女官的岂有避不见面的道理？或许，男人就可以跟这些下等人不见面的吧？不过，据我所知，只要是仕官，男人还不是跟我们相同的吗！世人称曾仕宫而复嫁人的女子为"夫人"，她们因为见广识多，或者会有稍欠内敛之嫌，这倒也难怪；不过，有一种叫作宫中典侍的官职，只偶尔参内，或者例如贺茂祭时出来帮忙执役什么的，不也是挺光荣的吗？有过仕宫的经验之后，再居家庭主妇之位，应当才是上上之选。譬如郡守要推荐五节的舞姬时，假使夫人的出身如此，总比那些土里土气什么都不懂，凡事一一都得向人请教的，更受人敬重吧。①

引用得有些冗长，但笔者却无法加以省略，关键在于清少纳言这段文字的每一句话都击中问题的要害。什么问题呢？男女平等，她口无遮拦地表示对女性把老老实实待在家里伺候丈夫作为自己人生目标的不屑。转换成当下文字，也就是说清少纳言认为女性不能仅仅满足于做贤妻良母，当"家里的天使"，有男人认为，仕宫的女子会变得轻薄，也就是说外出工作的职业女性会变坏，清少纳言斩钉截铁地反驳道：只要是仕官，男人还不是跟我们相同的吗！言下之意，你怎么不担心男人会变坏呢？清少纳言认为，外出工作过的职业女性，再居家庭主妇之位，应当才是女性的最佳选择。当然因为时代的限制，清少纳言不可能提出女性永久走出家庭的桎梏，去做女企业家、女总统，但这一段文字中已再清楚不过地表明她对男女平等的认识。另外，在《枕草子》中，清少纳言发表议论时把男性、女性一视同仁，比如在"不论男人或女人"一篇中，她写道："不论男人或女人，诸事之中最显出格调低者，莫过于说话不得体了。"在"品格"一篇中，她写道："品格，乃是不分男女，都所应有者。"英国小说家、文学评论家丽贝卡·韦斯特（Dame Rebecca West）在1913年曾略带讥讽地说："我只知道无论什么时候，只要我表达出和逆来顺受的可怜虫或妓女不同的观点，人们就说我是女权主义者。"② 按照她的说法，即使过了一千多年之后，按照一千年之后的标准审视清少纳言的言论，清少纳言都绝对是一位货真价实的女权主义者。另外，我们还可以把清少纳言的言论与英国19世纪著名女作家夏洛蒂·勃朗特（Charlotte Brontë）

---

① 清少纳言. 枕草子 [M]. 林文月，译. 南京：译林出版社，2013：27-28.
② 转引自玛格丽特·沃特斯. 女权主义简史 [M]. 朱刚，麻晓蓉，译. 北京：外语教学与研究出版社，2014：161.

的代表作《简·爱》中的一段文字加以比较，这是简·爱去桑菲尔德府做家庭女教师时的一段内心独白：

> 谁爱责备我就责备吧，可我还是要往下说……我就希望自己能拥有比现在更多的人生阅历，结识比这儿更多的与我同类型的人，结识更多不同性格的人……女人一般都被认为是十分安静的，可是女人的感受跟男人是一样的。她们像她们的兄弟一样，也要施展自己的才能，也要有用武之地。她们对太严厉的束缚、太绝对的停滞，也会和男人一样感到痛苦。她们那些享有较多特权的同类说她们应该将自己局限于做布丁、织袜子、弹钢琴和绣口袋上，那他们的心地未免太狭隘了。如果她们要超出习俗认为女性必须遵守的范围，想做更多的事、学更多的东西，他们因此而谴责她们，嘲笑她们，那他们未免太没有头脑了。①

我们可以看出，简·爱（实际上是作者夏洛蒂·勃朗特）和清少纳言同样认为，女性和男性一样，都应该走出家庭去见世面，不承认所谓的传统妇女美德，这可以说是相当激进的女性宣言了，弗吉尼亚·吾尔芙（Adeline Virginia Woolf）曾针对《简·爱》评论道：夏洛蒂·勃朗特本应平静地写，但她偏要带上一腔怒火，口气像外省报纸的社论记者，火辣辣、急切切的。而清少纳言呢，虽然也直言不讳，似乎火药味不那么浓，即便如此，清少纳言也让人刮目相看，另外，我们不能忽略的是，《简·爱》出版于1847年，而《枕草子》大约出版于1001年，也就是说清少纳言发出的女权主义宣言比夏洛蒂·勃朗特早了大约八百四十六年。

二、描写男性负面形象

历史是history，是"他"的故事，是男人的故事而不是女人的故事——"她"的故事（herstory），英国19世纪另一位著名女作家简·奥斯丁（Jane Austen）在其小说《劝导》第二十三章写了一段女主人公安妮和哈维尔上校针对男女两性的比较，两人各抒己见，无法达成一致。哈维尔上校说，所有的历史记载，所有的故事，不论是散文还是诗歌，都不说女人的好话……安

---

① 夏洛蒂·勃朗特. 简·爱 [M]. 凌雯, 译. 杭州：浙江文艺出版社, 1996：125-126.

妮反驳说:"请不要引经据典吧。男人拥有一切便利条件,可以陈述自己的一面之词,他们所受的教育程度也相当高;笔就在他们手中,所以我不想根据书本去证明任何事。"① 既然笔在男人手中,历史记载和文学描写中的不论是女性形象还是男性形象就不可避免地带有男性的偏见,是一面之词,就很难做到真实、客观、公正,兼听则明,偏信则暗,如果笔在女人手中会怎么样呢?特别是女性笔下的男性会是什么样的?清少纳言的《枕草子》对此则有栩栩如生、淋漓尽致的描述:清少纳言所欣赏的男子,是纤细清秀的穿着直衣的贵公子,《枕草子》中有多处像"清俊的年轻人""俊美的贵公子""出门途上见一清俊男子"等篇章,清少纳言把他们作为审美对象,从精神上去欣赏和消费他们,从而也使我们了解到她对男性的审美观,但书中描写得更有趣,更让女性忍俊不禁的是她对与女子幽会时的男子言行举止的描写,比如在"可憎恶之事"中,清少纳言写道:费尽心机安排,让他睡一宿的男人,岂料竟打起鼾来,越怕出声响却笨手笨脚地偏要弄出大动静的男子,还有在"晓归的男子"一篇中,清少纳言毫不留情地写了幽会之后男子的滑稽相:

幽会之后,晓归的男子欲寻昨晚放置在房间里的扇子啦,怀中之纸等物,由于天暗,找来找去,到处摸索,一边还口中不停喃喃:"奇怪,奇怪。"好不容易找到了,乃窸窸窣窣搋入怀里,复将扇子打开,拍拍作响地扇起来,末了,才道别。这种人,说他可憎,还算是对他客气的,老实说,实在是不讨人欢喜……有的男人,一骨碌地起身,东颠西歪,将裤腰带死命拉紧,又是直衣,又是外套,还将那狩衣的袖子撩起,把所有东西装进袖袋内,接着紧紧系好衣带子。这种男人可就令人憎厌了。②

还有这样的文字:

有人挺自负地穿着开腋的武官袍服,那裳裾却皱成一团,像老鼠尾巴似的,若又将其卷成一堆,挂在几帐之上,这种人还配出来幽会情人吗?拜托啦,至少在任此官职期间忍耐一下,别乱闯乱跑幽会才好。③

---

① 简·奥斯丁. 劝导 [M]. 北京:清华大学出版社,2010:235.
② 清少纳言. 枕草子 [M]. 林文月,译. 南京:译林出版社,2013:37-38.
③ 清少纳言. 枕草子 [M]. 林文月,译. 南京:译林出版社,2013:65.

这样笨拙、滑稽可笑的男性形象是在男性作家笔下很少看到的,如果说这些描述的仅仅是男性不解风情、粗枝大叶、不拘小节的一面,那么下面的文字就是对某些男性道德品质的批评了:

男人又往往对于那些境遇可怜,十分值得同情的女子弃如敝屣,而全不当一回事儿。这又是怎么一种心境啊,真叫人想不透!不过他们倒是擅长批评别的男子所作所为,真是巧口利舌呀。更有时会甜言蜜语骗上那些无依无靠的女官,一旦而对方有了麻烦,却又推得一干二净哩!①

这样不负责任的男子给女性带来痛苦,实在令人气愤。纵览全书,虽然清少纳言写了她心仪的男子形象,但她用笔更多的却是自以为是、笨拙可笑、毫无担当意识的男性,这些"丑态百出"的男性形象打破了高大完美、光彩照人的男性人物模式(可以和日本同时期的女作家紫式部的《源氏物语》中的男主人公相比较),别开生面,令人过目难忘。我们回到前文《劝导》中女主人公安妮与哈维尔上校的争论,安妮说因为笔在男人手中,所以她不想根据书本去证明任何事,如果清少纳言的《枕草子》在19世纪就被翻译成英语,那么安妮也许就可以引经据典地去反驳哈维尔上校了吧!

三、尽情书写女性真情实感

《枕草子》中体现的清少纳言的女性意识还表现在,真实描写女性的天然感情,尽情书写女性的真情实感,这种真情实感在《枕草子》中更多地体现在作为作品中的"我"即清少纳言对自然万物、四季轮回的瞬间微妙变化之美的描写,不论是她笔下的山川河流、花草树木、鸟兽鱼虫还是宫殿庙宇,都体现出清少纳言特有的富有诗意的想象力和纤细的感受性。比如在"五月时节,漫步山里"一篇中,她认为五月时节,漫步山里,水泽一片苍澄,其上则青草茂生,一行人直直地走过去,哪晓得澄净的水虽并不怎么深,却也在步行处溅起水花,真是饶有情趣的事情,同样还有在"月色分外明亮之夜"这一篇中,她写道:月色分外明亮之夜,以牛车渡川。随着牛步过处,水波漾散,仿佛似水晶碎裂,委实可赏。这样的文字,既有对大自然的客观描述,

---

① 清少纳言. 枕草子 [M]. 林文月,译. 南京:译林出版社,2013:167.

又体现着作者独特的审美感受,情景交融,声音、色彩、人物一应俱全,这样的段落在《枕草子》中比比皆是,不胜枚举。女人如花,花如女人,女人对花的感受非同寻常,在《枕草子》中清少纳言对多种树花、草花加以评价论述,在"树花"一篇中,她认为树木之花,无论浓烈,以红梅为佳,樱花呢?她认为以花瓣大、色泽美、开在枯细的枝头上为佳。在"草花"一篇中,她认为,草花以石竹花为佳,唐国的石竹花是上品,但本国的也不错,另外,她还满怀深情地写道:缤纷的秋花已凋尽,直到冬季终了,好似满头白发,呆呆地一个劲在风中摇曳,沉湎在往事的样子,好像人的一生,更像是女人的一生,让人感慨不已。与清少纳言同时期的另一位才女紫式部在《紫式部日记》中有一段文字提及清少纳言:

清少纳言这人端着好大的架子。她那样自以为是地书写汉字,其实,仔细看来,有很多地方倒未必都是妥善的。像她这种刻意想要凌越别人的,往往实际并不怎么好,到头来难免会落得可哀的下场;加以每好附庸风雅,故而即使索然无味的场合,也想勉强培养情绪,至于真有趣味之事,便一一不肯放过,那就自然不免于出乎意料,或者流于浮疏了。①

紫式部的这段文字,可以说是文学史上对清少纳言的最早评论,紫式部所说的清少纳言的"自以为",其实就是清少纳言清醒的女性自我意识,而她所指责清少纳言即便在索然无味的场合也想培养情绪,从另一个角度看恰恰表明清少纳言敏锐的审美感受力,也就是说紫式部表面上对清少纳言的批评,却从反面、深处体现出清少纳言的非凡资质和独有的创作风格。

四、结语

有中国学者认为:清少纳言的《枕草子》"虽然反映了社会等级之间的不平等和对时代的忧虑……就作品整体而论,作者缺乏对人生、社会的深切关注。"② 对此笔者实在不能赞同。《枕草子》中体现的男性对女性的不负责任、始乱终弃,不是男性对女性的压迫又是什么呢?还有《枕草子》中强调的男女平等思想,坦言自己心目中有志向的理想女性,以及描写女性的真实感受

---

① 转引自清少纳言. 枕草子 [M]. 林文月,译. 南京:译林出版社,2013:3.
② 刘春英. 日本女性文学 [M]. 北京:商务印书馆,2012:76.

等，这些不是对人生、社会的深切关注又是什么呢？夏洛蒂·勃朗特曾在《简·爱》中写道：强调人应该满足于平静的生活是没有用的，他们必须有行动，即便找不到行动的机会，也要去创造它。"千百万人注定要处在比我更死气沉沉的困境中，而千百万人在默默地反抗自己的命运。谁也不知道除了政治反叛以外，在生活中有多少反叛实践被掩盖起来。"① 可以说，清少纳言的创作就是一种反叛实践，只不过她把自己的激进思想散落于优雅清闲的文字表述中，埋藏在似乎是无关大局、风花雪月的男女情事中，表面上远离战火硝烟、刀光剑影的大事件、大斗争，实际上却不乏对斑驳的风俗世相、复杂的人情世界的真知灼见，这是清少纳言的一种创作策略吗？关于她的生平事迹及家世背景等问题，没有太多翔实的资料可供参考，尽管如此，我们可以肯定的是，她所进行的是一次革命，更确切地说，是一次温柔的革命。

---

① 夏洛蒂·勃朗特. 简·爱 [M]. 凌雯, 译. 杭州：浙江文艺出版社，1996：125.

独处的艺术
——解读《瓦尔登湖》

亨利·戴维·梭罗（Henry David Thoreau）的《瓦尔登湖》内容丰富，意义深远，正如美国著名学者瓦尔特·哈丁（Walter Harding）所言，它是简单生活的权威指南，是对大自然的真情描述，是向金钱社会的讨伐檄文，但笔者认为《瓦尔登湖》首先是一部指导人如何独处的教科书，体现的是独处的艺术，梭罗在《瓦尔登湖》中的第一句话就开门见山地这样写道：

当我写下本文之后的那些章节，或换句话说，堆砌起为数众多的单词时，我正独居于一处小木屋里。小木屋就在这片森林中，距任何邻居都有一英里之遥……我在此居住了两年零两个月。[①]

也就是说，梭罗是怎样一个人在1845年7月4日到1847年9月6日两年多的时间里幽居在马萨诸塞州的康科德镇瓦尔登湖畔的自筑木屋，《瓦尔登湖》紧紧围绕这一问题展开全书。

正是由于遁入了自己选择好的庇荫处，远离了繁文缛节的俗务，[②] 梭罗才可以我行我素、率性而为，那么他是怎样我行我素、率性而为的呢？他首先把自己对物质生活的需求降低到最低限度，他把生活必需品分为：食品、房舍、服装和燃料，他认为一个人可以像动物一样吃得简简单单，却仍然保持着健康和体力。他甚至提出：一日无须三餐，如有必要，一餐便可足矣。他曾经从玉米地里采来了一碟马齿苋，作为一顿饭，这样下来他每星期的伙食

[①] 亨利·戴维·梭罗．瓦尔登湖［M］．戴欢，译．北京：当代世界出版社，2003：1.
[②] 梭罗曾在1837年10月22日题为"独处"的日记中这样写道："为了独处……我要找一个阁楼……根本不用打扫地板，也不用归置里面的破烂东西。"梭罗．梭罗日记［M］．朱子仪，译．北京：北京十月文艺出版社，2005：2.

费大约是27美分,他一共花了28.125美元建好了自己的小木屋,服装和燃料也一切从简,总之,他对物质生活的追求可以用这几个醒目的大字"简单、简单、再简单"来概括,他被奉为是简单生活的宗师主要源于此,简单生活是门学问,但梭罗紧接着声明:"我去瓦尔登湖的目的,既不是为了图个廉价的生活,也不是为了图个奢侈的生活,而是想去做些私人营生。"① 这就是说,梭罗绝对不是为了简单生活而去简单生活,简单生活只是手段和方式,他所说的私人营生也就是随后展开的目的:阅读与思考、欣赏与研习大自然。

　　一般说来,阅读是一种私人行为,所以有学者这样认为:"阅读给我一个独处的借口,也许可以说是赋予了强加于我的独处一种意义。"② 反过来说,一个人独处时也非常适宜阅读,或者说阅读是一个人独处时最适合的行为之一,阅读和独处是相得益彰、相辅而行的,初看,阅读与思考是两个不同的概念,两个相异的步骤,实际上,两者是相互渗透、浑然一体的。一方面,我们在一本接着一本的书中发现了自身生命的种种痕迹;另一方面,我们又通过阅读改变了自身,从而令我们的生活翻开了崭新的一页。正因为如此,阅读是提高我们生命质量和开发生命资源的最佳途径。梭罗认为他的小木屋与一所大学相比,不仅更适宜思考,而且更适宜于严肃地阅读。他这样写道:"好好读书,也就是说,以求真务实的精神去阅读真实的书,这是一种高尚的历练。"③ 他还这样评价到:当那些我们称为圣物的古代经典巨著以及比之更加古老,因而更鲜为人知的诸国的经典越积越多时,当梵蒂冈教廷里荷马、但丁和莎士比亚的大作与《吠陀经》《波斯古经》和《圣经》荟萃一堂时,当后续的世纪连绵不绝地在世界的讲坛上陈列他们的战利品时,那个时代必将无比丰饶。借助这堆积而成的文艺经典的山峰,我们最终有望登上天堂。很明显,作为一个19世纪的美国文学家,梭罗没有拘泥于西方文化中心主义的牢笼里故步自封,而是以海纳百川的博大胸怀兼收并蓄异域文化,并且根据自身的需求对异域文化进行创造性的吸收,进而将其融入美国文化之中,使美国文化得到了新鲜的血液从而获得了飞速发展,他在《瓦尔登湖》中多次大声疾呼:"你必须做一个哥伦布,去发现你心海里的新大陆和新天地。开

---

① 亨利·戴维·梭罗. 瓦尔登湖 [M]. 戴欢,译. 北京:当代世界出版社,2003:12.
② 阿尔维托·曼古埃尔. 阅读史 [M]. 吴昌杰,译. 北京:商务印书馆,2002:11.
③ 亨利·戴维·梭罗. 瓦尔登湖 [M]. 戴欢,译. 北京:当代世界出版社,2003:64,

出思想而不是贸易的新航道。"① 他从阅读和思考中得出：一个人假如既自信又坚定不移地朝他梦想的目标前进，并努力营造他所向往的生活，那么，他会取得在通常情况下无法取得的意外成功。他被美国哲学家爱默生（Ralph Waldo Emerson）誉为是真正的美国人，也就是说真正代表美国自由独立精神的人，这与他在瓦尔登湖阅读思考并亲力实践是分不开的。

可以说，在梭罗的同代人中，"没有一个人能像他那样全身心地投入自然、参与自然、迷恋自然，没有一个人像他那样对自然了如指掌，情同手足。"② 当别的作家以热衷冒险、漫游世界、放浪情场来寻找创作的灵感时，他却选择隐居湖畔林地，欣赏研习被众人遗忘的大自然，的确，

我们周围千姿百态的大自然是一座门户敞开的宝库，可是受用者寥寥无几，当一片枫叶在大都市中向我们婆娑飘来时，体会千变万化秋色中的喜悦者能有几多。繁茂的树叶、累累果实、飞鸟啁啾，都是众人易于获得的欢乐之源——知情者甚少。③

爱默生也认为："说真的，几乎没有几个成年人能够亲眼看到自然……至少他们是一掠而过。"④ 而梭罗就是这寥寥者之一。他以瓦尔登湖畔为基地，默默实践着人与自然和谐相处的理论。当他面对自然时，他发挥的是所有五官的作用，他通过看、闻、尝、听、摸感触大自然，梭罗的看不是一种漫不经心的扫视，而是一种凝视，一种用心的观察，因此他才发现了红色的雪和绿色的太阳，梭罗同时认为嗅觉是一种更原始、更可靠的探索自然的方式，他可以凭借嗅觉，在半英里之外察觉到某种杜鹃花的存在……总之，在梭罗心中，身边的一草一木、一丘一壑都是洁灵秀逸的，大自然的风景是美不胜收的，他还与林中的小鸟做了邻居，但这不是把小鸟用笼子装着挂在家中，而是恰恰相反，是他把自己一个人关在笼子（小木屋）里，又把笼子放在小鸟的家附近，类似中国古代文人所谓的"侣鱼虾而友麋鹿"。也正是在远离尘嚣的情况下，独自一人与大自然的亲密接触中，形成了他对大自然的统一性、

---

① 亨利·戴维·梭罗. 瓦尔登湖 [M]. 戴欢, 译. 北京: 当代世界出版社, 2003: 204.
② 程虹. 寻归荒野 [M]. 北京: 三联书店, 2001: 110.
③ 狄特富尔特, 等. 人与自然 [M]. 周美琪, 译. 北京: 三联书店, 1995: 266.
④ 爱默生. 爱默生集: 论文与演讲录（上）[M]. 吉欧·波尔泰, 等译. 北京: 三联书店, 1993: 9.

丰富性和脆弱性的深刻体认。他预见到工业文明与大自然之间的矛盾，提出了只有在荒野中才能保护这个世界的观点。他像清晨房顶上的公鸡唤醒邻居一样，唤醒人们对大自然的意识——保护自然，挽救自然，正确把握人与自然之间的平衡，他痛恨那残酷的斧头，庆幸它无法砍下天上的白云，他已经预见到不顾自然环境、盲目追求发展的工业文明将会给人类带来的恶果，因此他被称为"美国环境保护主义的先驱"，是"绿色圣徒"。①

王诺在《欧美生态文学》中把梭罗一生的创作和生活概括为两大类——简单生活和自然美学，② 这两大类都与梭罗在瓦尔登湖的独处生活密切相关，独处是一种能力，也是一种艺术，怎样独处才有价值和意义，梭罗在《瓦尔登湖》中为我们做了示范。其实，我们中国儒家文化中，不是没有强调独处的内容，比如个人修身、慎独的部分，但在当今现代教育中，合群却是我们关注的焦点，于是，在时间的分配上，我们的学习表塞满课程和活动；在空间配置上，我们无时无刻不在与他人相濡以沫。对此，原清华大学校长梅贻琦体会极深，他认为人生不能离群，但自修不能无独，正因为慎独的教亡，使学子但知从众而不知从己，但知附和而不敢自作主张，所以他认为中国晚近学术界中，每多随波逐流之徒，而少砥柱中流之辈。的确，慎独就是一个人独处时审视自己、检讨自己、探索自己，慎独是一种修炼，使人在群体的喧嚣中保持清醒。正因为有独处时的自我观照和静下来的力量，善于独处的人也必定不会飘浮于尘世，从此生命亦无所畏惧，发表于1849年（独居瓦尔登湖后）的《论公民的不服从义务》，被认为是政治学领域中的一个光辉文献，显示了梭罗强大的精神力量。他认为"国家无权侵犯公民的道德自由，国家不能强迫公民支持暴政。人的良知应是每个人的最高精神主宰。"③ 此书影响了俄国的列夫·托尔斯泰（Leo Tolstoy）、印度的精神领袖甘地（Mohandas Karamchand Gandhi）、美国本土黑人领袖马丁·路德·金（Martin Luther King），还成为众多群众性维权运动的纲领文件，被美国前全国图书馆协会主席列为影响世界历史的16本书之一。的确，梭罗的作品充满着深邃而悠远的思想，成为今天每一个现代人心灵洗礼的圣殿，而《瓦尔登湖》中体现的独处艺术更给予我们深刻启示。

---

① BUELL L. Writing for an Endangered World: Literature, Culture, and Environment in the U. S. and Beyond [M]. Cambridge: The Belknap Press of Harvard University Press, 2001: 7.
② 王诺. 欧美生态文学 [M]. 北京: 北京大学出版社, 2011: 158-159.
③ 罗伯特·唐斯. 影响世界历史的16本书 [M]. 缨军, 译. 上海: 上海文化出版社, 1987: 32.

不服从中的服从

——解读亨利·戴维·梭罗的自由思想

一、引言

亨利·戴维·梭罗（Henry David Thoreau）（1817—1862）是美国历史上伟大而又独特的文学家和思想家，他被视为美国文化的偶像，他的精神被视为美国文化的遗产。他的作品既有恬淡优美的田园意境，又有深刻悠远的哲学思想，显示出独特的思维和创造性，成为现代人心灵洗礼的圣殿。梭罗的一生都在渴望着自由、追求着自由，也体悟着自由，他不仅通过自己的文字，也通过自己的言行，向世人展示了他独特的自由思想。

二、成为独一无二的你自己

追求自由是人的一种内在要求，黑格尔（Georg Wilhelm Friedrich Hegel）认为："自由是心灵的最高定性。"① 那么，梭罗对这种心灵的最高定性是如何理解的呢？作为简单生活的宗师，梭罗的一生放弃了几乎所有的物质追求，成功地实现了他关于自由生活、而不为谋生所累的目标。他认为，一旦人们继承了农场、房宅，他们就成了土地的奴隶，为自己打造了一副金银做的脚镣，终日被物质生活所累。梭罗要人们摆脱旧的生活方式的奴役，求得一种生活的解放。他要人们把物质的需求降到最低限度，从而使自己变得富有，成为一个自由人，一个不为金钱名利所累、没有精神负担的自由人。另外，梭罗希望每个人都能成为哥伦布（Christopher Columbus），去发现自己心海里的新大陆和新天地，开出思想而不是贸易的新航道。他认为："与我们的自我

---

① 黑格尔. 美学 [M]. 朱光潜, 译. 北京：人民文学出版社, 1958: 120.

意识比较而言，公众舆论只是一个软弱无能的暴君而已。一个人对自己的看法，决定着或者预示着他的宿命。"① 他希望世界上的人，生活越千姿百态越好，但他更愿意每一个人都能慎重地寻找到并坚持住他独有的生活方式，而不要去采纳他父亲的，或是他母亲的，或是他邻居的生活方式，他也并不希望任何人以任何借口模仿他的生活方式，他认为：

一个人假如既自信又坚定不移地朝他梦想的目标前进，并努力营造他所向往的生活，那么，他会取得在通常情况下无法取得的意外成功。他将会把所有事情抛在脑后，从而超越一条看不见的界限；一种更新颖、更广大、更自由的规律将会在他周围，在他内心里建立起来，或是旧有的规律将得以扩大，并在更自由的意义上获得有利于他的新解释，他将取得许可证，并在更高级的秩序中生活……倘若你建了一座空中楼阁，那也不是白费功夫；就让那些楼阁呆在空中，而你在下面支上基础。②

所以他大声呼吁：就让你成为探索自己心灵的江河、湖海的探险家吧，去探索你自己的极地吧！实际上梭罗关于个人自由的言论并非浪漫主义的凭空想象，而是以事实为依据的，纵览人类历史，不论是建筑还是绘画，科学还是文学，工业还是农业，文明的巨大进展极少来自集权的政府。哥伦布并不是由于响应议会大多数的指令才出发去找寻新大陆的道路，虽然他的部分资金来自具有绝对权威的王朝。同样，牛顿（Isaac Newton）和莱布尼茨（Gottfried Wilhelm Leibniz）、莎士比亚（William Shakespeare）和弥尔顿（John Milton）、简·亚当斯（Laura Jane Addams）和南丁格尔（Flonence Nightingale）以及爱迪生（Jhomas Alva Edison）、爱因斯坦（Albert Einstein）等，这些在人类知识和理解方面，在文学方面，在技术可能性方面，或在减轻人类痛苦方面开拓新领域的人中，没有一个人是出自响应政府的指令。"他们的成就是个人天才的产物，是强烈坚持少数观点的产物，是允许多样化和差异的一种社会风气的产物。"③ 实际上也是坚持个人自由的硕果，梭罗认为重要的是成为你自己，找到适合自己的生活方式，他特别强调个人自由，强调个性发展，

---

① 亨利·戴维·梭罗. 瓦尔登湖 [M]. 戴欢，译. 北京：当代世界出版社，2003：5.
② 亨利·戴维·梭罗. 瓦尔登湖 [M]. 戴欢，译. 北京：当代世界出版社，2003：206.
③ 米尔顿·弗里德曼. 资本主义与自由 [M]. 张瑞玉，译. 北京：商务印书馆，1999：5.

并且认为完全的个人自由和充分的个性发展不仅是个人幸福所在,而且也是社会进步的主要因素之一。也许梭罗已经睿智地意识到:一个人和另一个人的不一样,这才是最能吸引双方注意的事情,使他们既注意到自己这一类型的不完善,又注意到他人那一类型的优越性,或者还注意到集合二者之优点而产生比二者都好的事情的可能性。的确,"凡性格力量丰足的时候和地方,怪僻性也就丰足;一个社会中怪僻性的数量一般总是和那个社会中所含天才异禀、精神力量和道德勇气的数量成正比的。"[1] 实际上梭罗倡导的"成为你自己"这里隐含着一个前提条件,即个人的行为没有涉及他人的利害,在这样的情况下,个人就有完全的行动自由,而不必向社会负责,如果个人的自由同社会的法律等外在事物发生冲突,应该怎样坚持个人的自由呢?

三、不服从中的服从

1845年,美国兼并了原属墨西哥的得克萨斯,第二年,又发动了墨西哥战争,此时,梭罗刚在瓦尔登湖度过了两年的独居生活,但是,不论是家事、国事还是天下事,他事事关心,不仅关心,还要介入,不仅介入,还要主动出击。1848年初,他做了一个演讲,题为《论个人与政府关系中的权利与责任》,后来,正式定名为《论公民的不服从义务》,梭罗在此文中抗议了美国政府入侵墨西哥以及容忍奴隶制这两项不义之举,在那种情境下,如何成为一个真正自由的人呢?他的答案是:"只有苟且之人,才能与之同流合污。我是一刻都不会承认,那种同时是奴隶的政府的政治组织,也是我的政府"。[2] 他认为,政府本身只是人民选择来执行他们意志的方式,而人民还来不及通过它行使意志,就被轻而易举地滥用了、误用了。作为一个自由的公民,他觉得如果自己继续服从这样一个政府,并以纳税等方式与它保持联系,不仅把自己与木头、黄土和石头同等看待,而且等于默认并参与其罪恶。他明确提出,对这种合法地施行不公正的政府,公民不仅可以不服从,而且有责任不服从。怎么表示自己的不服从呢?"在一个不公正地关押任何人的政府统治下,对一个公正的人来说,该去的地方也只有监狱。"[3] 梭罗因为六年多拒绝

---

[1] 约翰·密尔. 论自由 [M]. 程崇华, 译. 北京: 商务印书馆, 1996: 72.
[2] 梭罗. 梭罗散文 [M]. 苏福忠, 译. 北京: 人民文学出版社, 2011: 60.
[3] 梭罗. 梭罗散文 [M]. 苏福忠, 译. 北京: 人民文学出版社, 2011: 68.

缴纳人头税，被抓进了监狱，坐了一夜大牢，实际上，梭罗不是不分青红皂白地拒交一切税金的。他表示过，他从来不反对付公路税，付学校税，他所反对的是缴那些支持奴隶制和战争的杂税。因为他坚信："国家无权侵犯公民的道德自由，国家不能强迫公民支持暴政。人的良知应是每个人的最高精神主宰。"① 据此，他提出了一种崭新的理论，一种非暴力的公民自由的理论，以此来对抗合法的不公正。

在《论公民的不服从义务》一文中，梭罗以犀利的笔触，通过对当时国家和政府性质的分析，抨击了不合理的纳税制度，揭露了罪恶的奴隶制和专制政体。梭罗用美国人公认的革命权利来为"不服从"辩护，那就是当人民无法容忍一个独裁或无能的政府时，他们有权拒绝对它效忠并抵抗它的权力。在梭罗看来，美国当时所面临的情况与1775年大革命时几乎如出一辙，区别仅仅在于"被践踏的国家不是我们自己的，而侵略军却是我们的。""梭罗把'不服从'称为一场和平革命，他以这种方式静悄悄地向政府宣战。"②

"公民的不服从"作为一场和平革命，作为捍卫个人自由的一种方式，它必须采取非暴力的方式。不服从是一种故意违法，但违法者是根据自己的道德准则做出的判断，确信所违反的法律为不公正。"公民不服从的本质是以违法为手段，吸引公众关注，以公正和道义唤醒其良心，激励其行动，从而战胜不公正的立法。"③ 动用暴力对待不服从的人，如果这些不服从的人也还之以暴力，那么施暴者就可以在双方的冲突中把自己的行为合理化，我们可以想象一下，有多少人能够在别人不抵抗、不逃避的情况下，坚持施暴呢？又有多少人，看到强势者伤害不抵抗、不逃避的弱势者时，不会产生对弱者的同情，对强者的痛恨呢？梭罗的传人印度圣雄甘地（Mohandas Karamchand Gandhi）和美国黑人民权领袖马丁·路德·金（Martin Luther King）都是通过使用这种方式让对方（英国殖民者和美国白人）感到羞耻痛苦，并将这份羞耻痛苦转化成改革的力量，从而实现了印度人和美国黑人的自由。可见梭罗的"公民的不服从"的根基在于不服从者个人的良心良知，它同时也仰仗着对方的良心良知，当然，"公民的不服从"绝对不是放之四海而皆准的，它有

---

① 罗伯特·唐斯. 影响世界历史的16本书 [M]. 缨军，译. 上海：上海文化出版社，1987：32.
② 钱满素. 守法与犯法. 钱满素文化选论 [M]. 上海：复旦大学出版社，200：74.
③ 钱满素. 守法与犯法. 钱满素文化选论 [M]. 上海：复旦大学出版社，200：75.

相当大的局限性，早就有人指出，如果甘地面对的是南京大屠杀中的日本侵略军，那么这种非暴力抵抗只能是坐以待毙，但是梭罗强调个人自由，强调自觉的公民意识和参与精神，这不正是一个国家的希望所在吗？正如西班牙裔美国哲学家桑塔耶纳（George Santayana）所言："若不是拥有卓尔不群的典型的个体生活，国家就如同大海中的沙子一般不值得记取；若美国人个个都是败笔，那么美国也成不了杰作。"① 美国超验主义哲学家拉尔夫·沃尔多·爱默生（Ralph Waldo Emerson）认为："从来没有一个人比梭罗更像是一个真正的美国人。"② 我们推测爱默生说这句话的缘由，那是因为他认为梭罗是自由独立精神的代表，梭罗的这种精神也感召着其他热爱自由独立的美国人。

四、结语

梭罗的自由思想在很大程度上受其导师拉尔夫·沃尔多·爱默生的影响，爱默生是美国超验主义运动的领袖，哲学范畴的超验主义是指超出经验世界的界限而进入超经验的领域，是思维或意识的一种活动性质，源自德国哲学家康德（Immanuel kant）的先验论哲学体系。它的核心观点是主张人能够超越理性而直接认识真理。怎么认识？可以通过直觉去把握，"相信你自己"是爱默生的名言，它也成为超验主义的座右铭。"相信自己"是对旧观念的冲击，是对权威的挑战，同样也在梭罗的自由思想中表现得最为鲜明，也使梭罗的不服从潜伏着相当大的危险，因为不服从的根基在于个人的判断，而个人的判断如同多数判断一样，未必就代表真理。公民动辄不服从，必然滋长无政府倾向，法律也将丧失尊严。所以作为一种补救措施，公民的不服从必须按照一定的规则和平地进行。梭罗拒绝付税是不服从，但他并不拒捕，不服从的力量正在于此。梭罗一再声称："我们应该首先是人，然后才是臣民。"③ 而做人必须是自由的，作为一个自由人有不服从的自由，但绝对的不服从中又有策略性的、局部的服从，这样看来梭罗的自由是一种慎重的、理性的自由。梭罗使我们意识到：自由不是个人的自作主张，自由也不能等同于容忍错误的意见，仿佛那些错误的意见无关紧要似的。梭罗还使我们清醒

---

① 桑塔耶纳. 英伦独语 [M]. 邱艺鸿, 萧萍, 译. 北京: 生活·读书·新知三联书店, 200: 71.
② 爱默生. 精神的足迹 [M]. 张世飞, 译. 北京: 当代世界出版社, 200: 116.
③ 梭罗. 梭罗散文 [M]. 苏福忠, 译. 北京: 人民文学出版社, 2011: 58-59.

地意识到:"精神是不能用暴力使其就范的。反之,精神也不能依靠暴力获得胜利。"① 更难能可贵的是,梭罗坚信事在人为,相信个人的言行能够产生社会效果,相信如果要改变社会的不公正,每个人必须从自己做起。梭罗用自己的言行诠释了他对自由的理解,在云谲波诡、复杂多变的社会历史情境下,梭罗的不服从也许有些天真,也许有些过于理想化,但不能不令人肃然起敬。伯兰特·罗素(Bertrand Arthur William Russell)在《自由之路》中写道:

鄙弃命运之奴隶的懦弱和恐惧,崇拜自己亲手建立起来的圣地;不因机遇的主宰而丧气,从统治他们外在生活的专横暴虐中解放出来,而保存着心灵;骄傲地向那暂时容忍他的知识和判定的不可抗拒的力量挑战,像疲倦而又不屈的阿特拉斯那样,独自支撑他以自己的理想塑造的世界,而不顾无意识力量的践踏着的行进。②

罗素所说的多么像是梭罗啊!梭罗已经在自由的土地上,留下了坚定的、独特的脚印。

---

① 霍布豪斯. 自由主义 [M]. 朱曾汶, 译. 北京: 商务印书馆, 199: 73.
② 伯兰特·罗素. 自由之路 [M]. 李国山, 译. 北京: 文化艺术出版社, 200: 148.

徐志摩的《偶然》与惠特曼的《从滚滚的人海中》

一

新月社主脑徐志摩发表于1926年第9期《诗镌》上的《偶然》堪称经典之作，它短小隽永，脍炙人口，广受读者喜爱，也被编曲演唱，成为大众最耳熟能详的名诗之一。

偶然

我是天空里的一片云，
偶尔投影在你的波心——
你不必讶异，
更无须欢喜——
在转瞬间消灭了踪影。

你我相逢在黑暗的海上，
你有你的，我有我的，方向；
你记得也好，
最好你忘掉，
在这交会时互放的光亮！①

《偶然》也是徐志摩自己最爱的一首小诗，曾出现在他的剧本《卞昆冈》

---

① 徐志摩. 志摩的诗 [M]. 天津：天津人民出版社，2021：3.

里，"偶然"是个非常抽象的概念，它指的是事理上不一定要发生而发生的，超出一般规律的，徐志摩用两个事例加以说明：一个是具体的譬喻，描述云朵与水面的交会；另一个是抽象的象征，把人生的黑暗时期比喻为黑夜的海上，而两人相会于此际；"这两种交会，都是'偶然'的局面，就像街道上两人擦肩而过，或者一场短暂的宴会，相聚之后就各奔东西。"① 这是现实生活中的人们都能遇到的现象、都能体会的情感，但徐志摩所用的两个事例，更具有意象上的美感：天空里的云朵是流动的，水面的波纹也是流动的，这两个意象本身就充满了动态的美；其次，两人在人生黑夜的海上相逢，心境可能是抑郁的，也可能是困苦的，但还是为对方放出光亮，照亮彼此，这"互放的光亮"的意象，在黑夜的背景下，更加显得光彩夺目，美丽动人。

通过这两个事例，徐志摩巧妙地展现了"偶然"的意义。云朵投映在水面，是多么微小的概率，也许下一秒就会风吹云散，波心的倒影也随之破碎，瞬间消失得无影无踪，这种情景，怎不令人感到遗憾？茫茫人海，人海茫茫，两个人相逢的概率微乎其微，并且每个人各有各的航程，不可能长时间为谁停留，相逢就意味着注定要分别，是多么的无奈，但这些机缘都是肇始于"偶然"，也结束于"偶然"，没有人可以预知命运的轨迹。

面对这样的局面，徐志摩的态度是理性的、达观的。"他劝人不必讶异、无须欢喜，记得也好、最好忘掉，看似无情，其实是因为他对'偶然'的彻底了解，因此劝人不必强求，一切顺其自然。"② 然而，不管是记得还是忘掉，最重要的是"在这交会时互放的光亮"——如果人与人的交会，无论是爱情还是友情，都能互相激励欣赏，使双方都能绽放出生命的光亮，那么就算是"偶然"的相聚，也会留给彼此无限的怀念。

二

徐志摩1918年赴美留学，1920年横渡大西洋，由美抵英，入剑桥大学学习。1925年7月，经友人引荐，他曾拜访了英国小说家、诗人托马斯·哈代（Thomas Hardy），这也是哈代生前与中国文坛人士唯一的一次直接交流，而

---

① 洪淑苓. 徐志摩［M］. 台北：三民书局股份有限公司，2006：93.
② 洪淑苓. 徐志摩［M］. 台北：三民书局股份有限公司，2006：94.

这一时期，徐志摩是"对哈代介绍最多、评论最深入"[①]的中国文人，除了大量翻译哈代的诗歌以外，他还写了大量关于哈代创作尤其是哈代诗歌的评论，热心地向中国读者介绍这位他心目中的"老英雄"，可以看出，徐志摩对哈代的景仰之情溢于言表，由于哈代也有一首写于1866年的名诗《偶然》[②]，又由于徐志摩对哈代的推崇以及两人先后创作了同名诗歌，很自然引发人们对两首《偶然》的分析比较[③]，两首诗题目虽然相同，但两个版本的《偶然》的意象、立意却截然不同，实际上，徐志摩的《偶然》无论是从意象上还是从立意上都非常容易使人联想到美国诗人沃尔特·惠特曼（Walt Whitman）的名诗《从滚滚的人海中》，或者反过来说也成立，我们看一下李野光翻译的惠特曼的这首诗：

从滚滚的人海中

从滚滚的人海中有一滴水走来温柔地对我低语：
我爱你，我不久就会死去；
我旅行了很长一段路程，仅仅为了来看看你，摸摸你，
因为除非见到你一次，我不能死亡，

[①] 何宁. 哈代研究史 [M]. 南京：译林出版社，2011：242.
[②] 托马斯·哈代的《偶然》原名为 *Hap*，参考译文如下：

偶然

如果某个复仇之神在天上喊我，
并且大笑着说："你这个受苦受难的东西！
要明白你的哀戚正是我的娱乐，
你的爱之亏损正是我的恨之盈利！"

那么，我将默默忍受，不渝至死，
在不公正的神谴之下心如铁石；
同时又因我所流的全部眼泪，
均由强我者判定而稍感宽慰。

可惜并无此事，为什么欢乐遭杀戮，
为什么怀有美好愿望从未实现？
——是纯粹的偶然、遮住了阳光雨露，
掷骰子时没有掷出欢欣却掷出悲叹……
这些盲目的裁判本来能在我的旅途
播撒出幸福，并不比播撒痛苦更困难。（飞白译）

[③] 赵晓航. 哈代的悲观主义与徐志摩的忧郁情绪——以哈代的诗歌 *Hap* 与徐志摩诗歌《偶然》为例 [J]. 河北师范大学学报（哲学社会科学版），2011，34（05）：118-121.

因为我怕以后会失掉你。

现在我们相遇了,我们看见了,我们平安无事了,
便放心地回到海洋中去吧,亲爱的,
我自己也是海洋的一部分,亲爱的,我们并非相隔那么远,
请看那伟大的圆球,那万物的聚合,多么完美呀!
可是对于我,对于你,那不可抗拒的海洋将使我们离散,
叫我们在一小时里各奔东西,却不能永远使我们分离;
别着急——只一小会儿——要知道我在向空气、海洋和陆地致意,
亲爱的,每天日落时,为了你。①

  这是惠特曼一首很有特色的抒情诗,关于这首诗的写作背景,始终是评论家和文学家所最感兴趣的。就其内容和立意来看,美国著名的惠特曼专家盖·威·艾伦(Gay Wilson Allen)教授曾经指出,它很适合惠特曼与英国女传记家吉尔克里斯特夫人(Anne Gilchrist)的关系,吉尔克利斯特夫人长期爱恋着惠特曼,她曾携儿带女从伦敦来到美国费城,并住了将近三年的时间,以此寻找接近惠特曼的机会,但惠特曼始终采取回避态度,只将她作为一个"亲密朋友"对待,但更可信的是诗人朋友提供的一个线索,她说这首诗是为一位女作家而写的,这位女作家曾撰文极力赞美惠特曼的诗作,并写给惠特曼许多热情洋溢的信,从而导致自己与丈夫的不和。不管到底是为谁而写,这首诗的确有生活的依据,是作者对自身一段恋情的真实态度和真实体验,但千千万万的读者未必都要先去了解惠特曼的生平再去读他的这首诗,因此,我们可以把它当作一个独立的"文本"去欣赏。作为一个独立的文本,它所传达的意蕴具有更加深沉、普适的人生意味。

  这首诗分前后两部分。诗的前一部分写一位远道而来的情人对其情侣低诉着爱慕的衷曲,后一部分写那位情侣对她的婉拒,劝她回到人海中去,说只有那样才能永远不分离。诗人用大海中的两滴水作为比喻来谈两人的离合,很有深意,用来劝说一位自己不能接受的爱慕者则显得更加合情合理。在语言上,双方都那么温柔委婉,但前者重在热情、执着,后者则显得比较冷静、

---

① 惠特曼. 草叶集 [M]. 李野光,译. 北京:北京燕山出版社,2005:90.

理智,用带哲学色彩的道理在从容解说、耐心开导。这种写法,与惠特曼一贯的慷慨激昂、粗犷豪放的诗风相比,显得低回温婉,意味深长,使读者获得人生的启悟:首先,视相爱为奇迹,倾心珍爱,在波涛滚滚的自然界的大海中,两滴水相遇了;在滚滚的社会生活的人海中,两个人相爱了,滚滚红尘,红尘滚滚,这简直是不可思议的事情。"背景的阔大与两滴水两个人作为个体的渺小,形成了触目惊心的尖锐对立,两个个体在无限阔大的背景中相遇的概率几乎等于零。"[1] 应该说,这的确非常偶然,是不可预测的。然而,他们毕竟相遇了,交集了,这不能不说是奇遇、奇缘和奇迹,因而显得极为珍贵,值得庆幸、珍视和赞美,但相爱既是两个人之间的事又不仅仅是两个人之间的事,生活是一张网,他们生活在社会关系之网中,不得不受纵横交错、重重叠叠的社会规范、社会关系之网的约束和制约。其次,对于每个个体而言,这是一种超人的力量,个体只能服从而难以完全超越,这就是诗中"不可抗拒的海"所象征的力量。因而难得相遇的恋人又不得不分离。这是无可奈何的人生悲剧,是爱的无奈、爱的沉重和不幸。然而诗人并没有就此止步,诗人向我们表露出一种理性的达观与泰然。面对不可抗拒的超人力量,理性的选择只能是坦然平静地接受命运的安排,并对已获得的感到满足:"现在我们相遇了,我们看见了,我们平安无事了,便放心地回到海洋中去吧,亲爱的。"这里表达了诗人理性的满足和达观。毕竟,虽然两人不能朝朝暮暮地相守在一起,但相爱的心永远在相互呼唤,相互吸引,遥致问候。

三

1921年沈雁冰在上海接手主编《小说月报》,着重介绍外国文学,该刊第15卷第3期(即1924年3月1日)刊登了徐志摩翻译的惠特曼的《草叶集》中的《我自己的歌》中的一个节段(即第31—32节的15行),尽管译笔流畅,但毕竟是一鳞半爪,"只足以说明徐志摩对惠特曼既不得不重视又很有保留的态度。"[2] 到目前为止,笔者也没找到确切的资料证明徐志摩读过惠特曼的《从滚滚的人海中》,不管徐志摩的《偶然》到底受没受到过《从滚滚的人海中》的影响,这两首诗的确有一种模糊的类同,让人很自然地就把两

---

[1] 胡山林.惠特曼诗歌精选评析[M].开封:河南大学出版社,2006:57.
[2] 李野光.惠特曼研究[M].上海:上海外语教育出版社,2006:329.

首诗联系起来。

爱情是人类精神的一种最深沉的冲动,徐志摩的《偶然》和惠特曼的《从滚滚的人海中》都向我们展现了这一人类精神的最深沉的冲动,黑格尔(Geory Wilhelm Friedrich Hegel)认为:

> 在爱情里最高的原则是主体把自己抛舍给另一个性别不同的个体,把自己的独立的意识和个别孤立的自为存在放弃掉,感到自己只有在双方的意识里才能获得对自己的认识……在这种情况下,对方就只在我身上生活着,我也就只在对方身上生活着;双方在这个充实的统一里才实现各自的自为存在,双方都把各自的整个灵魂和世界纳入到这种同一里。正是主体的这种内在的无限性使爱情在浪漫型艺术里占着重要的地位,这种重要的地位又因爱情所含的更高的丰富意蕴而得到提高。①

如果这样的对方在自己短暂的一生中能够偶然的相遇、相知,那是一件多么值得庆幸的事呀!费尔巴哈曾说:"爱就是成为一个人。"但"爱情的旨趣在具体现实世界里就不能不遭到冲突,因为爱情之外还有许多其他生活旨趣,也要求得到实现,这就会破坏爱情的垄断。"② 爱是世上的幸福,但幸福并不是爱的全部礼遇,爱是团聚,但没有分离也就无所谓团聚。徐志摩和惠特惠的诗同样既写了爱的难得的、偶然的相遇,又写了爱的无奈和必然的分离,面对这种人生的困境,两位诗人又同样表达出一种理智的达观,睿智地表达出这样一种爱的意味:倘若没有先前的离别,就不会有眼前的团聚。爱一旦被固定在某个团聚的圆圈中,就不会有新的内容,也就是说,团聚取决于分离,心的收缩取决于心的舒张,涨潮取决于退潮。世间没有什么普遍而不中断的爱,全世界的潮汐也不会同时高涨起来。爱一统天下的局面从来也不曾有过,这样看来,爱是一种历程。

人们自古以来就在探索爱情的秘密,试图认识它的本质,因为爱情既给人们带来明朗的欢乐,又给他们造成深深的痛苦,爱情的复杂性,给对它的研究带来了困难。爱情既合乎理性又不合乎理性,既出于本能又受到思想的鼓舞,既有生物性又有社会性。它把人的本性的许多方面结合了起来。如果

---

① 黑格尔. 美学:第2卷 [M]. 朱光潜,译. 北京:商务印书馆,2011:326.
② 黑格尔. 美学:第2卷 [M]. 朱光潜,译. 北京:商务印书馆,2011:330.

爱情仅仅出于本能，即仅仅具有生物性，那么它就不会蕴含着精神文明的魅力，它就会仅仅表现为一时的激情。如果爱情仅仅是理性的，仅仅来自人的思想，那它就无法永远振奋心灵，它的生命力也就枯竭了。"爱情把理性和非理性、本能和精神美结合在一起。这种欲求的生命力随着文明的发展而不断地升华。"① 徐志摩和惠特曼在他们各自的诗作中展示了这样一种升华，他们的诗作是爱的箴言，揭示了爱的真谛。

作家的创作，是一定的社会生活或自然界在作家头脑中反映的产物，但作家的文学作品未必能全面系统地表现作家的思想。因此，我们分析作品，既不能对作家思想的分析代替对作品本身的分析，而应该以作品为中心、以作品实际情况为依据，又不能不了解作家的思想，完全离开了作家的思想是难以正确理解作家的作品的，徐志摩的《偶然》和惠特曼的《从滚滚人海中》对爱的遗憾、失落都展示了一种理性的达观，如果我们探究原因，针对徐志摩来说，首先是他个人性情的披露，借用叶公超的话："他对于任何人，任何事，从未有过绝对的怨恨，甚至于无意中都没有表示过一些憎嫉的神气。"② 也就是说天性使然；另外，徐志摩的思想是很驳杂的。关于徐志摩的思想，胡适曾经说过："他的人生观真是一种'单纯信仰'，这里面只有三个大字：一个是爱，一个是自由，一个是美……他的一生的历史，只是他追求这个单纯信仰的实现的历史。"③ 胡适对徐志摩思想的分析自然是不错的，但同时徐志摩又受尼采（Friedrich Wilhelm Nietzsche）、泰戈尔（Robindranath Tagore）、佛教等影响，虽然只是在某一点、某一方面。他喜爱尼采，从尼采那里获取性灵得到自由发展、不承认一切、不要消极悲观的精神力量，他有时又"将尼采的超人思想与佛门的虚幻观念揉在一起，追求解脱的境界。"④ 而美国诗人惠特曼呢？惠特曼自称："我辽阔博大，我包罗万象"；"我接纳一切，不拒绝任何东西"，这一点在他的哲学思想方面特别明显，虽然惠特曼很早就声明过，他不想做哲学家，不想建立自己的学派。当然实际上他也的确没有系统的哲学理论，甚至缺乏前后一贯的哲学观点，只是作为一个诗人，他对哲学很感兴趣，很爱谈哲学，很想当一个预言家而已。他曾博览群书，

---

① 瓦西别夫. 情爱论 [M]. 赵永穆，等译. 北京：三联书店，1992：117.
② 转引自顾永棣，徐志摩传奇 [M]. 上海：学林出版社，2004：276.
③ 转引自顾永棣，徐志摩传奇 [M]. 上海：学林出版社，2004：277.
④ 陆耀东. 中国新诗史：第1卷 [M]. 武汉：长江文艺出版社，2005：311.

包括西方的和东方的，古代的和近代的，从柏拉图到爱默生，从埃及神学到印度的神秘主义，以及当时已在美国流行的唯物主义理论，而当他以后开始酝酿写作《草叶集》时，那种种不同的知识和观点，不但纷纷进入诗人的头脑中，形成一大堆错综复杂和彼此矛盾的观念，而且或多或少地表现在他的诗中，这就给《草叶集》蒙上了相当的哲理色彩，另外，我们需要特别强调的是，惠特曼在哲学上受黑格尔影响最深，晚年更确认自己是"黑格尔派"，有学者甚至指出：黑格尔哲学在惠特曼的诗中犹如红血球在血液中那样至关重要。具体表现之一是"黑格尔创立了唯心论的辩证法，即内在联系的矛盾发展的思想；惠特曼也讲矛盾，并企图利用这个辩证法。"[1] 比如说在《从滚滚的人海中》，大海使两滴水相聚又使它们分离，正因为分离又使他们念念不忘从而保存了爱。这样看来，虽然徐志摩对惠特曼持一种保留的态度，但由于个人性情以及两位诗人在哲学思想、哲学背景上的相似相通，又使他们在各自的具体诗歌创作上体现了一种主题、立意上的相同。

---

[1] 李野光. 惠特曼研究［M］. 上海：上海外语教育出版社，2006：62.

《都柏林人》中的《痛苦的事件》与《安娜·卡列尼娜》

有乔伊斯（James Joyce）研究者认为，《都柏林人》中的故事不宜被当作选读本采用，理由是：一旦单个故事从其大框架内剥离出去，它本身的震撼力就会大大削弱。的确，乔伊斯是以爱尔兰文学史上前所未有的模式来搭建《都柏林人》的框架的，他将看似独立的 15 个故事按照童年、少年、成年、公共生活串联为一个既有自传性质，又影射整个民族机体的连续叙事。确实，整体并不等同于若干局部的集合，局部脱离了原先的整体，此局部已非原局部，对此，德国批评家施勒格尔（Friedrich von Schlegel）认为："一个艺术家倘若没有脱胎换骨变成另外一个人，就没有必要写作两部或两部以上长篇小说——显而易见，一个作家的全部小说常常是相互关联的，一定程度上只是一部小说。"① 我们知道，德国哲人一向偏爱博大精深的逻辑体系，施勒格尔有此整体思想自然是顺理成章的，但另一方面，施勒格尔并不相信哲学反思的内容可以用一个完整封闭的体系来描述，毕竟，写在纸上的语言与活动着的思想之间存在着不相适应的状况，他反而创作发表了大量的"断片"，因为"短小的断片形式没有封闭性，不成体系。它既是开始，又是结束，实则既无开始，又无结束，真理的火花在其中闪烁跳跃，等待读者的想象力去捕捉"。② 断片有意识地回避封闭式思维，它自有其独特的魅力与价值，它可以说是一种没有体系的体系，既然如此，我们当然可以针对《都柏林人》中的单个故事进行分析论述。

笔者分析论述的是《都柏林人》中的第 11 篇——《痛苦的事件》（又译

---

① 施勒格尔. 雅典娜神殿断片集 [M]. 李伯杰，译. 北京：三联书店，1996：35.
② 施勒格尔. 雅典娜神殿断片集 [M]. 李伯杰，译. 北京：三联书店，1996：5.

为《一件伤心事》），之所以选中了《痛苦的事件》，那是因为细读之后很自然地联想到托尔斯泰（Leo Tolstoy）的《安娜·卡列尼娜》，当然，《安娜·卡列尼娜》出版在先，是1877年出版的，而乔伊斯的《都柏林人》于三十年之后的1914年出版。

《痛苦的事件》叙述了一对男女失败的恋情，或者更准确地说，是一次半途而废的婚外恋。杜菲先生在都柏林的一次音乐会上，邂逅了一位船长的妻子西尼考太太，两人情投意合，交往频繁，但是杜菲先生因西尼考太太的一次亲密举动断绝了与她的关系，四年后，杜菲先生无意中从报纸上的一条新闻中获悉：西尼考太太在喝醉酒后被火车撞击而死。西尼考太太之死的消息，最初让杜菲先生感到气愤和难堪，他对她的死以及自己曾和她的生活发生联系感到恶心，但随后，他感到内疚与悔恨，他忽然意识到：他可能放弃了自己一生中唯一的一次爱，他倍感孤独……

托尔斯泰的《安娜·卡列尼娜》常被看成描写通奸（婚外恋）题材的小说，的确，托尔斯泰的最初构思是要写一个不忠的女人以自杀结束生命的爱情悲剧，但这个构思最后又得到大大的扩展，结果是小说包含了大量的社会批判成分。安娜是一位魅力超群的已婚妇女，她感到已无法控制住自己对渥伦斯基伯爵的感情，因为他与循规蹈矩、一心向上爬的高官丈夫卡列宁截然不同，安娜丢下丈夫和儿子投向渥伦斯基的怀抱，但渥伦斯基却开始逐渐疏远她。安娜认为，摆脱怨恨和绝望的唯一出路是自杀，于是她在与渥伦斯基初次见面的车站卧轨。

细读乔伊斯的《痛苦的事件》与托尔斯泰的《安娜·卡列尼娜》，我们会发觉两部作品有多处耐人寻味的神似之处，虽然前者篇幅极短，后者却是六十万字的长篇巨著。

两部作品都讲述了女主人公失败的恋情，她们都以自杀的方式死于火车站，而两位作家都保持第三人称，但又略带同情的语气，重点展现事实和情感，都没有对人物命运做出直接的评论。安娜一下火车，便有一人在火车站死去，预示着几年后她自己将死在火车站；而杜菲先生与西尼考太太偶遇在上座率极低的歌剧院，"令人不安地预示着演出要失败。"[①] 西尼考太太对着

[①] 詹姆斯·乔伊斯. 都柏林人 [M]. 王逢振, 译. 北京：中国书籍出版社, 2010：76.

空旷的大厅说:"今晚听众这么少,太遗憾了!让人对着空座位演唱,实在是难堪。"① 歌剧院演出的失败预示着西尼考太太恋情的失败,而她的自杀也将令杜菲先生感到难堪,杜菲先生在得知她死后曾扪心自问:"他不可能和她演一出欺骗的喜剧……"②

同样引人注意的是两位作家对男女主人公第一次会面的细节描写。我们先看托尔斯泰的《安娜·卡列尼娜》中的文字:

她那双深藏在浓密睫毛下闪闪发亮的灰色眼睛,友好而关注地盯着他的脸……在这短促的一瞥中,伏伦斯基发现她脸上有一股被压抑着的生气,从她那双亮晶晶的眼睛和笑盈盈的樱唇中掠过,仿佛她身上洋溢着过剩的青春,不由自主地忽而从眼睛的闪光里,忽而从微笑中透露出来。她故意收起眼睛里的光辉,但它违反她的意志,又在她那隐隐约约的笑意中闪烁着。③

我们再看乔伊斯在《痛苦的事件》中的描写:

她的脸过去一定很漂亮,现在仍然还透着灵气。这是一张鹅蛋形的脸,面部的五官清晰分明。一双眼睛是深蓝色的,稳重而坚定。当她注视时,开始像是藐视,但随着瞳孔渐渐隐入虹膜又显得有些混乱,在瞬间表现出一种感情非常丰富的气质。瞳孔很快重新出现,这种半揭示出来的性格又受到谨慎的控制。④

两位作家的文字使我们很自然联想到浪漫爱情小说中的"一见钟情",并且两位作家笔下的男性都是作为一个敏锐热情的观察者,而将女性作为被凝视的对象,展现了一种动态而非静态的女主人公的面部表情,在托尔斯泰笔下,安娜因其具有被压抑的生命意识,灵魂深处才荡漾着激情,时不时通过无言的外在形态流露出来,托尔斯泰重点抓住了安娜的脸部表情,发掘出主人公潜在的心灵世界。"被压抑的生气"正是安娜悲剧性格的内在本源,这种生气与来自外部环境的压制力构成她内心的矛盾冲突,丰富的情感被理智的

---

① 詹姆斯·乔伊斯. 都柏林人 [M]. 王逢振,译. 北京:中国书籍出版社,2010:76.
② 詹姆斯·乔伊斯. 都柏林人 [M]. 王逢振,译. 北京:中国书籍出版社,2010:82.
③ 列夫·托尔斯泰. 安娜·卡列尼娜 [M]. 草婴,译. 上海:上海译文出版社,1987:79.
④ 詹姆斯·乔伊斯. 都柏林人 [M]. 王逢振,译. 北京:中国书籍出版社,2010:76.

铁门锁闭着，但无意中又在眼睛的闪光、脸上的微笑中泄露了出来；同样乔伊斯也是重点抓住了西尼考太太受到谨慎（理性或者理智）控制的丰富的感情，当她那稳重而坚定的深蓝色眼睛注视时会有一种变化——从蔑视过渡到混乱，乔伊斯抓住了西尼考太太瞬间眼神的变化，进而细致入微到眼睛瞳孔的变化，眼睛是人类心灵的窗口，人的心理活动全部显露在眼睛中，而就是在对西尼考太太眼睛的描写中，揭示出她感情非常丰富的特点，她那丰富的感情就像安娜"被压抑的生气"一样正是她悲剧性格的内在本源。可以说，乔伊斯对西尼考太太的非语言行为的描写与托尔斯泰对安娜的描写有着非常微妙的相似之处，甚至给人一种如出一辙的感觉。

另外，两部小说的结尾都不是女主人公在火车站自杀的一幕，虽然托尔斯泰是明写，乔伊斯是暗写，在《安娜·卡列尼娜》的结尾，也就是小说的第八部第十九章，整章的内容几乎都是通过内心独白的方式展现列文的精神顿悟，我们选取这一章的最后一段，也是全书的最后一段：

我依旧会对车夫伊凡发脾气，依旧会同人争吵，依旧会不得体地发表意见，依旧会在我心灵最奥秘的地方同别人隔着一道鸿沟，甚至同我的妻子也不例外，依旧会因自己的恐惧而责备她，并因此感到后悔，我的智慧依旧无法理解，我为什么要祷告，但我依旧会祷告，——不过，现在我的生活，我的整个生活，不管遇到什么情况，每分钟不但不会像以前那样空虚，而且我有权使生活具有明确的善的含义！①

列文明确表达了自己新的信仰和人生观，它提醒我们注意托尔斯泰创作这部小说的目的："小说既是在叙述故事，又具有哲学意义。"② 换成其他作家，也许就把小说的结尾写成安娜自杀的一幕，但托尔斯泰却以抽象的哲学论断作为结尾，列文在小说中的最后一次思考提醒读者他的经历映照出安娜的经历，他的新生反衬着安娜的毁灭，列文所获得的生活的每分钟不但不会像以前那样空虚，而且有权使生活具有明确的善的含义，而就在这之前安娜刚刚失去了自己的整个生命，托尔斯泰以其典型的对称结构使列文的获得与

---

① 列夫·托尔斯泰. 安娜·卡列尼娜 [M]. 草婴，译. 上海：上海译文出版社，1987：1001.
② John Henriksen. 安娜·卡列尼娜导读 [M]. 刘国强，译. 天津：天津科技翻译出版公司，2008：233.

《都柏林人》中的《痛苦的事件》与《安娜·卡列尼娜》

安娜的失去形成鲜明的对照。与《安娜·卡列尼娜》的结尾相同，乔伊斯也是以杜菲先生的"精神顿悟"结束小说：杜菲先生读完有关西考尼太太之死的新闻报道后，最初感到十分厌恶与难堪，认为她不仅贬低了她自己，而且也贬低了他，并暗自庆幸自己早已同这个沉沦的女人一刀两断，然而，当他的回忆开始游荡，当他重温他们共同度过的那段生活历程时，他理解了她过去的生活是多么孤独，夜复一夜地一个人在那个房间里坐着，他开始感到内疚并责问自己：为什么不给她留条活路？为什么要置她于死地？杜菲先生在寒冷的夜晚独自在公园踱步沉思，并由此获得了"精神顿悟"：

他啃噬着自己正直的生活；他觉得遭到了生命盛筵的抛弃。有一个人看来曾经爱着他，而他却断送了她的生命和幸福：他判定她耻辱有罪，使她羞惭致死。……没有人要他；他遭到了生命盛筵的抛弃……但他的耳朵仍然听得见火车奋力的轰隆声，反复地奏出她的名字……他感觉到自己是孤身一人。①

虽然乔伊斯在短篇小说中并没有运用对称结构，但"生者与死者之间的相互关系不仅是《都柏林人》的末篇的主题……它还是《一件伤心事》的主题"，② 另外，杜菲先生的顿悟虽然是由西尼考太太之死引发的，但他的顿悟并不像人们所期望的那样带来新的体验和可能的改变，只是让杜菲先生认清了他所处的充满悲伤和惯例的特定环境，然后又顺从而无奈地回到这一环境中，重返那种半死不活的状态，在这种状态下，生命可以存在和延续，但注定了生活的不幸和厄运难逃，这样的结尾同样提醒我们注意乔伊斯创作这部小说的目的："我的目的是为我国谱写一部道德史。我之所以选择都柏林为背景是因为我觉得这个城市是瘫痪的中心。"③ 的确，乔伊斯关注的焦点并不是落在一男一女的关系上，因为最具悲剧性的，并不是西尼考太太的自行了断，而是不管西尼考太太如何行动，杜菲先生都不会改变自己的生活方式，尽管他有感悟也有罪过，但本质上他是一个麻痹的人。

乔伊斯的作品不是容易读的作品，《都柏林人》也不例外，乔伊斯似乎认

---

① 詹姆斯·乔伊斯. 都柏林人［M］. 王逢振，译. 北京：中国书籍出版社，2010：83.
② 理查德·艾尔曼. 乔伊斯传［M］. 金隄，等译. 北京：北京十月文艺出版社，2016：389.
③ LIJZ A W. James Joyce［M］. New York：Twayne Publishers，1996：48.

121

为，传统小说的改革任重道远，而最初的实验必须从短篇小说开始。虽然《都柏林人》是乔伊斯告别传统、追求创新而迈出的重要一步，但《都柏林人》在艺术风格上与法国作家莫泊桑（Guy de Maupassant）和俄国作家契诃夫（Anton Pavlovich Chekhov）的短篇小说比较接近，对此，庞德（Ezra Pound）在评论《都柏林人》时曾说：我可以放下一篇优秀的法国小说，随手拿起一篇乔伊斯先生的小说而不会觉得自己好像受到了蒙蔽；而美国著名学者艾尔曼（Richard Ellmann）也声称：与乔伊斯的短篇小说最接近的是契诃夫的短篇小说。不过，莫泊桑与契诃夫之间存在着极大的差别，过分强调他们对乔伊斯的影响是不足取的。事实上，

乔伊斯只是将莫泊桑和契诃夫视为艺术的楷模，而不是蓄意模仿的对象。显然，乔伊斯从他们的作品中看到的与其说是具体的创作技巧，倒不如说是英语小说告别传统、走上革新之路的可能性。①

值得我们关注的是，乔伊斯在给弟弟斯坦尼斯劳斯（Stanislaus Joyce）的信中对托尔斯泰的评论："托尔斯泰是个伟大的作家，他从不迟钝、从不糊涂、从不疲倦、从不迂腐、从不做作！他比别人高出一头。"② 并在这封信中提到《安娜·卡列尼娜》，用此作为例证，证明托尔斯泰非同寻常。我们有充分的理由相信，乔伊斯一定仔细读过《安娜·卡列尼娜》，并对它推崇备至。虽然，乔伊斯的《痛苦的事件》中的杜菲先生有现实生活中的人物原型，就是乔伊斯的弟弟斯坦尼斯劳斯，斯坦尼斯劳斯还在日记中记录了他与一位已婚妇女在一场音乐会上的会面，此事也被乔伊斯借用到了他的《痛苦的事件》中。让我们感到有趣的是，斯坦尼斯劳斯很早就渴望像哥哥乔伊斯一样当个作家，这种渴望并不停留在空想阶段，他曾有通过日记进行创作的大胆尝试，他模仿的作家正是托尔斯泰，他读了托尔斯泰的《塞瓦斯托波尔随笔》后，书中普拉斯库辛濒临死亡时思想漫游的描写激起了他创作的欲望，他也尝试记下了某人濒临入眠时的思想漫游，他煞费苦心写出的东西，乔伊斯评价不高，认为像是"年轻的莫泊桑"的作品，不过也从中获得了某种启示，按照乔伊斯的说法，他愿意把斯坦尼斯劳斯当作"磨刀石"用。尽管如此，他还

---

① 李维屏. 乔伊斯的美学思想和小说艺术［M］. 上海：上海外语教育出版社，2004：87-88.
② 理查德·艾尔曼. 乔伊斯传［M］. 金隄，等译. 北京：北京十月文艺出版社，2016：321.

是在《痛苦的事件》中引用了弟弟斯坦尼斯劳斯日记中的格言警句之类的文字，比如："男人与男人之间不可能有爱，因为他们之间不会发生性关系；男人与女人之间不可能有友谊，因为他们之间必然会发生性关系"。① 虽然《痛苦的事件》的故事写得波澜起伏，人物逼真，读来耐人寻味，很多评论家都感受到这篇小说非凡的艺术魅力，但有意思的是乔伊斯本人对这篇小说却并不满意。乔伊斯曾写信告诉弟弟斯坦尼斯劳斯他写的《英雄斯蒂汾》与俄国作家莱蒙托夫（Mikhaillurievich Lermontov）的《当代英雄》存在着离奇的巧合，他还坦承《当代英雄》"那本书给我印象很深。"② 虽然他说他的书要比莱蒙托夫的《当代英雄》长得多。同样，我们也可以说，他的《痛苦的事件》与托尔斯泰的《安娜·卡列尼娜》也存在着"离奇"的巧合，虽然他的小说要短得多。我们再仔细琢磨一下他对托尔斯泰的评价——"从不迟钝、从不糊涂、从不迂腐、从不做作！他比别人高出一头。"联想到乔伊斯是被公认的 20 世纪最有风格、最具有独创性的作家，乔伊斯对托尔斯泰的评价何尝不是对自己的要求，甚至可以说就是对自己的评价。也许，正是因为他的《痛苦的事件》和托尔斯泰的《安娜·卡列尼娜》存在着那么多关键之处的微妙巧合，才使乔伊斯对自己的这篇短篇小说始终不满意，认为是《都柏林人》中最薄弱的两个短篇之一，并反复修改，毕竟，乔伊斯不仅是爱尔兰的莎士比亚（William Shakespeare）、歌德（Johann Wolfgang von Goethe）、拉辛（Jean Racine），他还是爱尔兰的托尔斯泰。

---

① 理查德·艾尔曼. 乔伊斯传 [M]. 金隄，等译. 北京：北京十月文艺出版社，2016：200.
② 理查德·艾尔曼. 乔伊斯传 [M]. 金隄，等译. 北京：北京十月文艺出版社，2016：317.

孩童与哲学
——解读《小小哲学家》

一、引言

一提起哲学,我们似乎很自然地认为它是中老年人所专攻的学科,按照罗素(Bertrand Arthur William Russell)的定义:"哲学乃是社会生活与政治生活的一个组成部分:它并不是卓越的个人所做出的孤立的思考,而是曾经有各种体系盛行过的各种社会性格的产物与成因。"[1] 这样看来,哲学似乎很难与儿童有什么交集,但这部法国最受欢迎的儿童读物《小小哲学家》却颠覆了我们对哲学的认识,也颠覆了我们对哲学家的认识,它还使我们茅塞顿开,儿童读物也可以这样写吗?那么,这部令人耳目一新的由苏菲·孚尔罗(Sophie Furlaud)和让-查理·佩杰(Jean-Charles Pettier)所写的《小小哲学家》究竟是一本怎样的书呢?

二、《小小哲学家》:结构与内容

《小小哲学家》一书汇集了法国《红苹果》杂志"小小哲学家"专栏上出现的所有主要的哲学问题,这是哲学家、教育学家以及青年研究专家们在一起共同合作的结果。书中的"小小哲学家"是指四个小动物:天真的小猪、实际的小猫、爱幻想的小鸟以及爱怀疑的小狼。四个小动物在日常生活中碰到事情时,总会相互询问、思索,就像哲学家一样,四个小动物实际上代表的是3岁以上的孩子们。3岁至6岁的孩子可以和大人一起阅读这本书,6岁以上的孩子可以自主阅读。全书提出了二十四个问题,这些问题涉及了儿童

---

[1] 罗素. 西方哲学史:上卷 [M]. 何兆武,李约瑟,译. 北京:商务印书馆,1997:5.

日常生活中的方方面面，比如"什么叫小孩？""什么是礼物？""为什么要努力？""什么叫长大？""什么使人快乐？"等，而每一个问题就是一个章节，章节的结构是这样的——我们拿第一章为例：第一部分提出一个问题，"什么叫小孩"；第二部分是一个个场景对话，四个小动物发表各自的见解，真可谓是七嘴八舌，见仁见智，并且配有生动活泼、色彩艳丽的插图；第三部分是通过契合主题的提问，留给小读者思考、想象的空间："什么事情大人能做，而孩子不能做？""什么事情孩子可以做，但大人不能做呢"；第四部分引用了著名哲学家、学者的名言，或是谚语、俗语，为孩子打开了求知的视野，在第一章的这一部分，分别引用了这样的言论：英国诗人威廉·华兹华斯（William Wordsworth）的"孩子是人类的祖先"，法国哲学家让-保罗·萨特（Jean-Paul Sartre）的"孩子会提出真正的问题"，法国喜剧作家博马舍（Pierre-Augustin Caron de Beaumarchais）的"在某个人眼里，我们永远是孩子"，并且在每句话后面又加上了本书作者对这句话的理解：例如加在萨特的"孩子会提出真正的问题"后面的对这句话的理解是：

当我们还是孩子的时候，对任何事情都感到好奇，小至非常简单的小事，大至有关生命、死亡的更为深奥的事情。所有的这些问题都是很重要的。但当孩子长大后，是不是再也不会思考这类重要的问题了？①

虽然每一章节仅仅是对一个最普通不过的问题的探讨，但章节的最后并没有给出一个标准的、完美的答案。

三、好奇：儿童的天性　哲学的开端

什么是儿童？这听起来似乎是个愚蠢的问题，答案当然很显然。儿童"经常被看作是成人的较小的较弱的版本——更具依赖性，缺少知识、竞争力、没有完全社会化也不善控制情绪。"②这种使用负面意义的词语的描述，使得人们只注意到儿童所缺乏的能力，而忽视了儿童所具有的巨大潜力。当然，这种充满负面意味的描述，也提醒人们注意成年人的责任，即从自己所

---

① 苏菲·孚尔罗，让-查理·佩杰. 小小哲学家［M］. 方友忠，译. 桂林：广西师范大学出版社，2012：12.
② 鲁道夫·谢弗. 儿童心理学［M］. 王莉，译. 北京：电子工业出版社，2012：16.

拥有的资源弥补儿童的不足,帮助儿童获得他们所缺少的能力并把这些特性变成他们个人的性格特点。

实际上,描述儿童的性质是一个非常复杂的任务。困难之处在于我们无法给出客观的定义,每个人都曾经是儿童,因而任何关于儿童的判断必然反映出我们自身的某些特点。于是,童年的概念就这样在纯粹个人的层面建立起来了,即我们依据自己的经历来看待它,依据我们自己的观念来解释它。但即使每个人对儿童的概念不会完全一致,我们毕竟还是可以提炼出一些大家比较能达成共识的部分,这些共识在联合国儿童权益宪章中有所体现:"儿童是纯洁、弱小和有依赖性的,他们好奇、活泼、充满希望"。[1] 这里对儿童的界定比较全面,既指出了儿童的不足,又点明了儿童身上的潜能。儿童来到这个世界上的时间相对较短暂,他们感觉到自己生活在一个新鲜的、未知的世界之中,因而对一切都充满着好奇,充满着探索的欲望。"孩子们是多么善于提出一些既不实用、又无答案的问题啊,这正是哲学问题的典型特点。"[2] 可惜的是,儿童时期的这种天然的好奇心是很容易丧失的。等到长大成人,有了一技之长,掌握了某一方面的知识,人就容易被成见所束缚,并且容易走向自以为是,仿佛世界上再也没有什么新鲜事了。实际上,许多成年人只是麻木得不能够憧憬世界的无限和发现世界的新奇罢了。另外,儿童的可贵还在于单纯,"因为单纯而不以无知为耻,因为单纯而又无所忌讳,这两点正是智慧的重要特征。"[3] 相反,偏见和利欲是智慧的大敌。偏见使人满足于一知半解,在自然自足中过日子,看不到自己的无知。利欲便人顾虑重重,盲从社会上流行的意见,看不到事物的真相,这正是许多成年人的可悲之处。安徒生(Hans Christian Andersen)的《皇帝的新装》里,是一个孩子说出了所有成年人都视而不见的真相,这显然不是偶然的。从词源看,"哲学"(philosophy)一词的希腊文原义是"爱智慧",它开始于对世界本质的追问,它试图寻找现象背后之本质。从历史上看,人类的童年和少年时期是哲学的黄金时代,不管是在东方还是西方,非常出色的哲学家都出生于公元前5世纪左右,那正是人类的儿童时期。这样看来,不论是哲学还是智慧都与儿童

---

[1] 鲁道夫·谢弗. 儿童心理学 [M]. 王莉,译. 北京:电子工业出版社,2012:20.
[2] 周国平. 各自的朝圣路 [M]. 北京:东方出版社,1999:39.
[3] 周国平. 各自的朝圣路 [M]. 北京:东方出版社,1999:400.

有着密切的联系，所以法国哲学家帕斯卡尔（Blaise Pascal）曾说："智慧把我们带回到童年。"中国的先哲孟子也说"大人先生者不失赤子之心"，都从不同的方面触及哲学与孩童的紧密联系。

四、创作倾向：儿童本位

儿童不仅仅有弱小和依赖性的一面，他们还是好奇、纯洁、喜欢发问、喜欢思考的，但他们一般来说不会思索一些"关于祖国未来，关乎国家命运"的问题，他们的问题就来自他们当下的日常生活，比如"出生前我们在哪里呢？""死，是什么呀？""朋友是什么呀？"前两个问题涉及我们从哪里来又到哪里去这样一个充满哲学意味的永恒的问题，下面我们主要说一说"朋友是什么呀？"这个问题，我们知道，随着儿童不断长大，他们形成越来越多样的人际关系。在这些关系中，"和同龄人建立的关系在儿童的生活中有特别重要的作用。"[①] 在不同文化的社会中，儿童都花了很多时间和他们的同伴在一起。另外，从很早开始儿童就喜欢更多地和小伙伴在一起，而不是和成人伙伴，因为孩子从自己的伙伴那里学到他们无法从大人那里学到的技巧：比如领导的品质、解决冲突的技巧、分享的作用、服从的使用以及如何对付敌意和威胁等，这种同伴的关系在本质上是平等的，交往是互惠的，而不是儿童与成人之间的上下垂直关系——成人控制、儿童服从，儿童寻求帮助、成人提供帮助，所以朋友或友谊在儿童的日常生活中的意义非同寻常。我们看一下书中四个小动物对这一问题的思考，讲究实际的小猫认为朋友"是我们很喜欢的人"，"我们都很喜欢跟他玩"，天真的小猪听了小猫的话后问："就像哥哥弟弟一样吗？"爱怀疑的小狼回答："和哥哥弟弟是不一样的，他不是你家里的人。"小猫受到小狼的启发，于是对什么是朋友有了进一步的认识：所以有了以下言论："朋友呢，是会请他来过生日的！""朋友就是爱好相同！"古希腊哲学家亚里士多德（Aristotle）认为，如果没有朋友的话，没人还会想活着，因为如果有合得来的朋友，生活就会更加美好和轻松，有朋友，就不会感到孤单，恐惧也会减少，我们可以一起放声大笑，一起游戏，小猫对朋友的认识，随着和他朋友对这一问题的探讨交流而逐渐走向深入。但作者并没有就此却步，接下来又提出了和朋友相关的一系列问题：有了朋友是不是

[①] 鲁道夫·谢弗. 儿童心理学 [M]. 王莉, 译. 北京：电子工业出版社, 2012：103.

没有享受独自待着的时间？是不是也有些东西，我们不愿意跟别人分享，哪怕是跟好朋友也不行？为什么两个人会成为朋友呢？是不是因为很相似，或者，正相反，他们很不同？怎样来选择和谁做朋友呢？在校园里玩儿时，为什么我们会走到这个男孩或那个女孩旁边去？是因为他们看上去很有趣，很好？是因为他们很漂亮？不得而知，那是不是说我们永远不会知道为什么会和某个人成为朋友？在"什么是朋友"这个似乎是浅显简单的问题下面，还隐藏着如此多的深不可测的问题，不仅引导着儿童深入思考下去，即使是成人要回答这些问题也会感到始料不及，甚至有些捉襟见肘。

从西方儿童文学的发展历史来看，一直有两种相互对立的创作倾向，《简明不列颠百科全书》将其划分为两大主要类型：教育主义倾向和儿童本位创作倾向。前一种以自我完善或增进知识为目的，运用的是比较接近现实和理性的创作方法，因为它以教育为终极目的，于是作品中常常呈现出一种说教的口吻；后一种倾向以娱乐和陶冶性情为目的，运用的是充满想象的创作方法，在创作中以儿童为中心，重视他们的生命诉求。通过上述对《小小哲学家》的分析，我们明显可以看出它是属于儿童本位的创作倾向。儿童本位倾向的出现主要与历史上对儿童的认识相关，促使人们在看待儿童的观念、对待儿童的态度方面发生转变的，是英国哲学家约翰·洛克（John locke）和法国哲学家、文学家卢梭（Jean-Jacques Rousseau）。洛克曾经做过孩子们的老师，与孩子们的相处不仅改变了孩子们，也改变了洛克，他写成了《教育漫话》一书，阐述了他对儿童的思维与行为特点的认识。他认为"儿童的好奇心，只是一种追求知识的欲望，所以应该加以鼓励，"[1] 他还认为：

好问的儿童发出的天真的，没有经人教导过的问题，常常可以使得一个肯用脑筋的人去做一番思索。我觉得儿童无意中发出的问题较之成人所说的话常常可以使人多学到一些东西，因为成人所说的话是根据他们以前所获的观念和他们所受的教育上的成见的。[2]

"儿童是喜欢变换、喜欢自由的，因此他们就喜欢游戏。所以我们不应该

---

[1] 约翰·洛克. 教育漫话 [M]. 傅任敢, 译. 北京：教育科学出版社, 1999：102.
[2] 约翰·洛克. 教育漫话 [M]. 傅任敢, 译. 北京：教育科学出版社, 1999：104.

把书本和别种我们要他们去学的事物当作一种任务去强加给他们。"① 洛克睿智地指出：儿童并不是缩小的成人，而是有自己独特意志和特点的人类，对待每一个儿童，都应该根据他自身的特点施以独特的教育，不是儿童围着实施教育的成人转，而是成人围着儿童转。洛克对儿童的认识充满真知灼见，在当时的社会来说是超前的，他可以说是儿童本位教育的首创者。如果说洛克首先意识到儿童的独特性，那么作为法国著名思想家的卢梭的《爱弥儿》，更是明确指出了儿童与成人的差别，它的副标题是《论教育》，是一部讨论教育问题的哲理小说。《爱弥儿》告诉我们：儿童代表着人的潜力的最完美形式，应该让儿童愉快地生活，自发地去探索自己的天性，从而能在和谐中获得发展。正像书中所言：

大自然希望儿童在成人以前就要像儿童的样子，如果我们打乱了这个次序，我们就会造成一些早熟的果实，他们长得既不丰满也不甜美，而且很快就会腐烂；我们将造成一些年纪轻轻的博士和老态龙钟的儿童。儿童是有他特有的看法、想法和感情的；如果想用我们的看法、想法和感情去代替他们的看法、想法和感情，那简直是最愚蠢的事情。②

正是在卢梭这一理论的基础上，产生了现代儿童本位的创作倾向。所以《小小哲学家》这本令人惊喜、让人爱不释手的儿童读物出现在法国也就自然而然、合情合理了。

五、结语

这里需要提醒的是，这本最受法国儿童欢迎的《小小哲学家》现已由广西师范大学出版社于2012年翻译成中文出版发行，它同样很受中国小朋友的欢迎，美中不足的是：四位可爱的小动物的对话使用的字体有些小，看得时间长了家长会担心孩子的视力，如果再版时能加大字体，那就会使不论是小朋友还是大朋友（他们的家长）更加爱不释手了。

---

① 约翰·洛克. 教育漫话 [M]. 傅任敢, 译. 北京: 教育科学出版社, 1999: 108.
② 卢梭. 爱弥儿 [M]. 李平沤, 译. 北京: 商务印书馆, 2012: 101.

一个本真、广阔、深邃的儿童世界
——《窗边的小豆豆》

一、引言

虽然"所有的大人都经历过童年",① 但很多大人都不记得自己的童年,或者说关于自己童年的记忆,好像已被锁在一个密封的容器里,除非这个容器某一天被某一个人不经意地打开,从某种意义上说,黑柳彻子就是打开这个密闭容器的人,她拿的钥匙就是《窗边的小豆豆》。

日本著名作家、联合国儿童基金会亲善大使黑柳彻子的代表作《窗边的小豆豆》自1981年出版后,不仅在日本,而且在全世界都引起了极大的反响,它不是童话却胜似童话,不仅让孩子流连忘返,也深深震撼了大人的心,让他们不由自主地回想起自己那懵懵懂懂、喜忧参半的童年,那段隐身于岁月长河中的永不复返的孩提时代,之所以如此,那是因为黑柳彻子在《窗边的小豆豆》中还原的是一个本真、广阔、深邃的儿童世界。

二、令成人羡慕的本真的儿童世界

黑柳彻子认为:"我相信越是小孩子,就越是拥有人类最珍贵、最必要的东西。而且,我也知道,随着孩子们慢慢长大,那些东西才渐渐地失落了。"② 坦率地说,《窗边的小豆豆》中的故事情节并没有十分扣人心弦的地方,从叙事的角度来看,似乎也没有太多的新意,但黑柳彻子爱孩子、懂孩子,她从儿童本位价值观出发,肯定和赞美了儿童的生命活力和天真纯洁的本质,以

---

① 安托万·圣埃克苏佩里. 小王子 [M]. 林珍妮,译. 南京:译林出版社,2013:1.
② 黑柳彻子. 小时候就在想的事 [M]. 赵玉皎,译. 海口:南海出版社,2010:12.

典型的儿童思维和儿童生活事件展现了属于儿童特有的生命主体性。在书中黑柳彻子写了小豆豆最喜欢的游戏是钻篱笆。当小豆豆看到一大片围着长长铁丝网篱笆的空地时,就从一头开始钻,抬起带刺儿的铁丝,掏一个洞往里钻去,先说"打扰了",然后钻过去;接着抬起下一根铁丝,再掏一个洞,这时该说"再见了",向后退去。就这样,小豆豆掏出一个一个的洞,裙子和短裤不断地被挂在铁丝上,重复着"打扰了"和"再见了"的动作,乐此不疲。对大人来说,这么做根本没有什么意思,既单调重复,让人很累,还不怎么讲卫生,损坏衣服,但小孩子就可以玩得这么高兴,那是因为对孩子来说,重要的不是玩什么,而是怎样玩,玩的时候有些什么想法和感受,也就是说孩子们追求的是童趣,孩子们的世界是浪漫的、宽容的,是受感情和好奇心驱动的,这也表现在小豆豆对未来职业的选择和憧憬上,她原本想做间谍,后来她看到车站管理人员把车票满满地堆成一盒子,觉得这工作很神气,所以她又想做一个卖车票的人。孩子的一天就好像大人的一年,他喜欢的东西总在不停地变换,也许早晨他还喜欢小汽车,而到黄昏的时候,他的注意力又被其他的什么东西吸引住了,但不管是选择做间谍,还是做卖车票的人,小豆豆考虑的绝对不是这样的职业能给自己带来功名利禄、荣华富贵,而是因为她觉得有趣、充满魅力,她的心灵没有被功利主义的毒汁所浸染,心中也没有职业选择上地位的高下之分,也就是说儿童追求的是童趣,一件成人眼中的废物也能带给他们幸福的感觉和激情的宣泄,而反观成人世界呢,他们对职业的选择、对快乐的感受暴露了他们现实、狭隘、受利益驱使的一面,所以,黑柳彻子写道,当小豆豆的妈妈看着头发、指甲和耳朵里都是泥土的小豆豆,不由自主地赞叹到,孩子的世界"真令人羡慕啊"[1]。

三、充满忧伤的儿童世界

《窗边的小豆豆》展示的儿童世界是一个广阔真实、立体丰富的世界,因为在黑柳彻子看来,似乎不存在什么儿童不宜的问题,也就不把儿童限定在一个玫瑰色的完美世界里,她不回避人世的沉重,以儿童的眼睛看复杂的人生,别离、"失恋"、死亡这些主题写得真实而有分寸,读来令人感慨万千。小豆豆和父母生平第一次去逛了庙会,看见有卖小鸡的,她好不容易央求爸

---

[1] 黑柳彻子. 窗边的小豆豆 [M]. 赵玉皎, 译. 海口: 南海出版社, 2011: 109.

爸妈妈给她买了两只，但只存活了四五天，两只小鸡全都死了，看着原来盛着小鸡的盒子里落下的几根小小的黄色羽毛，小豆豆想起了庙会那天看着自己"唧唧"欢叫着的小鸡，她不由得咬紧了牙齿，哭了出来，"这是小豆豆的人生中，第一次品尝到别离的滋味"①。而当她的好朋友、同学泰明去世的时候，小豆豆深深体会到，泰明再也不会到学校来了，因为他死了，死就是这样的，那么可爱的小鸡，死了以后，无论怎么呼唤，怎么抚摸，它们都再也不会动了。回想着和泰明在一起的往事，小豆豆心里只有一个念头，那就是真想再看看活着的泰明，哪怕只见一面也好，真想再和他说几句话。泰明离开人世之后，黑柳彻子又写了小豆豆失去了一个最亲密的朋友——她家的狗——洛基。小豆豆从伯父家回来后，洛基不见了，妈妈难以启齿，只能含混地说，洛基不见了，小豆豆明白，洛基一定是死了。小豆豆捡起熊娃娃脚上黏着的洛基身上落下来的毛，紧紧地握在手里，久久地，久久地哭泣着，泪水和哭声，怎么也无法止住。

　　黑柳彻子不仅写了小豆豆经历的生离死别，也写了她的初恋，或者更准确地说，是她的失恋。那是在小豆豆上三年级的时候，她很喜欢同班的阿泰，阿泰非常聪明，物理学得特别好，而且，阿泰还会英语。小豆豆第一次知道"狐狸"的英语怎么说，就是阿泰教的。但是有一天午休的时候，阿泰却带着怒气告诉她："长大以后，不管你怎么求我，我都不会娶你做新娘！"② 那天，小豆豆伤心极了，的确，这世间有许多不愉快的事，快乐只是一小部分。黑柳彻子不回避童年生活的真实烦扰，也不去美化儿童世界。于是，我们看到的是一个五光十色、忧伤与欢乐并存的儿童世界，她也让我们进一步意识到儿童世界是一个丰厚的、令人回味的生命世界，是一个值得人们去挖掘的生命宝库。

四、充满时代风云变幻的儿童世界

　　"少年儿童并不是生活在真空世界或世外桃源里的，时代的风云变幻，兴衰沉浮，必然会给他们的生活带来这样或那样的影响，并且在很大程度上塑

---

① 黑柳彻子. 窗边的小豆豆 [M]. 赵玉皎，译. 海口：南海出版社，2011：105.
② 黑柳彻子. 窗边的小豆豆 [M]. 赵玉皎，译. 海口：南海出版社，2011：185.

造着他们的性格。"① 小豆豆生活的世界里不仅有疼爱她的爸爸妈妈,小林宗作校长,也有卖所谓"健康树皮"的骗子,小豆豆还信以为真地上了一次当。小豆豆同样觉察到人与人之间的不平等或者说是"种族歧视"。有一天小豆豆放学回家,一个名叫正男的小孩站在山崖上,两只手叉着腰,突然冲小豆豆大声喊道:"朝——鲜——人!"喊声充满了憎恨,非常刺耳,小豆豆害怕极了,回家告诉了妈妈。妈妈解释道:一定是别人都管正男叫"朝鲜人,朝鲜人",所以他以为"朝鲜人"是骂人话,妈妈还告诉小豆豆,"小豆豆是日本人,正男呢,是叫作朝鲜的国家的人。但是,你和正男一样,都是小孩子。所以,绝对不可以区分说那个人是日本人,或者那个人是朝鲜人。"② 小豆豆虽然还很难理解这些事情,但是她心中暗暗决定,如果正男再对我那么叫,我就对他说:"大家一样,都是小孩子,我们交个朋友吧。"而当太平洋战争爆发后,美国成了日本的敌国,英语是敌国的语言,所以,日本所有的学校都取消了英语课,日本政府宣布:美国人是鬼!而在这个时候,小豆豆所在的巴学园的孩子们却在齐声念着:"美丽的"是"beautiful",而作为"优秀音乐家"的小豆豆的爸爸,宁愿吃不饱也不愿用自己的小提琴去演奏军歌,从而得到一些砂糖、大米、羊羹等食物,因为,比起这些东西来,小豆豆的爸爸更看重的是自己的音乐,在小豆豆的日常生活中,她看到了战争残酷狰狞的面孔,她意识到这世界深邃复杂的一面……

五、结语

就这样,黑柳彻子通过讲述自己上小学时的一段真实的经历给我们还原了一个本真的童年世界,这个童年世界不是只有游戏,不是只有欢乐,也有生离死别,也有让孩子理解不了的残酷的战争、人与人之间的不平等,但所写的这一切,黑柳彻子都是站在儿童的角度叙述的,用的也是清澈质朴的儿童语言,但给人的感觉却不浅露和直白,而是蕴含着丰富深刻的意蕴,所有这一切汇成打动读者的一份纯净而又深刻的力量,既让人回味无穷又让人感慨不已。

---

① 方卫平.儿童·文学·文化——儿童文学与儿童文化论集[M].南昌:二十一世纪出版社,2009:212.
② 黑柳彻子.窗边的小豆豆[M].赵玉皎,译.海口:南海出版社,2011:148.

存在中的枷锁　枷锁中的存在
——重读毛姆《人生的枷锁》

一、引言

英国现代著名作家威廉·萨默赛特·毛姆（William Somerset Maugham）（1874—1965）被誉为"最会讲故事的作家"，《人生的枷锁》（1915）（*Of Human Bondage*，也有译作《人性的枷锁》）是他的代表作，小说问世后，颇得当时不少著名作家和评论家的好评，有人曾问毛姆为何不再写一部《人生的枷锁》这样的小说，毛姆回答说，因为我只有一次生命，我花了三十年才收集到写这部小说所需的材料，看来对"最会讲故事"的作家来说，有的故事也只能讲一遍。实际上，直到今天，《人生的枷锁》也是一部值得一读的作品，"完全可以和《儿子与情人》《青年艺术家的画像》《魔山》并列，因为《人性的枷锁》也是处理年轻人的启蒙、人生意义的探索、自由的希冀等古典主题的杰作。"[1] 小说原以希伯来预言家艾赛亚（Isaiah）（《圣经》中人物）所说的"美自灰烬出"为题，后来毛姆在斯宾诺莎（Baruch de Spinoza）的《伦理学》中见到"人生的枷锁"一说，欣然做了更改。斯宾诺莎认为，"人屈从于感情，有如套上了枷锁；只有运用理智，人才自由。"他主张人们应运用想象和理智，变经验为预见，这样才能掌握未来，才不致沦为"过去"的奴隶。实际上，毛姆借用这一说法作为小说的标题，但书中所写内容却远远超出了斯宾诺莎的原意，就像卢梭（Jean-Jacques Rousseau）所言："人是生而自由的，却无往不在枷锁之中。自以为是其他一切的主人的人，反而比其

---

[1] 克利夫顿·费迪曼. 一生的读书计划 [M]. 乔西，王月瑞，译. 海口：海南出版社，2002：567.

他一切更是奴隶。"① 主人公菲利普·凯里并不仅仅屈从于感情的枷锁,他也并不仅仅是感情的奴隶,那么他处于怎样的重重枷锁之中呢?

二、宗教的枷锁

我们大约按照主人公菲利普的人生历程探究他所承受的重重枷锁,首先是宗教的枷锁,菲利普幼年父母双亡,后由当牧师的伯父抚养,又进入坎特伯雷皇家公学附属预备学校读书,该学校鼓励学生立志领圣职,当牧师,而学校的教学安排,也着眼于让学生日后能够终身侍奉上帝,可以说他是在浓厚的宗教氛围中长大的。在他十二岁那年,学校里掀起一股笃信宗教的热潮,他本来思想就比较活跃,这股热潮一来,他变得十分虔诚,申请加入了"圣经联谊会","圣经联谊会"的读经办法是交替诵读《旧约》和《新约》中的一个篇章。一天晚上,菲利普看到《圣经》中耶稣基督的这样一段话:"你们若有信心,不疑惑,不但能行无花果树上所行的事,就是对这座山说你挪开此地,投在海里,也必成就。你们祷告,无论求什么,只要信,就必得着(《圣经·新约·马太福音》第 21 章 22 节)",他又在两三天后牧师的布道中听了这段话,他突然觉得这些话似乎是针对自己讲的,于是他虔诚地祈求万能的上帝在新学年开始前治愈他的跛足,为此,他冒着严寒,赤身裸体跪在光秃秃的地板上向上帝做祷告,尽管他十分虔诚,可他的祷告似乎根本不起作用,他的跛足依然如故,他无法抵御向他阵阵袭来的疑虑,他把自己的切身体验归纳成这样一条规律:谁也没法心诚到《圣经》上所说的那种地步,他觉得不管是他的伯父还是《圣经》都一直在耍弄自己,而等到他年事稍长,有了分析判断的能力,他便自觉地发出:"我不明白一个人干吗非得信奉上帝"的呐喊。他意识到:"信仰是外界强加给他的。这完全是环境和榜样在起作用。新的环境和新的榜样,给了他认识自我的机会。抛弃童年时代形成的信仰,毫不费事,就像脱掉一件他不再需要的斗篷一样。"② 如果说信仰是外界强加于人的,人可以像脱掉一件他不再需要的斗篷一样扔掉它,但有的枷锁似乎就不那么容易扔掉了,比方说情欲的枷锁。

---

① 卢梭. 社会契约论 [M]. 何兆武,译. 北京:商务印书馆,2013:4.
② 毛姆. 人生的枷锁 [M]. 张柏然,等译. 上海:上海译文出版社,2007:122.

三、情欲的枷锁

《人生的枷锁》中写了菲利普与几位女性的纠葛,其中用笔最多的是他与爱皮西点心店的女招待米尔德丽德的相识与交往。他在伦敦圣路加医学院学医时,爱上了这位俗不可耐的女招待,为她神魂颠倒,荒废了学业,并耗费了大量父亲留下的遗产。菲利普怎么会爱上这样的女性,按照菲利普自己的说法,似乎根本不可能。菲利普觉得她的名字古怪可笑,长得也不漂亮,菲利普将她的面部五官逐一品评,不论是她嘴唇的形状,还是她那病态的肤色都激起他的反感。米尔德丽德人品平庸,词汇贫乏,谈吐无味,颠来倒去就是那么几句言词,菲利普注意到她在观看通俗歌剧时怎么被那些噱头逗得咯咯直笑,还注意到她举杯呷酒时如何有意翘起那根兰花小指。总之,米尔德丽德的举止连同她的谈吐,都令人作呕。而诺拉呢?诺拉是爱恋着菲利普的一位女小说家,他认为诺拉要比米尔德丽德高明十倍,诺拉给他带来了更多的乐趣,同诺拉谈话时他心情更为愉快,她要比米尔德丽德聪颖得多,而且性情更为温柔,她是个贤淑、诚实、有胆有识的小妇人。而米尔德丽德呢?他痛苦地认为,这几个形容词没有一个是与她相配的。虽然两位女性孰优孰劣菲利普看得一清二楚,但他却日夜思念着米尔德丽德,他宁可只同米尔德丽德待上十分钟,也不愿同诺拉待整整一个下午,他把在米尔德丽德冷冰冰的嘴唇上吻上一吻,看得要比吻遍诺拉全身更有价值,倘若菲利普还有理智的话,他应该矢志不渝地守着诺拉,但事实却是他根本无法自拔,米尔德丽德就像铭刻在他心上了,他对她怀有不可名状的、强烈的思慕之情,他觉得最后只有待到双目闭合时,他的欲壑才能被填平。"纵然她无心无肝、腐化堕落和俗不可耐,纵然她愚蠢无知、贪婪嗜欲,他都毫不在乎,还是爱恋着她。"[①] 关于此种情形,菲利普和毛姆另一部著名的小说《面纱》里的男主人公如出一辙,他曾对自己爱恋着的女性说过类似的话:"我知道你愚蠢、轻佻、头脑空虚,然而我爱你。我知道你的企图、你的理想,你势利、庸俗,然而我爱你。我知道你是个二流货色,然而我爱你。"[②] 这种荒诞的情形究竟是怎么一回事呢?我们可以从心理学的角度进行解读,按照现代心理学家弗

---

① 毛姆. 人生的枷锁[M]. 张柏然,等译. 上海:上海译文出版社,2007:370.
② W. 萨默塞特·毛姆. 面纱[M]. 阮景林,译. 重庆:重庆出版社,2012:62.

洛伊德（Sigmund Freud）的观点，我们可以把人的心理"区分为本我、自我和超我。"① 本我是最原始的、无意识的心理结构，它是由遗传的本能和欲望构成的。在本我中，充满着发自本能和欲望的强烈冲动，它们始终力图获得满足。因此，本我其实是一种非理性的冲动，它不受逻辑、理性、社会习俗等一切外在因素的约束，仅受自然规律即生理规律的支配，由性的冲动构成，遵循快乐原则行事。用弗洛伊德本人的话来说，本我根本不懂什么是价值，什么是善恶与道德，而无时无刻不是与快乐原则携手，千方百计寻找机会发泄一通。自我是受知觉系统影响经过修改来自本我的一部分。它代表理性和常识，接受外部世界的现实要求。因此，它根据唯实原则行事，它的大部分精力用以控制和压抑来自本我的非理性冲动，自我与本我的关系就像骑手与他的马的关系。"假如骑手没有被马甩掉，他常常是不得不引它走向它所要去的地方；同样，自我习惯于把本我的欲望转变为行动，好像这种欲望是它自己的欲望似的。"② 而超我是人性中高级的、超个人的方面，它也是人们通常所说的良知、自我批判能力之类的东西，它代表人内心中存在的理想的成分，它以良知的形式支配着自我。虽然超我也对自我产生作用，但无疑本我的力量是最大的。用弗洛伊德的理论来看待菲利普的不可理喻，那是因为他的自我与本我相比是可怜的，它不仅不能从根本上影响、驾驭本我，反而时时处处要受本我的限制和支配，这就是他被他理性上并不喜欢的米尔德丽德弄得三迷五道的根本原因，而本我对菲利普的左右可谓是他身上的另一道枷锁。

四、金钱与物质的枷锁

菲利普在巴黎学画时的老师富瓦内曾向他直言不讳地指出金钱或物质对艺术家的影响，实际上也是对所有从事任何行当的人的影响，他认为："要时时刻刻为生计操心，世上再没有什么比这更丢脸的了。"金钱好比第六感官，少了它，就别想让其余的五种感官充分发挥作用。没有足够的收入，生活的希望就被截去了一半。人得处心积虑，锱铢必较，穷困会使人变得卑贱，会使人蒙受没完没了的羞辱，扼杀人的雄心壮志，甚至像癌一样吞蚀你的灵魂。艺术家要求的并非是财富本身，而是财富提供的保障：有了它，就可以维持

---

① 西格蒙德·弗洛伊德. 自我与本我 [M]. 林尘，等译. 上海：上海译文出版社，2013：232.
② 西格蒙德·弗洛伊德. 自我与本我 [M]. 林尘，等译. 上海：上海译文出版社，2013：214.

个人尊严,工作不受阻挠,做个慷慨、率真、保持住独立人格的人。如果说当时菲利普衣食无忧,他老师的言论对他如同隔靴搔痒、对牛弹琴的话,那么当他穷困潦倒不得不在一家商店里当招待员时,他就有切身的体会了。他认为只有一件事能使他摆脱眼下的困境,那就是他那位牧师伯父早日去见上帝。到那时,他可以获得几百英镑,有了这笔钱,他就能够在医院修完全部的课程。为此,菲利普渐渐一心一意地期盼着伯父快快死去,为此他朝思暮想,简直成了个偏执狂。如果得不到伯父的遗产,菲利普唯一的断然措施就是自杀。他一门心思期盼着他伯父快快死去,不停地做着同样的梦:一天清晨,他收到一份报告那牧师猝然去世的电报,从此彻底自由了!当他真的回去看望他病入膏肓的伯父时,他注意到两瓶药:一只瓶内装有他伯父定时服用的药物,另一只瓶内装有鸦片剂,这种鸦片剂倒好后摆在他的床头边,一般在凌晨三四点钟吞服,如果倒药时加大剂量,不费举手之劳,他伯父就会在夜间一命呜呼,而且任何人都不会有所怀疑。菲利普一想到自己手头拮据、急需用钱,便情不自禁地攥紧拳头。他一想起这个充斥着他脑海的念头,他那颗心便怦怦直跳。虽然他极力想把这个念头从自己的脑海中排遣出去,但无济于事。结果他伯父的生命真是易如反掌,不费吹灰之力。"他所考虑的是谋财害命啊!他怀疑旁人是否有过类似的想法,还是自己反常、邪恶。"① 如此看来,先前他的老师富瓦内的一番言论分析得多么透彻、一针见血呀!物质或金钱是捆绑在人身上的另一副枷锁,在这副枷锁的差遣下人会走火入魔到何种地步。的确,美国心理学家马斯洛(Abraham Harold Maslow)认为:人的需求有生理需求、安全需求、社交需求、尊重需求和自我实现需求五类,依次由较低层次到较高层次,生理需求包括食物、住房,安全需求包括对人身安全、生活稳定以及免遭痛苦、威胁或疾病等的需求。在生理需求和安全需求没有得到满足之前,人们唯一关心的就是这种需求,"它们同样可能完全控制机体,几乎可能成为行为的唯一的组织者,调动机体的全部能力来为其服务。"② 而在这种需求急需满足时,这种低层次的物质与金钱需求就是人身上的一副坚实的枷锁。

---

① 毛姆. 人生的枷锁 [M]. 张柏然, 等译. 上海: 上海译文出版社, 2007: 605.
② 亚伯拉罕·马斯洛. 动机与人格 [M]. 许金声, 译. 北京: 中国人民大学出版社, 2012: 22-23.

五、人——枷锁中的存在

实际上,小说所揭示的菲利普所受的枷锁当然不只这三种,还包括本国文化以及传统习俗所附加在他身上的这样、那样、有形、无形的枷锁,比如作为一名英国男性他就要当一名地道的绅士,又比如作为一名医生他应该娶什么样的女子为妻等,在此不再赘述。菲利普曾在德国生活过一年,后又在法国巴黎待了很长一段时间,这使他体会到生活在国外的一些好处:

你既能具体接触到周围人们的风俗习惯,又能作为旁观者客观地加以观察,从而发现那些被当地人视为须臾不可缺少的风俗习惯,其实并无遵从的必要。你不会不注意到这样的情况:一些在你看来似乎是天经地义的信仰,在外国人眼里却显得荒唐可笑。[1]

也许是因为有了这样的眼界,小说结尾处菲利普意识到他一辈子都是遵循着别人通过嘴说手写向他灌输的理想行事,而从来不是依从自己的心愿行事,他的一生总是受他认为应该做的事情,而不是受他真心想做的事情所左右,于是他要挣脱重重枷锁,不再考虑那些事情,他似乎恍然大悟,茅塞顿开,认为一个男人来到这个世界上,干活、结婚、生儿育女,最后悄然去世,这是一种最简单的然而却是最完美的人生格局,但是这种最简单、最完美的人生格局,表面上看是最自然、最普通的,但实际上并没有摆脱掉这样、那样的枷锁,实践这种人生格局的芸芸众生谁的身上没有枷锁和重负呢?本来人就是大自然的有机的身体,人作为自然的一部分从自然这个母胎中分离、进化出来以后,即便是经过漫长的历史过程也不可能完全脱尽自然的胎记,仍然不同程度地保留着动物的原初阶段的属性、机能和需求。对此恩格斯指出:"人来源于动物界这一事实已经决定人永远不能完全摆脱兽性。"[2] 兽性大约就对应着弗洛伊德人格结构中的本我,也就是说不管是《人生的枷锁》中的菲利普还是现实生活中的芸芸众生,谁也不可能完全摆脱掉本我或原始欲望等非理性因素的左右,同样,人也是文化的人,而"文化是一个复合的整体,其中包括知识、信仰、艺术、道德、法律、风俗以及人作为社会成员

---

[1] 毛姆. 人生的枷锁 [M]. 张柏然,等译. 上海:上海译文出版社,2007:280.
[2] 马克思,恩格斯. 马克思恩格斯全集 [M]. 北京:人民出版社,1965:110.

而获得的任何其他的能力和习惯"①。不管生活在何种文化环境中，人都不可能完全摆脱构成文化各因素的影响和束缚，不可能实现完全的自由，完全的自由、绝对的自由对人来说无异于人要揪着自己的头发离开地球一样，实际上人的价值、人的非凡更多的并不在于完全摆脱掉种种枷锁（当然也不可能），而在于他有勇气背上枷锁，有胆量去挣脱掉原先的枷锁背负起新的枷锁，枷锁对他来说不仅仅是重负，也是一种使命、责任和创造的动力。就像米兰·昆德拉（Milan Kundera）在《生命中不能承受之经》一书中写道：

也许最沉重的负担同时也是一种生活最为充实的象征，负担越沉，我们的生活也就越贴近大地，越趋近真切和实在。相反，完全没有负担，人变得比大气还轻，会高高地飞起，离别大地即离别现实的存在。他将变得似真非真，运动自由而毫无意义。②

也就是说，挣脱枷锁、一身轻松并非就是真的自由、辉煌，反而走向了虚空，因为我们每个人既要在枷锁中生，又要在枷锁中死，而我们的价值也要在枷锁中实现。

六、结语

作为20世纪英国文学中为数不多的几个雅俗共赏的作家之一，毛姆的作品流行于世界各地，虽然他的许多作品，多数是适应市场的需要，从而赢得很大利润，并且，毛姆的每一篇作品在形式上都不是实验的或新奇的，他的每行文字都清晰无比，因此，批评家无法靠毛姆维持生计。尽管如此，毛姆绝不是一位通俗作家，毛姆不同于许多作家之处就是他从不把自己的作品打造得道貌岸然，也无意用先知般的口气指导蒙昧的读者该如何生活，他认为，小说要有故事，那是因为

故事其实是小说家为拉住读者而扔出的一根性命攸关的救生绳索……小说家通过自己所讲述的事件、选择的人物以及对他们的态度，为你提供一种

---

① 克莱德·克鲁克洪. 文化与个人 [M]. 高佳，等译. 杭州：浙江人民出版社，1986：3.
② 米兰·昆德拉. 生命中不能承受之轻 [M]. 韩少功，韩刚，译. 北京：作家出版社，1995：16.

对生活的批判。这种批判也许既不新颖也不深刻，但它在那里了；其结果是尽管他自己都没注意到，他已经通过这种简单的方式成了一个道德家。①

同样，这种讲故事的方式未必就不能启发读者的思考，米兰·昆德拉曾给小说下定义：小说是一种散文形式，借助实验性的自我（即人物），"研究存在，存在并不是已经发生的，存在是人的可能的场所。是一切人可以成为的，一切人所能够的。小说家发现人们这种或那种可能，画出'存在的图'。"② 也就是说，小说立足于具体的时代、社会甚至个人，但它却说出永恒、普遍的人生人性的真谛，而毛姆的《人生的枷锁》恰恰正是这样的作品。

---

① 毛姆. 毛姆读书随笔［M］. 刘文荣，译. 上海：上海三联书店，2011：23.
② 米兰·昆德拉. 小说的艺术［M］. 孟湄，译. 北京：三联书店，1992：42.

一部关于寂寞的自白
——《艾格妮丝·格雷》

一、引言

一个多世纪以来，勃朗特姐妹（the Brontë sisters）传奇式的生活和创作，构成英国文学史乃至世界文学史上一道亮丽奇目的独特风景，她们的作品以及她们的生活已经成为亘古永恒的文学话题，人们读过被译成多种文字的《简·爱》和《呼啸山庄》的其中一种，并且用各自多种多样的文化背景来理解这两部作品。的确，《简·爱》和《呼啸山庄》太有名了，它们已经成为19世纪的经典文学作品，以至于人们在关注勃朗特三姐妹的时候更多的是在关注勃朗特两姐妹——夏洛蒂·勃朗特（Charlotte Brontë）和艾米莉·勃朗特（Emily Brontë），多少有些忽视甚至遗忘安妮·勃朗特（Anne Brontë），真实情况是：安妮·勃朗特的第一部小说《艾格妮丝·格雷》是和她二姐艾米莉·勃朗特的《呼啸山庄》于1847年印成一册一起出版的，即使在当时，对艾米莉的小说《呼啸山庄》令人困惑的关注不可避免地使有关《艾格妮丝·格雷》为数不多的评论黯然失色。实际上，"十九世纪以来，《艾格妮丝·格雷》一直深深笼罩在夏洛蒂和艾米莉的著作的阴影之中，得不到应有的好评。"① 仅有的几篇评论大约都是这样："它没有什么值得特别注意的地方"和"它没在脑海里留下令人痛苦的印象"——甚至有些人认为它根本就没留下什么印象。然而，爱尔兰著名小说家、批评家乔治·莫尔（George More）

---

① 安德鲁·桑德斯. 牛津简明英国文学史 [M]. 谷启楠, 等译. 北京：人民文学出版社，2000：620.

<<< 一部关于寂寞的自白——《艾格妮丝·格雷》

称《艾格妮丝·格雷》为"英国文学中最优美的散文式叙述小说"①，实际上，对这本小说相互矛盾的评论直到现在还存在。即便如此，不可忽视的是，《艾格妮丝·格雷》虽只拥有少数读者，却使他们为之着迷。

安妮·勃朗特的《艾格妮丝·格雷》叙述的是一个关于家庭女教师的故事。艾格妮斯以第一人称方式讲述了她自己的故事——一个英格兰北方牧师的女儿，希望变得独立，为了给予捉襟见肘的家庭一些经济上的帮助，做了一名家庭教师——差不多是当时极其有限地得到社会允许的女性所能从事的工作。小说的前半部分描写艾格妮丝在富商布卢姆菲尔德和贵族乡绅默里家里两度做家庭教师的辛酸经历，这两个家庭都以一种傲慢、自大的态度来对待她，那也是家庭教师通常得到的待遇，小说的后半部分表现她的爱情追求，小说的结尾是艾格妮丝与母亲一起创办私立女子学校，实现了勃朗特姐妹在现实生活中未能如愿的办学理想。作品细腻描写了艾格妮丝默默的恋情、孤独寂寞的心理、充满痛苦而又曲折的感情历程，这部小说和她姐姐夏洛蒂的《简·爱》一样，在不同程度上具有自传性质。实际上，勃朗特三姐妹中安妮做家庭教师的时间最长，对家庭教师这份工作的个人感受非同寻常。关于艰辛痛苦的家庭教师生活，夏洛蒂在《简·爱》的描写中多少做了些浪漫化的处理，而安妮则遵循写实的手法，描写得更加朴素真切。如果说《简·爱》带有书信体风格的话，那么《艾格妮丝·格雷》则有日记体风格，因为根据作者的说法："我是根据日记来撰写这篇故事的。"② 或者更准确地说，《艾格妮丝·格雷》更像是作者安妮的自白，实际上，在小说的第一章她便开宗明义：我是一个默默无闻的人，再加上时光的流逝和人物的某些虚构，于是不惜抛开顾虑，把不能告诉最亲密朋友的内心隐秘真诚地披露给读者，而小说的第十七章的标题就是"自白"，那么作者安妮到底自白了怎样的内心隐秘呢？

二、寂寞的自白

小说第十七章的一开头作者便开门见山，"由于我是在进行自白，我就应该承认这些日子以来，我比以前任何时候都更注意穿着打扮。这并不是言过

---

① 安·勃朗特. 艾格妮丝·格雷 [M]. 裴因, 译. 上海：上海译文出版社，2013：188.
② 安·勃朗特. 艾格妮丝·格雷 [M]. 裴因, 译. 上海：上海译文出版社，2013：132.

143

其实。"作者接着进行了一番解释，她的解释是这样的：她认为因为人们自然会去爱那些能给予人们愉快的东西，而什么东西能比一张漂亮的脸蛋更能令人愉快呢？尤其是当我们知道有着一张漂亮脸蛋的人并不怀有恶意时，情况更是这样。小女孩为什么喜欢她的鸟儿？因为它有生命，有感觉，因为它无依无靠又无害于人吗？一只癞蛤蟆也有生命，有感觉，也是同样的无依无靠而又无害于人，但是小女孩尽管不会去伤害它，却不会像爱鸟儿一样爱它，那是因为小鸟具有优美的外形、柔软的羽毛、明亮而会说话的眼睛。作者的结论是，虽然人们往往过高地估计美貌的意义，但是，美貌毕竟是上帝的赐予，不应该加以藐视。

就像低级的萤火虫看不起发光的本领一样，可是没有这一本领，那飞来飞去的小虫会千百次地从她跟前一掠而过，而从不在她身旁停留。她可以听见那长着翅膀的情人在她头上和身边嗡嗡地盘旋，他想找她但又无从找起。她迫切地希望他能找到她，却没有力量让他知道她的存在，没有声音去呼唤他，也没有翅膀可以跟着他飞翔。飞舞着的小虫应当去找另一个配偶；萤火虫只得孤独地活着和死去。这就是我在这几天的内心独白。我本来可以平铺直叙地写下去，我可以写得深刻一些，把其他一些内心活动揭示出来，提出一些读者可能觉得难以回答的问题，推论出一些可以激起读者的偏见或者引起他们耻笑的看法，因为读者无法理解这些看法。不过我没有写下去。[①]

从作者坦露心声的这些文字看，她似乎是把自己比拟成一只低级的不会发光的萤火虫，发光似乎是萤火虫的美貌或者说是本领，由于不具备发光这一美貌或本领而得不到配偶的关注，这样的萤火虫只能有一种命运——孤独地活着和死去。更加耐人回味的是作者没有写的但已到嘴边，似乎又咽下去的那些话——可以写得深刻一些的"其他一些内心活动"，也许是推测读者无法理解这些看法，所以作者没有写下去，而这段有些暧昧模糊又吞吞吐吐的内心独白颇值得我们揣摩、回味。

我们知道在私人文献中，日记是秘密性最强的一种，也是一种完全个人化的写作，是否写、怎么写、写什么，完全由自己决定，没有外部的压力和

---

① 安·勃朗特. 艾格妮丝·格雷[M]. 裘因，译. 上海：上海译文出版社，2013：133.

干涉。写日记的时候作者可以毫无顾忌地、坦然面对自己的灵魂,随心所欲地诉说,可以说,日记是人类纪念自我的最常见、最普及的形式,人们写日记可能有各种各样的目的和指向。安妮说《艾格尼丝·格雷》是根据日记来撰写的,那么这个日记就是家庭女教师的日记。家庭女教师为何或者主要怀有怎样的目的来写日记呢?根据当时家庭女教师的职业生存状况,我们认为她们写日记主要是

进行心理调节,把日记作为自我疗伤、维护心理健康的一种手段。作者白天积累的种种感情和情绪,诸如爱慕、喜悦、兴奋、厌恶、悲伤、烦恼、失望,等等,不便在其他人面前表露的,都可以在夜晚的孤独和静谧中毫无顾忌地诉说出来,得到情感的宣泄和心理的平衡,安宁地结束一天。①

的确,真正的日记作者,内心深处都有一种挥之不去的、强烈的孤寂感,正因为如此才会产生自我倾诉的欲望,而在当时 19 世纪的英国,

家庭教师的职位非常孤独:因为和仆人相比她受过较好的教育,并拥有较高的社会地位,她别指望在那里找到朋友。她的雇主还会看不起她,认为她比不上他们,仅仅因为她需要这份职业,虽然她和他们一样有教养,并且受过更好的教育。②

所以,读完《艾格妮丝·格雷》后,我们对艾格妮丝一生印象最深的就是她的孤独和寂寞。实际上,"这本小说从头到尾都涉及她身体上、精神上和社交上的寂寞",③ 艾格妮丝跟在默里一家后面去教堂,然后从教堂回来,她所陪同的女士和先生从来不理她,他们谈话时总是绕过或撇开她,要是在谈笑中他们的眼光偶尔落到了她身上,那也是望着地上,似乎没有看见她,或者做出一副视而不见的样子,艾格妮丝似乎变成了透明的空气,这使她觉得自己是个多余的人,像一个聋人和哑巴似的,既不主动与人攀谈,也没有人与她搭腔,这自然让人很不愉快也令人难堪,因为艾格妮丝认为,即使与他

---

① 杨正润. 现代传记学 [M]. 南京:南京大学出版社,2009:378.
② 简·奥尼尔. 勃朗特姐妹的世界——她们的生平、时代与作品 [M]. 叶婉华,译. 海口:海南出版社,2004:61.
③ 简·奥尼尔. 勃朗特姐妹的世界——她们的生平、时代与作品 [M]. 叶婉华,译. 海口:海南出版社,2004:97.

们中间最优秀的人物相比,她也毫不逊色。只有牧师韦斯顿先生是书中唯一一个除了她自己之外最了解她的地位的人:"你又是一个人,格雷小姐!"①当然,艾格妮丝还有一位不会说话的小伙伴——一只叫斯纳普的狗——用她的话来说:"我拥有的唯一爱我的东西。"小说中多次描写艾格妮丝的大哭,而这种大哭也是十分奢侈的,毕竟只有在她孤身独处的时刻,或按小说中的说法,她才会舒舒服服地尽情大哭一场,但这种示弱的行为她是不大肯干的,因为她的事情太多,空闲时间太宝贵,不能花许多时间去流泪,而有的时候,艾格妮丝的"眼泪情不自禁地流了下来"②。在此种情境下,呈现在她面前的是抑郁、绝望和寂寞的人生之路。她也清楚这么忧闷寡欢、消沉沮丧是于事无补的,她本应该把上帝当成朋友,把他的意愿当成她一生的欢乐和事业,可是,信仰很微弱,感情太强烈,在这种寂寞尴尬的处境中,她只有通过写日记的方式记录自己的内心世界,体现了日记特有的宣泄情感的功能。而作者又把日记升华为自白——表现作者"自我生活中的真实事件、私人的内心写照和肉体体验,"③更加直言不讳地披露作者自己的一些令人瞠目结舌或客观如实的生活细节,包括精神痛楚和疾病、自杀冲动等,而在安妮的《艾格妮斯·格雷》中,我们看到的是女主人公艾格妮斯引人注目的、强烈的寂寞和精神痛楚,这种寂寞和精神痛楚既是她个人的,也是在那个时代所有家庭女教师的集体性的精神、情感体验。

三、寂寞的作者——安妮·勃朗特

回顾安妮的一生,寂寞和她如影随形。当勃朗特一家搬到哈沃斯的时候,安妮才三个月,她母亲在她不到两岁时就去世了。安妮从小患有哮喘病,体质虚弱,所以在勃朗特家的孩子中,她最受布兰韦尔姨妈的关心和教导,她没有像她姐姐们那样去牧师女儿学校上学,而是留在家中接受教育,学习当一名家庭教师所需的知识,长大后的安妮有一双迷人的蓝紫色眼睛,眉毛是用眉笔精心描过的,白皙的面庞像透明的玉石,安妮一生都没交过什么重要的朋友,大概是因为家庭教师的职位限制了她与他人建立和发展关系的可

---

① 安·勃朗特. 艾格妮丝·格雷 [M]. 裘因, 译. 上海: 上海译文出版社, 2013: 124.
② 安·勃朗特. 艾格妮丝·格雷 [M]. 裘因, 译. 上海: 上海译文出版社, 2013: 102.
③ M. H. 艾布拉姆斯. 文学术语词典 [M]. 吴松江, 等译. 北京: 北京大学出版社, 2009: 91.

能性，实际上，安妮从十九岁开始，曾先后在两个不同阶层的家庭中担任家庭教师长达六年之久，这段时期安妮生活得极不愉快，但为了给家庭减轻负担，她不得不忍辱负重，委曲求全。勃朗特的传记作者们对安妮是否爱上了她父亲的副牧师威廉·维特曼（William Wittman）存有分歧，有人认为他很有可能就是她生命中的爱情，夏洛蒂在写给友人的信中也曾描述过威廉·维特曼："在教堂里，他坐在安妮的对面，偷偷地斜睨着她，轻轻地叹息来吸引她的注意，可是安妮安静地坐着，两眼向下看，他们真是一幅图画。"① 实际上，夏洛蒂自己也被那个副牧师所吸引，威廉·维特曼可以说是副牧师中的佼佼者——英俊、迷人、有趣、体贴，无怪乎牧师住宅里的小姐们如此看重和他的友谊。如果安妮爱上威廉·维特曼——一些评论家认为她的诗歌表明了这一点，那么她就失去了唯一一次可以享受浪漫爱情的机会，威廉·维特曼在安妮到外地当家庭教师期间突然病逝，安妮过了很久才得到他去世的消息，而她本人也在二十九岁时因患肺结核过早地离开了人世。

四、一个时代的特殊知识阶层的寂寞

安妮像她的姐姐一样，从小就有写日记的习惯，这种习惯直到她做了家庭教师也没改变，也许更加强化了。她的日记显示了她是如何毫不费劲地穿梭于真实的日常生活和想象的世界之间的，这是一种奇异的双重生活方式。当然，没有不编造故事的作家，但即使是编造出来的故事，也会暴露作家的真实生活和思想。本来，日记是没有读者的，或者说，自己是自己所写日记的唯一读者，这才是写日记的正常状态，但把日记改编成小说就发生了质变，小说是要发表的，是要与读者交流的，并且一般来说作者总是希望读者越多越好，这就无形之中出现了一种尴尬、矛盾的境地——既想显露又想遮蔽，我们可以想到安妮在书中吞吞吐吐、欲言又止的样子，《艾格尼丝·格雷》中被女主人公爱恋的副牧师韦斯顿先生与现实生活中的威廉·维特曼有着怎样的联系呢？评论家们一致认为：夏洛蒂和艾米莉小说中的意象非常丰富，因此仔细研究这些意象的模式是探讨她们小说中重要主题和人物的一种有效方法，相比之下，安妮使用的反复出现的意象要少得多，但那个不会发光的低

---

① 简·奥尼尔. 勃朗特姐妹的世界——她们的生平、时代与作品 [M]. 叶婉华, 译. 海口：海南出版社, 2004：71.

级萤火虫也许是个例外，这个寂寞的萤火虫既隐喻了女主人公在小说中的寂寞，也表明了作者安妮在现实人生中的寂寞。当然这种寂寞的形成既有个人本身的原因，也有时代、社会大环境的影响。对许多女性来说，19世纪上半叶并不是个生活的好时代。毫无疑问，处于社会结构最底层的女性都要在农场、客栈等地方工作，而对那些上流社会的妇女来说工作并不是她们的选项之一，她们只能结婚，或者终生成为父亲的责任。其他处于这两个极端之间的妇女也只能有很少的选择余地，而当私人家庭教师是她们的主要选择，但这个职位不能让女性得到任何真正的自由，而且薪水非常低，这使她们的精神状态非常糟糕。作为19世纪最富庶、最发达的国家，英国的精神病率也最高，而精神病院的病人中女教师所占比例最大，毕竟疯狂是高度文明、高度工业化的社会疾病，有谁会在野蛮人中间，在奴隶身上，在未开垦地区的农民身上发现这种病呢？有许多学者"注意到了精神病同不满足感的联系。"[①]这实际上也从一个角度解释了为何精神病患者女教师所占的比例最大。作为一个受过相当的教育、具有相当的精神追求的特殊知识阶层，现实社会没有给她们提供足够大的空间去实现她们的理想，致使她们处于一种孤独、寂寞、压抑、痛苦的精神情感状态，就像安妮·勃朗特自比的那只处于低级的不会发光的萤火虫，除了单调、孤独地埋头苦干之外，整年整月地遇不到一个可以与之倾诉衷肠的人，或者可以同她自由交谈并畅所欲言的人。由于不能从外界得到任何新思想或激动人心的想法，而源自内心的思想，由于见不到阳光和雨露的滋润，大部分马上就悲惨地被扼杀了，或者注定要萎缩或凋谢，也许记日记、写日记是唯一的解救之道，这样看来，安妮的《艾格尼丝·格雷》作为自白既是私人的，也是集体的，是19世纪英国社会一个特殊知识阶层——家庭女教师的精神自白。

---

① 艾莱恩·肖瓦尔特. 妇女·疯狂·英国文化 [M]. 陈晓兰，杨剑锋，译. 兰州：兰州大学出版社，1998：2.

安静耐心地守候自我
——读辛波斯卡《万物静默如谜》

一、引言

2011年诺贝尔文学奖获得者瑞典诗人托马斯·特朗斯特罗姆（Tomas Tranströmer）曾就诗歌的翻译讲了这样一个故事：第一阶段，诗人信任译者，而译者二话不说就杀了诗人；第二个阶段，诗人不信任译者，但译者还是会杀了诗人；第三个阶段，诗人视死如归地说："杀我吧，杀我吧，杀我吧！"而译者一言不发就杀了诗人。特朗斯特罗姆用诗人三次被杀来说明一个观点——诗不可译。的确，诗歌的韵律、节奏、音节、发音以及特殊的修辞手法等，也就是说："凡是属语言本身的固有属性的东西（区别于他种语言）往往都不可译。"[1] 从符号学的观点来看，诗歌中那些仅仅依赖符号本身的结构才能产生艺术效果的东西往往是不能翻译的，但不可忽略的是，诗歌中也存在着可以翻译的成分，比如诗歌的行数、一些等值词汇、短语、基本情节、基本思想以及某些修辞手法、文体风格等，也就是说，虽然译诗不可能百分之百地再现、复制原诗，但作为不可能精通多种外国语言的读者，我们还是可以通过译诗来阅读、欣赏、理解外国诗歌的，在这种打了折扣的情况下，当我们打开陈黎、张芬龄翻译的1996年诺贝尔文学奖得主、波兰女诗人辛波斯卡（Wislawa Szymborska）的诗集《万物静默如谜》时，那种震撼力还是猝不及防的。

---

[1] 辜正坤. 中西诗鉴赏与翻译 [M]. 长沙：湖南人民出版社，1998：237.

二、日常生活中的重大时刻

中国当代诗人北岛曾在 2002 年的一次访谈中说道："诗歌所能表达的毕竟有限，比如对日常生活以及对人与事的记录是无能为力的。"① 的确，诗歌是艺术中的艺术，是艺术天空中的彩虹，它所受的束缚远远多于散文，诗人创作诗歌就好像是戴着枷锁去跳舞，但辛波斯卡的不同寻常之处恰恰在于她擅于、精于用诗歌的形式去记录、反映日常生活，她的题材始终别具一格：微小的生物、常人忽视的物品、边缘人物、日常习惯、被遗忘的感觉。"她敏于观察，往往能自日常生活汲取喜悦，以简单的语言传递深刻的思想，以小隐喻开启广大的想象空间，寓严肃于幽默、机智。"② 比如，在《金婚纪念日》这首诗中，辛波斯卡给我们揭示了令人向往的"执子之手，与子偕老"的另一面——经过半个世纪的共同生活，不管他和她以前是怎样的水火不容，也不管他和她一个是来自火星，一个是来自金星，当下的他与她性别模糊、难辨雌雄，神秘感早已荡然无存，差异交会变成了雷同，辛波斯卡问道：

这两人谁被复制，谁消失了？
谁用两种笑容微笑？
谁的声音替两个声音发言？
谁为两个头点头同意？
……
谁依然活着，谁已然逝去
纠结于谁的掌纹中？③

我们知道，正像世界不存在两片相同的树叶，世界上也不存在完全相同的两个人，正因为如此，每一片树叶、每一个人才有存在的价值，世界上如果有一个人和你完全一模一样，与你完全心心相印，那么你还有什么存在的价值和意义呢？你或者和你完全一样的那个人不就是多余的、毫无存在的必

---

① 北岛. 失败之书 [M]. 汕头：汕头大学出版社，2004：291.
② 辛波斯卡. 万物静默如谜 [M]. 陈黎，张芬龄，译. 长沙：湖南文艺出版社，2013：184-185.
③ 辛波斯卡. 万物静默如谜 [M]. 陈黎，张芬龄，译. 长沙：湖南文艺出版社，2013：24.

要了吗？而《金婚纪念日》中的这一对老夫妻就处于这样一种状态，所以在金婚纪念日，在这个庄严的、令人肃然起敬的日子，他们老两口同时从同样的视角看到一只鸽子飞到窗口歇脚。辛波斯卡的诗句写得朴实无华，没有矫揉造作，没有故作伤感，也没有无病呻吟，但读了她这首诗后，我们不禁会思考这样一个问题，这对老夫妻的金婚纪念日是在纪念他们两人的忠贞还是在哀悼那个曾经存在的独一无二的自己？这使我们意识到，所谓的金婚纪念日、所谓的美满、所谓的天长地久只不过是一件引人注目的华丽的袍子，袍子里面实际上充满着无聊和悲哀，辛波斯卡通过她的这首小诗把美满婚姻的荒谬揭示得淋漓尽致，令人耳目一新。同样令人耳目一新、惊诧不已的还有《葬礼》，在这首诗中，诗人摇身一变成为录音机，不动声色地录制下了三十五句参加葬礼的各色人等的话语，以此构成整首诗。"'再见''我真想喝一杯''打电话给我''搭什么公交车可到市区''我往这边走''我们不是'"① 诗句长短不一，上下句不是一问一答，没有任何逻辑关系，一派众生喧哗的场景，这使读者意识到葬礼的主角并非是死者，而是参加死者葬礼的一个个大活人，也让人联想到莎士比亚的《麦克白》中的台词："人生如同痴人说梦，充满着喧哗与骚动，却没有任何意义。"辛波斯卡记录下了七嘴八舌却毫无意义的言谈，一方面展示出死的寂静与生的喧嚣，另一方面又揭示出个体的生命是多么无足轻重，从参加葬礼的人数判断，死者似乎不是个小人物，但这又怎样呢？不论是你活着还是死去，甚至就在你的葬礼上，喧嚣依然如故，生活依然如故，太阳照常升起，等到今天参加葬礼的活人死去，他的葬礼还会与今天别人的葬礼情形绝无二致，辛波斯卡采用了最自然朴素又让人意想不到的形式，提醒我们领悟生命和生活的奇妙、无奈与滑稽。

实际上，辛波斯卡不但写了别人的葬礼，她也提前写下了自己的墓志铭，在她的这首《墓志铭》的短诗中，她这样写道：

这里躺着，像逗点般，一个
旧派的人。她写过几首诗，
大地赐予她长眠，虽然她生前
不曾加入任何文学派系。

---

① 辛波斯卡.万物静默如谜［M］.陈黎，张芬龄，译.长沙：湖南文艺出版社，2013：123.

> 她的墓上除了这首小诗、牛蒡
> 和猫头鹰外，别无其他珍物。
> 路人啊，拿出你的提包里的计算器，
> 思索一下辛波斯卡的命运。①

我们知道墓志是存放于墓中载有死者传记的石刻，而墓志铭是写有死者生平事迹的一份简介。在想象中的自己的墓志铭中，辛波斯卡把自己定位于一个旧派的人，的确，现实生活中的她真的不是一位热衷于冒险的人，她的创作室没有电话，也没有浴室，她的日常生活平淡无奇，这将为难试图为她作传的人，事实上，她拒绝别人写她的传记，她也不愿意成为明星，即使在获得举世瞩目的诺贝尔文学奖之后。从这首自撰的《墓志铭》中可以看出辛波斯卡的生死观是求实的、豁达的，这首《墓志铭》也使我们联想到我国诗人陶渊明的《自祭文》中的"匪贵前誉，孰重后歌"这句，既不看重先前的名誉，又怎会重视身后的褒扬，因为已达到荣辱不惊的境界，路人啊！你可以尽情地思索一下辛波斯卡的命运。

三、日常生活中的尴尬时分

辛波斯卡不仅写了金婚纪念日、葬礼这些日常生活中的重大时刻，她也捕捉到日常生活中的尴尬时分。比如像这首《来自医院的报告》，因为不擅长去医院探望即将离世之人，所以用抽签的方式决定谁去医院，结果是"我"不幸中奖。我问候那位即将离世之人，他以沉默作答，我想握他的手，他抽了回去，面对这样的人我还能说些什么呢？我们几乎是生活在两个世界的人，他将要生活的那个世界，不管他情愿不情愿，他都必须去，而我所生活的这个世界，不管他是多么依依不舍，他都必须离开，我们之间似乎隔着万丈深渊，找不到彼此感兴趣的、合适的话题，正因为如此，我们心照不宣，甚至我与他的眼睛都互相躲避，不曾交接，他没叫我留下，同样也没请我离开，但是"真好，有阶梯让你跑下。真好，有大门让你出去。真好，你们全都在餐桌等我。"② 终于，我从那种局促不安、拘谨笨拙的状态中解脱出来，英国

---

① 辛波斯卡. 万物静默如谜［M］. 陈黎，张芬龄，译. 长沙：湖南文艺出版社，2013：31.
② 辛波斯卡. 万物静默如谜［M］. 陈黎，张芬龄，译. 长沙：湖南文艺出版社，2013：53.

散文家马克斯·比尔博姆(Max Beerbohm)在《送行》一文中曾这样写道:"对于送行,我并不在行。我觉得要扮好送行的角色似乎是世界上最难的事情了,对大家来说,或许同样如此吧……我们的这种无能与送别场合的隆重以及我们感情的深度恰成正比。"① 普通的一次送行尚且让我们感到勉为其难,何况要为一位即将离开人世的人送行呢?辛波斯卡从看似平淡的日常生活的小事中感悟人生、体察人性,既充满着幽默机智又夹杂着同情体贴,此类诗作还有《不期而遇》等,她把人们日常生活中的尴尬时分写得细致入微、惟妙惟肖,读来让人忍俊不禁。

四、坚守自我——日常生活的书写者

在《种种可能》这首39行的诗中,辛波斯卡以31行"我偏爱"为句首,既体现了诗人的个性又让读者联想到美国诗人沃尔特·惠特曼(Walt Whitman)诗歌中的平行结构。作为平行结构的一种特别形式,"重复在惠特曼诗中占有重要地位。它包括行首、行中和行末三种,而以行首重复最为普遍,据统计占《草叶集》中全部诗行中的百分之四十以上。"② 在惠特曼的《向世界致敬》中,接连以"我"打头的多达78行,虽然辛波斯卡以"我偏爱"打头的行数仅仅31行,但在39行诗中也是引人注目的了(实际上由于诗行排列的缘故全诗完全可以变成以"我偏爱"打头)

> 我偏爱狄更斯胜过陀思妥耶夫斯基。
> 我偏爱我对人群的喜欢
> 胜过我对人类的爱。
> ……
> 我偏爱及早离去。
> ……
> 我偏爱写诗的荒谬
> 胜过不写诗的荒谬。
> ……

---

① 马克斯·比尔博姆. 外国优秀散文选[M]. 北京:中国文艺联合出版公司,1984:269.
② 李野光. 惠特曼研究[M]. 上海:上海外语教育出版社,2006:84.

我偏爱穿便服的地球。

我偏爱被征服的国家胜过征服者。

……

我偏爱不开花的叶子胜过不长叶子的花。

……

我偏爱淡色的眼睛，因为我是黑眼珠。①

这样似乎有些平铺直叙、简单粗暴的手法，我们读起来却没有厌烦的感觉，它有助于形成一种强劲而雄浑的节奏，另一方面，诗人不从流俗、独一无二的个性通过形式上接连不断的"我偏爱"表现得淋漓尽致——通过一连串的"我偏爱"，我们可以顺理成章地推测出辛波斯卡的"我不爱"，甚至"我痛恨"。

辛波斯卡在诺贝尔文学奖演讲词中这样写道，"曾经有段时间当代诗人还竭尽心力以其奢华的衣着和怪异的行径让我们震惊不已，但这一切只是为了对外炫耀。"毕竟，"诗人总有关起门来，脱下斗篷、廉价饰品以及其他诗的装备，去面对——安静又耐心地守候他们的自我——那白皙依旧的纸张的时候，因为到头来这才是真正重要的。"② 她还在一次访谈中说道："我无法想象诗人不去争取安闲和平静。不幸的是，诗歌并非诞生于喧闹、人群之中，也并非诞生于公共汽车上。所以，必须有四面墙，并且保证电话不会响起。这是写作所需要的一切。"③ 除了早年的动荡生活，辛波斯卡一生过着简单而安静的日子，她的创作告诉我们，没有什么是不可以入诗的，但她不钟情于热门的"高大上"主题，而是专注于日常生活中的微小的事物，但日常生活中的微小事物就仅仅是无足轻重的微小事物吗？毕竟"日常生活是历史潮流的基础。正是从日常生活的冲突之中产生出更大的总体性社会冲突，"④ 而总体性的社会冲突一旦得到解决，它们马上就会重新塑造和重新建构日常生活，

---

① 辛波斯卡. 万物静默如谜 [M]. 陈黎, 张芬龄, 译. 长沙: 湖南文艺出版社, 2013: 127-128.
② 辛波斯卡. 万物静默如谜 [M]. 陈黎, 张芬龄, 译. 长沙: 湖南文艺出版社, 2013: 3.
③ 转引自辛波斯卡. 我曾这样寂寞生活 [M]. 胡桑, 译. 长沙: 湖南文艺出版社, 2014: 9.
④ 阿格妮丝·赫勒. 日常生活 [M]. 衣俊卿, 译. 重庆: 重庆出版社, 1993: 51.

所以"日常生活恒常存在,并充满价值、礼俗习俗和传说"①,只有在发生危机的时候,经济、政治问题才显得重要,除了这些时刻,日常生活根本就是第一位的问题,而辛波斯卡的创作就着眼于这第一位的问题,当然她的这种创作风格不是一蹴而就的,是她的个人气质、审美情趣、艺术才能等因素共同作用的结果,她坚守着那个理性内敛而又张扬不羁的自我,这个自我使她建构起那个独特的诗歌艺术世界,辛波斯卡坚持不懈地描写、发现、体悟日常生活,但她绝不赞美平庸生活,也不推销低级情感,随着她的娓娓道来,我们在日常生活中早已麻木的神经,被她渐渐唤醒,她的文字清澈、纯净、脱俗而又充满灵性,如果说"艺术家的尊严在于他有责任把人世间的奇妙感觉时时唤醒起来"②,那么辛波斯卡就体现着这种艺术家的尊严,担当起了这种艺术家的责任,她的诗歌让人猛然惊醒、浮想联翩而又回味无穷。

---

① H. 列菲伏尔,A. 赫勒. 让日常生活成为艺术品:列菲伏尔、赫勒论日常生活[M].陈学明,等译. 昆明:云南人民出版社,1998:74.
② G.K. 切斯特顿. 切斯特顿散文选[M]. 沙铭瑶,译. 天津:百花文艺出版社,2012:62.

库切《青春》中的疑问句分析

一、引言

2003年度诺贝尔文学奖获得者南非作家 J. M. 库切（John Maxwell Coetzee）（1940—）的小说《青春》（2002年出版）带有相当程度的自传性，像书中的主人公约翰一样，库切大学毕业后离开了南非到了英国伦敦，在异国他乡做了一段时间的计算机程序编制员。但和一般自传性作品不同的是，库切不是在追述自己成长的过程，而是把成长中的某些关键时刻的内心活动呈现在读者面前，并且这种内心活动的呈现采取了相当多的疑问句的形式，像大海的波浪一样，一个问句紧接着另一个问句，令人目不暇接，我们不禁要问，为什么有这么多的疑问呢？

二、《青春》：小说形式的自传

谈及自传，历来众说纷纭，但大多数学者还是比较认同法国学者菲力浦·勒热讷（Philippe Lejeune）在《自传契约》一书中对自传的界定：他认为

当某个人主要强调他的个人生活，尤其是他的个性历史时，我们把这个人用散文体写成的回顾性叙事称作自传。该定义涉及了三个不同方面的因素：1、语言形式：a) 叙事；b) 散文体；2、所探讨的主题：个人生活，个性历史。3、作者的情形：a) 作者、叙述者和人物的同一；b) 叙事的回顾视角。[1]

---

[1] 菲力浦·勒热讷. 自传契约 [M]. 杨国政，译. 北京：三联书店，2001：3.

任何作品，只要同时满足了以上每个方面所规定的条件，就是严格意义上的自传。我们拿库切的《青春》对照菲力浦·勒热讷所设定的条条框框，发现库切的《青春》缺少的最明显的条件是第三个方面的因素，即作者、叙述者和人物的同一，《青春》的作者是库切，其中的主人公是约翰，叙述用的是第三人称。高尔基（Maxim Gorky）的《童年》《在人间》《我的大学》与库切的《青春》同样缺少的都是第三个方面的因素，但我们知道，高尔基青少年时期充满磨难的经历，通过他的自传三部曲已广为人所知。书中的主人公阿辽沙就是作家本人，描写的事件也是作家的亲身经历，其灵魂是作家的心路历程，以至于当高尔基功成名就后，有人问他过去的经历时，高尔基让他直接去读自传三部曲，他的自传小说有历史文献的作用，甚至可以说，他的自传小说从真实性上说，就是自传。特别是近年来，随着作者本人以实名出现在小说当中，而自传又以所谓的小说模式写成，或是将小说和自我经历融为一体来记录某人主要的生平故事，自传与小说之间的区别已经变得越来越模糊，正像著名文学批评家诺斯罗普·弗莱（Northrop Frye）所认为的："自传是经过一系列难以觉察的阶段而渐渐与小说合并而形成另一种形式。"[①]这样说来，我们可以把《青春》看作是一部自传性小说，或者更确切地说是用小说形式写成的自传。

众所周知，传记写作常常是一种逆时性操作，也就是说，"传记作家大多数是在认识到某一人物的历史意义或精神价值时，才向前溯源，以期勾勒出一幅前后一贯的人生画卷。"[②] 我们知道《青春》中主人公约翰的经历与库切本人十分相像，甚至可以说就是某种程度上的库切，客观上有一种诱惑力要库切把这个人物刻画得更可爱一点，但是库切抵制住了这种诱惑，作品中的约翰当然不是一个反面人物，但他经常使我们感到不快：可以说库切毫不隐藏地暴露了他的缺点，就数量而言，他身上的缺点似乎远多于其优点。他鲁莽、笨拙、自私、冷漠，生活不拘小节，两性交往中不负责任，令人不解的是，库切对约翰的不光彩的表现并没有采取一种直截了当的批判否定的态度，或者说一种忏悔的态度，而是采用了疑问句的发问方式，把问题一股脑儿地抛向了读者，库切为什么不给我们答案呢？难道在这种逆时性的写作中对过

---

① 诺斯罗普·弗莱. 批评的剖析 [M]. 陈慧, 等译. 天津：百花文艺出版社, 1999：404.
② 中国中外传记文学研究会. 传记文学研究 [M]. 长沙：湖南文艺出版社, 1997：139.

去的错误、愚蠢还没有充分的认识吗？

三、自传与忏悔

一般认为西方第一部真正的经典自传是圣·奥古斯丁（Saint Augustine）的《忏悔录》，受其影响，许多西方著名的自传都有明显的忏悔主题，如卢梭（Jean-Jacques Rousseau）的《忏悔录》，托尔斯泰（Leo Tolstoy）的《忏悔录》，萨特（Jean-Paul Sartre）的《词语》等，在西方，忏悔甚至成为自传的代名词，比方说诺斯罗普·弗莱在其名作《批评的剖析》中就将自传等同于忏悔录——自白体裁（confession form），忏悔，英文是 confession，我们可以把它解释为承认、认罪。一般来说，它多指个体自我暴露——或者通过讲话，或者通过书写自己的过错，以求得宽恕、容忍并得到解脱的含义。忏悔是真诚的一种方式，这种真诚表现为对于羞于启齿的事情，有胆量和勇气来加以承担，从而来捍卫真理。忏悔必须具有两方面的要素："其一是忏悔所面对的真理或信仰本身；其二是忏悔者所曾做过的错事以及对此的认识和承认的勇气。"① 在奥古斯丁的《忏悔录》中，他所面对的是神的伟大和恩泽，这就是他所崇拜和信仰的真理，所以，在整部《忏悔录》里，他都怀着无限的崇敬之情来赞美和歌颂神，他是这样叙述神的：

至高、至美、至能、无所不能、至仁、至义、至隐、无往而不在，至美、至坚、至定，但又无从执持，不变而变化一切，无新无故而更新一切；"使骄傲者不自知地走向衰亡；"行而不息，晏然常寂，总持万机，而一无所需；负荷一切，充裕一切，维护一切，创造一切，养育一切，改进一切，虽万物皆备，而仍不弃置。②

奥古斯丁对神的敬仰展现得淋漓尽致。

人为什么要忏悔？或者，忏悔是如何可能的？那是因为存在着完美的真理形象，而自己在它面前自惭形秽，但又向往完美的存在，所以他才会忏悔。换句话说，如果没有这样完美的对象，就无从忏悔也无所谓忏悔。丹麦哲学家克尔凯郭尔（Soren Aabye Kierkegaard）就深刻地意识到这一点，他认为正

---

① 秦裕. 忏悔与虔诚——论道德真诚 [M]. 上海：上海三联书店，1994：75.
② 奥古斯丁. 忏悔录 [M]. 周士良，译. 北京：商务印书馆，2010：5.

是人面对上帝那一刻的情绪，使自己有了人类所有的自卑感，上帝的完美、超越与自我的渺小、微不足道以及痛苦、罪孽和哀伤形成了鲜明的对比，从而有了忏悔的基础。所以，他认为，任何一个人认识真理的程度总是与他的感受性和所受的痛苦相对应的。

四、相对主义时代、暧昧模糊的身份与认同危机

从这一意义上说，忏悔总是有信仰基础和道德标准的，而《青春》中的约翰却没有信仰和道德标准。他生活的20世纪，随着科学技术和都市工业社会的发展，使某种绝对的东西失去了信仰的依据。社会学家通过研究得出结论，不同文化的人们信奉的价值是不同的，这表明，那种以为只有自己信奉的价值才是绝对的价值，或是健全的人们必须信奉的价值的看法，是缺乏说服力的。即以道德而论，各种道德约束之所以必须遵守，多半并非出自个人，而是由于社会的缘故，也就是卢梭所命名的"社会契约"。这些约束一旦越出了某个社会，随即便失去了效力。这是一个相对主义时代。

那就是当我们着手调查哲学家亦已认为是最基本的那些概念（不管它是理性、真理、实在、正义、善行的概念还是规范的概念）时，我们就会被迫认识到所有的这些概念归根结底必须作为与特定的概念结构、理论框架、范式、生活方式、社会或文化相关的事物来理解。[1]

在道德的相对主义中，有一种流行的观点认为，所有的价值都是随意的。救一个人和杀一个人，都没有什么理性的理由可说，有人把这种观点做了如下的归纳：

全看你在什么地点，全看你在什么时间，全看你感觉到什么，全看你感觉如何。全看你得到什么培养，全看是什么东西受到赞赏，今日为是，明日为非，法国之乐，英国之悲。……一切就得看情况。[2]

---

[1] 理查德丁·伯恩斯坦. 超越客观主义与相对主义 [M]. 郭小平, 等译. 北京: 光明日报出版社, 1992: 10.
[2] L. J. 宾克莱. 理想的冲突 [M]. 马元德, 等译. 北京: 商务印书馆, 1993: 9-10.

具体到库切《青春》中的约翰，他出生在南非，但他们家"什么也不是"，① 他们当然是南非人，但并非所有居住在南非的人都是南非人或正宗的南非人，所以他们家庭不谈论这个话题。"至于宗教，当然他们什么也不信。"② 不管是他父亲家里的人还是他母亲家里的人，他们都是一种只求过日子的寻常人家。他的父亲、祖父、外祖父都是布尔人，南非布尔人是荷兰人的后裔，他们是南非的主要政治力量，在长达半个世纪的时间里，推行"种族隔离"政策。虽然约翰很少义愤填膺地谴责布尔人及其政策，但他不断用英国人来做背景影射南非布尔人的"德行"。"英格兰就是敦克尔刻和不列颠之战。英格兰就是尽自己的职责，默然而镇静自如地接受自己的命运，这就是他们做事的方式……"③ 而布尔人无法跟他们一比高下，约翰不认自己是布尔人，他要逃离南非，成为真正的英国人，可是当他真的到了英国以后，他发现英国人不认他是英国人，即使他像伦敦的职业人士一样穿着黑色的西服在IBM公司上班，读着英国中产阶级的报纸，和同事谈论着天气和房屋价格，甚至假装着融入周末寻欢作乐的人群，他还是很快发现，他在英国不受欢迎，不受正面的欢迎，有时他还敏锐地感觉到英国人看他的目光中透露的信息："我们不需要一个没有风度的殖民地人，何况还是个布尔人。"④ 在伦敦他异常的孤独，没有朋友，空余时间只能在电影院、图书馆和大英博物馆阅览室里度过。他来到英国寻根，反倒把自己变成了一座孤岛，他成了精神上的"雾都孤儿"。他就像悬浮在半空中，无所依傍，他坦承道："他不知道自己相信什么。有时他认为他什么也不相信。"⑤

那么为什么约翰不知道自己信什么？或甚至什么也不信？因为人是生活在文化之网上的动物，任何人都不能逃离这个意义之网而在文化的真空中飘浮，作家也要为自己在文化中寻找到一个作为发言的位置，即确定自己的身份。身份的英文"identity"也可翻译为"认同"，当代著名哲学家查尔斯·泰勒（Carles Taylor）认为：

---

① 库切. 男孩[M]. 文敏，译. 杭州：浙江文艺出版社，2006：17.
② 库切. 男孩[M]. 文敏，译. 杭州：浙江文艺出版社，2006：17.
③ 库切. 男孩[M]. 文敏，译. 杭州：浙江文艺出版社，2006：138.
④ 库切. 青青[M]. 王家湘，译. 杭州：浙江文艺出版社，2006：97.
⑤ 库切. 青青[M]. 王家湘，译. 杭州：浙江文艺出版社，2006：11.

我是谁？但是这并不必然能通过给予名称和家世而得到回答。对我们来说，回答这个问题就是理解什么对我们具有关键的重要性。知道我是谁，就是知道我站在何处。我的认同是由提供框架或视界的承诺和身份规定的，在这种框架和视界内我能够尝试在不同的情况下决定什么是好的或有价值的，或者什么应当做，或者我应赞同或反对什么。换句话说，这是我能够在其中采取一种立场的视界。①

由此可见，从存在的意义上说，文化认同对于人对自我的把握是非常重要的，认同的失败意味着自我的破碎和精神根基的丧失，我们可以称为"认同危机"，即处于"认同危机"中的人丧失了他们的承诺或认同，也就是说，他们处于一种不知所措的情境，在这种情境中出现的问题是，难以确定什么是好的，或什么是坏的，什么值得做和什么不值得做，什么是有意义的和重要的，以及什么是浅薄的和次要的，而《青春》中的约翰就处于这种"认同危机"的情境中。当他使自己的女友萨拉怀孕后去做人工流产时，他思绪万千：

他的思想不断回到她身体里被摧毁掉的东西上——那个小肉囊，那个弹性的胎儿模型……他不想让它活着，现在他又不想让它死去。然而，即使他跑到海滩去，找到了它，把它从海中救出，他将拿它怎么办呢？带回家，把它放在棉花里保持温暖，努力让它长大？仍然是一个孩子的他怎么能够养育孩子呢？②

人工流产在某些国家是非法的，在某些国家是合法的，它既让当事人双方感到解脱又感到愧疚，正像文中所写：约翰需要哀悼吗？如果要哀悼，该哀悼多长的时间？哀悼会结束吗？他都无从知晓，因为他找不到一个严格的标准从而校正自己的所作所为以及所思，从而导致他无所适从。我们再看看书中的另一段文字：

精神生活，他暗自想道，我们为之献身的是否就是这个？我以及在大英

---

① 查尔斯·泰勒. 自我的根源——现代认同的形成 [M]. 韩震，王成兵，乔春霞，等译. 南京：译林出版社，2001：37.
② 库切. 青青 [M]. 王家湘，译. 杭州：浙江文艺出版社，2006：39-40.

161

博物馆深处的这些孤独的流浪者，有一天我们会得到报答吗？我们的孤独感会消失吗，还是说精神生活本身就是报答？①

实际上书中有大量的类似这样的文字，我们可以再挑一段：

他生活的是个什么样的世界？人在哪里才能找到没有狂热政治的地方？似乎只有瑞典才超越了冲突。他应该抛弃一切赶下一班船到斯德哥尔摩去吗？进入瑞典需要会讲瑞典语吗？瑞典需要计算机程序编制员吗？瑞典有计算机吗？群众大会结束了。他回到自己的房间。他应该读《金碗》，或者写诗，可是有什么意义，任何事情的意义何在？②

库切用一连串疑问句的形式淋漓尽致地展现了约翰的内心世界，茫然，不知所措，这是一种痛苦的和可怕的经验，这种经验来自20世纪这个相对主义时代，又来自库切独特的人生经历——流散作家的暧昧模糊的身份，从而导致了双重的"认同危机"，也正是这种"认同危机"的处境使得约翰的忏悔成为一种不可能，找不到忏悔的标准，也使得库切远离通常自传中的忏悔模式，使读者陷入沉思之中，从而使作品具有了独特而丰厚的美学和伦理内涵。

---

① 库切. 青青 [M]. 王家湘，译. 杭州：浙江文艺出版社，2006：61.
② 库切. 青青 [M]. 王家湘，译. 杭州：浙江文艺出版社，2006：96.

从卡夫卡的《变形记》看都市生活中的人际关系

一、引言

现代派文学奠基人弗朗茨·卡夫卡（Franz Kafka）（1883—1924）最杰出的短篇小说《变形记》于1912年秋天写成，1915年发表在《莱比锡》杂志上。小说的主人公格里高尔是一家公司的旅行推销员，长年累月到处奔波，一天早晨，他从不安的睡梦中醒来，发现自己变成了一只大甲虫，于是，他的生活和命运一下子全改变了。卡夫卡的作品带有鲜明的荒诞色彩，人怎么会无缘无故地变成了一只甲虫呢？我们看一下书中的文字，格里高尔

> 仰卧着，那坚硬得像铁甲一般的背贴着床。他稍稍抬了抬头，便看见了自己那穹顶似的棕色肚子分成了好几块弧形的硬片，被子几乎盖不住肚子尖，都快滑下来了。比起偌大的身躯来，他那许多只腿真是细得可怜，都在他眼前无可奈何地舞动着。"我出了什么事啦？"他想。这可不是梦。[1]

如果我们仔细琢磨一下格里高尔发觉自己变形后的一瞬间心理，这种心理使我们读者又感到真实可信，因为在现实生活中它也会经常降临在我们身上，所以俄裔美国作家纳博科夫（Vladimir Vladimirovich Nabokov）在他的那部著名的《文学讲稿》中曾这样一针见血地分析道：

> 当我们在一个陌生的环境中睡觉，很容易在一觉醒来时产生片刻的迷糊，一种突然的非现实感。而这种经历肯定会在一个商品推销员的一生中多次反

---

[1] 卡夫卡. 城堡·变形记 [M]. 韩耀成, 李文俊, 译. 杭州: 浙江文艺出版社, 1995: 289.

复地出现，他们的生活方式不能给予他们稳定感。①

推销员走南闯北，马不停蹄，今天住在这个城市的这个酒店，明天住在那个城市的那个旅馆，在早晨刚刚醒来时都会出现感到不知自己身在何处，又不知自己是谁的情境，另外，推销员的工作是都市里常见的一种工作，推销员的生活方式是现代都市人的一种常见的方式，格里高尔的命运和他生活的背景——都市紧密相连，不管是他变形前还是变形后，他与周围人的关系都是现实都市生活中的人际关系在作品中的一种折射。

二、陌生人的世界

从格里高尔变成甲虫一直到他离开人世，在这几个月的时间里，除了他的家人以外，没有朋友来探望他，他似乎是一座彻彻底底的孤岛，当然秘书主任在他变形后的那个早晨就过来看他，不过那绝对不是出自个人情感，完全是为了例行公事，想了解格里高尔为何没有赶上早晨五点钟的火车，另外，格里高尔最近拿到一笔现款，经理似乎担心他的不露面与这笔现款相关，所以让秘书主任查个究竟。按照格里高尔的说法，他的这份旅行推销员的工作使他长年累月到处奔波，"萍水相逢的人也总是些泛泛之交，不可能有深厚的交情，永远不会变成知己朋友。"② 在他变成甲虫后，他脑子里重又出现了老板、秘书主任、那些旅行推销员和练习生的影子，一个乡村客栈里的侍女，一个女帽店里的出纳（格里高尔向她求过爱，但是让别人捷足先登了），甚至两三个在别的公司做事的朋友，"另外还有些陌生的或他几乎已经忘却的人，但是他们非但不帮他和他家庭的忙，却一个个都那么冷冰冰，格里高尔看到他们从眼前消失，心里只有感到高兴。"③ 需要在此指出的是，格里高尔提到的两三个在别的公司做事的朋友，在他变成甲虫直至他死去一直没有和他联系，甚至根本就不知道他已经变成了甲虫，从小说中的这个细节我们可以推测出他所谓的这两三个朋友似乎与他的关系也不像我们想象中的那么密切，另外，通过他父亲之口我们得知格里高尔唯一的消遣就是做木工活儿，这是

---

① 转引自弗拉基米尔·纳博科夫. 文学讲稿 [M]. 申慧辉，等译. 上海：上海三联书店，2007：224.
② 卡夫卡. 城堡·变形记 [M]. 韩耀成，李文俊，译. 杭州：浙江文艺出版社，1995：290.
③ 卡夫卡. 城堡·变形记 [M]. 韩耀成，李文俊，译. 杭州：浙江文艺出版社，1995：322.

单个人的娱乐,而不是和朋友在一起。所以格里高尔看到他们从眼前消失,不但没有悲伤,反而感到高兴,因为他们从某种程度上来说全部都是陌生人。费孝通在《乡土中国》中说:"现代社会是个陌生人组成的社会,各人不知道各人的底细。"① 我们知道都市文化是建立在现代工业文明基础上的,所以费孝通的这句话也完全适用现代都市生活。实际上,从小说中我们可以得知,不但格里高尔生活在全都是陌生人的世界里,他的家庭似乎和周围的邻居、亲戚在格里高尔发生变故的这几个月里也是零来往。格里高尔家住的是公寓,而不是独门独院的别墅,却没有邻居来串门,也没有邻居发现他家里似乎少了一个人,可以看出都市里邻里关系淡化,即使是邻居,大家却互不相识、互不关心。在小说中所描述的这几个月里,他家里走了一个年轻的女仆又来了个年老的打杂女工,另外有三个房客来租住他们的房间,来来往往的可以说全是陌生人。在陌生人的世界里,往往意味着道德的松弛,因为道德的维系需要有一个稳定的社会群体作为基础,除了良心这个审判官外,一个人的行为是否合乎道德主要取决于周围人的赞许或厌弃。由于缺少进行道德评判的稳定人群,在人与人缺少密切交往的情况下,对人的判断就不是根据他过去的行为,而是表面的认识,在这种情况下,金钱就常常成为衡量人的标准。在格里高尔失去工作、不能挣钱的情况下,周围的陌生人会如何看他、他会有什么样的命运我们也就可想而知了。

三、镶嵌在社会网络里的家庭

我们再来看看格里高尔和他家人的关系。我们知道,家庭由个人组成的,但它又是一个社会单位,是庞大的社会网络的一部分。"即使在工业化程度最高的城市社会中,人们有时过着隐姓埋名、不定居的生活,但绝大多数人仍然与其他家庭成员交往。"② 而《变形记》中的格里高尔非常重视他的家庭,大约在五年前,他的父亲失去了他的大部分钱财,格里高尔在父亲的一个债权人手下谋得一个职位,成了一个推销布匹的旅行推销员,他的父亲索性不工作了,他的妹妹只有十七岁,不能工作,母亲又得了气喘病,所以年轻的格里高尔不仅养活全家,而且全家现在住的房子也是他设法找到的。自己的

---

① 费孝通. 乡土中国·生育制度 [M]. 北京:北京大学出版社,2008:10.
② W. 古德. 家庭 [M]. 魏章玲,译. 北京:社会科学文献出版社,1987:5.

家人是格里高尔甜蜜的负担，特别是他的妹妹和他最亲近，他心里甚至有个秘密计划，想让她明年进音乐学院，虽然进音乐学院费用不会少，但格里高尔打算另行设法筹措，并且已经痛下决心，准备在圣诞节之夜隆重宣布这件事。但所有这一切，都随着格里高尔变成甲虫而土崩瓦解、烟消云散了。纳博科夫在他的《文学讲稿》中认为格里高尔的父母像福楼拜（Gustave Flaubert）笔下的市侩，只对生活中的物质方面感兴趣，并且欣赏趣味低俗，是生活在格里高尔身上的寄生虫，也许纳博科夫的观点有道理，但就小说中的细节来看，他的家人在格里高尔失去工作能力后也都努力挑起生活的重担，他的父亲不再是那个出门就得拄着根歪把拐杖，拖着双腿艰难地挪动的老头了，他找了一份大约是银行听差的工作；他的妹妹也去当了售货员，并且为了将来更好的工作，利用晚上的时间学习速记和法语；甚至他的母亲，连晚饭后都把头低低地俯在灯下，给一家时装店做精细的针线活，他们全都变得自食其力了，并且把一间房子出租给三个房客，辞退了年轻的女仆，另请了一个较便宜的打杂女工，并且最后连打杂女工也辞退了。另外，在小说的结尾，他们还决定找一所小一些的、便宜一些的、更实用的公寓，之所以我们感觉到他们对格里高尔过于冷酷残忍，实际上并非他们就是冷酷残忍没有感情之人，而主要是迫于都市生存的压力。大都市寸土寸金，房屋租金价格不菲，让一只甲虫占据一个房间的确是他们力不能及的。我们可以假设一下，如果格里高尔一家住在乡下，有一栋自己的房子，留给甲虫一个房间，每天喂食两次，即使不会永远继续下去，他们也不会觉得这是一个沉重的经济负担，那样也许格里高尔的命运就不会如此悲惨。但格里高尔生活在都市，他的一切似乎早就命中注定了。都市的人口密集带来了生活方式和价值观念的变化，个人的生命和价值在都市里日益贬值，因为生命在都市里就像萝卜、白菜在地里一样随手可得。在这种情况下，人是作为物，而不是作为一个生动鲜明的人而存在，人和人之间在意的已经不是对方的人格、情感，而是法国思想家米歇尔·福柯（Michel Foucault）所说的人的位置，或者说对方在都市生活中担当的功能。这样一来，如果没有物与物之间的联系，谁会对对方的个人生命感兴趣呢，而格里高尔变成甲虫后已经不是人了，他原来在家里所担当的功能也消失殆尽，他现在是废物了，他被家人抛弃也在情理之中了。

四、结语

西方现代文学从一开始就与都市结下了不解之缘,现代作家们置身于巨大的都市之间,注视着、体验着、书写着都市,都市成了作家创作的主要题材和创作动力,每个作家都有自己的都市,正如法国作家左拉(Emile Zola)所言:

在我贫穷的青年时代,我住在郊区的阁楼上,从那里可以看到整个巴黎。这一个庞大的巴黎屹然不动,冷漠无情,它嵌在我的窗口里,对我好像是一个沉默的见证人,好像是我的欢乐和忧伤的一个悲苦的知己。我在它面前挨饿、哭泣,而且在它的面前我也恋爱过,我也有过最大的幸福。自从20岁以来我一直梦想写一本小说,在这本小说里,巴黎和它的房屋的海洋将是一个类似古代悲剧里合唱队般的角色。庞大的城市屹立在地平线上,它老是张着它石头的眼睛观看着这些人的煎熬。①

这就是左拉笔下的巴黎:一个凝聚了左拉想象、浸透了左拉感受的巴黎。那么卡夫卡自己的都市是哪一个呢?布拉格。布拉格在文化地理上的位置非常独特,在历史上看,从14世纪起,布拉格就已经是中欧最大的都市,一度还是那里的政治和文化中心。因为它特殊的地理位置,使得它一直处于东西方诸强国扩张势力和争夺利益的焦点,所以同时也始终处于东西方各强势文化影响的辐射圈里。对于布拉格,卡夫卡很早开始就怀有一种复杂的心态。他在这里的生活始终都觉得很不舒服,却又觉得自己已被死死抓住;他始终怀有逃离布拉格的意图,结果还是在这里度过了他的一生。卡夫卡除了有过几次短暂的外出旅行和因病去附近地方的疗养院住过一段时日,按他自己的说法,他这一生从来没有让自己逃离过布拉格,这样看来,布拉格是直接孵育着卡夫卡内心"精灵"的都市,催生了他创作了新的文学形式。《现代主义》一书编撰者布雷德伯里(Malcolm Bradbury)曾经指出:

作家和知识分子毕竟是经常进入城市的,他们好像要在那里从事某种必要的探索。探索艺术、经验、现代历史,以及怎样充分发挥他们的艺术潜力。

---

① 转引自柳鸣九. 自然主义[M]. 北京:中国社会科学出版社,1988:513.

城市的吸引力和排斥力为文学提供了深刻的主题和观点：在文学中，城市与其说是一个地点，不如说是一种隐喻。①

也就是说，都市不仅成为现代文学中最突出的主题学内容，而且也成为新文体的产生根源，作为现代主义文学奠基人的卡夫卡自然也受惠于布拉格，在他的作品中他也有意无意地抒写着这座都市，描述着这座都市里的人际关系。但当卡夫卡"转向生活的恐怖时，他并不是要'证明'生活的悲剧，而是要引起人们拯救生活的愿望和好奇。"② 中国正在步入大规模的都市化进程，但令人遗憾的是，在揭示都市生活方面，中国目前还缺乏足够广度和深度的文学作品，卡夫卡的《变形记》让我们思考都市，思考都市里耐人回味的人际关系。

---

① 马·布雷德伯里，詹·麦克法兰. 现代主义 [M]. 胡家峦，等译. 上海：上海外语教育出版社，1997：77.
② 马·布雷德伯里，詹·麦克法兰. 现代主义 [M]. 胡家峦，等译. 上海：上海外语教育出版社，1997：110.

一碗粥的幸福
——解读伊凡·杰尼索维奇的幸福观

一、引言

亚历山大·伊萨耶维奇·索尔仁尼琴（Aleksandr Isayevich Solzhenitsyn）（1918—2008）1962年发表的《伊凡·杰尼索维奇的一天》篇幅不长，翻译成中文还不到十万字，索尔仁尼琴是在《新世界》编辑的要求下才不情愿地在这篇作品上注明"中篇小说"的字样的，而他自己始终认为这是一个短篇小说，只不过篇幅稍大一点而已。《伊凡·杰尼索维奇的一天》的写作似乎也很迅速，只用了一个月左右的时间就完成了，作品写的是主人公伊凡·杰尼索维奇的"一天"，严格地说，还只是从他的起床写到他的就寝，并不是物理意义上的24小时。但正是这写了不到24小时的"一天"的小说，却使作者索尔仁尼琴像坐上了火箭，飞速地升到了苏联文坛的上空，成为最耀眼的文学新星。同样耀眼或更确切地说是触目惊心的是主人公伊凡·杰尼索维奇的幸福观，在小说的结尾，作者这样写道：

舒霍夫（即伊凡·杰尼索维奇）心满意足地入睡了。他这一天非常顺当：没有被关禁闭，没把他们这个小队赶去建"社会主义小城"，午饭的时候赚了一钵粥，小队的百分比结得很好，他舒霍夫砌墙砌得很愉快，搜身的时候锯条也没有被搜出来，晚上又从采扎里那里弄到了东西，还买了烟叶。也没有生病，挺过来了。一天过去了，没碰上不顺心的事，简直可以说是幸福的一天。[①]

[①] 索尔仁尼琴. 伊凡·杰尼索维奇的一天 [M]. 斯人，译. 北京：人民文学出版社，2008：113-114.

作者笔下的幸福生活似乎与我们向往的幸福生活毫不沾边,我们不禁要问:这种充满着鸡毛蒜皮、鸡零狗碎的一天怎么能是幸福的呢?

二、一碗粥的幸福

事情还得从头说起,实际上,《伊凡·杰尼索维奇的一天》并不是小说最初的题目,小说最初命名为《854号囚犯》,而"854"正是作者索尔仁尼琴在劳改营里的编号。1945年2月9日,在东普鲁士前线,索尔仁尼琴突然被苏联的军事侦察机构逮捕,因为他在给一位朋友的信中说了一些对斯大林不敬的话。索尔仁尼琴被判处八年监禁,先后在苏联的多个劳改营中服刑。作为个人经历之缩影的《伊凡·杰尼索维奇的一天》自然具有很强的自传色彩,索尔仁尼琴自己也从来不否认这部作品来源于他自己的亲身经历,因为他多次声称他就是想通过这篇小说来揭露当时苏联劳改营里的"真相",到底是怎样的真相呢?

小说的主人公伊凡·杰尼索维奇是一个勤劳朴实的农民,1941年苏联卫国战争爆发的第二天他就离妻别子上了前线。1942年他所在的部队被德军包围,在弹尽粮绝的情况下,他和战友被德军俘虏。两天后他拼死逃了回来,结果却被自己人逮捕,罪名是"背叛祖国,为德国人充当间谍"。军事法庭判处他十年苦役。小说描写的就是伊凡·杰尼索维奇在劳改营里一天的生活。清晨五点钟,劳改营的窗外还是一片漆黑时,伊凡·杰尼索维奇就要按时起床,但他那天却没有按时起来,从前一晚起他就浑身不舒服,全身酸痛得像要散架一样,于是由于起床动作慢了点被罚去给看守们擦地板。在医务室里他没有得到治疗却受到了威胁,由于他的体温不到38度,所以他那天还得去营外零下27度的工地上。干了一天的重活,来回还遭遇了数次严格的搜身,在临睡前又遭遇了两次"点名",之后伊凡·杰尼索维奇终于用没有洗过的薄薄的棉被把头蒙上了。然而,这样平淡乏味而又惊心动魄的一天却是伊凡·杰尼索维奇口中的一个"好日子",因为虽然他在劳改营里颠沛挣扎了八年,但仍然保留着内心的尊严。他不改俄罗斯农民的本色,而且不丢掉自己的脸面,不为香烟和伙食向别人低三下四,不舔别人的盘子。他敬重粮食,诚实劳动,待人处事既有原则又很精明。他从不装病,精通各种劳动技能,即使在劳改营的劳动中他也保持着极高的劳动热情并能从中感到快乐,在劳动中树立自己的尊严,在困境中捕捉幸福的感觉。因为他要熬下去,因为他要活下去。而他周围的人,几乎全部都是因为莫须有的罪名被关进劳改营的:海军中校布伊诺夫斯基因为收到了曾一同作战的英国海军军官寄来的礼物,还未成年的戈普契克因为往森林里给宾杰里人送过牛奶就被判了"跟成年人一样"的刑期,阿廖什卡则仅仅由于他信仰上帝而被抓了进来……他们的刑期有的是十年,有的是二十五年(还能活着出去吗?),他们的每一天都将这样慢慢地熬!慢慢地扛!

这样看来,伊凡·杰尼索维奇就是苏联时期劳改营里的一个普通的囚犯,正是这个普通囚犯的"普通"遭遇,以及他对于这种遭遇的"普通"态度——如何在"普通""厄运"中发现亮点的幸福观,才构成这个文学形象的普遍意义,小说中有一段似乎让人不解的文字:伊凡·杰尼索维奇

默默无言地望着天花板。连他自己也不知道这是不是他想要自由了。起初非常想,每天晚上都要算一算期限过了多少天,还剩下多少天。后来算得腻了。他逐渐明白像他这种人不会被释放回家去的,只有流放。那么究竟是在这里生活好一些,还是在别的地方生活会好一些,那就不得而知了。①

为什么伊凡·杰尼索维奇不知道这是不是他想要自由呢?为什么他不知道究竟是在这里生活好一些,还是在别的地方生活会好一些呢?按照作者索尔仁尼琴的观点,监狱是大恶,是暴力,但受难与同情他人也会从道德上净化人,这种状态会使人追求更高尚的道德生存,使人与世界联系在一起,在这里,索尔仁尼琴似乎与他的前辈陀思妥耶夫斯基(Fyodor Mikhailovich Dostoevsky)密切相连,陀思妥耶夫斯基认为爱的最高表现就是承受苦难,因为受苦是伟大的,在受苦中会产生一种理想,这种理想所闪烁的光辉可以使世人麻木已久的灵魂得以苏醒。另外,索尔仁尼琴笔下的伊凡·杰尼索维奇,以自己在劳改营中的全部行为来证明《战争与和平》中别祖霍夫的道理:"心灵是无法被俘虏的,是无法被剥夺自由的。形式上的自由,尽管有各种好处,但已丝毫不能改变伊凡·杰尼索维奇的世界和他的价值观了。"② 同样,幸福

---

① 索尔仁尼琴.伊凡·杰尼索维奇的一天[M].斯人,译.北京:人民文学出版社,2008:110.
② 符·维·阿格诺索夫.20世纪俄罗斯文学[M].凌建侯,等译.北京:中国人民大学出版社,2003:514.

171

更多的是一种心理体验，是不同主体在不同时期对自己所处的生活状态是否满意的一种主观感受，幸福这种主观感受在极端情境下是内心丰富的一种体现，比如说在劳改营里的伊凡·杰尼索维奇，他能在恶劣环境中感受一碗粥这样点点滴滴的幸福，表明了他有一种苦中作乐的能力，他的这种幸福观似乎也传达了这样一个命题："对苦难的忍受也表现为一种尊严，面对不公正的命运，活下去就构成了一种抗议，一个胜利。"[1]

三、极端"境遇"中的幸福观

伊凡·杰尼索维奇这种在困境下体悟的"一碗粥的幸福"，使我们不由自主地联想到法国存在主义哲学家、文学家萨特（Jean-Paul Sartre）的境遇剧《死无葬身之地》（1946），此剧写的是第二次世界大战中法国游击队员参加了抵抗运动，他们被捕后，在酷刑面前，有的挺住了，没有叫喊，成为英雄；有的忍不住，终于叫喊出来，然而并未招供，也是英雄；有的为了不招供，选择跳楼自杀，还是英雄。最棘手的问题是，十五岁的弗朗索瓦在严刑拷打的考验面前，承受不了环境的压力，准备供出队长以求苟活。其他游击队员们虽然都非常喜爱他，但是他们却越来越确切地预见到他们即将面临弗朗索瓦背叛的现实，鉴于这种情势，游击队员们从整个革命利益考虑把弗朗索瓦掐死了，按照常规，革命同志杀死战友是道德所不容的。但是，在这个特殊的"境遇"中，这么做是正确的，可以说，剧中每个游击队员都在关键时刻做了自由选择，表现了自由选择的思想。同时，此剧又典型地体现了萨特本人的道德观，它让人激烈地思考这样一个问题：人类并不存在一个统一的道德，一样的事情在此时是对的，在彼时则是错误的。因为，正如萨特所言："没有任何普遍的道德准则能指点你应当怎样做：世界上没有任何的天降标志。"[2] 同样，我们可以借助萨特的观点解读《伊凡·杰尼索维奇的一天》中主人公的"一碗粥"的幸福观，在通常情况下，在我们常人眼中，这种一碗粥的幸福似乎是斤斤计较、鸡零狗碎式的，仅仅是一种食欲或物欲的形而下

---

[1] 刘文飞. "一天"长于百年（代前言）[M]//索尔仁尼琴. 伊凡·杰尼索维奇的一天. 斯人，译. 北京：人民文学出版社，2008：7.
[2] 让-保罗·萨特. 存在主义是一种人道主义[M]. 周煦良，汤永宽，译. 上海：上海译文出版社，1988：16.

的满足,而不关乎灵魂的生活,但我们也可以把索尔仁尼琴的这部小说看成是"境遇小说",借助萨特的境遇剧的词汇来说就是"一定的境遇和在这境遇中进行自由选择的人。所谓境遇,就是对自由选择的限定,而所谓进行自由选择的人,是指对这种限定进行冲击,突破的人。"① 萨特创作《死无葬身之地》这部境遇剧的目的,就是试图展示当代人面临的问题,普遍的焦虑,以及生存的危机,召唤人们进行自由选择,而索尔仁尼琴又何尝不是呢?索尔仁尼琴在他的回忆录《牛犊顶橡树》中说:"我希望我的作品能够存在二十、三十、甚至五十年。"② 的确,《伊凡·杰尼索维奇的一天》并不仅仅是写给某个特定时代和特定社会的读者看的。正如有的学者所概括的索尔仁尼琴的艺术风格:

索尔仁尼琴以一种伟大文学的声音说话了,讲的是善与恶、生与死、政权与社会这些范畴的内容……他讲了一天、一件事、一户院子……但 A. 索尔仁尼琴的一天、一院、一事,是一种提喻,指向善与恶、生与死、人与社会的关系。③

也就是说,伊凡·杰尼索维奇在劳改营里度过的"一天",也完全可能以各种不同的表现形式为我们所遭遇。生存的艰难,环境的压力,人与人之间的不理解和隔膜,甚至敌意和残忍——所有这些并不仅仅存在于劳改营的高墙或铁网之内,我们甚至可以说,"劳改营"或许是无处不在的,我们每个人的每"一天"或许也同样是与环境和命运的抗争,在步步惊心中苦中作乐,把普通的、难以忍受的日子变成生命中的"闪亮的日子",寻找点滴的幸福和快乐,因为,按照萨特的说法:

当我们说人自己作选择时,我们的确指我们每一个人必须亲自作出选择;但是我们这样说也意味着,人在为自己作出选择时,也为所有的人作出选择……在模铸自己形象的同时我们要存在下去,那么这个形象就是对所有的人以及我们所处的整个时代都是适用的。我们的责任因此要比先前设想的重

---

① 冉东平. 20 世纪欧美戏剧 [M]. 北京:中国戏剧出版社,2005:149.
② 索尔仁尼琴. 牛犊顶橡树 [M]. 陈淑贤,等译. 北京:群众出版社,2000:119.
③ 转引自符·维·阿格诺索夫. 20 世纪俄罗斯文学 [M]. 凌建侯,等译. 北京:中国人民大学出版社,2003:515.

大得多，因为它牵涉到整个人类……再举一个比较属于个人的例子，我决定结婚并且生男育女：尽管这一决定只是根据我的处境、我的情况或者欲望作出的，我这一来却不仅为我自己承担责任，而且号召全人类奉行一夫一妻制。所以我这样既对自己负责，也对所有的人负责；我在创造一种我希望人人都如此的人的形象。在模铸自己时，我模铸了人。①

　　萨特的意思是人在为自己作出选择时，也为所有的人作出选择，换言之，人在自由行动时，他就是为所有的人作出示范；人在模铸自己的形象时，这就意味着这个形象对所有的人，都是适用的。从这个角度来说，每个看重人的尊严和人的价值的人，每个身处逆境却依然不屈服于命运的人，都能从伊凡·杰尼索维奇的"一碗粥"的幸福观中获得慰藉和启迪。

---

① 让-保罗·萨特. 存在主义是一种人道主义 [M]. 周煦良，汤永宽，译. 上海：上海译文出版社，1988：9.

人类是万物的敌人

——解读梅特林克《青鸟》中的生态思想

比利时著名文学家 1911 年诺贝尔文学奖获奖者莫里斯·梅特林克（Maurice Maeterlinck）（1862—1949）一生共创作了 17 部戏剧，《青鸟》是他剧作中最独特的一部，也是他剧作中最受欢迎、上演次数最多的剧作。对成人观众而言，弥漫于剧作中的优美的诗意和深邃的哲理，令人回味无穷；对孩子们而言，充满神奇幻象的童话趣味紧紧牵动着童心。的确，梅特林克一生喜爱孩子，《青鸟》的创作初衷就是为了写一个圣诞故事，让穷人家的孩子也多少能感受一点节日的欢乐。戏剧讲述的是两个孩子寻找青鸟的故事。樵夫的孩子狄狄和美狄在平安夜梦见一位仙女，仙女说她的小女儿必须得到青鸟才能幸福，吩咐兄妹两人找寻。兄妹俩人用仙女的魔钻，召集了面包、糖、火、水、牛奶、猫、狗和光的灵魂，先后搜寻了思念之乡、夜宫、森林、墓地、幸福花园和未来王国，却一再受挫，第二天醒来时，兄妹俩却发现自己回到了家里。这时，邻居贝尔兰戈太太到他们家里，请求狄狄把他的小鸟给她生病的小女儿，这时狄狄意外发现自己家的小鸟是青色的。邻居家的小女孩得到青鸟，病立刻就好了，可是那只变成青色的小鸟却突然飞走了。

有批评家曾这样评价梅特林克：读者几乎总能在他的作品中找到或者至少找到两层意思，"一层是人人都能看得到的表面意思，就在这层意思底下，又有着更深的、只有少数人才能发掘到的意义。"[1] 确实，《青鸟》传达给我们读者的含义远远超出了梅特林克的创作初衷。此剧中，我们直面的是结构简单的童话故事：在仙女的指引下，兄妹俩会同猫、狗、光等性格各异的灵

---

[1] 转引自汪义群. 主体意识的觉醒——论戏剧中的象征和象征主义 [J]. 戏剧研究，1987 (07)：47.

魂，为寻找青鸟历经艰险。然而，梅特林克的剧作并不完全遵循传统的戏剧手法，他对现实生活的反映不是直接而具体的描述，而是通过一层象征主义手法的折光。在《青鸟》中，

> 象征手法不仅体现在将抽象的无形的事物按其特征赋予生命和个性；更在于通过释放这些动植物、物质、天体自然、观念、体验、情感等宇宙间一切有生无生的事物的灵魂，令他们与人类对话，构置具有浓厚象征意味的情境，从而令青鸟这一主导意象的象征意味层层体现，暗合掩藏在童话故事深层的意义。①

从剧中的仙女和兄妹俩的对白中我们知道青鸟的最初定义：必须找到青鸟才能幸福。显然，青鸟象征着令人幸福的某种东西，它的真义不是一目了然的，而是要通过艰难的寻找才能获得，跟随兄妹俩，我们读者也踏上了寻找青鸟的未知旅程。

兄妹俩去了思念之乡、夜宫，但都无功而返，他们又去了大森林，也就是《青鸟》的第三幕第二场，这一场写得既惊心动魄，又意味深长。在对人类一直怀有敌意的猫的带领下，狄狄和美狄兄妹俩在夜晚来到森林寻找青鸟。猫一上场就向那些树问好，这些树包括橡树、山毛榉、杨树、枞树、柏树、椴树和栗树，猫是这样说的：

> 今天是个不寻常的日子……咱们的仇敌要来解除你们的力量……我说的是狄狄，樵夫的儿子，你们都受尽了他父亲的欺凌……这个小孩子要来找青鸟，这只唯一知道咱们秘密的青鸟自创世之初就被你们藏了起来，不让人知道……他手头有一颗可以暂时释放咱们灵魂的钻石，他能迫使咱们交出青鸟，如果那样，咱们就永远受人类摆布了……②

也就是说，青鸟代表着大自然的秘密，如果找到了青鸟，人类就能征服自然万物，而自然万物也就成为人类的奴隶，为了避免这样的悲惨命运，山毛榉让兔子敲起了鼓，召集这一带的主要动物来商讨对策，在等待动物的时候，这些在场的各种树就义愤填膺地展开了对人类暴行的声讨，穿着木鞋的

---

① 张先. 外国戏剧经典作品赏析 [M]. 北京：高等教育出版社，2005：173.
② 莫里斯·梅特林克. 青鸟 [M]. 李永毅，译. 北京：中国少年儿童出版社，2008：195.

柳树带着哭腔说:"我的上帝,我的上帝!……他们又来砍我的头、砍我的胳膊当柴烧了!"① 瞎了眼睛的橡树对狄狄说:

你父亲对我们造的孽太多了……只说我这一个家庭,他就杀死了我的六百个儿子、四百七十五个叔伯姑婶、一千二百个堂表兄弟姐妹、三百八十个媳妇、一万两千个曾孙和曾外孙……②

这时动物的灵魂依次上场,它们是马、公牛、阉牛、母牛、狼、绵羊、猪、公鸡、驴和熊等,在这些动物的帮助下,常春藤捆住了狄狄,橡树接着对人类进行声讨:

现在咱们可以依据自己的正义与真理来讨论了……毫不隐讳地说,我的心情很复杂,很痛苦……这是咱们第一次审判人类,让人类领教咱们的力量……他们对咱们犯下了那么多罪,让咱们遭受了那么多惨烈的痛苦,我相信,对于这次判决,咱们不应该有任何犹豫……③

在场的所有的树和所有的动物都异口同声:

没错!……没什么可犹豫的!……判他绞刑!……让他去死!……人类太不公道了!……太残忍了!……欺压咱们太久了!……绞死他!吃了他!……马上执行!……马上……④

为了避免人类的报复,他们想使用最实际、最方便、最迅速、最保险的处决方式,要让人类在森林里发现尸体时,找不到任何的蛛丝马迹,那就是用牛角顶死狄狄和美狄,或者在河里淹死他们,或是吃掉他们,但这些动物和植物早已被人类吓破了胆,甚至这两个孤立无援的小孩,都能在他们心底唤起一种莫名其妙的恐惧,最终只能由橡树出面拿起棍子准备杀死这两小孩,绝望中狄狄从衣兜里掏出一把刀——在动植物看来,这是一种神秘无敌的武器,并在人类最忠诚的朋友狗的帮助下,侥幸虎口脱险,"光"提醒狄狄和美

---

① 莫里斯·梅特林克.青鸟[M].李永毅,译.北京:中国少年儿童出版社,2008:199.
② 莫里斯·梅特林克.青鸟[M].李永毅,译.北京:中国少年儿童出版社,2008:199.
③ 莫里斯·梅特林克.青鸟[M].李永毅,译.北京:中国少年儿童出版社,2008:203.
④ 莫里斯·梅特林克.青鸟[M].李永毅,译.北京:中国少年儿童出版社,2008:203.

狄说:"现在你知道了,在这个世界上,万物都是人类的敌人……"① 人类和自然万物的关系被"光"一语破的,也把观众吓了一跳,人类真的站在了自然万物的对立面了吗?我们从剧中知道青鸟象征着令人幸福的东西,而在《森林》这一场中,梅特林克把青鸟还有大自然的秘密与对自然万物的奴役联系起来,这不禁使我们思考这样一个问题:幸福是一种对自然万物的统治?或者说幸福是通过对自然万物的奴役使它们被迫贡献出人类所想要的东西从而使人类幸福?那么幸福也就意味着人类欲望的满足,正是这种把幸福等同于欲望的满足使人类走向了自然万物的对立面,成了贪得无厌的奴隶主,当然也成为它们恨之入骨的敌人。

实际上,人类与自然万物的关系并不是一开始就敌对的,原始人类与自然的关系是和谐的,他们靠着很少的物质就可以生存下来,很容易满足当下的生活水平,并不像文明人那样有着无限膨胀的物质欲望。随着使人感到惊异又难以解说的希腊文明的兴起,人类中心主义思想也开始生根发芽。古希腊哲学家亚里士多德(Aristotle)给万物规定了等级,把人置于金字塔的最顶层:

> 植物的存在就是为了动物的降生,其他一些动物又是为了人类而生存,驯养动物是为了便于使用和作为人们的食品,野生动物,虽非全部,但其绝大部分都是作为人们的美味,为人们提供食物以及各类器具而存在的。②

而古希腊另一位哲学家普罗泰戈拉(Protagoras)也这样认为:"人是万物的尺度,是存在的事物存在的尺度,也是不存在的事物不存在的尺度。"③古希腊文化中这种人类中心主义思想与后来的《圣经》里的征服、统治自然的观念一起,对西方文明,乃至整个人类文明产生了巨大深远的影响,而到了文艺复兴时期,英国哲学家培根(Francis Bacon)认为,科学知识使人们认识和掌握自然规律,而其根本目的就是统治和支配自然,知识就是力量,就是权力,是统治自然、奴役自然的权力,随着人类社会的发展,人们对物质的需求急剧膨胀,就像歌德(Johann Wolfgang von Goethe)在《浮士德》里所

---

① 莫里斯·梅特林克. 青鸟[M]. 李永毅,译. 北京:中国少年儿童出版社,2008:210.
② 苗力田. 亚里士多德全集:第9卷[M]. 北京:中国人民大学出版社,1994:17.
③ 柏拉图. 柏拉图全集:第2卷[M]. 王晓朝,译. 北京:人民出版社,2003:664.

提倡的"浮士德精神",它最可怕的训导是在所有方面的永不满足,永远进取,"虽然其中也包括了精神生活、情感生活、审美生活的欲求,但物质上的欲求显然也占了很大的部分,而且还含有征服、把握、控制和占有自然万物的成分。"①"浮士德精神"激励着一代又一代人为满足自己无限的欲望而奋斗,并在奋斗的过程中把大自然弄得一片狼藉,使人类站到了自然万物的对立面,成了它们的敌人,而这正是梅特林克通过这场惊心动魄的一幕所批判的,他让我们读者和观众思索这样一个问题:究竟什么才是人类的幸福?

在第四幕第四场里,兄妹俩来到幸福花园。在转动钻石之前,幸福花园一派奢华俗艳的景象,一些物欲层面的粗俗幸福拼命吃喝,它们是"有钱的幸福""有地产的幸福""不渴而饮的幸福""不饥而食的幸福"等;在兄妹转动钻石之后,这些肥胖幸福变得丑陋不堪,纷纷落荒而逃,而代表着人类精神追求的幸福悄然而至,诸如:"身体健康的幸福""纯净空气的幸福""蓝天的幸福""正义的幸福""领悟的幸福""母爱的幸福"等。只有这些幸福能够仰见光明,这表明真正的幸福绝不等同于物质欲望的满足,而把追寻永无止境的物质欲望等同于走向幸福的道路,只能表明人类在追求幸福过程中的某种迷失,也就是说如果科学的探求不是源自对真理本身的热爱,而是为了满足人类日益膨胀的物欲,那么人类社会只能离幸福越来越远。那么什么是真正的幸福呢?正如"光"所说的:"世界上的幸福远比人们料想的多,可是大多数人却发现不了他们。"也就是说,幸福需要智慧,真正的幸福在于灵魂对物欲的超越,在于对真善美的追求,这个目标看似虚幻,实则是人类最终能够为自己所谋得的唯一的幸福。

诺贝尔文学奖授奖辞称梅特林克能"带进我们内心世界中意料不到的地方",的确,拿《青鸟》一剧来说,兄妹俩在森林里所经历的惊险的一幕,使我们反思人类对幸福的体认,幸福是我们每个人都在追求的,但我们如果把幸福等同于物质欲望的满足,建立在人类征服自然、破坏自然的基础上,那么不仅不能给人类带来真正的幸福,反而使人类站在了自然万物的对立面,使地球环境恶化,导致自然万物的报复,万物都是人类的敌人,人类是万物的敌人,最后两败俱伤,甚至同归于尽。梅特林克通过戏剧的方式提醒我们,人类只有与自然万物和谐相处,并尽可能提升自己内在的精神追求,才能抵达幸福的彼岸。

---

① 王诺. 欧美生态文学 [M]. 北京:北京大学出版社,2003:163.

《达罗卫夫人》的另一种阐释视角

1925年出版的《达罗卫夫人》，标志着弗·吾尔芙（Virginia Woolf）意识流长篇小说创作的成功，全书以女主人公克拉丽莎即达罗卫夫人一天的生活为基本线索，以晚宴为楔子贯穿全书，描绘了上、中层阶级形形色色的人物，通过所有这些人物之间的活动、纠葛和冲突，较全面地反映了第一次世界大战后西方社会现代人的精神状态，有的麻木不仁，有的焦虑不安，而他们的精神状态是由于人格结构中各个部分冲突分裂所造成的。瑞士心理学家荣格（Carl Gustav Jung）认为：人格是由意识、个人无意识和集体无意识组成的。集体无意识是先天存在的，它的内容被称为原型，每个人的人格中都具有四种重要意义的原型：人格面具、阿尼玛或阿尼姆斯、阴影、自性。在人格中，冲突是无处不在的：它存在于阴影和人格面具之间，存在于人格面具与阿尼玛或阿尼姆斯之间，男性的女性性质与他的男性性质相对抗，女性的男性性质和她的女性性质相竞争，理性的力量与非理性的力量之间的斗争从来就没停止的时候，"冲突是生命的基本事实和普遍现象"①。关键在于，这些冲突最终导致人格的崩溃，还是在自性原型的作用下达到一种动态的和谐完整，即整合的人格。如果用荣格的人格结构理论来审视《达罗卫夫人》中的人物的话，我们可以得到解读此作品的另一种视角。

先看女主人公克拉丽莎，她在追求者达罗卫和彼得之间选择了社会地位较高的前者，这是她人格面具和阿尼姆斯冲突的结果。虽然克拉丽莎与彼得是青梅竹马，彼得更能引发她真挚的感情，感到与他在一起无限融洽、轻松，不必交谈便能息息相通，在分别后的三十年中仍对他念念不忘，见面后虽硬压下胸中的热情，但还是情不自禁地吻他，可知彼得对她有一种情欲的吸引，

---

① 霍尔. 荣格心理学入门［M］. 冯川，译. 北京：三联书店，1987：67.

是她人格中阿尼姆斯投射的对象；但克拉丽莎的人格面具是强大的，她很世故，过分热衷于社交、地位和成功，她认为，人们没有权利游手好闲，懒懒散散，无所事事，人必须干一番事业，出人头地，所以她舍弃了不谙世故的彼得，选择了平庸、务实的达罗卫。荣格认为，人格面具能帮助人实现个人目的，达到个人成就，换得优厚的物质报酬，可以过一种更舒适，或许也更自然的个人生活。的确，她的丈夫达罗卫使她能够在大不列颠贵族行列中拥有一席最显贵的地位，能够生活在鲜花、珠宝和无穷无尽的豪华宴会之中，她的丈夫虽然是位能说会道的政客，但在爱情上像个教堂侍童一样拘谨可笑，他们夫妇有的是理智的婚姻而无情欲的吸引，克拉丽莎常常感到自己像个修女，但总的来说，她似乎还是心满意足的，虽然一直在问自己年轻时的选择对不对。而当布鲁顿夫人，这位社交界女皇，没有请她参加午宴，使她觉得安身立命之本动摇时，她像风中的一棵草一样摇晃、颤抖，宴会简直就是她的生命。她虽如此热衷于宴会，但在内心深处，她却并不愉快，表面上是爬到顶上出风头，实际上是在火堆里受煎熬。特别是当她听到赛普蒂默斯自杀的消息后，独自踅入斗室，意识到"无论如何，生命有一个至关紧要的中心，而在她的生命中，它却被无聊的闲谈磨损了，湮没了，每天都在腐败、谎言和闲聊中虚度。"①苏格拉底（Socrates）认为未经省察的人生是没有价值的，而克拉丽莎的人生时而受控于人格面具，时而又直面真诚的灵魂，在婚恋上人格面具虽占上风但阿尼姆斯也不甘示弱，她的这种自省的人生使她郁郁寡欢，患得患失。

真正人格面具强大以至达到膨胀的是布雷德肖大夫和宫廷侍从休，他们的真实自我完全认同于人格面具而以人格面具自居，已没有摘下它的时候了。在荣格看来，人格面具的作用既可能有利也可能有害。如果一个人过分热衷于自己所扮演的角色而以人格面具自居时，这种情况被称为"膨胀"。人格面具的膨胀必然排斥人格的其他部分，使它们处于极端弱小的地位，这是一种偏失的人格，而这种人会由于自己成功地充当某种角色而洋洋自得，他常常会把这种角色强加于人，精神病专家布雷德肖把他所认定的角色强加于赛普蒂默斯，从而直接导致了他的自杀。布雷德肖大夫有一个得意的口头禅，常

---

① 弗吉尼亚·吾尔芙. 达罗卫夫人·到灯塔去 [M]. 孙梁，等译. 上海：上海译文出版社，1997：188.

用来"治病救人",即必须要有平稳感,处世要四平八稳,循规蹈矩,切忌与众不同,异想天开。他崇拜平稳,因而不仅使自己飞黄腾达,并且使英国欣欣向荣,他及其同僚在英国隔离疯子,禁止他们生育,使不稳健的人不能传播他们的观点,直到他们也接受他的所谓的平稳感。他治病的秘诀就是尽可能少考虑自己,多思考家庭温暖、荣誉、勇敢以及光辉的事业。对于病人问他,人为什么要活着这个问题,他的答案是"因为活着就好"①,因为他所谓的"好"在于他的年收入是一万二千英镑,在于他的地位、权势。而宫廷侍从休,被彼得认为既无心肝,又无脑子,只有英国绅士的派头与教养,他从不读书,不思考,只因他娶了个贵族小姐,使他一箭双雕,名利双收,他的婚姻成了他谋生的手段。布雷德肖和休完全遵从社会习俗,彻底放弃自我的主体意识,如果让存在主义哲学家给他们诊断的话,他们得了"异化病",病得很重,已到了病入膏肓、不可救药的地步了,他们满足于成为社会这部大机器上的一个零部件,越来越成了"某物"而不是"自我",他们已经没有能力进行克拉丽莎那样的自我反省了,他们已经变成毫无性灵的傀儡,麻木不仁以致没有任何痛感了。在他们过分发达的人格面具和极不发达的人格其他部分之间,存在着尖锐的对立和冲突,他们的人格是极其病态的。

小说中的精神失常者赛普蒂默斯是第一次世界大战的牺牲品。战前他是感情丰富的诗歌爱好者,战争爆发,他为了拯救英国——在他的头脑中,英国这一概念几乎完全是莎士比亚戏剧以及讲解莎士比亚的波尔小姐——加入了第一批自愿入伍者的行列,在战火硝烟中他快速成为一名无情的钢铁战士,变成了雄赳赳的男子汉,练就了一副刀枪不入的铁石心肠,甚至当好友埃文斯战死时,他都泰然处之,并为自己的行为颇感得意。具有山崩于前也无动于衷的赛普蒂默斯,在和平降临之时却意识到自己感觉麻木、迟钝,因而惊恐万分,陷入精神崩溃。我们可用荣格的人格结构理论来解释他的症状,荣格认为,一个人的精神是否健康和谐,关键在于能否给人格的各个方面以均等的机会去实现个性化。赛普蒂默斯在战火中形成勇士的人格面具,完全压抑了人格中的阿尼玛原型以及阴影中的本能。阿尼玛原型是男性心理中女性的一面,由于每个人都天生具有异性的某些性质,要想使人格和谐平衡,就

---

① 弗吉尼亚·吾尔芙. 达罗卫夫人·到灯塔去 [M]. 孙梁, 等译. 上海: 上海译文出版社, 1997: 103.

必须允许男性人格中的女性方面在个人的意志和行为中得到体现，而战场上却歧视男性身上的女性气质："战争期间男人最主要的品质能够忍受战场上触目惊心的污秽、浊臭和可怕的声音，以坚忍的诙谐心情面对死亡的不断威胁，偶尔提及死亡也是漫不经心的。"① 情感在战场上是被认为女人气的，排斥情感是英国男子汉理想的基本方面，而所有的生理恐惧现象都被视为软弱，是对战争的反抗，而和平主义、出于良心的抗拒、逃跑、甚至于自杀，都被看作是没有男子气的行为。当炮弹落到近在咫尺的地方，旁边的士兵如果出现了肌肉缩紧现象，他就会为此而感到惭愧，会咒骂自己是懦夫、胆小鬼、女人气的男人，甚至有的士兵将男性的性别焦虑表现得更加明显，抱怨自己为什么不是一个女子，可以拥有尖叫的权利。赛普蒂默斯的精神疾病在当时的医学界被称为"弹震症"，实质上是阿尼玛原型、自我保护本能与军人的天职、荣誉感、男子汉的理想形象剧烈冲突的结果，从某种意义上说，长期不允许表现恐惧引起了弹震症，这种对恐惧的压抑，只不过是男性性别角色期待的夸大性表现。有学者调查统计表明：到1916年，在作战区估计有40%的士兵得过弹震症，而到战争结束时，英国军队医院中已有八万个病例，但患此病的士兵的处境是非常尴尬的。军事医学权威拒绝将患者作为残疾治疗，认为不能给他们发抚恤金，不能让他们光荣退役，甚至有人要求将得弹震症的士兵以开小差或怯懦的罪名枪毙掉，而在此病的治疗中也蕴含着强烈的鄙夷因素，既是治疗又是羞辱和惩罚。赛普蒂默斯的人生被战争彻底毁了，他到死都摆脱不掉懦夫的罪名，他那勇士的人格面具在战后遭到阿尼玛和本能的反扑，人格结构中各个部分力量的急剧变化导致了他的精神崩溃。

赛普蒂默斯的人格是病态的，但如果完全受制于本能的操纵，而使人格面具处于弱小地位的人格是否正常呢？小说中的彼得正是如此。虽然他令克拉丽莎心旌飘摇，虽然克拉丽莎总是下不了决心拒绝嫁给他，但终究还是成了别人的新娘。表面上是因为彼得"放荡不羁，不谙世故，他的软弱无能，他对任何人的感情的茫无所知。"② 实际上是因为他太过于受本能控制，忽略人格面具。他可不顾什么男儿有泪不轻弹，当与昔日恋人见面时，他一点儿

---

① 艾莱恩·肖瓦尔特. 妇女·疯狂·英国文化 [M]. 陈晓兰，杨剑锋，译. 兰州：兰州大学出版社，1998：153.
② 弗吉尼亚·吾尔芙. 达罗卫夫人·到灯塔去 [M]. 孙梁，等译. 上海：上海译文出版社，1997：47.

也不感到羞耻地啜泣,想哭就哭,随心所欲,毫无顾忌,结果是最初被牛津开除,接着又在去印度的船上同一名陌生女子闪电结婚,后来又爱上一位少校的妻子,这位有夫之妇年轻得足以做他的女儿,于是他回伦敦打官司离婚,到了伦敦刚拜访了旧日情人,出门便受一青楼女子诱惑。彼得过去的朋友看到他潦倒不堪想帮忙,不过,他们又意识到,实在没有办法帮他,因为他的性格有一种缺陷。由于这种所谓的性格缺陷,使他不仅在伦敦的朋友圈子里被视为失败者,而且在印度的英国人圈子里也落落寡合。虽然他对宫廷侍从休这样的势利鬼讽刺挖苦,不屑一顾,可仅仅为了一年能挣上五百磅而不得不求自己看不起的人为自己谋份秘书、小官吏、或教小孩拉丁文的工作,这的确有些滑稽。荣格认为,人格面具对人的生存是必需的,过于膨胀固然不好,但过于弱小,像小说中的彼得,只能在现实生活中节节败退,这自然也不是理想状态。既然人格面具的存在是人类生活中的一个事实,并且它必然要寻求表现,所以最好还是采取一种较为节制的形式。

小说并非自传,其中的人物也不等同于作者,但作者的思想和经历会以间接曲折的方式,移植在某些形象及细节中。在这一点上,克拉丽莎与赛普蒂默斯影射了女作家复合的性格及内心的矛盾。具体说,克拉丽莎表现了作者乐生、理智与随俗的本性,特别体现在她同丈夫达罗卫和情人彼得的三角纠葛中。她权衡再三,最终还是选择了平庸但可靠的议员达罗卫,即在人格面具和阿尼姆斯的冲突中前者略占上风,而在早期的小说《黑夜与白天》中,凯瑟琳在拉尔夫和罗德尼之中选择了前者,即阿尼姆斯略占上风。可以看出随着作者吾尔芙生活阅历的丰富她对人格面具的重要性有所体会。吾尔芙在书中表达了自己的人格理想,"希望每个人都保持本色。"[①] 我们可以理解为保持真实的自我,既不能让人格面具过度膨胀,成为像布雷德肖和休那样的毫无人性的傀儡,又反对像彼得那样的没有适度人格面具去保护自我,成为社会中的失败者。总而言之,理想的人格既要有真正的自我又要有适度的人格面具。四年之后吾尔芙在《一间自己的屋子》中,着重从性别的角度明确提出了完美人格的理想——双性同体。她这样写道:

---

① 弗吉尼亚·吾尔芙. 达罗卫夫人·到灯塔去 [M]. 孙梁,等译. 上海:上海译文出版社,1997:129.

我们之中每个人都有两种力量支配一切，一个男性的力量，一个女性的力量。在男人的脑子里男性胜过女性，在女性的脑子里女性胜过男性。最正常，是适意的境况就是这两个力量一起和谐地生活，精神合作的时候。[①]

她还认为只有半雌半雄的脑子才是富于创造性的、炉火纯青的而且是完整的，这与荣格、马斯洛（Abraham H. Maslow）的观点不谋而合，可谓英雄所见略同。他们作为人类心灵的探险家，像黑夜中的明星相互辉映。以前评论界对《达罗卫夫人》的研究多着眼于意识流技巧方面，对人物的分析不够重视。其实，作为"她那个时代最伟大的女小说家"[②]的吾尔芙，远远不只是可用艺术形式轻易打发掉的，她的作品可以从各个层次、各个角度进行解读，而这也正是她作品的魅力所在。

---

① 弗吉尼亚·吾尔芙. 一间自己的屋子 [M]. 王还, 译. 北京：三联书店, 1992：128.
② 瞿世镜. 吾尔芙研究 [M]. 上海：上海译文出版社, 1988：152.

莫泊桑小说中的印象主义绘画

一、引言

在19世纪星罗棋布的法国文坛上，居·德·莫泊桑（Guy de Maupassant）（1850—1893）可以说是一颗不可多得的明星，莫泊桑的写作生涯虽然只有短短的10年，却充分显示了他的勤奋和才华。他一共发表了6部长篇小说和306篇中短篇小说，其中短篇小说的成就最为突出。莫泊桑以精湛的艺术技巧被法朗士誉为"短篇小说之王"，与契诃夫（Anton Pavlovich Chekhov）和欧·亨利（O. Henry）一起被公认为世界短篇小说大师。

实际上，莫泊桑不仅仅是世界短篇小说大师，他还是一位真正的"美术爱好者"，他对绘画艺术是行家里手，看法接近于印象主义画家，莫泊桑有许多画家朋友，他和"印象主义绘画之父"克洛德·莫奈（Oscar-Claude Monet）（1840—926）的关系尤为特殊。印象主义的风格起源于19世纪60年代的巴黎，一直延伸到20世纪早期。1874年，一群被排斥在官方沙龙展的画家们——其中有莫奈、德加（Edgar Degas）、塞尚（Paul Cézanne）等——在莫奈的倡议下，在巴黎市中心的一个照相馆里举办了一次与官方沙龙相抗衡的群体展，共展出了30多位艺术家的165件作品。这些作品与传统的学院派绘画有着颇为不同的旨趣，它们与其说是重视描绘对象的形体的准确性和立体感，还不如说是强调光线和色彩所形成的视觉的效果，于是在他们的画笔下，夺人眼目的是绚丽缤纷的色彩，透明的颤动的空气感，使得那些变得稀疏、朦胧的事物或人物显现出更加鲜活的气息。印象主义不像写实主义那样更多地关注描绘对象的社会含义，而更在乎描绘对象的光学的、视觉的效果。印象主义艺术家们"研究那些由于气候条件、不同时间、不同季节所造成的户外的光和色的奇妙变化,光影以及反射就成了他们作品中的重心。"① 所以,莫奈被誉为"光与色的诗人"也就顺理成章了。

二、小说中的印象主义绘画

对文学的热衷与对绘画的爱好在莫泊桑的艺术生涯中是交融渗透、相辅相成的,他超越了文学与绘画的界限,在艺术的层面上与画家产生了共鸣,其文学创作与绘画欣赏之间有着不可分割的密切关联。有人认为莫泊桑的作品就像一幅画,当然这也不仅限于莫泊桑一人。文学和绘画本来就是相通的。我国唐代诗人王维的作品就被誉为"诗中有画,画中有诗",也是这个道理,但莫泊桑的小说与印象主义绘画的气韵如此接近,使艺术界的同行感到惊奇。

我们看他的短篇小说《米隆老爹》的开头:

一个月来,大太阳一直朝着田野喷下灼人的火焰。在这火雨的浇灌下,生命的花朵盛开,欣欣向荣。绿油油的大地一眼望不到边。蓝湛湛的天空上没有一丝云。诺曼底人的农庄分散在平原上,被又高又细的山毛榉围着,远远望去,好似一片一片的小树林。②

在这段风景描写中,莫泊桑把夏日的阳光比作"灼人的火焰""火雨",似乎是在用画家之笔在纸上画出阳光的灼热,我们知道,在印象主义绘画出现前,绘画上的光多为画家按自己的需要在室内制造的人造光,即使是风景画也是先在野外写生后再回到室内完成,而印象主义的画家从室内走向室外,在阳光下作画,故印象主义的前期又称"外光派"。1870 年印象主义画家曾公开宣称:"走出人工光线的画室,弃掉画廊的调子与褐色的颜料,到明亮的日光中去作画吧!"③ 而在这段描写中,莫泊桑也是把日光作为自己描绘的对象,另外,莫泊桑笔下的画面由"阳光""花朵""绿油油的大地""蓝湛湛的天空""山毛榉"组成,由于是"远远望去",整个大地和天空似乎都被压缩在一幅色彩缤纷的图画中。毫不夸张地说,这全然是一种视觉艺术,它大

---

① 丁宁. 西方美术史十五讲 [M]. 北京:北京大学出版社,2004:398.
② 莫泊桑. 莫泊桑中短篇小说选 [M]. 郝运,赵少侯,译. 北京:人民文学出版社,1996:333.
③ 转引自杨超. 光与色的奇迹——印象主义与后印象主义美术 [M]. 西安:陕西人民美术出版社,2011:4.

大缩短了作者、描写对象与读者视线之间的距离,真切不隔,具有高度的可见性、可触性等绘画艺术效果。

我们再看另一部短篇小说《幸福》的开头:

这是上灯前喝茶的时候。别墅俯瞰着大海;太阳已经落山,留下满天的红霞,而且好像撒上了一层金粉。地中海上风平浪静,那平坦的海面在即将逝去的日光下闪闪发亮,看上去如同一块奇大无比的、光滑的金属板。远远的,在右边,那些锯齿形的山峰在淡红色的晚霞里显露出它们黑魆魆的身影。①

在这一段描写中,视角是由"别墅俯瞰",远景是"锯齿形的山峰,在淡红色的晚霞里显露出它们黑魆魆的身影"和"满天的红霞",中景是像金属板的风平浪静的海面,近景是海边的别墅,同样是写了日光,另外,莫泊桑遣词造句的风格像是印象主义绘画中一系列色彩的涂抹,比如红霞"好像撒上了一层金粉",而海面"闪闪发亮",看上去如同"光滑的金属板",莫泊桑的用词追求逼真贴切,似乎在选择颜色、色调、深浅、光的折射,而这一切又用五颜六色加以点染,体现了莫泊桑对光与色敏锐的感觉和表现。整个画幅层次感、动态感尤为强烈。

实际上,光线经常在他的风景描写中起作用,就像在莫奈的画布上一样,色调变化多端。又比方关于月夜的描写,这是短篇小说《在河上》的一段:

两小时前飘浮在水面上的雾渐渐退去,堆集在河岸上。河面完全暴露出来,每一边河岸上形成了一排连绵不绝的雾山,有六七米高,在月光下像白雪那样晶莹发亮。因此除了夹在这两排白山中间的闪闪烁烁的河水以外什么也看不见。在我的头顶上是又大又圆的月亮,在带点蓝色和乳白色的天空中照耀着。②

还有同样是写月夜的短篇小说《一家人》的一段:

---

① 莫泊桑. 莫泊桑中短篇小说选[M]. 郝运,赵少侯,译. 北京:人民文学出版社,1996:472.
② 莫泊桑. 莫泊桑中短篇小说选[M]. 郝运,赵少侯,译. 北京:人民文学出版社,1996:168.

月亮出来了；大地浴在柔和的月光里。高耸的白杨闪着银光，平原上的雾仿佛是浮动的白雪；河水里不再有星星游泳了，但是看上去好像盖满了螺钿，不息地流动着，激起闪烁发亮的涟漪。[①]

这两段对月夜的描写同样具有印象主义绘画的色彩。我们知道印象主义和过去艺术最大的不同是艺术语言的改变，这一改变首先与自然科学特别是光学的发展有直接的关系，在此以前人们认为颜色是物体固有的，但实际上物体的颜色并不是它本身固有的，而是由光决定的，没有光就没有色。绿色的山，远看是青的山，因为中间有空气的阻隔。绿色的山如果受到阳光的照射，也会发生变化，比如高山积雪，近看是白色，但在日光的照耀下则呈现紫铜色。同样的色彩，在日光下和月光下，也会呈现截然不同的色调，人们常说的"夜不观色"就是这个道理。而在上述两段对物体的描写中，莫泊桑则写出了物体在月光的照射下的独特色彩——"雾山"在月光下像白雪那样晶莹发亮，"白杨"和河里的"涟漪"都闪着银光，使得这些过去在读者眼里模糊、朦胧的物体显现出更加真实、鲜活的气息。莫泊桑对大自然的美是非常敏感的，他曾经在一篇《风景画家的生活》的随笔中写道："应当去观察，或确切地说，应该去发现。眼睛，这副人身上最奇妙的器官是无限完善的，在人提高自己教养水平的同时，就会产生惊人的敏锐视觉。"[②] 他的敏锐视觉，使他能捕捉到随季节变化的光线的细微差别，辨别出冬夜的剔透和夏夜的深邃，观察到河上闪烁的彩虹，在水面上转瞬即逝的光线。而他把这些的观察和发现都写在了他的小说中，使他小说中印象主义绘画的色彩比比皆是。另外，莫泊桑的作品是影视界热衷挖掘的宝库。在他近300篇的短篇小说中，已有将近70篇被改编成影视作品。莫泊桑的作品何以引起影视编剧人员如此大的关注呢？有人认为他的作品本身就是电影剧本，甚至把他的小说称作"前电影式"，其特点：故事长度适中，有类似分镜头、剪接等电影剧本才有的写作手段；更重要的是，作品中的形象清晰，光线、色彩、动作都符合影视要求；而最后又是最重要的特点，则与他小说中的印象主义绘画紧密相连。

[①] 莫泊桑. 莫泊桑中短篇小说选 [M]. 郝运，赵少侯，译. 北京：人民文学出版社，1996：72.
[②] 居·德·莫泊桑. 莫泊桑随笔选 [M]. 王观群，译. 天津：百花文艺出版社，2009：277.

三、莫奈的影响和福楼拜的指导

作为好友，莫泊桑常常跟随莫奈探索印象主义绘画，他认为莫奈在绘画时，根本就不再是一位画家，而简直是一位猎手。他曾经尾随孩子们，把他们画在自己的五六张画布上。主题是一个，但画的时间不同，效果各异。我们知道莫奈后期的作品主要是这类大规模的系列连作：包括《罂粟田》《白杨树》《草垛》和《睡莲》等。所谓连作，是指用几幅、十几幅以至几十幅油画来描绘同一个对象在不同季节、不同气候和时间下的光、色变化，这可以说是一种"实验性"的绘画创作方法。与其说是描绘，还不如说是记录。莫奈"试图表现独立物体上时间的流逝轨迹，这成为他对艺术界最为独创的贡献。"① 而莫泊桑自己何尝不是一位猎手呢？他曾这样写道：

我只用双眼去看；从早到晚，掠过平原和丛林，穿过峭壁和荆棘，我去寻找真实的色调，寻找未被注意到的色调间的细微差异，寻找被学校、教师、盲目及传统教育阻止去了解和深入理解的所有的东西。我的眼睛像饥饿的嘴一样张开着，贪婪地看大地和天空。是的，我有一种要用我的注视吞掉世界、像消化肉和消化水果一样去消化色彩的明确而深刻的感觉。②

而这种感觉的产生和存在与他和画家的交往、对绘画艺术的热爱相关，同时也与他的老师福楼拜（Gustave Flaubert）的悉心指导密不可分，那是一段颇为感人的文坛佳话。著名作家福楼拜教导莫泊桑：才能就是你长期的坚持不懈的结果。福楼拜对他的训练非常严格，不但要求他学会观察事物，发现别人没有发现过和没有写过的特点，还要求他要善于表达观察到的事物的特点，例如让莫泊桑写一句话让他知道马车站里有一匹马和它前前后后五十来匹马有什么不同；并要求莫泊桑努力寻求最适于表达事物特点的那个名词、那个动词和那个形容词，因为在福楼拜的字典里是不存在同义词的，作者必须找到唯一合适的词来准确地表达思想。正是追求精益求精的福楼拜塑造出了用语准确、明晰而又生动的莫泊桑，也间接促成了莫泊桑小说中的印象主

---

① 杰里米·沃利斯，琳达·博尔顿. 印象派艺术家与后印象派艺术家 [M]. 郭嘉，译. 天津：天津教育出版社，2008：47.
② 居·德·莫泊桑. 莫泊桑随笔选 [M]. 王观群，译. 天津：百花文艺出版社，2009：274.

义绘画风格。

四、结语

一般来说，文学是以语言和它的书写符号——文字为物质手段，构成一种表象和想象的形象，从而反映现实生活；而绘画则是用笔、墨、颜料等物质材料，在纸、木板等平面上，通过构图、造型和设色等表现手段，创造可视形象的造型艺术类的一种。前者具有形象的间接性、描绘的自由性等特点，而后者则讲构图美、线条美、色彩美等，但从作者的视角来看，文学与绘画作品同是传递作者铸塑审美生活图景、表达审美意识、抒发审美理想信息的载体，并且所有艺术中都有一种交流成分，也就是说文学与绘画在合作过程中各自的技巧、功能互相错杂、蕴涵。勒内·韦勒克（René Wellek）在《文学理论》中曾认为"文学有时确实想要取得绘画的效果，成为文字绘画"[1]，莫泊桑的小说在某种程度上就是一种文字绘画——印象主义的文字绘画。

---

[1] 勒内·韦勒克，奥斯汀·沃伦. 文学理论 [M]. 刘象愚，等译. 南京：江苏教育出版社，2005：141.

解读果戈理、茨威格、斯丹达尔笔下的异域与本土

一、果戈理《死魂灵》中的法国、德国与俄国

作为 19 世纪俄国批判现实主义文学奠基人的果戈理（Nikolai Vasilievich Gogol-Anovskii），他于 1836 年发表的五幕讽刺喜剧《钦差大臣》，使俄国的喜剧艺术发生了重大的转折，而他也因《钦差大臣》的公演得罪政府，屡屡遭到反动文人的诽谤和攻击。他思想苦闷，精神忧郁，决定到国外去休养一段时间。1836 年 6 月，果戈理出国游历，先去了德国、瑞士和法国，翌年三月迁居罗马，此后一直长期侨居国外，时间长达六年之久。果戈理在国外创作的《死魂灵》第一部于 1842 年 5 月出版，《死魂灵》一经问世，便震撼了整个俄罗斯，成为俄国文学走向独创性和民族性的重要标志，的确，果戈理是一位充满着矛盾的复杂而又古怪的天才，《死魂灵》则是这位天才作家思想和艺术的结晶。

我们看《死魂灵》里一段比较俄罗斯人与外国人的妙趣横生的描写：

这里需要说明，在我们俄罗斯，如果说我们在其他方面比不上外国人，那么在与人打交道的本领方面，外国人是远远赶不上我们的。我们俄国人接人待物有很多细微差别和微妙之处，这里不可能一一列举。一个法国人或者德国人，恐怕一辈子也弄不清楚，并且理解不了我们在这方面的各种特点和差别。他们跟一个百万富翁和一个卖香烟的小贩儿说话，几乎用的是同样的语气和同样的语言，尽管他们的内心里，对百万富翁敬佩之至。在我们俄国就不是这样，我们有些人非常聪明，他们跟一个拥有二百农奴的地主说话，和跟一个拥有三百农奴的地主说话是完全不同的；跟一个拥有三百农奴的地主说话，和跟一个拥有五百农奴的地主说话又完全不同；跟一个拥有五百农奴的地

主说话,和跟一个拥有八百农奴的地主说话又完全不同,总之,哪怕农奴数目达到一百万,只要拥有农奴的数量不同,他们说话的口气就有些细微差别。①

普希金(Aleksandr Sergeyevich Pushkin)认为果戈理善于把生活中的庸俗鲜明地描绘出来,使得所有容易被滑过的琐事,一览无余地呈现在读者眼前,普希金的评价中肯地道、入木三分。在这段我们引用的文字中,果戈理显示了普希金所谓的他那种点石成金的功力,同时又展示了他那幽默讽刺大师的风采,他运用一本正经、庄重的语言赞美实际上庸俗可笑的事物,那就是19世纪俄罗斯人身上的等级观念,并且唯恐读者印象不深,用了如此啰唆饶舌的语句说明一件非常琐碎无聊的事,读者觉得不协调、小题大做。同样,俄罗斯人把智慧精力用在这些非常琐碎的事上,也不应该,可以说果戈理通过夸张的正话反说的手法揭露俄罗斯人身上的劣根性,既是讽刺也是批判,如果我们探究一下俄罗斯人身上的这种劣根性,它与当时俄罗斯的社会制度——农奴制密切相关,是社会制度以及长期的愚昧落后在俄罗斯人身上的体现,并且果戈理采用了比较的手法,在对照之下,显示出法国人和德国人身上的平等意识,也就是说,果戈理表面上肯定、实际上否定了俄罗斯人在待人接物方面的长处,那么就是说俄罗斯各个方面都比不上法国、德国,俄罗斯一无是处。实际上,"果戈理是蔑视西方文明的人。"②他来到法国、德国,不是为了同法国人、德国人打成一片,而是在他们之中更感到自己是俄罗斯人。他只是远距离地观察、了解他们的特点的概貌就够了。他怀着厌恶的情绪远离了俄罗斯,但俄罗斯却像一股迷人的热流在遥远的异国他乡吸引着他,他在异域所写的《死魂灵》中对俄罗斯讽刺批判的文字饱含着他强烈地对祖国的爱,流露出一种"恨铁不成钢"的心情。

二、茨威格《昨日的世界》中的巴黎与维也纳

斯蒂芬·茨威格(Stefan Zweig)(1881—1942)是奥地利著名小说家、传记作家,他的小说和传记的特点是对人物内心世界的刻画细致入微、洞烛探幽,因此有"心理的现实主义大师""灵魂的猎手"之称。由于出生在犹太

---

① 果戈理. 死魂灵 [M]. 郑海凌, 译. 北京:中国戏剧出版社, 2005:46.
② 亨利·特罗亚. 幽默大师果戈理 [M]. 赵惠民, 译. 北京:世界知识出版社, 2002:225.

家庭，1934年他受到纳粹的迫害，流亡国外，《昨日的世界》可以说是他的回忆录。这本书写于1939至1940年间，两年后，他便在巴西自杀，所以《昨日的世界》是他生命最后阶段发表的对世界、对社会、对人类的回忆和思考。在他的这部闻名遐迩的回忆录中，世界大历史的风云变幻与个人在时代大动荡中的悲欢离合浑然一体，令人回味无穷。书中有一章节名曰："巴黎，永远焕发青春的城市"，读来脍炙人口，他是这样写的："谁年轻时在那里生活过一年，他就会一辈子都带着一种莫大的幸福回忆。任何一个地方都没有像这座城市那样，有一种使人处处感到青春活力的气氛。"① 并且还把法国巴黎与德国柏林做了一番比较：

> 在巴黎，谁去关心什么种族、阶级、出身？……是呀，谁想真正爱上巴黎，他得先好好了解一下柏林。他得先带着自己那种经过痛苦磨炼的、僵硬的等级观念体验一下那种心甘情愿的德国奴性。在德国，一个军官夫人不会和一个教师的妻子"来往"，这个教师的妻子不会和一个商人的太太"来往"，这个商人的太太不会和一个工人的老婆"来往"。可是在巴黎，大革命时期的遗风犹存。一个无产阶级的工人觉得自己和他的雇主一样，是一个自由和举足轻重的公民。一个饭店服务员会在咖啡馆里和一个穿金丝边军服的将军像同事般的握手。勤劳、规矩、爱干净的小市民太太们对同一条楼道里的一个妓女不仅不会嗤之以鼻，反而每天在楼梯上和她闲聊，她们的孩子还会给她赠送鲜花呢……巴黎人只知道对立的事物可以并存，不知道什么上等和下等……每个姑娘都会找到一个和自己般配的男人，每个小伙子都可以找到一个对两性关系比较开放的活泼女友。是呀，如果你想生活得轻松愉快，那么你最好到巴黎去，尤其是当你年轻的时候！②

在茨威格笔下，巴黎可以称得上是"人间天堂"了，当然，对巴黎有"人间天堂"般的感觉的人绝不仅仅是茨威格，像美国作家欧内斯特·海明威（Ernest Miller Hemingway）、捷克作家米兰·昆德拉（Milan Kundera），其中的原因也是显而易见的。17世纪，法国是欧洲最强大的国家；18世纪资产阶级

---

① 斯蒂芬·茨威格. 昨日的世界 [M]. 舒昌善，等译. 桂林：广西师范大学出版社，2004：99.
② 斯蒂芬·茨威格. 昨日的世界 [M]. 舒昌善，等译. 桂林：广西师范大学出版社，2004：101-102.

启蒙思想运动在巴黎蓬勃兴起，带动了整个欧洲资产阶级价值观的普及；进入 19 世纪后，巴黎更成了欧洲文化的中心，许多新的文化思潮和流派在巴黎诞生，然后迅速蔓延到全欧以及大西洋彼岸的美洲，巴黎作为西方世界文化艺术中心的地位，一直维持到第二次世界大战，那么，巴黎对作家茨威格有如此大的吸引力自然也是情理之中了。实际上，还有另外的一些因素加强了茨威格对巴黎的美好感觉，那就是他在巴黎结识了一批志同道合或心之向往的文学艺术同行，这其中有法国著名翻译家莱昂·巴扎尔热特（Léon Bazalgette）、德语诗人莱纳·马利亚·里尔克（Rainer Maria Rilke）、法国雕塑艺术家奥古斯特·罗丹（Auguste Rodin）等。这些人被茨威格清清楚楚地写在了《昨日的世界》中，但又不仅止于此。巴黎对茨威格来说，同时还意味着女人。1913 年 3 月 3 日晨，茨威格抵达巴黎，六天之后，茨威格便开始了他那如痴如醉的巴黎之恋。他的恋人名叫玛赛尔，是一位制作女帽的巧手。她是怎么与茨威格邂逅的，我们不得而知，只知道他们度过了许多销魂荡魄、激情如炽的时光。从 3 月初到 4 月底，茨威格多次和玛赛尔相会。他在日记中是这样写的："摆脱了一切精神上的思考，沉浸于肉体的欢娱之中，直到精疲力竭。"[1] 所有这一切，铸就了茨威格对巴黎的"天堂般"的感受。而作为自己出生地的历史文化名城维也纳呢？在《昨日的世界》中，我们看到的更多的是一种理性的分析和评判。他是这样写的，维也纳"令人感到不胜温暖。这座城市的每一个居民都在不知不觉中被培养成为一个超民族主义者、一个世界主义者、一个世界的公民。"[2] "这里的气氛是那么轻松愉快，就像巴黎一样到处充满欢乐，只不过这里能享受到更自然的生活罢了。"[3] 茨威格对故乡维也纳的评判是冷静公允的，但我们注意到他比较维也纳和巴黎时用的语句是维也纳"像巴黎一样到处充满欢乐"，把巴黎当作评价故乡维也纳的标杆而不是相反，在他心中巴黎和维也纳哪一个轻哪一个重我们便可看出端倪。

从上面两位著名作家的著述中，我们可以看出果戈理即使内心并不倾向法国、德国，但他还是拿它们和俄罗斯做了一番比较，比出了俄罗斯的丑陋和落后，而奥地利作家茨威格更是用巴黎把自己的故乡维也纳含蓄、微妙、

---

[1] 张玉书. 茨威格评传——伟大心灵的回声 [M]. 北京：高等教育出版社，2010：68.
[2] 斯蒂芬·茨威格. 昨日的世界 [M]. 舒昌善，等译. 桂林：广西师范大学出版社，2004：10.
[3] 斯蒂芬·茨威格. 昨日的世界 [M]. 舒昌善，等译. 桂林：广西师范大学出版社，2004：11.

体面地比了下去，我们看第三位同样著名的法国作家斯丹达尔，他是如何看待自己的本土与异域的。

三、斯丹达尔《论爱情》中的法国与意大利性格

斯丹达尔（Stendhal）（1783—1842）是法国批判现实主义文学奠基人之一，他的作品深刻揭露了19世纪法国复辟时期复杂的阶级矛盾，表现出鲜明的进步思想倾向，1822年出版的《论爱情》（中文译作《十九世纪的爱情》）被斯丹达尔视为其主要作品，在此书中他真实记录了他的个人情感，是他对往事的回忆和思考，并且他在此书中还提出了一种新的爱情理论，另外书中充满着他从国别的角度对多国的比较性研究分析，其中最耐人回味的是他对自己的祖国法国和意大利的比较分析。在表达个人见解的时候，我们注意到，他通常不考虑民族的荣誉，他对法国的批评充斥着全书。我们挑几句有代表性的：

在美术方面，无论法国人怎样努力，也不会超出优美的程序。①

法国女子不像西班牙女子或者意大利女子那样生气勃勃、精力充沛、果断勇敢，也不像她们爱得那样深切，那样热烈；因为可爱的法国男子对她们进行教育，教给她们的只是虚荣心和肉体的欲望。②

请允许我再说一些法兰西民族令人不悦的事情……在巨大的激情方面，我觉得法国似乎缺乏独创性。③

在表达着对法国不悦与不满的同时，斯丹达尔还热情赞颂意大利的国土与人民，尤其赞扬意大利人的热情和力量，认为他们朝气蓬勃，精力充沛，果断勇敢。此外，我们知道斯丹达尔的墓志铭上用意大利文写的是："米兰人，生活过、恋爱过、写作过"。我们不禁要问，为什么斯丹达尔对意大利一往情深呢？我们当然可以很容易地找到一些原因：意大利是欧洲文艺复兴的发源地，艺术与文学均昌盛繁荣于一时，是整个欧洲仰望钦羡的对象，对于研究过意大利绘画与音乐的斯丹达尔而言，其魅力是可想而知的，另外，他的母亲是意大利人，他本人也在意大利米兰期间读书、旅行，欣赏意大利艺

---

① 司汤达.十九世纪的爱情[M].刘阳，译.南京：江苏人民出版社，2005：287.
② 司汤达.十九世纪的爱情[M].刘阳，译.南京：江苏人民出版社，2005：134.
③ 司汤达.十九世纪的爱情[M].刘阳，译.南京：江苏人民出版社，2005：138.

术，沉醉于意大利的景物风光，并且斯丹达尔于1818年结识了一位意大利女子玛蒂尔德，并真正爱上了她。虽然这段恋爱没有成功，却是斯丹达尔在意大利经历过的最激情洋溢、如痴如醉的时刻，这段恋情是他魂牵梦系、终生难忘的恋情。种种因素使他把意大利文化提炼成"意大利性格"。什么是"意大利性格"？当然，这里不可能是指意大利民族精神特质的种种方面，不是一种民族性的全面展示，而仅仅是斯丹达尔感受得最深、发掘得最有力、描绘得最动情的一种精神特质。具体来说，

就是激情至上主义，就是忠于自己的感情，在任何时候都把感情置于最高地位，为实现自己的感情而不惜摆脱一切束缚，无论是理性的，还是宗教的、道义的，也不惜冲破一切障碍，不论是家庭的，还是社会的，国家的，更不顾一切后果……①

这种被置于最高地位的感情，往往都是男女间的爱情与激情，有时，也有更为高层次的热情，斯丹达尔从文学创作活动的前期一直到后期，始终一贯地对意大利性格的题材钟爱垂青，多次满怀深情加以描写，《意大利遗事》是如此，《巴马修道院》也是如此，还有更深层的原因，那就是："对异己对象的钦羡与向往，往往与自身的某种欠缺与需求有关。"② 意大利性格的形态和表征，主要就是激情、有力度、强悍，甚至狂野不羁，至少在斯丹达尔笔下是如此，而这正是法兰西性格中所欠缺不足的，在高度发达的君主专制政治长达两三个世纪的培植和塑造下，虽然经历了1789年世界上最彻底的资产阶级革命的洗礼，自由、平等、博爱的思想在法国深入人心，但在这样一次翻天覆地的社会历史变革中，必然有激烈的斗争和严重的反复，而波旁王朝在法国复辟就是最严重的一次反复了。在这次复辟中，我们虽然不能说大革命的一切社会成果消失殆尽，但的确有一部分是荡然无存了，这就足以给当时的法国人造成灾难感和幻灭感，而斯丹达尔恰恰生活于那个时代。另外由于历史的积淀，法国精神文化中的消极的方面：如矫饰、雕琢、虚荣、纤细，斯丹达尔感受得很深。他以意大利性格来对照法国社会那种矫揉造作、苍白无力、虚荣失真等方面，体现了他对法国文化的反思与批判，也延续了法国

---

① 柳鸣九. 法兰西文学大师十论［M］. 上海：复旦大学出版社，2004：88.
② 柳鸣九. 法兰西文学大师十论［M］. 上海：复旦大学出版社，2004：89.

文化中自我超越、富有生机的传统。

四、结语

以上是我们对果戈理、茨威格、斯丹达尔笔下的异域与本土的解读，虽然茨威格的《昨日的世界》写于1939到1940年间，比果戈理的《死魂灵》（1842）和斯丹达尔的《论爱情》（1822）晚了大约一个世纪，但它们均成书于1789年法国大革命后，并且茨威格还特别指出了巴黎的美好主要得益于1789年的法国大革命，这样看来三位作家笔下的异域与本土是具有一定的可比性的。那么，既然如此，通过三位作家的文字，我们是不是可以得出这样一个结论，在果戈理眼里，法国、德国强于俄罗斯，在茨威格笔下，法国（巴黎）强过德国甚至自己的故乡维也纳，而在法国作家斯丹达尔心中，法国远远比不上意大利，依次推论，即俄罗斯不如法国、德国，德国不如法国，法国又不如意大利，这样，意大利把俄国、德国、法国统统比了下去，成了最美妙、最令人向往的国度，恐怕事情并不是这么简单。通过本文的分析论述，我们可以发现，一切文化都在与其他文化相对立、相比较中而确定的，每个作家笔下的异域形象都是加入了文化的和情感的、客观的和主观的因素、个人的或集体的表现，并且往往是情感因素胜过客观因素，也就是当"'我'注视他者，而他者形象同时也传递了'我'这个注视者、言说者、书写者的某种形象。"[1] 正如法国思想家卢梭（Jean-Jacques Rousseau）所言：

> 我们赋予事物以在我们身上发生的所有变化……这个国家在我不同的年龄时对我产生的不同印象使我总结出我们的关系依靠我们胜过依靠事物，正如我们描写我感觉到的东西远远超过事实存在的东西一样，为了评断有多少画面是这里或那里的事实，必须懂得写作着的一位游记作者怎样受到感动。[2]

既然如此，那么我们在阅读这些文学大师的文字时，不仅要关注他们写了什么，更要探究他们为什么这样写，并时刻保持我们清醒的分析判断能力。

---

[1] 达尼埃尔-亨利·巴柔. 形象 [M] //孟华. 比较文学形象学. 北京：北京大学出版社，2001：157.
[2] 转引自布吕奈尔. 形象与人民心理学 [M] //孟华. 比较文学形象学. 北京：北京大学出版社，2001：113.

《教书匠》中的教学艺术

一、引言

美国著名作家、普利策文学奖获得者弗兰克·迈考特（Frank McCourt）（1930—2009）一生中的大部分时间都是以一名教师的身份生活着，他总共教过 12000 多名学生，曾荣获美国教育界的最高荣誉称号"全美最佳教师"，被授予"约翰·杜威教育奖"，并被誉为是"老师中的老师"。1996 年他的自传体小说《安琪拉的灰烬》出版，一举获得普利策文学奖、全美书评奖等各大重要奖项，之后迈考特又连续出版了两部自传体小说，其中 2005 年出版的《教书匠》一周内就登上《纽约时报》畅销书榜首，后被译成 20 多种文字广为流传。在这部作品中，作者以不动声色、辛辣诙谐的文字，讲述了自己在纽约的黑板丛林中 30 年的传奇生涯。在开始教书的前两天，他两度差点被学校开除，而在此后的职业生涯中，他常常拿不准自己是否应该做教师。即便如此，他真诚而执着地拥抱自己的学生，与他们分享自己的人生，在春风化雨间教会他们唱自己的歌，跳自己的舞，走自己的路，创造自己的人生，他以为自己是个糟糕透顶的教书匠，人们却颁了奖给他，称他是"全美最佳教师"……我们从他幽默平和的语言、质朴特别的角色定位中不仅看到了《教书匠》的与众不同和其之所以畅销全球的必然性，也看到了他之所以被誉为"老师中的老师"的原因，那就是灵活生动、精彩绝伦的教学艺术。

二、转移学生注意力　进行有效课堂管理

在迈考特教学生涯的第一天，他就吃了一名学生的三明治。事情的经过是这样的：麦考特任职的学校是纽约市一所职业技术高中，许多人认为，职

业技术学校是为没有能力上普通高中的学生开办的垃圾倾倒场。这样说虽然很势利，但从迈考特的叙述中我们可以看出这种说法绝对不是空穴来风。麦考特上的第一次课就遭遇了"三明治事件"。当他从讲台后走出，发出了教学生涯的第一声"嗨"后，教室里没人理他，教室里飞舞着一块三明治，学生们正忙于使这场既可以消磨时间又可以使教师忘掉上课的战争升级。纽约大学的教育学教授们从来没有教过如何应对飞舞的三明治之类的情形，他们谈论教育学理论和理念，教师的道德和伦理责任，但从来没有讲过如何应对教室里的关键时刻。而麦考特怎么做呢？他把三明治吃了。他写道：

这是我的第一个课堂管理行为。我那张被三明治塞得满满的嘴吸引了全班的注意力。他们，三十四个平均年龄十六岁的男孩和女孩，惊讶地呆望着我。我可以看见他们眼里的钦佩。我成了他们生命中第一个从地上捡起三明治并在众目睽睽之下把它吃掉的老师。①

然后他把纸袋和蜡纸搓成团，用手指把它弹进废纸篓，结果全班欢呼起来，哇！学生说，乖乖，真不得了！看哪，他吃了三明治。他命中废纸篓了。天哪！难道这就是教学？迈考特感觉像个冠军，因为他吃了三明治，他命中了废纸篓，他觉得自己在这个班上无所不能，他感到已经将他们玩弄于股掌之间。

我们知道，"最好改变行为的方法就是打破学生的固有行为模式。其中，最好的方式之一就是转移学生的注意力。"② 家长在对待他们的孩子时经常会使用这种方法，如果一个小孩子正在吵闹着想得到他不能得到的东西时，家长就会用另外一件事情把孩子的注意力转移开来，许多牙科诊所都会在病人拔牙的时候放舒缓的音乐以帮助病人转移可能出现的疼痛。有些时候，在课堂中解决一些潜在或者实际问题的最有效的方法就是转移注意力，以打破学生固有的行为。这是一个非常简单的技巧，但是它却可以避免消极行为的出现，麦考特处于困境中无意识地做出了正确的选择，他吃掉了学生正在关注的三明治，转移了他们的注意力，并命中废纸篓，建立了自己的威信，歪打

---

① 弗兰克·迈考特. 教书匠 [M]. 张敏，译. 海口：南海出版公司，2010：8.
② 安奈特·布鲁南，托德·威特克尔. 改善学生课堂表现的50个方法——小技巧获得大改变 [M]. 于涵，译. 北京：中国青年出版社，2012：143.

正着，教室开始安静下来，从而做到了有效的课堂管理，避免了学生群体的失范行为。

三、因材施教　接受学生最好的作文——假条

迈考特的学生抵制任何一种课上或课后的写作作业，他们哀叫着他们很忙，很难就任何题材写出二百字来，但当他们伪造假条时，却才华横溢，导致迈考特有满满一抽屉假条，足够编成一本《美国伟大的借口集锦》或《美国伟大的谎言精粹》，如果要与每一个伪造者当面对质，他将一天二十四小时忙个不停，还会导致愤怒、受伤的情绪以及学生与老师之间的紧张关系，假条只是校园生活的一部分，他仔细研究了这些假条，惊奇地发现他的学生可以写出美国最棒的散文：流畅、充满想象力、表达清楚、富有戏剧性、奇思妙想、观点集中、具有说服力、有建设性。迈考特写道：

我的抽屉里塞满了诗歌、小说或学术研究中从来没有提到过的美国天才的样本。我怎么能忽视这座宝库？你能在这里找到虚构、幻想、创造力、搜肠刮肚、自我怜悯、家庭问题、锅炉爆炸、天花板塌陷、大火波及整个街区、婴儿和宠物在作业本上撒尿、意想不到的分娩、心脏病发作、中风、流产和抢劫的精华。这儿有处在全盛时期的美国高中作文——未经润饰、真实、急迫、清晰、简明而且满纸谎言。[1]

既然如此，迈考特决定顺水推舟，将计就计，在课堂上大声朗读这些假条，这是世界上第一堂研究假条艺术的课，第一堂练习写假条的课。他接受了学生最好的作文——假条，并把它变成一门值得研究的功课，还鼓励学生发挥想象力写"亚当写给上帝的假条"和"夏娃写给上帝的假条。"不仅如此，迈考特和他的学生还以研究名著的态度分析报纸上的美食评论，在公园野餐以进行词汇教学，把创造性写作课变成了配乐朗诵菜谱比赛。

我们阅读《论语》，不但可以了解孔子的思想，还可以感受他独特的教学组织形式：孔子常携三五个弟子，边品茶边探讨，边散步边沟通。当然，这种悠闲的教育形式，在柏拉图（Plato）的《理想国》中也有体现：一群志同

---

[1] 弗兰克·迈考特. 教书匠[M]. 张敏, 译. 海口：南海出版公司, 2010：74.

道合的人，聚在一起畅谈人生哲学，高论国家发展。孔子和柏拉图都是尊者与师者，可在两本著作所演绎的教学过程中，学生们并没有因为老师的存在而压抑自己的思想。与之相反，正是在老师的引导下，学生的思想离真理越来越近。教育在他们的眼中之所以有着如此和谐的氛围，也许是与孔子提出的"因材施教"大有关系，"因材施教"就是针对学习的人的能力、性格、志趣等具体情况施行不同的教育。"老师通过对学生的全面了解，用自己的才学去延伸学生的思路，既培养出了富有自主精神的学生，又体现了师者的教育价值。"[1] 迈考特在课堂上研究学生的假条，乍一看是一种极端的形式，让人感觉莫名其妙、匪夷所思，但其实质却符合"因材施教"这个我们大家都理解和接受的教育原则，所以他得到了校长和斯塔滕岛区教育局局长的肯定。他们对迈考特赞叹道："那正是我们所需要的，那种脚踏实地的教学。那些孩子的写作达到了大学水平。"[2]

四、关注非语言交流——肢体语言

迈考特在没有开始教学生涯之前认为讲课是一件非常容易的事，就是将你知道的东西告诉班上的学生，然后考他们，给他们成绩，真正从事教学工作以后，他才体会到作为教师的生活竟然如此复杂，与他先前的想象距离如此之大。虽然纽约大学的教育学教授曾提醒过他：比方说，第一印象很关键，你和第一个班组见面、打招呼的方式可能会决定你的整个职业进程，因为你是在和美国青少年——一个危险物种打交道。对此，他体会颇深，他发现学生知道老师的身体语言、语气语调和行为举止，他们似乎不是在洗手间或自助餐厅里无所事事时才讨论这些。学生"是研究老师的高手。坐在讲台边意味着你害怕了或者你很懒，所以把讲台作为屏障。最好的办法是离开讲台站着。"[3] 另一方面，老师们也在学习，在教室里多年面对上千个学生以后，老师对每一个走进教室的人都有那种第六感。他们明白那些斜视的含义，闻一闻新班级的空气，他们就能说出这个集体让人讨厌还是可以合作。老师知道哪些是需要鼓励才能开口说话的沉默的孩子，哪些是需要叫他们住嘴的叽里

---

[1] 周彬. 课堂密码——对课堂教学的深度思考 [M]. 上海：华东师范大学出版社，2011：32.
[2] 弗兰克·迈考特. 教书匠 [M]. 张敏，译. 海口：南海出版公司，2010：78.
[3] 弗兰克·迈考特. 教书匠 [M]. 张敏，译. 海口：南海出版公司，2010：4.

呱啦的孩子。教师"可以通过一个男孩的坐姿来判断他可以合作还是极其让人讨厌"①。如果一个学生坐得笔直,把手放在课桌上,看着老师微笑,那就是个好兆头。如果他懒洋洋地向后靠着,把腿伸到过道上,盯着窗外、天花板和老师头顶上方,那就在传递糟糕的信号。提防麻烦吧!

本来,人类交际就有两种渠道:语言的和非语言的。非语言交际指的是语言行为以外的所有交际行为。"除了有声语言之外,我们都在用行为语言传达自己的真情实感。"②绝大多数研究专家认为,"在面对面交际中,信息的社交内容只有35%左右是语言行为,其他都是通过非语言行为传递的"③。美国有的研究还表明,在表达感情和态度时,语言只占交际行为的7%,而声调和面部表情所传递的信息却多达93%。对于西方学者所做的这些调查和统计数字,我们的信任程度有多大并不重要,但有一点是确信无疑的:人类交际是语言交际和非语言交际的结合,或者说,非语言交际是整个交际中不可缺少的组成部分,既然如此,在教室这个师生面对面直接交流的空间,比起话语,学生更容易体会到教师的肢体语言所表达的含义。所以,作为教师,要经常留意自己的肢体语言,要确保自己的肢体语言体现了一个教师的专业素养,还要控制自己的情绪。"所有的教师,即便是最优秀的教师,都可以在课堂上提高自己肢体语言的表达能力。"④ 而迈考特为我们做了示范,他在教学过程中,不仅有意识地关注自己向学生发出的肢体语言,而且也准确解读学生向他展示的肢体语言,从中获得最大限度的信息,有的放矢,使自己的教学顺利进行并且更加有效。

五、结语

实际上,这位自称为"教书匠"的"全美最佳教师"迈考特在《教书匠》中不仅仅表现出他的教学艺术,他还深入思考了师生关系、教师的角色定位等,特别难能可贵的,他探究了这样的终极问题:教育到底是什么?我究竟在这个教室做什么?他的答案是:

---

① 弗兰克·迈考特. 教书匠 [M]. 张敏, 译. 海口: 南海出版公司, 2010: 137.
② 爱德华·霍尔. 无声的语言 [M]. 何道宽, 译. 北京: 北京大学出版社, 2010: 3.
③ 毕继万. 跨文化非语言交际 [M]. 北京: 外语教学与研究出版社, 2009: 3.
④ 安奈特·布鲁南, 托德·威特克尔. 改善学生课堂现表的50个方法——小技巧获得大改变 [M]. 于涵, 译. 北京: 中国青年出版社, 2012: 157.

我为自己列了个公式。在黑板的左边，我写了个大写的 F。在黑板的右边，我又写了个大写的 F。从左到右，我画了个箭头，从'害怕'（FEAR）到'自由'（FREEDOM）。我认为不会有人获得完全的自由，但是我要对你们做的就是将害怕赶入角落。①

他还在书中坦诚到：

我通过反复试验才弄懂教书之道，并为此付出了代价。我不得不寻找自己做人、做老师的方式。这是我三十年来在纽约市课堂内外一直努力想得到的。我的学生不知道，他们面前站着那么一个挣脱了爱尔兰历史和天主教教义的蚕茧，并将蚕茧碎片撒得遍地都是的人。②

当然了，我们完全可以套用"一千个观众就有一千个哈姆雷特"来说明课堂教学，那就是"一千个教师就有一千种课堂教学"，这是课堂教学艺术性的体现。"尽管课堂教学是教师教学个性的集中体现，但这并不意味着它就完全依赖于教师的个性，而没有其自身的共性与规律性。"③ 课堂教学的成功都是一样的，但是其失败却是多种多样的，这就意味着不管是谁的课堂教学，它都有着自身的规律性，而这正是课堂教学成功的前提。所以虽然迈考特是"全美最佳教师"而非"中国最佳教师"，他的教学对象也仅仅是美国职业技术高中学生，但他的教学经验、教学艺术也具有相当的普适性，这种普适性不会因文化、国家、语言的不同而不同，它对我们中国所有的教师都具有借鉴和启发的意义。

---

① 弗兰克·迈考特. 教书匠 [M]. 张敏，译. 海口：南海出版公司，2010：235.
② 弗兰克·迈考特. 教书匠 [M]. 张敏，译. 海口：南海出版公司，2010：11.
③ 周彬. 课堂密码——对课堂教学的深度思考 [M]. 上海：华东师范大学出版社，2011：209.

一部"倡异议者"的自传
——解读《瓦尔登湖》

一、引言

在美国 19 世纪超验主义思想家中，亨利·戴维·梭罗（Henry David Thoreau）是仅次于被称为一位"富有启发性、指示性和深入灵魂的思想家"——拉尔夫·沃尔多·爱默生（Ralph Waldo Emerson）的重要人物，在哈佛大学读书期间，他就受到爱默生的影响，二十岁毕业后没有去做牧师、律师或商人，而是回到家乡康科德，在一所学校里任教，但是不久因为不愿意按照校方的规定体罚学生而被解雇。在随后的时间里，梭罗曾长期居住在爱默生的家里，在爱默生远赴欧洲期间为他料理家事。1845 年，梭罗在瓦尔登湖畔造了一个小木屋，开始为期两年零两个月的独处生活，正是在这里，他完成了自己最重要的作品《瓦尔登湖》的手稿，该书于 1854 年正式出版。

《瓦尔登湖》与《圣经》诸书一同被美国国会图书馆评为"塑造读者的 25 本书"，1985 年在《美国遗产》杂志上所列的"十本构成美国人性格的书"中位居榜首，它是美国当代拥有读者最多的散文经典之一，但它也是一部梭罗的自传。谈及自传，历来众说纷纭，但大多数学者还是比较认同菲力浦·勒热讷（Philippe Lejeune）在《自传契约》中对自传的界定：他认为：

当某个人主要强调他的个人生活，尤其是他的个性历史时，我们把这个人用散文体写成的回顾性叙事称作自传。该定义涉及了三个不同方面的因素：1、语言形式：a）叙事；b）散文体。2、所探讨的主题：个人生活，个性历史。3、作者的情形：a）作者、叙述者和人物的同一；b）叙事的回顾视角。①

任何作品，只要同时满足了每个方面所规定的条件，就是自传。我们拿《瓦尔登湖》对照菲力浦·勒热讷所设定的条条框框，《瓦尔登湖》一个也不少：《瓦尔登湖》是梭罗用散文体写成的回顾自己两年零两个月的独处生活的作品；语言形式当然是叙事散文体；所探讨的主题是梭罗的个人生活及个性历史；梭罗与《瓦尔登湖》的叙述者和其中的主人公具有同一性；叙事采用的是回顾性视角，并且，在众人心中，梭罗与瓦尔登湖紧密相连，虽然梭罗只在那儿生活了两年零两个月，可他似乎永远留在了瓦尔登湖，成为一个神话般的人物。

二、"倡异议者"的思想——超越爱默生

作为一个强壮健康的青年，刚从大学毕业，梭罗所有的友伴都在选择他们的职业，或者急于要开始从事某种报酬丰厚的职务，而梭罗却不肯为了任何狭窄的技艺或是职业而放弃他在学问和行动上的大志，他的目标是一种更广博的使命，他这样写道："我希望世上的人，生活越千姿百态越好。但我更愿每一个人都能慎重地寻找到并坚持他独有的生活方式，而不要去采纳他父亲的，或是他母亲的、他邻居的生活方式。"② 他还认为"众人赞扬并认作成功的生活，只不过是生活方式的一种罢了。我们为什么要夸大这种生活方式而去肆意贬低其他的生活方式呢？"③ 的确，梭罗没有醉心于任何传统意义上的事业，而是面向山水草木，开始了一个大地漫游者的漂泊生涯。在梭罗同代人的心目中，梭罗通常被视为爱默生的弟子，甚至只是爱默生的效仿者，但实际上，"如果说爱默生把梭罗领进了一个充满神奇的精神世界，那么梭罗则把爱默生带入了一个自然的世界。两人之间的关系是一种相辅相成的互补关系。"④ 我们知道，在梭罗的思想中，自然占有特殊的地位。他与爱默生不同，主要不是从理论上来论述自然与人的关系，而是从实践中体验这种关系。

---

① 菲力浦·勒热讷. 自传契约 [M]. 杨国政，译. 北京：三联书店，2001：3.
② 亨利·戴维·梭罗. 瓦尔登湖 [M]. 戴欢，译. 北京：当代世界出版社，2003：43.
③ 亨利·戴维·梭罗. 瓦尔登湖 [M]. 戴欢，译. 北京：当代世界出版社，2003：12.
④ 程虹. 寻归荒野 [M]. 北京：三联书店，2001：107.

自然对于他来说,是一个确实的存在,也是宇宙万物的综合,梭罗是一位真正的自然热爱者,在自然中散步,是他一生中最喜爱的运动。梭罗具有中国古代隐士的风范,他既能够独处,也可以"大隐于世",因为他真正拥有内心的宁静和平和。

梭罗的思想里最值得我们重视的,是他关于人与自然万物之间平等关系的认识,在爱默生的眼中,自然是为人类服务的,人在根本上高于自然,但是,梭罗比爱默生更高明的地方在于,他完全放弃了爱默生的那种人类中心论的观点,把自己视为大自然的一部分,与自然界的一切完全平等。例如他在《瓦尔登湖》中幽默地写道:他和林中的小鸟成了邻居,但这不是把小鸟用笼子装着挂在自己的家中,而是恰恰相反,是他把自己关在"笼子"(小木屋)里,又把这笼子放在小鸟的家附近,类似于中国古代文人所谓的"侣鱼虾而友麋鹿"。

从另一个角度来看,梭罗的这类作品颇具传统的中国山水画风格:虽然它们也以人物的活动为题,但占据整幅画面的却永远是自然,人物仅仅是其中的一景而已,更为吸引人的是层峦叠嶂的山峰、茂密的森林等。在这里,最重要的是,人与自然的对立消失了,人与动物的高下没有了,有的只是作为自然之一员而感到由衷的愉悦,与自然浑然一体的悠然自得。梭罗在《瓦尔登湖》写道:"我在自然中往来,感受到一种奇异的自由,我是她的一部分。"在这个意义上,梭罗认为他在瓦尔登湖的生活并不是人们所认为的那种孤独生活,因为大自然中的一草一木、一鸟一兽,都是他的伴侣,梭罗还这样写道:"和湖中兴奋地呱呱叫的潜水鸟一样,我并不孤独,瓦尔登湖也不孤独,草地上的毛蕊花、蒲公英、豌豆叶,它们不孤独,我也决不孤独,密尔河不孤独,新房子里的一只蜘蛛不孤独,我怎么会孤独?""难道我不该与大地共呼吸吗?难道我自己不也是绿叶、青菜和泥土的一部分吗?"[①] 在这样的图景里,人是渺小的,他不过是天地间万物的一分子,同时他又是伟大的,因为万物皆在他心中,他能够认识到自己的渺小。

梭罗与爱默生不同的地方就在于,他更加接近中国古典思想,他主张与大自然的结合,或者说,融入自然之中,成为其一分子,平等地对待自然中的一切,不像爱默生那样把自然作为工具或媒介,认为其本身没有价值,只

---

① 亨利·戴维·梭罗. 瓦尔登湖[M]. 戴欢,译. 北京:当代世界出版社,2003:88.

是上帝和人的附庸。梭罗还主张人要蔑视世俗的物质享受，清贫被理想化，被认为是读书人的德行或常态，这些都与中国儒家和道家思想是一致的，但是，只有梭罗真正实践了这一主张，他在瓦尔登湖的生活就是一个证明。

三、倡异议者思想的形成——阅读与思考

爱默生曾在《梭罗》一文中写到，梭罗"是一个天生的倡异议者"①，梭罗的确是一位倡异议者，但他到底是如何天生的似乎不太容易找到充足的证据来下一个定论，而他是如何成为一个倡异议者或这位倡异议者的思想是如何产生的，我们从《瓦尔登湖》可以找到许多蛛丝马迹，这些蛛丝马迹汇总起来就是充足的证据，梭罗曾这样写道："好好读书，也就是说，以求真务实的精神去阅读真实的书，这是一种高尚的历练。"② 他还在《瓦尔登湖》中评价到：当那些我们称之为圣物的古代经典巨著以及比之更加古老，因而更鲜为人知的诸国的经典越积越多时，当梵蒂冈教廷里荷马（Homer）、但丁（Dante Alighieri）和莎士比亚（William Shakespeare）的大作与《吠陀经》《波斯古经》和《圣经》荟萃一堂时，当后续的世纪连绵不绝地在世界的讲坛上陈列他们的战利品时，那个时代必将无比丰饶。借助这堆积而成的文艺经典的山峰，我们最终有望登上天堂。很明显，作为一位19世纪的美国文学家，梭罗没有拘泥于西方文化中心主义的牢笼里故步自封，而是以海纳百川的博大胸怀兼收并蓄异域文化，并且根据自身的需求对异域文化进行创造性的吸收，进而将其融入美国文化，使美国文化得到了新鲜的血液，从而获得了飞速发展。他在《瓦尔登湖》中多次大声疾呼："你必须做一个哥伦布，去发现你心海里的新大陆和新天地。开出思想而不是贸易的新航道。"③ 他从阅读和思考中得出，一个人假如既自信又坚定不移地朝着他梦想的目标前进，并努力营造他所向往的生活，那么，他会取得在通常情况下无法取得的意外成功。所以爱默生认定"从来没有一个人比梭罗更是一个真正的美国人。"④ 真正的美国人是什么样的？谁是真正的美国人？这种仁山智水的问题难以有标准答案，而爱默生所给的答案是梭罗。爱默生没有道出缘由只给出答案，

---

① 范道伦. 爱默森文选 [M]. 张爱玲, 译. 北京：三联书店，1986：189.
② 亨利·戴维·梭罗. 瓦尔登湖 [M]. 戴欢, 译. 北京：当代世界出版社，2003：64.
③ 亨利·戴维·梭罗. 瓦尔登湖 [M]. 戴欢, 译. 北京：当代世界出版社，2003：204.
④ 范道伦. 爱默森文选 [M]. 张爱玲, 译. 北京：三联书店，1986：194.

我们推测一下主要原因也许是因为梭罗是一位倡异议者,一位完全自由的人,自由,难道不是美国所标榜的最高价值吗?

正如我们本文一开始就说,在美国19世纪的超验主义思想家中,梭罗是仅次于爱默生的重要人物,梭罗自认为自己同时是神秘主义者、超验主义者和自然哲学家,他承认自己最大的兴趣,是观察从内心和脑海中——而不是大街上——蒸发出来的东西。所以,梭罗的思想具有浓烈的个人主义色彩。在梭罗生活的时代,虽然工业革命在西方世界已经拉开了序幕,但人类活动对自然自身的运转还没有构成严重的威胁,尤其是在北美洲这片广袤而肥沃的土地上,由于人口稀少,几乎到处充满勃勃的生机,那时的西方人崇尚的是物质的进步,而对其他事几乎不屑一顾,他们认为自然资源不可穷尽,其目的也不过是满足人类的需求。在这样一些人眼里,大自然只是一个有待征服的对象。在这样一种文化背景下,梭罗对自然的关爱和了解,他对自然的统一性、丰富性和脆弱性的深刻理解,是具有卓识的先见之明,但在当时的人们看来却多少有些杞人忧天,梭罗本人也让人觉得有些怪僻另类,就连爱默生也不能不注意到:环顾四周,梭罗是唯一的闲人——"无业游民"。19世纪英国哲学家约翰·密尔(John Stuart Mill)曾睿智地写道:

凡性格力量丰足的时候和地方,怪僻性也就丰足;一个社会中怪僻性的数量一般总是和那个社会中所含天才异秉、精神力量和道德勇气的数量成正比的。今天敢于独行怪僻的人如此之少,这正是这个时代主要危险的标志。[1]

而美国哲学家桑塔耶纳(George Santayana)也感同身受:"若不是拥有卓尔不群的典型的个体生活,国家就如同大海中的沙子一般不值得记取;若美国人个个都是败笔,那么美国也成不了杰作"。[2] 这样看来,怪僻的、有个性的人反而是一个独立地实现着自由的人,这种人是人群中的真正精髓,一个社会和国家都需要这样的人,梭罗就是这样的一位显得有些怪僻的"倡异议者"。

---

[1] 约翰·密尔. 论自由 [M]. 程崇华, 译. 北京: 商务印书馆, 1996: 72.
[2] 桑塔耶纳. 英伦独语 [M]. 邱艺鸿, 萧萍, 译. 北京: 三联书店, 2003: 77.

四、结语

传记是人的历史，也是人性的真实记录，"传记不但帮助读者认识人性、认识世界，也给读者一种示范和教训；人应当这样、而不应当那样去度过自己的一生。"[①] 传记直接发挥着励志功能，罗曼·罗兰（Romain Rolland）称他写《贝多芬传》是因为贝多芬是"教我们如何生、如何死的大师"[②]，一个历史人物可以具有如此重大的榜样意义，并非罗曼·罗兰夸大其词，他的这部传记确实以其悲壮的英雄主义感动和影响了无数读者。同样，《瓦尔登湖》成了美国人引以为豪的文学经典，瓦尔登湖便也带上几分神圣，慕名而来的朝拜者终年不绝。但梭罗在《瓦尔登湖》中却这样说："我并不希望任何人以任何借口模仿我的生活方式"[③]，他号召读者成为探索自己心灵的探险家，去探索自己的极地，梭罗的确是一位"倡异议者"，而《瓦尔登湖》也就成为一部"倡异议者"的自传。

[①] 杨正润. 现代传记学 [M]. 南京：南京大学出版社，2009：203.
[②] 罗曼·罗兰. 巨人三传 [M]. 傅雷，译. 合肥：安徽文艺出版社，1994：11.
[③] 亨利·戴维·梭罗. 瓦尔登湖 [M]. 戴欢，译. 北京：当代世界出版社，2003：43.

一部梭罗的传记

——论爱默生的《梭罗》

一

塞缪尔·约翰逊（Samuel Johnson）认为："只有那些与一个人在社会交往中一起吃过、喝过和生活过的人，才能写他的传记。"[①] 约翰逊所规定的传记作者的条件虽然苛刻了点，但也不是没有道理，而美国哲学家拉尔夫·爱默生（Ralph Waldo Emerson）就是符合这苛刻条件来写梭罗（Henry David Thoreau）传记的人，有人说梭罗曾做过爱默生的私人秘书，也有人说爱默生是梭罗的良师益友，不管怎样，他们两人的确是一起吃过、喝过和生活过，爱默生具有写梭罗传记的资格是毋庸置疑的。

不过确切地说，爱默生虽有写梭罗传记的资格，但他实际上并没有真正写一部梭罗的传记，我们今天所读到的爱默生的《梭罗》，大部分是从他日记中摘出的，但即便如此，这篇不长的文字的确可以看作是梭罗的传记，因为虽然传记的范畴广大，形式多样，但只要是传记，一般都符合以下条件：

传主的生平、个性和对传主的解释是传记的三个要素，生平是最基本的，任何传记文本都必不可少，其余依次为个性和解释。这三者构成传记的主要内容，它们的统一表述成为传记的主题。[②]

按传记的构成来看，爱默生的《梭罗》一个也不少，并且爱默生言简意赅，他在与梭罗的交往中感受到梭罗具有一个独特的心灵，他就写了这样一

[①] JAMES B. The Life of Samuel Johnson [M]. New York: The Macmillan Company, 1900: 498.

[②] 杨正润. 现代传记学 [M]. 南京：南京大学出版社, 2009: 88.

个独特的心灵,既情真意切,又心平气和,令我们今天读来也回味无穷。

二

"爱默森(生)关于个人的理论是他的思想的基本,而他最好的作品却写的是个别的人物。"① 爱默生写梭罗没有写成是面面俱到的流水账,他从梭罗的祖先是法国人写到梭罗何时何地出生,之后一下子跨了二十年写到1837年梭罗从哈佛大学毕业,梭罗就在爱默生笔下飞速地长大成人了,二十岁以后的梭罗是怎样的一个人?我们看爱默生对他的概括,即便是概括,需要列举的条目也太多,我们挑着重要的说:"他是一个天生的倡异议者"。② 作为一个强壮健康的青年,刚从大学出来,他所有的友伴都在选择他们的职业,或是急于要开始从事某种报酬丰厚的职业,而梭罗不肯为了任何狭窄的技艺或是职业而放弃他在学问和行动上的大志,他的目标是一种更广博的使命,一种艺术,能使我们好好地生活,也就是说他打算以人生为职业。的确,梭罗在《瓦尔登湖》中多少表示了对大学教育的质疑:年轻人若不立即投身于生活实践中去,又怎能更好地去研究人生呢?学校里教授的"课程五花八门,练习也广,但唯独不教授生活的艺术,"③ 这样的课程设置的结果便是:儿子正在钻研亚当·斯密(Adam Smith)、李嘉图(David Ricardo)和萨伊(Jean-Baptiste Say)的经济学说,却因此导致父亲负债累累。梭罗所谓的以人生为职业,就是把哲学家的理想和实干家的行动结合起来,这种生活的艺术意味着要不断克服自我,从而达到更新、更高的层次;它是艰苦的、包容一切的生活的职业,所有的现实职业都从属于它,从职业的选择上可见梭罗的确是一位倡异议者。

他是一个极端的新教徒,很少有人像他这样,生平放弃这样多的东西,他没有学习任何职业;他没有结过婚;他独自一人居住;他从来不去教堂;他从来不选举;他拒绝向政府付税;他不吃肉,他不喝酒,他从来没有吸过烟;他虽然是个自然学家,从来不使用捕机或是枪。④

---

① 范道伦. 爱默森文选 [M]. 张爱玲,译. 北京:三联书店,1986:158.
② 范道伦. 爱默森文选 [M]. 张爱玲,译. 北京:三联书店,1986:189.
③ 亨利·戴维·梭罗. 瓦尔登湖 [M]. 戴欢,译. 北京:当代世界出版社,2003:31.
④ 范道伦. 爱默森文选 [M]. 张爱玲,译. 北京:三联书店,1986:190.

这一段文字的前半部分应该说和"天生的倡异议者"关系密切，或者说是"一个天生的倡异议者"的注脚，但有一点需要说明的是"拒绝向政府付税"这一项：梭罗以这种方式抗议美国政府1846年入侵墨西哥以及容忍奴隶制这两项不义之举，他认为作为一个公民，他觉得如果自己继续服从这样一个政府，并以纳税等方式与它保持联系，便等于默认并参与罪恶，因此梭罗拒绝向政府付税，为此他坐了一夜大牢，由此他也写出了不朽的《论公民的不服从义务》。这一段文字的后半部分，体现出他对"简单生活"理念的实践，简单生活是门学问，它一直遭到人们的轻视，但它却不能任人漠然无视。梭罗在瓦尔登湖畔的小木屋的生活是用行动告诉世人，生活可以简单到如此程度，仍然可以算作幸福的好生活，所以他被誉为"简单生活的宗师"。

"从来没有一个人比梭罗更是一个真正的美国人。"[①] 真正的美国人是什么样的，谁是真正的美国人？这种见仁见智的问题难以有标准答案，而爱默生所给的答案是梭罗。爱默生没有道出缘由只给出答案，我们推测一下主要原因也许是因为梭罗是一个完全自由的人。自由，难道不是美国所标榜的最高价值吗？所以就有了这样一个建议，"我希望，在他们的某个国庆日，把纽约的'自由女神像'，悄悄地换成'亨利·戴维·梭罗像'"[②]，这个建议不是没有道理，但能不能真正实施又是另一个问题了。

"他酷爱大自然，在大自然中独处感到非常快乐。"[③] 梭罗的酷爱自然，应该说与爱默生有一定的关系。在哈佛大学学习期间，梭罗读到了爱默生的《论自然》，对他产生了较大影响，不过，从梭罗的写作中可以看出，他迷恋自然，也有与生俱来的成分。另外我们要强调的是，在爱默生的眼中，自然是为人类服务的，人在根本上高于自然，但是梭罗比爱默生高明的地方在于：他完全放弃了爱默生那种人类中心论的观点，把自己视为大自然的一部分，与自然界的一切完全平等。梭罗这种人与自然万物平等关系的认识，是他思想里最值得重视的。爱默生还认为"梭罗以全部的爱情将他的天才贡献给他故乡的田野与山水，因而使一切识字的美国人与海外的人都熟知它们，对它

---

① 范道伦. 爱默森文选 [M]. 张爱玲, 译. 北京：三联书店, 1986：194.
② 赵白生. 生态理性的范本 [M] // 梭罗. 梭罗日记. 朱子仪, 译. 北京：北京十月文艺出版社, 2005：2.
③ 范道伦. 爱默森文选 [M]. 张爱玲, 译. 北京：三联书店, 1986：209.

们感兴趣。"① 的确，也许这是梭罗建立故乡——世界的特点，就像詹姆斯·乔伊斯（James Joyce）所言："我总是写都柏林，因为倘若我能进入都柏林的心脏，我就能进入世界各座城市的心脏。"② 梭罗的书写使一个普通的小湖带上了神圣气息，使慕名而来的朝拜者终年不绝，使这个普通的小湖冲破地域的界限，获得超越民族国界的普世性地位。

当然，爱默生并不是一味地对梭罗大唱赞美诗，他坦率地道出了梭罗的不足："我觉得非常遗憾，因此我不得不认为他没有壮志是他的一个缺点。他因为缺少壮志，他不为整个美国设计一切，而做了一个采浆果远足队的首领。"③ 以我们的后知后觉来看，爱默生比较慎重地指出的梭罗的不足今天看起来反倒存在言不符实，或者说这正是梭罗的个性体现，应该说，梭罗是这样一种人，他一开始就忠实于自己的才能，他也努力准确地估计自己的才能，他实际上最大限度地发挥了自己的才能，在此过程中，他不向任何人让步，而这需要极大的勇气和代价，辜负他的家庭和朋友对他的天然的期望，而这正是梭罗成为梭罗的方式。往深一层看，这实际上也并不违背爱默生的思想，爱默生作为美国19世纪文坛的领袖，他并不希望有所谓的门徒，因为他的目的并非领导人们走向他，而是领导人们走向他们自己，发现他们自己。爱默生认为每一个人都是伟大的，每一个人都应当有自己的思想，而这种精髓恰恰在梭罗的作品中得到了承传和印证。梭罗也反复呼吁强调每个人都要做一个探险家，去探索自己的极地，他曾这样写道："你必须做一个哥伦布，去发现你心海里的新大陆和新天地。开出思想而不是贸易的新航道。"④ 他还这样写道："我希望世上的人，生活越千姿百态越好。但我更愿每一个人都能慎重地寻找到并坚持他独有的生活方式，而不要去采纳他父亲的，或是他母亲的，或是他邻居的生活方式。"⑤ 这样看来，梭罗其实是与爱默生一脉相承的，并且是爱默生的真正传人，所以爱默生在指出了他所认为的梭罗的不足之后，又接着写下了这样的文字："但是这些弱点，不论是真的还是浮面上的，都很快地消失在这样健康智慧的一个性灵的不断的生长中，以它的新胜利涂没它

---

① 范道伦. 爱默森文选 [M]. 张爱玲, 译. 北京：三联书店, 1986：198.
② 转引自文洁若. 在不幸的民族灵魂中铸造良心 [J]. 读书, 1995 (04)：86-92.
③ 范道伦. 爱默森文选 [M]. 张爱玲, 译. 北京：三联书店, 1986：208-209.
④ 亨利·戴维·梭罗. 瓦尔登湖 [M]. 戴欢, 译. 北京：当代世界出版社, 2003：204.
⑤ 亨利·戴维·梭罗. 瓦尔登湖 [M]. 戴欢, 译. 北京：当代世界出版社, 2003：43.

的失败，"① 好像是对自己刚才指出的梭罗不足的一种委婉否定。

在这篇文章的最后，爱默生满怀深情地写道：有一种生长在提乐尔山危崖上的"永生花"，由于生长环境的险恶，使得许多人望而却步。有时人们会发现采花者已死在山脚下，手里还握着花，爱默生由此感慨道，"梭罗的一生都希望能采到这种花，而他得到这种花是当之无愧的。"他最后的结论是："他（梭罗）的灵魂应当和最高贵的灵魂做伴的……无论在什么地方，只要有学问，有道德的，爱美的人，一定都是他的忠实读者。"② 的确，爱默生的预言已经实现了，梭罗的作品流露出深刻而久远的哲学思想，在当今社会已成为每一个奔波忙碌的现代人心灵洗礼的圣殿，他已成为美国文化偶像，被尊为美国环境保护主义的先驱，是"绿色圣徒",③ 梭罗的读者已遍布全球，而爱默生对梭罗的个性以及他的所作所为解释为——他的祖先是法国人，"他的个性偶尔也显示由这血统上得到的特性，很卓越地与一种非常强烈的撒克逊天才混合在一起"④。这种解释带有某种神秘意味，但仍不失为一种中肯和贴切的解释。

三

传记是人类为自己建造的纪念碑，只不过传记作者在塑造传主的时候，通过他所塑造的传主的形象，我们也可以感受到传记作者的形象，对此，钱锺书曾这样写道："为别人做传记也是自我表现的一种；不妨加入自己的主见，借别人为题目来发挥自己。"⑤ 即使传记作者一点儿也不想自我表现，根本不想加入自己的主见，那也不可能，因为传记是一种解释，而解释是"潜在地包含于理解过程中。解释只是使理解得到明显的证明。"⑥ 解释是理解的体现，而理解是主体的选择，先行具有、先行视见和先行掌握决定了理解的目的性。理解绝不是理解与对象的绝对吻合，相反，理解是人存在的个体性

---

① 范道伦. 爱默森文选 [M]. 张爱玲, 译. 北京：三联书店, 1986：209.
② 范道伦. 爱默森文选 [M]. 张爱玲, 译. 北京：三联书店, 1986：211-212.
③ BUELL L. Writing for an Endangered World: Literature, Culture, and Environment in the U.S. and Beyond [M]. Cambridge: The Belknap Press of Harvard University Press, 2001：7.
④ 范道伦. 爱默森文选 [M]. 张爱玲, 译. 北京：三联书店, 1986：188.
⑤ 钱锺书. 写在人生边上·人生边上的边上·石语 [M]. 北京：三联书店, 2004：9.
⑥ 伽达默尔. 真理与方法 [M]. 洪汉鼎, 译. 上海：上海译文出版社, 1999：508

活动。所以，传记是高度个性化的东西，"每一部传记，都是处于传记家与传主之间的协和，每一部传记都是具有高度个性的。"① 而这正是传记的魅力所在。

1841年4月26日梭罗搬到爱默生家里开始了他们共处一个屋檐下的两年生活，两人曾有过亲密的关系，但后来他们的关系经常濒临破裂。因为"再也没有比爱默生和梭罗在性情上更相克的了，对友谊两个人都有着不切实际的理想，而天性上他们却难以做到最简单的感情交流。"② 到1848—1849年，两人关系紧张开始公开化，以后每隔两三年就爆发一次危机。爱默生曾告诉霍桑，他和梭罗先生同处一室有些不方便，而梭罗也指出了问题的关键所在：

在很多情况下我发现另外一个人和我演奏的主音不一样——因此，在我们音域中没有完美的和弦……我们从来都不能很自然地弹奏一曲——但我放弃了我的天性来迎合他，他也放弃了他的纯真来投合我。③

看来爱默生和梭罗在个性上相差极大是铁定的事实。但爱默生有他的特点，他和苏格兰历史学家托马斯·卡莱尔（Thomas Carlyle）也是个性完全相反，却建立了长久的友谊，在四十年间持续不断地通着信，爱默生的这种特性在《梭罗》这部传记中也有体现，即所谓的"传记道德"。

"传记道德"是指传记写作的态度。具体说就是"写作传记应当有正确的目的，心术应当端正，应当出自公心，不能带有私利，对传主的记述和褒贬都应当公正。"④ "传记道德"的核心是忠实于历史事实，要求传记家诚实，看来是一个最基本、最简单的问题，但由于种种主客观因素，传记作家对传主不实录的大有人在，比如19世纪英国著名女作家盖斯凯尔夫人（Elizabeth Gaskell）写的《夏绿蒂·勃朗特传》，由于盖斯凯尔夫人和传主的私交甚好，在笔下倾注了强烈的个人感情，隐瞒了夏绿蒂·勃朗特（Charlotte Brontë）性格和生活中的许多缺点和问题，缺少宽容，专断，她爱上了自己就读学校的校长——一位天主教教徒和有妇之夫，还写过四封充满激情的信。盖斯凯尔夫人看到过这些信，但是她的《夏绿蒂·勃朗特传》却只字未提，所以有人

---

① ROBERT G. The Nature of Biography [M]. Seattle: University of Washington Press, 1978: 92.
② 罗伯特·米尔德. 重塑梭罗 [M]. 马会娟，管兴忠，译. 北京：东方出版社，2002：26.
③ 罗伯特·米尔德. 重塑梭罗 [M]. 马会娟，管兴忠，译. 北京：东方出版社，2002：27.
④ 杨正润. 现代传记学 [M]. 南京：南京大学出版社，2009：482.

称这部传记是"英语中最有趣、又是最精心设计的隐瞒"①。还有一些传记作者由于和传主存在利害关系或亲情关系,有意无意地加入了隐恶扬善或"隐善显恶"的行列,但爱默生却克服了种种不利因素做到了诚实和实录,他理性地、慎重地写了梭罗的一生,爱默生不是没有自己强烈的情感,不是没有感受到他与梭罗在个人性情上的格格不入,但他知道怎样"使情感服从于有教养的意志力"②,同时也直言不讳地表达了自己的看法,他写的《梭罗》这部传记就像他的其他作品一样,至今也没有失去时效,因为他爱事实,并且认为每一个人都是伟大的,每一个人都应当有自己的思想,这是一种健康的个人主义,它对我们今天仍有深远的启示意义。

---

① ORIGO M I. Truth and False of Biography [M] //CLIFFORD J L. Biography as an Art: Selected Criticism 1560-1960. New York: Oxford University ress, 1962: 209.
② 爱默生. 爱默生集. 论文与演讲录:(上) [M]. 吉欧·波尔泰,等译. 北京:三联书店,1993: 58.

梭罗的另一幅像
——论《西方文明的另类历史》中的梭罗

一提到亨利·戴维·梭罗（Henry David Thoreau），我们自然就会想到他的《瓦尔登湖》，它是当代美国读者最多的散文经典之一，其中的关于自然保护的名言常常被引用在毕业典礼、演讲和招贴画上，梭罗被誉为是简单生活的宗师和美国环境保护主义的先驱，他已经成为美国文化的偶像，但在理查德·扎克斯（Richard Zacks）的《西方文明的另类历史——被我们忽略的真实故事》一书中，我们看到的却是梭罗的另一幅像，作者的英文标题为 *Fighting The Crowds on Walden Pond*，中文译者按文中内容翻译为"'假行僧'——梭罗的隐居岁月"，展示了梭罗在瓦尔登湖独处时的生活细节，似乎给我们心目中的偶像蒙上了一层阴影。

理查德·扎克斯在文中先扬后抑地写道：

> 亨利·大卫·梭罗的《瓦尔登湖》，的确堪称美国最伟大的佳作之一，有其不可替代的地位。可是，我们也得明白，这位自然之子在周末的时候还是要跑回家去，并且把家里装点心的坛子舔个干干净净。①

理查德·扎克斯绝对不是无中生有，也不是生编硬造，他的这部《西方文明的另类历史——被我们忽略的真实故事》整部书就是他从故纸堆里搜集出来的许多知识的大杂烩，书中令人惊奇的故事和五花八门的图片十分吸引人，看似怪诞，但其实都是真实的历史，此书也被许多时髦杂志摘录过。在"'假行僧'——梭罗的隐居岁月"这一章中，他针对梭罗及其《瓦尔登湖》

---

① 理查德·扎克斯. 西方文明的另类历史——被我们忽略的真实故事 [M]. 李斯，译. 海口：海南出版社，2002：18.

主要从两个方面进行颠覆或揭秘曝光:一是梭罗在瓦尔登湖并不是独处和自给自足,因为梭罗"几乎每天都要到康科德村里去一次,他的母亲和姐姐住在不到两英里远的地方,每个星期六给他送来满篮子的食品,里面装有果饼、甜点和饭食。"① 另外,他的小木屋也不是什么寂寞之所,因为爱默生(Ralph Waldo Emerson)及霍桑(Nathaniel Hawthorne)等同时代的文人是小木屋的常客,并且曾有一个反奴隶的团体,在1846年8月1日到梭罗的小木屋前举行了一个庆祝年会,这个小屋有一阵子曾挤进过二十五位访客。二是梭罗作为自然之子其实是个肉食动物,并且食欲特别好,当时,在康科德一带流行的笑话是:"艾默生先生摇响了晚餐铃,梭罗从林中猛冲出来,手里拿着餐盘排在队伍的最前面。"② 从传记的角度看,理查德·扎克斯的这种笔法属于排异性传记,应该说排异性传记的主人公大多属于"非我族类",包括遗臭万年的人民公敌、道貌岸然的衣冠禽兽、令人发指的地痞恶霸等。传记作者对他们或批评,或讽刺,或谴责,总之,把他们作为一种异类而加以排斥,像德尼斯·马克·史密斯(Dennis Mike Smith)的《墨索里尼传》等。有时光彩照人的正面人物也会成为排异性传记的描写对象。出于职业道义,"传记作家常常把知名人物不可告人的一面予以曝光,还历史以真实面目。还有一些传记作家以揭秘为能事,哗众取宠,在满足读者猎奇心理的同时也满足了自己的商业动机。"③ 曝光与揭秘都是为了掀开大人物的神秘面纱,让读者一睹庐山真面目,但由于两者的写作动机与表现手法不同,效果往往大相径庭。如果说曝光使人看清真伪,揭秘则常常夸大是非。这两类传记的共同点是容易制造轰动效应,但要避免昙花一现的命运,作记作家应该有意识地做到保持一种倾向性平衡,即瑕瑜互见,但瑕不掩瑜,或瑜不盖瑕。

应该说,理查·扎克斯没有做到一种倾向性平衡,他的这本《西方文明的另类历史——被我们忽略的真实故事》的内容虽然属实,但也引发了许多的批评,佐治亚州立法机关甚至投票表决是否要从公共图书馆中查禁此书。

---

① 理查德·扎克斯. 西方文明的另类历史——被我们忽略的真实故事 [M]. 李斯,译. 海口:海南出版社,2002:18.
② 理查德·扎克斯. 西方文明的另类历史——被我们忽略的真实故事 [M]. 李斯,译. 海口:海南出版社,2002:19.
③ 赵白生. 传记文学理论 [M]. 北京:北京大学出版社,2003:131.

《纽约时报》评论说,"扎克斯在粗俗和反常方面有所专长。"① 其实,只要我们认真读一下《瓦尔登湖》,我们就会发现梭罗从未标榜自己是绝对的独处和绝对的自给自足,理查德·扎克斯所谓的对梭罗及其《瓦尔登湖》的颠覆和揭秘并不成立。一是关于他所谓的梭罗在瓦尔登湖并不是独处和自给自足,梭罗在《瓦尔登湖》中是这样写的:

> 我和多数人一样喜欢交际,一旦有血气方刚的来客,我会完全像吸血的水蛭,贪吸不放。我不仅不适合做隐士,而且如果有机会,在酒吧里泡得最久的人,恐怕也非我莫属。我的房里摆着三把座椅,一把用在孤独时、两把用在交友时、三把用在交际时。若是来了一大帮访客,多得出乎意料时,没法,也只有这三把座椅给他们周转,不过他们通常都自觉地站立着,以便节省空间。令人惊奇的是,在如此小的房间里竟能容下如此之多的男女。一天,有25到30个灵魂来到我的房里访问我……②

也就是说,理查德·扎克斯所说的梭罗的小木屋有一阵子曾挤进过二十五位访客这一事实,梭罗不但没有丝毫隐瞒,而且早已在《瓦尔登湖》一书中写出,另外,即使梭罗的母亲和姐姐曾经给他送来满篮子的食品,这也并不能否定梭罗在瓦尔登湖过的基本上是自给自足的生活这一事实。二是关于梭罗食肉这一事实,梭罗在《瓦尔登湖》中也并没有丝毫隐瞒,梭罗从未说过自己是个百分之百的素食主义者,他在《瓦尔登湖》中是这样写的:"我这人既不喝茶、牛油、牛奶、咖啡,也不吃鲜肉,我也不拼命地吃,我的饮食费用很小"③ 他还写道:

> 我和很多同时代的人一样,已有许多年很少吃兽肉,或者喝茶、喝咖啡等等,这并不在于我找出了它们身上的缺点,而在于它们和我的观点不相符……在许多方面,贫贱的清苦生活显得更美;尽管我未曾做到,至少也是做到了令我的想象感到满意的程度。我坚信,每个极想把自己更高级和更富有诗意的官能保持在最佳状态的人,会是格外地避免吃兽肉和避免多吃其他

---

① 转引自理查德·扎克斯.西方文明的另类历史——被我们忽略的真实事故 [M].李斯,译.海口:海南出版社,2002:封皮.
② 亨利·戴维·梭罗.瓦尔登湖 [M].戴欢,译.北京:当代世界出版社,2003:89.
③ 亨利·戴维·梭罗.瓦尔登湖 [M].戴欢,译.北京:当代世界出版社,2003:131.

食物的。①

我们知道卡尔·马克思（Karl Heinrich Marx）在相当长的一段时期并不是马克思主义者，梭罗也不会是一出生就形成了自己的哲学思想，在其四十五年的生命历程中，他的哲学思想也经历了一个发展、形成及其实践的过程，所以梭罗在《瓦尔登湖》中所说的"不吃鲜肉""已有许多年很少吃兽肉"也是合情合理、顺理成章的事了，并且梭罗也坦承自己并没有完全做到去实践贫贱的清苦生活，仅仅是做到了令他的想象感到满意的程度，这样看来，梭罗并没有虚张声势、夸大其词，理查德·扎克斯对梭罗的指责也并不成立。

理查德·扎克斯在《西方文明的另类历史——被我们忽略的真实故事》的前言里写道：他的这本书

就是要冠冕堂皇地捡起历史的逸事，你可能会看到一件令您大为惊奇的事情……使您重构过去的历史，而这是单调乏味的历史教科书无法办到的……您会看到，许多伟大的男男女女纷纷从偶像圣坛上摔下来。②

其实他的这种写法也早已有人实践过，③ 比较有名的就是毕业于牛津大学此后一直担任《新政治家》编辑的保罗·约翰逊（Paul Johnson），他写的最著名、争议也最多的是《知识分子》一书。这是一部很独特的作品，很难说它是哲学著作、历史著作或是名人传记，实际上这些成分都兼而有之，保罗·约翰逊在追寻这些知识分子的足迹，不过他不是要记述他们的生平，或是评述他们的业绩、表彰他们的功勋，他有着另外一种完全不同的目的。

他清扫历史的尘埃，找来各式各样的参考资料，他全神贯注、小心翼翼地搜索每一个角落，不放过任何一个疑点，他充满怀疑的眼光把这些大人物重新检视一遍，特别是他们的私生活，看看他们是否配得上他们头上的光环。④

---

① 亨利·戴维·梭罗. 瓦尔登湖 [M]. 戴欢，译. 北京：当代世界出版社，2003：138.
② 理查德·扎克斯. 西方文明的另类历史——被我们忽略的真实故事 [M]. 李斯，译. 海口：海南出版社，2002：前言.
③ 《西方文明的另类历史——被我们忽视的真实故事》初版是 1997 年，而《知识分子》初版是 1988 年.
④ 保罗·约翰逊. 知识分子 [M]. 杨正润，等译. 南京：江苏人民出版社，2000：3.

有人称保罗·约翰逊是一位"道德侦探",确实很有道理。他的辛劳得到回报,使他得到了他所需要的东西,他重新发现了这些知识分子个性中的弱点和他们所犯过的错误,他们生活中种种可恶、可笑、可悲的方面,他把这些已经被人们遗忘或根本不知道的东西组合在一起,毫不留情地抖落给读者。尽管《知识分子》写得很生动,一些材料是一般读者难得见到或根本不予注意的,但这部书的缺点也是显而易见的。因为保罗·约翰逊

评价人物的方法却是难以令人信服的,虽然他没有捏造事实,但是他只列举符合他需要的事实,并按照自己的目的解释这些事实,对书中的许多人物,特别是雪莱、托尔斯泰等最重要的人物,我们也可以举出同他的例证完全相反的东西。①

也就是说,约翰逊列举的主要是这些知识分子私人生活中所犯的错误和他们的弱点,却很少提及他们对社会的贡献,这未免有舍本逐末之嫌,评价历史上著名的知识分子,不研究他们的著作和他们所创造的新概念、新理论在哲学史上的意义,又无视他们是自己时代各领域最杰出的代表,这就让人感觉到如同在讨论莎士比亚(William Shakespeare)的《哈姆雷特》的时候,撇开了那位丹麦王子,这些知识分子的经历一般都非常丰富,性格也常常相当复杂,对他们必须进行深入细致的研究,才能做出中肯全面的评价。这样看来,保罗·约翰逊所做的结论显然过于简单化了,而理查德·扎克斯也犯了同样的错误,把梭罗在瓦尔登湖的隐居岁月看成是表演甚至是作秀,也不免过于偏颇。

其实,退一步说,假如保罗·约翰逊和理查德·扎克斯所写的不是个别的细节而是整体,或者说梭罗在瓦尔登湖的隐居岁月完全就是演戏作秀,那又能怎样呢?马赛尔·普鲁斯特(Marcel Proust)认为:"一本书是另一个'自我'的产物,而不是我们表现在日常习惯、社会、我们种种恶癖中的那个'自我'的产物。"②按照托·斯·艾略特(Thomas Stearns Eliot)的说法:"诗歌不是感情的放纵,而是感情的脱离;诗歌不是个性的表现,而是个性的

---

① 保罗·约翰逊. 知识分子[M]. 杨正润,等译. 南京:江苏人民出版社,2000:7.
② 马赛尔·普鲁斯特. 驳圣伯夫[M]. 王道乾,译. 南昌:百花洲文艺出版社,1992:65.

脱离。"① 也就是说写作的作者或书中的作者与现实生活中的作者并不完全重合，J. M. 库切（John Maxwell Coetzee）也认为："艺术家不必是道德上值得钦佩的人。要紧的只是他们创造出伟大的艺术来。"② 千真万确，有些作家比他们的作品更值得称道，从某种角度看，那恰恰是因为他们的作品算不上是经典之作。在现实生活中，巴尔扎克（Balzac）举止乖张，斯丹达尔（Stendhal）言语无味，波德莱尔（Baudelaire）病态压抑，夏洛蒂·勃朗特（Charlotte Brontë）专断固执，这些都是实情，但是这些缺陷并没有在他们的作品中留下任何痕迹，我们为什么要读他们的作品？我们难道会因此对他们的作品弃而不观？

不过，从另一个角度看，理查德·扎克斯的这部《西方文明的另类历史——被我们忽略的真实故事》也有其存在的价值。从心理学角度来讲，英雄崇拜是人类的一种本能。"因为群众在想象中分沾了领袖的光彩、权力和热情。于是，那些精神生活贫乏的人们有了新的生活意义。"③ 也就是说英雄身上有着崇拜者的投影，偶像是自我的一种寄托、一种希望，但是盲目的英雄崇拜却会给人类带来灾难，另外，人类还有一种拒绝接受他所不愿承认的证据的嗜好，更愿意锦上添花，一厢情愿地维护着自己心目中的光彩照人的偶像形象，而我们又非常清楚人是一个谜。弗洛伊德（Sigmund Freud）认为人格有三层：本我、自我和超我，弗吉尼亚·伍尔夫（Adeline Virginia Woolf）认为"一个人可能有上千个自我，而一部传记只要它仅仅解释了六七个自我便被认为是完整的。"④ 既然如此，那么从多种角度展现历史人物，不去画独一无二的"标准像"，并且匡正一种未必有益的人类嗜好，也是人类进步所需要的，从这一点看，理查德·扎克斯的《西方文明的另类历史——被我们忽略的真实故事》也不是毫无意义的。

---

① 托·斯·艾略特. 艾略特文学论文集 [M]. 李赋宁, 译. 南昌：百花洲文艺出版社, 1994：11.
② 库切. 青春 [M]. 王家湘, 译. 杭州：浙江文艺出版社, 2004：35.
③ 悉尼·胡克. 历史中的英雄 [M]. 王清彬, 等译. 上海：上海人民出版社, 1986：16.
④ 弗吉尼亚·伍尔夫. 奥兰多——一部传记 [M]. 韦虹, 旻乐, 译. 哈尔滨：哈尔滨出版社, 1994：200.

马克·吐温的墓中回忆录
——《戏谑人生》

作为美国有影响的批评家,威廉·狄恩·豪威尔斯(William Dean Howells)的那句话经常被人提及——马克·吐温(Mark Twain)"是我们文学中的林肯",这一名言出自豪威尔斯的《我的马克·吐温》一书,那是1910年,也就是马克·吐温去世的那一年,豪威尔斯写了这部书并对马克·吐温做了最高评价——"文学中的林肯",意思是说林肯解放了黑人奴隶,马克·吐温解放了美国作家。实际上,马克·吐温在全世界还有一个称谓——"美国的伏尔泰",因为他像法国启蒙思想家伏尔泰(Voltaire)一样,为争取自由进行坚持不懈的战斗,通过马克·吐温的这两个称号,我们可以看出,不论是在文学批评家心中还是在全世界读者眼中,马克·吐温都是一幅勇敢无畏、光明磊落的形象,实际上他确实是这样一个人,1900年8月12日,在八国联军侵略北京的前一天,他在给友人的信中说,"我的同情是在中国人民一边的",同年11月他在一次演讲中说:"义和团是爱国的,热爱自己的祖国……我祝愿他们胜利",马克·吐温这样公开地、旗帜鲜明地表明自己的立场,以至于有友人好心提醒他,这样的言论也许会激怒美国国内民众,给自己招惹麻烦,但马克·吐温依然我行我素、毫不畏惧。这样一位大大咧咧、天不怕地不怕的文坛勇士写起自传来却是另一种风采——自传《戏谑人生》是马克·吐温晚年通过口述,由打字员记录完成的,他在去世前曾留下遗嘱,明确表示,他的自传在其身后一百年内不得出版,至于为什么如此,他是这样解释的:"我之所以决定在我死后从坟墓中向大家说话,而不是在世时就向大家说,是

有我自己的考虑的,因为那样可以畅所欲言,"① 他在自传中又反复加以强调:

  我自坟墓里向外面说话的唯一原因,便是为了有时候能一一讲出心里的话,而不能要将那些高兴或是悲伤的事一个个全部收藏起来,只留给自己享用。我自坟墓里向外面说话,能够说得比大多数的历史学家都更加坦白一些,因为他们不会有死的体验,不管他们是如何想要也不行,而我却可以做到。对于他们来说,那是假死,不过对于我来说,那却不是假装。②

  他还这样写道:"当我自坟墓中向世人说话时……我便能够老实、随便地讲讲,这是因为没有办法知道是在引起何种痛苦、不安或是冒犯。"③ 这样的自传策略,使我们很自然地想到法国作家夏多布里昂(Chateaubriand)——他把自己写的回忆录称为《墓中回忆录》,夏多布里昂不止一次提醒他的读者,他们听见的乃是一个死去的人在讲述他和世界、和历史的纠葛,他的回忆录乃是他"用尸骨和废墟造就的一座建筑"。的确,"活人写作,死人说话,这不是矫情,不是姿态,也不是故作惊人语,这是他内心的需要,他需要在泯除一切个人恩怨的平静中对历史和人生作出解释和思考……"④ 马克·吐温与夏多布里昂英雄所见略同,以活人写作死人说话的方式达到自己力所能及的开诚布公,又尽可能地减少对所涉及的当事人的"伤害",毕竟,自传是作者的一家之言,别人无法及时反驳和为自己辩护,马克·吐温出于礼貌、教养或者其他主客观的这样、那样因素的考虑,在谈到与自己相关的其他人时既谨慎又坦诚,使我们深切体会到马克·吐温在他那大大咧咧、不拘小节的风貌下温情细腻体贴的一面。

  我们知道,判断一部自传作品的好坏、价值的大小,除了内容材料的真实可靠这一基本点之外,应当还有另外一些尺度。首先一点是"关于人才学

---

 ① 转引自马克·吐温. 戏谑人生——马克·吐温自传[M]. 石平,译. 合肥:安徽人民出版社,2012:1.
 ② 马克·吐温. 戏谑人生——马克·吐温自传[M]. 石平,译. 合肥:安徽人民出版社,2012:263.
 ③ 马克·吐温. 戏谑人生——马克·吐温自传[M]. 石平,译. 合肥:安徽人民出版社,2012:264-265.
 ④ 夏多布里昂. 墓中回忆录[M]. 郭宏安,译. 北京:三联书店,2001:2-3.

角度的自我解释"①。一般说来，自传传主大都属于广义的人才，他们之所以成为这样的人物或人才，既是人才学研究所要探讨的问题，又是自传作品应当予以某种形式和程度的解释的问题，当然也是众多读者关注的焦点。一部自传，如果有意回避这一点，即未能提供让人才学家予以分析的充分的材料，就是一种缺陷和不足。而马克·吐温作为著名作家，在这一点上没有让读者失望。虽然认识自己是困难重重的，但马克·吐温还是如数家珍地娓娓道来，他出生在一个非常偏僻的小镇，他的伯父拥有二十个左右的黑人奴隶，他的农庄，不止一次地在马克·吐温的作品里出现，农场的黑人奴隶对马克·吐温很友善，特别是丹尼尔叔叔，一位中年黑人奴隶，他极富同情心，为人真诚，从不知道玩花样是怎么回事。马克·吐温在作品里经常写到他，要么用他的真名，要么用"吉姆"这个名字，比如在《哈克贝利·费恩历险记》中，实际上，通过研读马克·吐温的自传，我们知道他作品中的人物通常都有现实生活中的原型，当然，现实生活是艺术的永恒源泉，艺术作品绝不会是空穴来风、横空出世，它总与现实生活有这样、那样或紧密或松散、或直接或间接的联系，这不是什么秘密，给人启示的，或者说揭示自己创作奥秘的是他所谓的对创作的认识——"油箱说"，在马克·吐温一生的创作中，他几乎总是同时进行两部或三四部作品的创作，乍一看他的这种创作路数似乎不是认真做事的模样，但马克·吐温实际上是不得不如此，他坦诚道："只要一本书自己能够顺顺利利地写下去，他便是一个踏实而又饶有兴趣的书记员，干劲儿也不会衰退。"纯粹是一次偶然机会，他发现一部书写到中间就一定会令他感到厌倦，不愿再写下去了，非要经过一段时间的休息之后，才会将精力和兴趣重新激发起来，非要经过一段时间，才可以对已经损耗的原料重新进行补充，他是在将《汤姆·索亚历险记》创作到一半时才有这个珍贵发现的，那时马克·吐温写到手稿的第四百页时，故事突然便停了下来，坚决不肯再朝前迈一步了，连续许多天，都不肯前进。马克·吐温感到失望、难过并且大为诧异，到了后来他才明白，理由非常简单——他的油箱里面所储存的原料已经用光了，空了，没有原料，故事是没有办法前进的，空空的大脑是无法写出什么作品来的。

---

① 朱文华. 关于自传的几个问题 [M]//中国中外传记文学研究会. 传记文学研究. 长沙：湖南文艺出版社，1997：61.

马克·吐温称自己的体会是一个"伟大的发现"——

  那便是，当油箱干枯时，就一定要放下，等它重新装满。而当你睡觉时——以及你在做其他的什么事情时，总之是在你没有在意的时候，上面所说的那些无意之中的特别有益的思维活动，实际上，仍旧在进行着，等原料充足了，故事便会继续前进，到那个时候，你用不着费什么事，便会大功告成。①

  自从有了这个发现后，每当马克·吐温写一本书时，只要是油箱干枯，他便会毫不犹豫、毅然决然地将它搁置到一边，深信两三年之内的某个时刻，用不着费什么事，它就自然会充实起来，那时候，将这本书写完便轻而易举了。《王子与贫儿》和《亚瑟王宫廷里的康涅狄格美国佬》，他写着写着就写不下去了，因为油箱干了，于是马克·吐温把作品搁置了两年，等到油箱充满了才创作完毕。

  英国哲学家休谟（David Hume）认为，一个人写自己的生平时，如果说得太多了，总是免不了虚荣的，所以他认为写自传应该力求简短，如果从意想化的角度看，这有一定的道理。所谓意想化，简单说来是指某人在此时此地回忆本人彼时彼地的活动时，由于时过境迁的原因，对于记忆表象也就是所追忆的史实自觉或不自觉地按照追忆时的种种主客观情况，而作的一种甚至连自己也不易觉察的加工。这一情况在心理学上能够得到合理的解释，因此自传中出现这一情况也是在所难免的。然而问题在于这种意想化的程度有大小之分，马克·吐温的自传中也存在个别明显错误，这主要是由于他的自传是在晚年写成的，对先前事情的记忆有些模糊，还有笔者推测就是他创作上的"油箱说"，导致他最后记不清哪是已完成，哪是未完成的作品，这应该属于不自觉的意想化，另外，难能可贵的是，马克·吐温清醒地意识到自传写作中有意识的意想化。实际上这也涉及自传的真实性或自传作者的真诚性问题。"自传中的所谓真实，同他传一样，要求事实的客观、准确和全面，也要求描绘出人格的真实和心理世界的真实。"② 从这些要求看，自传作者有时

---

① 马克·吐温. 戏谑人生——马克·吐温自传 [M]. 石平, 译. 合肥：安徽人民出版社, 2012：284.
② 杨正润. 现代传记学 [M]. 南京：南京大学出版社, 2009：299.

比传记家更有利，因为许多经历本人最清楚的，而那些隐秘行为和心理活动，也只有当事人即自传作者才知道，其他人是不可能知道的。正如奥古斯丁（Saint Augustine）所说："他们听我谈我自己，怎能知道我所说的真假？因为除了本人的内心外，谁也不能知道另一个人的事。"① 正因为别人不知道，把自己的秘密公布出来才显示出价值。但另一方面的问题是，自传中的忌讳也比他传更多，许多事情发生在别人身上就但说无妨，发生在自己身上就难以启齿，因为牵涉自己和亲友，出于感情或利益的因素，作者对自己和所爱者的隐恶扬善和对所恶者的扬恶隐善，就成了自传中常见的现象，甚至许多自传的写作目的就在于自我颂扬或自我辩护，对敌手进行揭露和攻击。卢梭（Jean-Jacques Rousseau）的《忏悔录》虽然是西方现代自传中的第一部经典，但也包含这样的目的。对此，马克·吐温深有体会，他在自传《戏谑人生》中写道：

我每天对我的自传进行口授已有三个月了，我想到了自己一生中的一千五百件到两千件引以为羞的事情，不过到目前为止我还没有将其中的任何一件写到纸上。依我看，等到我将这个自传完成（如果还能完成的话），前面这个数目不会有丝毫的减少，依我看，即使是我一冲动，将全部这样的事件都写了出来，等到对这本书进行修改的时候，肯定还是会删掉这些东西的。②

尽管如此，马克·吐温还是写了他七十二年的人生中最为可恨的一天——由于自己交友不慎，不得不陪着一位过度自恋的英国女性招摇过市，导致了一场不堪回首的演讲，让马克·吐温感到有愧于他那个牛津大学的博士学位。

马克·吐温的自传虽然主要是写自己，但是避免不了写别人，他自传中的别人就像他小说中的人物一样活灵活现，令人过目难忘，特别是那位拯救他于水深火热（破产）中的罗杰斯，他们相识纯属偶然，但罗杰斯却是传说中的打着灯笼也难以找到的好人——一旦朋友有难，或是事关道义，"他从来都不逃避责任，脑子敏锐，手脚勤快，困难越大，负担越重，反而心里越轻

---

① 奥古斯丁. 忏悔录 [M]. 周士良，译. 北京：商务印书馆，1997：186.
② 马克·吐温. 戏谑人生——马克·吐温自传 [M]. 石平，译. 合肥：安徽人民出版社，2012：234.

松,激情越充沛,干劲越来越大,越忙越快乐。"① 罗杰斯在帮助马克·吐温的时候,非常注意方式与分寸,既没有损害他的自信心,又没有挫伤他的自尊心,把事情做得如此艺术,令人不由得喟叹:什么时候我也能邂逅像罗杰斯这样的人呀?但更让人也让马克·吐温感慨万千的是,四十八年一个月又二十七天后《汤姆·索亚历险记》中的蓓姬·撒切尔——现实生活中的劳拉·姆·赖特,马克·吐温把她如花似玉般的青春看得清清楚楚,也写得清清楚楚——她的辫子在脑后摇晃,夏天穿在身上的白色上衣被古老的密西西比河上的风吹得鼓了起来,这同四十八年后的那位六十二岁,历经风霜、饱尝忧患的寡妇形象真是有着天壤之别,她写信给马克·吐温,让他在钱财上对她和她那残疾的儿子进行帮助,目前她急需一千块钱,想当年,马克·吐温与她相识的时候,她的父亲按当时的标准来说是一个富翁,是密苏里州中部高级法院的法官,这个姑娘究竟做了什么事,犯了什么罪,以至于到了晚年非得受到贫困和苦役的惩罚?这真是个可怕的世界,上帝啊!当然,在《戏谑人生》中,马克·吐温也少不了写了他的同行——作家,其中的布雷特·哈特(Bret Harte)真的是一位奇葩,他从英国作家查尔斯·狄更斯(Charles John Dickens)那儿学到的感伤文笔,使读者觉得他写的作品就是狄更斯亲笔写出来的,马克·吐温认为这位老兄是他所见过的最有趣的人之一,同时又是他见过的最无聊的人之一——布雷特·哈特装腔作势,既不踏实,也不真诚,在他的衣着上也能显示他的特征:他的衣着打扮总是比当时流行的样式还要更时尚一点,他总是比当时社会上那些最讲究的人还要明显地更加讲究一些,他如此自恋,甚至都表现在神情举止以及走路的步伐上,他最后的结局是为一个期刊而绞尽脑汁,最后客死在旧金山。

表面上看,"自我描述的技艺似乎根本造就不出艺术家,而只能造就出诚实的记录员。"② 但历史教导我们,艺术家真切地塑造当代及历朝历代的任何人的困难都没有真切地塑造、展现他本人的自我的困难大,最能清楚地表明这种巨大困难的,莫过于自我描述的成功之作的稀少了,但马克·吐温的自传《戏谑人生》应该属于这些屈指可数的成功之作吧,在他的自传中,他敢

---

① 马克·吐温. 戏谑人生——马克·吐温自传[M]. 石平,译. 合肥:安徽人民出版社,2012:281.
② 茨威格. 茨威格散文精选[M]. 高中甫,等译. 北京:人民日报出版社,1997:33.

于自揭疤痕、自损形象，并坦诚他所写的这一切很可能是九牛一毛，他的自传就像他写的雅俗共赏的小说一样，充满着生活的质感、泥土的芳香、情感的肌理，同时又具有明显的辨识度，可以说，马克·吐温的一生，嬉笑怒骂皆成文章，《戏谑人生》是他创作生涯的又一高峰。

艰难时世中的自我剖析

——论库切自传体小说《青春》

一、引言

我们最自然的想法是，自我描述应该是每个艺术家最轻而易举的工作。理由是显而易见的：创作者对谁的生平还能比对他自己的生平更为熟悉了解呢？对于他来说，最秘密的事情也是公开的，最隐蔽的东西在他心中也是显而易见的。因此，要讲述他现在或过去生活中的真实，除了打开记忆库，就像打开自来水开关一样，写出来生平事实，无需作任何其他努力，而且由于这是没有幻想的、单纯机械地描述一种有序的真实，所以也不怎么需要画家天才的技艺。这样看来，自我描述的技艺似乎根本造就不出艺术家，而只能造就出诚实的记录员。从理论上说，应该是随便哪个人都能够成为他自己的传记作者，都能够用文字表现他自己的危难和命运。

但事实却告诉我们：

在艺术中正是那些最贴近身边的东西总是最难以表现的东西，看来轻而易举的事情却是最艰巨的任务。因此，艺术家真切地塑造当代及历朝历代的任何人的困难都没有真切地塑造他本人的自我的困难大。[1]

因为"由自己创作内心的精神画像就总是要求训练有素，观察力敏锐的艺术家。而且甚至在这样的艺术家中也只有为数寥寥的几个人适于做这种异乎寻常和责任重大的尝试。"[2] 最能清楚说明这种情况的，莫过于成功之作如

---

[1] 茨威格. 茨威格散文精选 [M]. 高中甫, 等译. 北京：人民日报出版社, 1997：34.
[2] 茨威格. 茨威格散文精选 [M]. 高中甫, 等译. 北京：人民日报出版社, 1997：34.

此稀少了,成功地把精神形态的自我雕像写成文字的人是屈指可数的,而 J. M. 库切(John Maxwell Coetzee)便属于这一卓越行列。

南非作家 J. M. 库切是 2003 年诺贝尔文学奖得主,2002 年发表的自传体小说《青春》,副标题是"外省生活场景之二",场景之一是 1997 年发表的《男孩》(又译作《童年》),主要追忆库切从 8 岁到 13 岁之间的人生经历,而《青春》是他对自己在 19 岁到 24 岁之间的生活经历的纪录。作品以 20 世纪 60 年代为背景,从主人公约翰离家到开普敦上大学,靠打几份工作维持生活,彻底割断和家庭的经济联系开始,到伦敦一家计算机公司工作结束,全书共二十章,前四章写他在南非的生活场景,此后,主人公一直生活在英国伦敦,通观全书,没有跌宕起伏的故事情节,有的是主人公丰富的内心世界:孤独与焦虑、奋斗与挣扎、坚守与质疑。

二、精神上的"雾都孤儿"

"青春期的主要心理收获是对自己内心世界的发现"。[①] 对于小孩子来说,唯一可以意识到的现实就是外部世界,他还把自己的幻想投射到外部世界去。他虽然已经能充分意识到自己的行为,但还不能意识到自己的各种心理状态。但"对于一个青年人来说,外部世界、有形世界只是主观经验的一种可能性,而主观经验的中心则是他自己"。[②]《青春》中的主人公约翰是怎样的一个人呢?他有怎样的内心世界呢?他是一个性格内向的青年,不仅落落寡合,而且郁郁寡欢。母亲的过度呵护使他窒息,父亲失败的人生使他惶恐,最终在沙佩维尔大屠杀事件之后,为了躲避被征召入国防军服役的命运,他逃离了南非,来到了伦敦这个欧洲的文化之都。本来,成长对于任何文化背景中的孩子来说都是痛苦的,都是一个艰难的心路历程,而约翰的痛苦却是双重的,因为他踏上了自我流亡、自我流放的征程,这也就注定了他不仅要承受成长的痛苦,还要忍受流亡者注定要经历的哀伤。莫泊桑(Guy de Maupassant)认为,流放肯定是对某些人惩处的最可怕的刑罚。因为"流放,就是把人从他的土地上连根拔起,切断他生活和习惯的根脉,把它们放在一块可能他从未适应过的土地上。这就是在精神苦难上面再加一层同样痛苦的肉体上无止

---

① 科恩. 自我论 [M]. 佟景韩,等译. 北京:三联书店,1986:298.
② 科恩. 自我论 [M]. 佟景韩,等译. 北京:三联书店,1986:298.

境和残酷的折磨"。① 爱德华·赛义德（Edward Said）也认为："流亡是一种奇怪的东西，让人心里总是惦记着，但经历起来却是非常痛苦。它是人与故乡，自我与他真正家园之间不可逾越的鸿沟。它那极大的哀伤是永远也无法克服的。"② 在《青春》中，流亡到英国的主人公在周末的时间里尝试着写作，他所写的故事并没有真正的情节，但写完后却发现，故事的背景是南非。

看到自己仍然在写南非使他很是忧虑。他宁愿像把南非的土地留在身后一样，把南非的自我也留在身后……他不需要想起南非。如果明天大西洋上发生海啸，将非洲大陆南端冲得无影无踪，他不会流一滴眼泪。他将是被拯救者中的一个。③

这充分展现了这位自我流放者矛盾纠结的心态：一方面，主人公约翰在理性上尽力甩开故土对他精神上的束缚，他尽力告诉自己已经逃出了困境；但另一方面，在情感上、在潜意识中他又情不自禁地依恋着故国。像所有的移民一样，他想融入英国，为此他做出了种种努力，包括对自己进行重新包装，按照英国中产阶级的生活方式生活，但他发现在英国人眼里，他始终是一个来自殖民地的"他者"，为此他感到异常的孤独。他还发现现代英国正在变成一个平庸得令人不安的国家，和威廉·亨利（William Henry）时代的英国以及埃兹拉·庞德（Ezra Pound）1912 年强烈谴责的大排场游行没有什么不同。那么他在英国干什么？他到英国来是犯了一个大错误吗？换地方是不是太晚了？他的结论是：

总之，伦敦被证明是一个伟大的磨炼者。他的雄心已经比过去要小了，小得多了。起初，伦敦人的缺乏雄心很使他失望。现在他就要加入到他们的行列之中了。这个城市每一天都在磨炼着他，他像一只挨了打的狗，在不断记取教训。④

---

① 居·德·莫泊桑. 莫泊桑随笔选 [M]. 王观群，译. 天津：百花文艺出版社，2009：115.
② EDWARD S. Reflections on Exile and Other Essays [M]. Cambridge：Harvard University Press，2000：173.
③ 库切. 青春 [M]. 王家湘，译. 杭州：浙江文艺出版社，2006：69.
④ 库切. 青春 [M]. 王家湘，译. 杭州：浙江文艺出版社，2006：127.

三、未来的艺术家和他的情人

美国心理学家弗洛姆（Erich Fromm）认为"人之最根本的需要是克服分离，挣脱其孤独的牢狱。如果一个人完全无力于此，则其必然结局就是疯狂。"① 他还认为："在当今西方社会里，与群体结合仍然是最盛行的克服分离的方式。"② 这种与群体结合的含义是：个人的自我在很大程度上也已消失，生存的唯一目的是融合于整体之中。如果我不再具有与众不同的情感、思想，如果我的习性、服饰、观念都是群体的统一模式的复制品，那么我便得救了，我从令人恐怖的分离体验中被拯救了出来。除此之外还有另一种方式，那就是爱，因为"爱是人积极能动的力量，它打破了把人隔绝的围墙，使人与人和谐相融，爱使人克服孤独感和分离感，然而又让他仍为他自己，依然伫立于其整体性中。"③《青春》中的主人公约翰在与群体结合失败后，也就是说他虽然穿一身黑西服在IBM的伦敦总部上班，读着英国中产阶级的报纸，但他并没有真正融入英国社会，他发觉自己在冷漠的伦敦成了精神上的雾都孤儿，为了摆脱孤独，他迫切地寻求爱情，不断地和女孩发生关系。本来爱与性就是让人困惑的一大难题，对于处于青春期的人来说更是如此，所以能够明智地处理好两性关系，是一个非常重要的成熟标志。"对男孩来说，施爱和主动发生性关系是他们自我形象构建的核心。他们把性看成是男性力量的证明。"④ 实际上，处于青春期的主人公约翰在南非就已经踏上了爱的艰难路程，到了伦敦后，他更加渴求。除了为逃避孤独，还因为在他的心目中艺术家似乎都要经历很多恋爱来刺激灵感，因为他认为"情人是艺术家生活的一个部分……艺术不可能仅从匮乏、渴望和孤独中得到滋养，还必须要有亲昵、激情和爱。毕加索，这个伟大的，也许是最伟大的艺术家，就是一个活榜样。"⑤ 但现实世界中的约翰的恋爱故事又是怎样的呢？读者看到的是一段情、一夜情、半途而废型，女主角有叫得出姓名的、叫不出姓名的，还有他堂妹的朋友，小说呈现给读者的是一个没有激情也引不起激情、高峰时总想往后退缩、

---

① 弗洛姆. 弗洛姆文集［M］. 冯川, 译. 北京: 改革出版社, 1997: 341.
② 弗洛姆. 弗洛姆文集［M］. 冯川, 译. 北京: 改革出版社, 1997: 344.
③ 弗洛姆. 弗洛姆文集［M］. 冯川, 译. 北京: 改革出版社, 1997: 350.
④ 芮渝萍. 美国成长小说研究［M］. 北京: 中国社会科学出版社, 2004: 200.
⑤ 库切. 青春［M］. 王家湘, 译. 杭州: 浙江文艺出版社, 2006: 11.

不太负责任也不知怎样去负责任的青年，虽然他相信充满激情的爱和这种爱拥有使人改观的力量，然而他的真正感受却是性爱关系吞没他的时间，使他筋疲力尽，使他的工作受到损害。这使他怀疑起自己的性取向，难道他生来就不适合去爱女人？难道他是个同性恋？一天黄昏，他听任自己在大街上被一个男人牵走，事后他自己出门回家，他意识到同性恋似乎没有什么命运攸关的问题，不会失去什么，但也不会赢得什么，但这是害怕第一流球队的人的运动，是失败者的运动。实际上约翰面临的最大问题不在于他找不到、或得不到他理想的情人，而在于他还没有学会如何与女性交流、如何去爱她们、如何去赢得她们的爱，于是他更加焦虑、孤独和痛苦。

四、否定幸福 质疑痛苦

青春是一股新鲜的、生机勃勃的力量，是人生中最如痴如醉、绚烂多姿的季节，多少文人墨客对之歌咏赞美，但在库切的《青春》中，我们看到的却是一段主人公约翰人生中的艰难时刻，前途的不确定、社会的未知性、人际关系的冷漠、理想与现实的冲突，使得苦闷、彷徨与期盼纠缠在一起，在整部《青春》中，仅有一段关于快乐的描写：周日约翰到公园草坪上，躺在用自己的衣服卷成的枕头上面，半睡半醒之间，他似乎感觉到地球的不停旋转。儿童们遥远的喊叫声，小鸟的歌唱，昆虫的嗡嗡声越来越集合成欢乐的颂歌。他的心中充满了激情。"以时钟的时间计算，这一非凡事件最多只延续了几秒钟。"① 除此之外读者看不到约翰的任何快乐，读到的都是作者多处以大量篇幅论述约翰的痛苦：

在现实生活中，他惟一能够做得好的看来就是经受痛苦。在痛苦方面他仍是班上的第一名。他能够引上身并且承受的痛苦似乎是无限的……痛苦是他生存的环境。他在痛苦之中犹如鱼儿在水里那么自在。如果废除了痛苦，他就会不知道该把自己怎么办……而痛苦使人能够坚强地面对未来。痛苦是灵魂的学校。在痛苦的海洋中，你游到对岸，得到了净化，变得坚强，准备再一次接受献身艺术的挑战。②

---

① 库切. 青春 [M]. 王家湘，译. 杭州：浙江文艺出版社，2006：132.
② 库切. 青春 [M]. 王家湘，译. 杭州：浙江文艺出版社，2006：72.

相反，约翰认为人人向往的幸福对人反而没有教益，幸福的人太乏味，最好还要接受不幸福的重负，试图将它转变成有价值的东西：诗歌或音乐或绘画，这是他的信念。的确，忍受痛苦，至少在坦然正视真正的命运所带来的痛苦这种意义上讲，就其本身来说便是某种进取，更有甚者，不仅是一种进取，而且是人所具有的最高的进取。所以我们可以理解这样的话："人最高的尊严是痛苦。"① 而幸福呢？对于一些论者而言，幸福是无知乃至愚蠢的等价物。威廉·费特（William Feather）就认为："很少在一个人身上同时发现幸福和智慧。"② 在对痛苦和幸福进行深入思考得出结论后，约翰又对自己的结论产生了质疑：

然而痛苦并不使人感到像是净化人的淋浴。相反，它使人感到像一潭脏水。在每一阵新痛苦之后出现的他不是更聪明、更坚强，而是更迟钝、更软弱。一般所说的痛苦所具有的净化功能究竟是如何运作的？他游的深度还不够吗？他必须游得超出仅仅是痛苦、进入忧郁症和疯狂的境地吗？③

库切在此既否定幸福又质疑痛苦，在青春的歧路彷徨中他几乎把自己逼进了死角。

五、独具特色的叙述策略

往事无须回避，反而应该扪心自省，在《青春》中，库切一直反省着自己的过去。"读库切的《青春》很容易让人想起卢梭的《忏悔录》。"④ 因为他极为坦诚地讲述了自己成长过程中的笨拙与迷惑、愚蠢与冷漠。自传表现的是每一个艺术家的一次特别英勇的行为，因为我们每个人身上都有一种特别强烈的欲望——隐瞒自我真相的基本意志——在起支配作用。这种强烈的愿望源于人的羞愧感。人总是倾向于希望自己能卓尔不群、完美无缺地出现于别人面前，而不是与此相反。因此，他所追求的是让他的那些丑恶的秘密、他的缺陷以及他的浅薄狭隘，都随他一起随风而逝，与此同时他还想让他美

---

① 弗兰克. 活出意义来 [M]. 赵可式，沈锦惠，译. 北京：生活·读书·新知三联书店，1998：238.
② 转引自德斯蒙德·莫里斯. 幸福之源 [M]. 傅悦，译. 上海：文汇出版社，2009：135.
③ 库切. 青春 [M]. 王家湘，译. 杭州：浙江文艺出版社，2006：73.
④ 王敬慧. 永远的流散者——库切评传 [M]. 北京：北京大学出版社，2010：95.

好可人的形象活在人间。羞愧是一切真实自传的永久敌手,因为羞愧谄媚地诱使我们不照我们本来的面目进行描述,而是照我们希望别人看到的样子进行描述。羞愧会施展种种狡猾伎俩和欺诈手段引诱准备以诚实对待自己的艺术家隐藏内心深处的事情,遮蔽他的要害之处,掩饰他讳莫如深的问题,所以

为了达到艺术家的诚实,在这时还需要有一种特殊的,总是在千百万人中难得一见的勇气,因为在这时除了自我——见证人和法官,原告和被告都集于一身的自我——以外,没有别的人能够对真实性进行监督和对质。[1]

对于这种不可避免的反对自欺欺人的斗争,至今还没有完善的装备和防护手段。所以,库切的《青春》作为一部自传体小说,讲述的内容是库切的经历,但它没有采用这类作品常见的第一人称叙述,读起来也不像是一种"自述",而像是在讲述他人的故事,这主要是因为库切采用了第三人称"他"的叙述视角。在展现自己的人生经历时,库切始终用"他"来表述,隐身在第三人称叙述视角之下,与自传中的自我拉开距离,冷静地审视着自我的成长叙述。大多数评论家认为"库切是卡夫卡的继承者"[2]。库切以第三人称写自传的方式让人联想到卡夫卡(Franz Kafka)的《饥饿艺术家》。《饥饿艺术家》的主人公以饥饿为唯一的表演手段,饿的时间越长意味着他的艺术水平越高。出于敬业精神,这位艺术家一心要把他的艺术发挥到登峰造极的地步,而他的艺术达到最高境界之日,也就是他的个人生命终结之时。同样,自传的作者对自己深入剖析,就像手拿手术刀刺向自己,当他解剖到自己最隐秘、最致命的部位时,也许就是他不能下手或生命终结之时。库切是一位有非凡勇气的艺术家,他对自己的解剖绝不是只停留在叶公好龙的层次上,而是要追求飞蛾扑火的境界,这就好像自己要把自己的心脏掏出来放到眼前审视,也就是要揪着自己的头发离开地面,这是一种明知不可为而为之的工作。所以库切采用第三人称的叙述方式,既能充分表现自己的内心世界,又能拉开距离对之客观审视,这是他能做到冷酷地剖析自己的前提条件,在某种程度上达到了不可为之而为之的境界。通过此种叙述策略,我们可以看

---

[1] 茨威格. 茨威格散文精选[M]. 高中甫,等译. 北京:人民日报出版社,1997:37.
[2] 王敬慧. 永远的流散者——库切评传[M]. 北京:北京大学出版社,2010:86.

出,"'他'在不断地自我挖掘、自我暴露、自我批判,同时又在不断地自我宽容自我辩解,然后再对这种宽容和辩解进行自我批判……"① 这种撩人心绪的思辨在《青春》中随处可见,一方面是因为库切"以知性的诚实消解了一切自我慰藉的基础,使自己远离俗丽而无价值的戏剧化的解悟和忏悔,"② 另一方面也归功于他的第三人称叙述策略,这种叙述策略虽然不是他首创,但他达到了出神入化的境界。

六、结语

德国诗人海涅(Heinrich Heine)认为:"一个人的生命难道不是像一代人的命运一样珍贵吗?要知道,每一个人都是一个与他同生共死的完整世界,每一座墓碑下都有一部这个世界的历史。"③ 真正认识他人是困难的,而真正认识自我就更加困难,库切的自传体小说《青春》虽然写的是生活在特定的时空中的特殊个体,但它对我们认识他人、自我、一代人都有极大启示。

---

① 高文惠. 库切的自传观与自传写作 [J]. 外国文学评论, 2009 (02): 116-126.
② 2003年诺贝尔文学奖授奖词. 库切. 青春 [M]. 王家湘, 译. 杭州: 浙江文艺出版社, 2006: 191.
③ 转引自科恩. 自我论 [M]. 佟景韩, 等译. 北京: 三联书店, 1986: 146.

自传之外《诗与真》

一、引言

《诗与真》是德国文豪歌德（Johann Wolfgang von Goethe）（1749—1832）五十九岁时开始写的一部自传，在西方传记史上占有重要地位。长期以来，真实是传记当然也包括自传的最高标准，甚至"事实是界定传记文学的一个关键词"。① 小说、戏剧和诗歌之所以被划分为虚构性作品，而历史、传记则属于非虚构性作品，一个重要的原因是它们对事实采取了截然不同的叙述策略，而歌德却反其道而行之，公开把自己的自传称为"半诗半史"的体裁，首次提出了在自传作品中虚构因素（诗）与真实因素（真）存在着不可分割的辩证联系。歌德的伟大之处在于：他不掩饰、不否认自传里有虚构、有想象，如果说"真"是自传的目的，那么"诗"就是自传的手段，他是用诗的笔调，运用想象力去实现"真"的目的，这样看来，在歌德这里，"虚构不但不妨碍真实，反而能够帮助作者再现真实，这就是诗与真的辩证关系。"② 《诗与真》开创了近代意义上真正"自传"的先河，仅凭这一点，它在世界文学史上就已占有不可动摇的地位，但《诗与真》的价值并不局限于此，作为歌德晚年写了二十多年的作品，《诗与真》并没有拘泥于任何一成不变的模式，它博大精深，充满着歌德最圆熟、最周密的洞察力，展现着他"一代文豪"的天才，触及了许多现代性命题，给予当下以深刻启示。

---

① 赵白生. 传记文学理论 [M]. 北京：北京大学出版社，2003：5.
② 杨正润. 外国传记鉴赏辞典 [M]. 上海：上海辞书出版社，2009：102.

二、媒介：延伸人体又截除人体

歌德童年时在他的姨夫那里读到一套当时著名的游记丛书，其中第 7 部标题《荷马著：特洛伊王国征服论》，附有法国戏剧风味的铜版面。歌德对这部书的感受是："插图对我的想象力有很坏的影响，以致荷马诗中的英雄很久还只是以这样的姿态浮现于我的脑海中。"① 在《基督教的本质》第二版（1843）的前言里，费尔巴哈（Ludwig Andreas Feuerbach）就他所生活的时代——19 世纪这样评论道，这个时代"影像胜过实物、副本胜过原本、表象胜过现实、外貌胜过本质"②——而且是有意识地这么做的。他预言式的抱怨到 20 世纪已经变成有普遍共识的判断："当一个社会的主要活动之一是生产和消费形象时，当形象对经济健康、政治稳定和个人幸福的追求变得不可或缺时，这个社会就进入了'现代'。"③ 而这样的现代社会的最大危险是，我们的文化成为充满感官刺激、欲望和无规则游戏的庸俗文化，"其结果是我们成了一个娱乐至死的物种"④。

这是不是有些危言耸听呢？按照被誉为 20 世纪"最重要的思想家"马歇尔·麦克卢汉（Marshall Mcluhan）的说法："一切媒介都是人的延伸，是我们的部分机能向各种物质材料的转换。"⑤ 也就是说，媒介与人的关系仅仅是相对独立的，实际上媒介对于人的感知有强烈的影响，不同的媒介对不同的感官起作用。媒介延伸人体，赋予它力量，却瘫痪了被延伸的肢体。在这个意义上说，技术既延伸人体，又"截除"人体。这样，增益就变成了截除，于是，中枢神经系统就阻塞感知，借此回应"截除"造成的压力和迷乱。具体针对图像（包括插图）和语言这两种媒介来说，由于小说中的语言是一种低清晰度的冷媒介，它存有大量空白，所以它要求受众深刻参与、深度卷入，因为它的清晰度低，所以它为受众填补其中缺失的、模糊的信息提供了机会，留下了广阔的用武之地，调动了人们再创造的积极性。相反，高清晰度的媒

---

① 歌德. 诗与真 [M]. 李咸菊, 译. 北京：团结出版社, 2005：23.
② 费尔巴哈. 基督教的本质 [M]. 荣震华, 译. 北京：商务印书馆, 2010：20.
③ 苏珊·桑塔格. 形象世界. [M] //陈永国. 视觉文化研究读本. 北京：北京大学出版社, 2009：119.
④ 尼尔·波兹曼. 娱乐至死 [M]. 章艳, 译. 桂林：广西师范大学出版社, 2008：4.
⑤ 马歇尔·麦克卢汉. 理解媒介——论人的延伸 [M]. 何道宽, 译. 南京：译林出版社, 2011：161.

介叫"热"媒介,由于它们给受众提供了充分而清晰的信息,所以受众被剥夺了深刻参与的机会,被剥夺了再创造的用武之地。加拿大学者诺思罗普·弗莱(Northrop Frye)在《伟大的符号:圣经和文学》中也感同身受地这样写道,"书面文字远不只是一种简单的提醒物,它在现实中重新创造了过去,并且给我们震撼人心的浓缩的想象,而不是什么寻常的记忆",马歇尔·麦克卢汉总结到:"媒介的清晰度高,参与程度就低。媒介的强度低,参与程度就高。"① 而歌德以自己独特的感受:"插图对我的想象力有很坏的影响。"先知先觉地预言了麦克卢汉的结论。

三、难得的自我反省意识

歌德在《诗与真》中第一部"呱呱落地"中讲了他童年时期的一次不可思议的经历,这次经历使他不安了很长一段时间,这次经历是这样的:童年时的歌德认为,不管怎样,自己写的诗总比人家的强。然而,不久他就发现,那些写了非常蹩脚的作品的同伴,也都和他一样,自认为自己的比人家的诗要好,这还不算,更使他惊讶的是一位和他关系不错的少年,这位少年让他的家庭教师代他写作,他不仅认定那是最好的作品,而且竟然还相信那是他自己的作品。歌德眼睁睁看清这种谬论的妄想,结果有一天他竟突发奇想:"我是不是也与他们没有两样呢?那种诗是不是确实比我的好呢?我觉得他们都愚不可及,是不是我在他们眼里也同样地愚不可及?这使我不安了很久很久,因为我还不能完全找到判断真实的外在标准。"② 从歌德写的这一次不可思议的经历中,我们可以得知歌德在童年时期就萌发了自我反省的意识。我们知道,歌德对美的追求是无限的,直到不惑之年,尽管他在文学创作方面早已誉满欧洲,但他的更高追求却不在文学,而是绘画。就在意大利逗留的不到两年的时间里,他作画即达一千余幅!只是歌德之所以成为歌德,很大程度上在于他的自知之明,在意大利饱尝了那些第一流大师的杰作以后,深知自己在这个领域不能望其项背,才使他的追求目标发生战略性转折:主攻文学。歌德名作《浮士德》中主人公浮士德的一段自白,普遍被认为是歌德

---

① 马歇尔·麦克卢汉.理解媒介——论人的延伸[M].何道宽,译.南京:译林出版社,2011:364.
② 歌德.诗与真[M].李咸菊,译.北京:团结出版社,2005:14.

自己心像的写照，浮士德心中有两个灵魂：一个沉溺于爱欲，执着于凡尘；另一个则竭力挣脱世俗，向崇高的灵空飞升。歌德的非凡之处不仅在于他自己能及时地、透辟地分析出两个自我即"灵"与"肉"的矛盾，更在于他始终让崇高的精神追求作为他征途上的旗帜，懂得以理性的要求抵御感性的欲望，这与他的自我反省意识密切相连。

稍微浏览一下西方文化史就会发现：一切真正的思想家和艺术家既不是自恋狂也不是民族自大狂，他们总能站在他们那个时代的思想巅峰上，超越民族狭隘意识，在自己的作品中渗入对自我、对本民族的批评与自审。我们知道歌德是第一位提出"世界文学"概念的作家，他认为诗是人类共同的财富，事实上，歌德自幼便对欧洲传统以外的文体深感兴趣，晚年摆脱了繁忙的公务后更是不断地博览群书，从阿拉伯、波斯的诗歌到中国、印度的文学和哲学无不悉心阅读，1814年开始写作《西东合集》时，他就自喻为"东方之旅者"，正因为他超越了狭隘的自我中心主义，才造就了他的博大精深，歌德的这种不寻常之外，在他的童年的那次不可思议的经历中表现出的难得的自我反省意识就初露端倪。

四、方言：灵魂的故乡

《诗与真》的第二部"年轻日子里的企望，年老之后的收获"有一段对"南德方言"的论述，读来令人回味无穷，歌德是这样写的：

不论是哪个地方的人，对自己的方言总有一份爱好。毫无疑义，方言正是灵魂的故乡。但是，众所周知，迈森的方言支配了其他地方，甚至曾一度专横地排斥了别的语言。多年来，我们就苦于这种支配，其后历经抗争，好不容易地使各地方恢复了以前的权利。生气蓬勃的青年必需忍受这种长久地不停歇的监督，非常痛苦。关于这一点，一个人只要能想到如果屈从发音的变化，那么想法、想象力、感情，甚至连同生长的地区而产生的独特性格，也都不得不牺牲掉，便可思过半矣。那些极有教养的男女，向我做此苛刻要求，但这不能使我苟同。①

---

① 歌德. 诗与真 [M]. 李咸菊, 译. 北京：团结出版社, 2005：172.

我们每个人都有自己的语言（风格），也有自己独特的口音，希腊人甚至把人定义为"会说话的动物"，语言对人的重要性几乎怎么说都不为过，用不着什么时尚潮流，自古以来，喜欢反省、思辨的人鲜有不被丰富而有趣的语言现象所吸引的，中世纪初的思想家奥古斯丁（Saint Augustine）对语言做了全方位的思考。他把《约翰福音》开篇的一句理解为"太初有言"，明确提出了言语创生万有的认识。奥古斯丁还区别了声音与意义，他认为"声音与意义是两回事，声音方面有希腊语、拉丁语的差别，意义却没有希腊、拉丁或其他语言的差别。"[①] 按照他的说法，声音因人而异、随时而异，意义却是同一的，声音与意义各自为政，泾渭分明，毫无关系。但事实果真如此吗？歌德睿智指出了声音与意义的微妙联系——即发音与想法、想象力、感情的密切联系，使我们联想到20世纪思想家海德格尔（Martin Heidegger）的名言："人们似乎作为语言的创造者和主人在活动，而实际上语言才是人的主人。"[②] 既然语言是人的主人，语言的发音就不可能对人的思想感情毫无作用，而歌德就此用自己的切身体会做出了说明。另外，方言的丰富性、生动性以及它与人的思维、创造力及地域文化的密切联系，是否提醒了我们中国当下在大力推广普通话的同时，还应注意保护各地区的方言呢？

五、结语

歌德认为："独创性的一个最好的标志就在于选择题材之后，能把它加以充分的发挥，从而使得大家承认压根儿想不到会在这个题材里发现那么多的东西。"[③] 而他的自传《诗与真》就是这样一部独创性的作品，智慧的火花散落其中，我们根本想不到会在一部自传中发现那么多的东西，之所以以章节划分，只是为了叙述的便利，实际上是在削足适履，因为我们是在艺海拾贝。

[①] 奥古斯丁. 忏悔录 [M]. 周士良，译. 北京：商务印书馆，1997：196.
[②] M. 海德格尔. 诗·语言·思 [M]. 彭富春，译. 北京：文化艺术出版社，1991：132.
[③] 歌德. 歌德的格言和感想集 [M]. 程代熙，张慧民，译. 北京：中国社会科学出版社，1982：76.

《富兰克林自传》中的叙述策略

一、引言

美国文学从诞生到现在只有大约 200 年的历史，与源远流长的欧洲文学相比，美国文学的确是年轻的一代。但随着美国社会的发展，美国文学早已走出了孩提时代，显现出成熟风格。它在独立战争的硝烟中诞生，在拓展民族题材的探索中成长，在社会发展的洪流中繁荣。上下 200 年，一大批享有世界声誉的作家脱颖而出，本杰明·富兰克林（Benjamin Franklin）（1706—1790）就是其中的一位。毫不夸张地说，富兰克林是最能反映其时代精神的人，他身上充分体现了美国独立前后的理想和价值观，他不仅以自己的思想、才智和业绩名扬天下，他也是美国文学史上第一位伟大作家。

富兰克林出生于小商人家庭，只上过不到两年小学，由于家庭经济困难被迫辍学、打工，但读书是他唯一的乐趣，时间比金钱更宝贵是他的座右铭，他完全靠自学精通英语、法语、意大利语、西班牙语和拉丁语，16 岁在报纸上发表小品文，17 岁跑到费城，怀里揣着仅有的 1 美元独闯天下，23 岁发表了论文《论纸币的性质和必要性》，得到马克思（Karl Heinrich Marx）的高度评价。他成为美国独立战争中最有影响的人物，他签署了美国建国的所有四个文件：独立宣言、联法条约、英美和约和美国宪法。富兰克林同时又是科学家，发明了避雷针，他多才多艺，是位百科全书式的人物，作为文学家，他最著名的作品是《富兰克林自传》和《格言历书》。《富兰克林自传》被誉为美国文学史上第一部经典文学作品，这部自传最初是富兰克林写给儿子的，只包括他早年的生活经历，在这部自传中，富兰克林叙述了他的家庭身世、青少年时期自学和工作情况，以及 1757 年以前他的主要经历和活动以及在政治、经济、科学方面的成就。全书反映了富兰克林在自学、创业、研究、修身和斗争等方面表现的不可动摇的意志,为进步事业奋斗到底的决心。《富兰克林自传》是每一位美国青年必读的精神读本,也是举世公认的改变了无数人命运的励志奇书,它之所以有如此巨大和深远的影响,和富兰克林的叙述策略密不可分。

二、可靠的叙述者与读者的身份认同

从叙述学的角度讲,假如"'我'作为人物有性格缺陷和思想偏见,那批评家就倾向于认为'我'的叙述不可靠。"[①] 这样看来,《富兰克林自传》中的"我"——富兰克林就是一位可靠的叙述者,他是18世纪美国著名的实业家、科学家、社会活动家、政治家、文学家、思想家和外交家,美国最伟大的先驱者和美国民主的缔造者之一,被誉为"第一个文明的美国人""美国的圣人""美国的民族之父",而"读者之所以选择一部自传,他们的第一考虑往往是传主的身份。"[②] 发达国家的出版集团,像兰登书屋等,每年用巨资购买的自传性作品,他们的首选标准也是传主的身份。从自传文学史的角度来看,历史上最重要的几部自传经典无不因为传主的特殊身份而拥有最广泛的读者群。那是因为"传记是最常见、也最有效的励志形式之一"[③]。大多数传记作品都以那些英雄人物或杰出人物为传主,实际上就是在鼓励人们学习他们,树立远大的目标并为之奋斗。因为自我实现是人类的伟大理想,在不同的时代和文化背景下,自我实现有不尽相同的内涵和不同的途径,但都有一个共同点:那就是最大程度地发挥人的潜能,使自我得到充分的发展。自我实现是一种终生的追求,人们通过各种方法来实现自我的外部目标,也实现着精神的解放,而传记是人们自我实现的参照系,它激励着人们去追求一个目标,实现自己的理想,罗曼·罗兰(Romain Rolland)称他写《贝多芬传》,是因为贝多芬(Ludwig van Beethoven)是"教我们如何生、如何死的大师"[④]。一个历史人物可以具有如此重大的榜样意义,并非罗曼·罗兰夸大其辞,他的这部传记确实以其悲壮的英雄主义感动和影响了无数读者,而《富

---

① 申丹. 叙事、文体与潜文本 [M]. 北京:北京大学出版社,2011:62.
② 赵白生. 传记文学理论 [M]. 北京:北京大学出版社,2003:99.
③ 杨正润. 现代传记学 [M]. 南京:南京大学出版社,2009:208.
④ 罗曼·罗兰. 巨人三传 [M]. 傅雷,译. 合肥:安徽文艺出版社,1994:11.

兰克林自传》也成了美国几代人的生活教科书，为 19 世纪后半叶"美国梦"的形成铺平了道路，直到今天，它仍是美国青年个人奋斗的行动指南，具有无可比拟的历史价值和现实意义，这与富兰克林是一位"可靠的叙述者"和读者的身份认同密切相关。

三、人才学角度的自我解释

一般说来，自传传主大都属于广义的人才，其人才的主要类型有政治家、军事家、社会活动家、科学家、艺术家、文学家、教育家、专门学科的专家、文娱体育明星等。"他们之所以成为这样的人物（人才），既是人才研究所要探讨的问题，又是自传作品应当予以某种形式和程度的解释的问题。"① 一部自传，如果有意回避这一点，即未能提供让人才学家予以分析的充分的材料，就是一种缺陷和不足。由此反观《富兰克林自传》，富兰克林对自己如何成功的解释，恰恰是书中最著名也最被人津津乐道的部分，也就是说，《富兰克林自传》中的自我奋斗并不仅仅是讲述自己的成功，更为重要的是，它讲了自己为什么能够成功，它是导向成功的自我个性的塑造与建构。富兰克林在自传中写到他认定的十三项美德以及他如何将这些美德应用于日常生活中，通过持续不断地自我反省、自我剖析和自我完善，最终取得了事业上的成功。这十三项美德是他 22 岁制定的，是他成为一代伟人真正的力量源泉，具体包括：节制、节言、秩序、决心、节俭、勤劳、诚实、正直、中庸、整洁、宁静、贞节、谦虚。这些美德是在清教主义倡导的勤勉、俭朴和谨慎的基础上发展起来的，同时富兰克林又汲取启蒙主义思想，理性地看待生活，刻苦努力，改变自己的生活环境和社会地位，同时关注社会群体，热衷慈善事业。这十三项美德，既是他的理想，又是他努力实践的信条。他每个星期都对美德的实施情况进行严格的轮番检查，每周着力实现一种美德，每天记个笔记，做了什么事，自己对照，做得不好的，记上一个黑点，下周改进，真正做到了"每日三省吾身"。富兰克林写道："我从中发现自己所犯的过失比想象中要多得多，这着实令我感到很惊讶。同时，我也欣喜地发现错误在一天天减少。"② 这样每年循环四次，修身养性，身体力行，以达到尽善尽美。他认为

---

① 中国中外传记文学研究会. 传记文学研究［M］. 长沙：湖南文艺出版社，1997：61.
② 本杰明·富兰克林. 富兰克林自传［M］. 宋思岚，译. 汕头：汕头大学出版社，2010：106.

出身不能决定一个人的命运，出身贫穷，并不可耻，出身高贵，对于美德和伟大并不必要。他还在自传中这样写道："每个人的兴趣都有其高尚的一面，都想要过幸福的生活。从这种情况来看，我要竭力让年轻人相信：在这个世界上，穷人要致富，除了正直和诚实，没有其他办法。"① 他还认为，获得成功的首要条件和最大秘密是：把精力和资本完全集中在所干的事上，一旦开始干哪一行，就要决心干出个名堂，要出类拔萃，要点点滴滴地改进。的确，富兰克林没有高贵的出身，也没有高人一等的智慧，他用自己的现身说法表明：勤劳、坚持、自律将会使一个雄心勃勃的年轻人跳出默默无闻的沼泽地。所以评论家认为：富兰克林不是那种仅仅靠时代和机遇造就的伟人，他无论生于何时何地，都会成为一个伟大人物。美国著名作家马克·吐温（Mark Twain）读了《富兰克林自传》后指出："伟人之所以伟大，并不是因为他比别人多些什么，而只是因为他有原则；常人之所以平常，只是因为他缺乏原则。"富兰克林也让我们意识到，伟人绝不是天生的，个性也绝不是你天生就有的东西，它可以像某种技术一样在你身上训练出来。总之，《富兰克林自传》包含了人生奋斗和如何成功的真知灼见，被公认为是改变了无数人命运的美国精神读本，这与富兰克林对自己怎样走上成功之路的深度叙述紧密相连，而这样深度细致的叙述对人才学、成功学也是具有启示、借鉴以及证据的价值和意义。

四、浅显的故事与深邃的哲理

《富兰克林自传》并不仅仅宏观地展现富兰克林自己丰富的人生经历，其中还穿插了许多妙趣横生、富有哲理的小故事。比如说"带有锈迹的斧头最好"这个故事，富兰克林讲的是斧头的所有者希望铁匠把整个斧面磨得与斧刃一样光亮，但他又不愿意花时间按铁匠所说的办法去打磨斧头，结果就有了"我最喜欢带有锈迹的斧头"这样的言论。富兰克林认为那是因为斧头的所有者缺乏坚持到底的毅力，不知道辞旧迎新、弃恶从善的艰难，得过且过，放弃了努力，最后得出"带有锈迹的斧头最好"这样的谬论。又比如富兰克林讲了如何与对手成为知己的故事，富兰克林竞选州议会秘书，一个议员为了赞助另一个候选人，发表了一篇长篇演说反对富兰克林。富兰克林不想卑

---

① 本杰明·富兰克林. 富兰克林自传［M］. 宋思岚，译. 汕头：汕头大学出版社，2010：109.

躬屈膝地博取他的好感，而是通过向这位议员借书的方式，消除了隔阂，从那以后，这位议员在任何场合都愿意帮助富兰克林，并且成为很好的朋友。富兰克林总结到，这件事表明了与其怨恨、报复和延长私人间的冤仇，倒不如审慎地把它消除更为有益，因为冤家宜解不宜结，多一个朋友总比多一个敌人要好。富兰克林所讲的这些小故事，带有寓言的意味。因为寓言的主旨，在于借故事来寄寓某一教训、格言，最重要的是，它要能够显示作者借它来说明的道理。富兰克林在自传中所讲的故事似乎都是浅显的，在现实生活中也是司空见惯的，但它蕴含丰富、深邃的哲理，这种小故事、大道理的写法非常富有吸引力，令读者再三咀嚼故事之外的无穷韵味。

五、开诚布公　战胜羞惭

《富兰克林自传》是富兰克林65岁时开始写的，作为一位饱经风霜的老人，他以拉家常的方式把自己成功的经验向世人娓娓道来，整本自传既无哗众取宠之意，又无盛气凌人之态。难能可贵的是，在这本一代伟人的自传中，富兰克林还极为坦率地写了自己的幼稚、愚蠢以及年轻时的一些不良、恶劣行为。他讲述了自己童年时带领伙伴搬走石块建码头而遭父亲责备的事，以及18岁时回到波士顿与哥哥见面的那种"自我炫耀"的情景，另外，他还写了在去纽约的船上，作为"不谙世事的年轻人"还险些上了两个女子的当，幸亏一位教友会的妇女的友善提醒才幸免于难，除了上述难堪之事，他还特意写到年轻时的他甚至和妓女鬼混过，也曾对朋友的妻子提出非分要求而遭到拒绝，从而导致朋友和他分手，在叙述自己过去的这些行为时，富兰克林不仅做到了坦率诚实，还展现了千百万人中难得一见的勇气，因为自传中的忌讳比他传要多得多，许多事情发生在别人身上但说无妨，在自己身上就难以启齿，因为牵涉自己和亲友，出于感情或利益的因素，作者对自己和所爱者的隐恶扬善和对所恶者的扬恶隐善，成了自传中常见的现象，甚至许多自传的写作目的就在于自我颂扬或自我辩护。奥地利著名小说家、传记作家斯蒂芬·茨威格（Stefan Zweig）对此也深有体会，他认为"羞惭是一切真实自传的永久敌手，因为羞惭谄媚地诱使我们不照我们本来的面目进行描述，而是照我们希望被看到的样子进行描述"[①]。但是富兰克林战胜了这个强大的永

---

① 茨威格. 茨威格散文精选［M］. 高中甫，等译. 北京：人民日报出版社，1997：37.

久敌手——羞惭,他的自传被誉为"是所有个人自述中最开诚布公而又无拘无束的一部"①。卢梭(Jean-Jacques Rousseau)在《忏悔录》里也多次写到自己的错误,但往往悔而不改。富兰克林则不同,他对自己所犯下的错误基本上都有交代:他帮哥哥的儿子上学立业,以弥补他给哥哥所造成的损失;他摆脱世俗偏见与里德小姐结为夫妻,白头到老;他反思自己身上的不良行为,决不道貌岸然。读者看到的富兰克林是一位伟人,但不是圣人,也不是完人,他有缺点和错误,但仍不失其伟大。这样自传中的富兰克林也就摆脱了大多数英雄、伟人传记描写人物的通病:崇高而又空洞,神圣而又虚幻,而富兰克林在自传中虽然没有以完美无缺的形象出现,反而让读者感到更加真实可信,也使得他的这部自传更具有艺术感染力。

六、结语

我们常常容易想当然,认为自我描述应该是最轻而易举的事,但事实却告诉我们"艺术家真切地塑造当代及历朝历代的任何人的困难都没有真切地塑造他本人的自我的困难大"②。纵观古今中外的文学史,经典的自传作品真的是屈指可数,而《富兰克林自传》就属于这一卓越行列,这与富兰克林的叙述策略难解难分。

---

① 罗伯特・E. 斯皮勒. 美国文学的周期——历史评论专著[M]. 王长荣, 译. 上海: 上海外语教育出版社, 1996: 12.
② 茨威格. 茨威格散文精选[M]. 高中甫, 等译. 北京: 人民日报出版社, 1997: 34.

从《昨日的世界》看茨威格自传中的"隐身术"

一、引言

《昨日的世界》写于1939—1940年,是奥地利著名小说家、传记家斯蒂芬·茨威格(Stefan Zweig)(1881—1942)生前完成的最后一部作品,1944年出版,当时距离茨威格在巴西自杀已有两年的时间。虽然茨威格在当年给朋友的信中说:"出于绝望我正在写我一生的历史。"但《昨日的世界》还有一个副标题:一个欧洲人的回忆。从副标题以及此书的内容看,《昨日的世界》又是一部回忆录,是茨威格回忆自己六十年的人生经历和见闻的作品。实际上,"回忆录同自传有时很难区分,一般说来回忆录是一种非正式的自传"[①],这样看来,我们还可以把《昨日的世界》当作茨威格的自传来阅读。作为自传,《昨日的世界》是茨威格在生命最后阶段发表的对人类社会的回忆和思考,在他的这部闻名遐迩的自传中,世界大历史的风云变幻得到了真实生动的再现,他笔下的形形色色的人物也都活灵活现、精彩纷呈,所有这一切都盖过了自传作者茨威格本人,使他在他的这部自传中似乎更多地担任的是引路人和解说员的角色,把我们读者引向一个个历史画面,为我们解释这些画面,并与书中的那些举世闻名的或默默无闻的人物相识,唯独茨威格本人反而显得模糊不清,隐隐约约地闪现在那些睿智隽永的文字之间。他的第一位妻子弗里德里克(Friderike Maria von Winternitz)的名字根本没有被提及,只是写到在佛罗伦萨与画家朋友的偶遇中提到"和我在一起而不认识他的妻子",在作品的最后写了他"打算第二次结婚",但对自己两次婚姻的来龙去脉只字未提,守口如瓶,他自己的个人感情生活一片空白。我们都知道

---

① 杨正润. 现代传记学 [M]. 南京:南京大学出版社,2009:417.

婚恋问题在作家一生中占有重要地位，无论在卢梭（Jean-Jacques Rousseau）的《忏悔录》里还是在海涅（Heinrich Heine）的《回忆录》中，恋爱都占有相当可观的篇幅，至于歌德（Johann Wolfgang von Goethe）、普希金（Alexander Sergeyevich Pushkin）生活中爱情所起的作用，更是尽人皆知，可是茨威格在自传中却讳莫如深，以至于他的朋友曾这样评价茨威格："这位弗洛伊德的景仰者、学生和病人过于贞洁，未能写出一本真正的自传来，他过于羞怯，害怕赤身露体。"① 的确，我们在读《昨日的世界》的时候，有一种感觉，那就是作为自传主人公的茨威格似乎化作了"隐身博士"，在读者面前展示了他的"隐身术"，即便如此，他的这部"名不副实"的自传还是让我们爱不释手，流连忘返，原因何在？

二、惊心动魄的历史事件

在《昨日的世界》的序言里，茨威格第一句话就开门见山、开诚布公地写道：

我从未把我个人看得如此重要，以至醉心于非把自己的生平历史向旁人讲述不可。只是因为我鼓起勇气开始写这本以我为主角——或者确切地说以我为中心的书以前，所曾发生过的许许多多事，远远超过以往一代人所经历过的事件、灾难和考验。②

茨威格所说的许许多多的事中最惊心动魄的，莫过于两次世界大战。因为20世纪"以战争为标志。即使当枪炮声不再鸣响之时，这个世纪也是生活、思考在世界大战之中的"③。第一次世界大战是共同信奉上帝的一大批欧洲国家十三亿人口的同室操戈，战争造成了千万人的死伤，在欧洲，这等于一代风华正茂的青年被无情地从他们仅有一次的生存中抹掉了。人们惊魂未定，接着又目睹了20世纪30年代的经济大萧条，经济大萧条直接导致法西斯上台，这一后果最后是把欧洲推向新一轮更疯狂、更可怕的大屠杀——第

---

① 转引自张玉书. 茨威格评传：伟大心灵的回声［M］. 北京：高等教育出版社，2010：422.
② 斯蒂芬·茨威格. 昨日的世界——一个欧洲人的回忆［M］. 舒昌善，等译. 桂林：广西师范大学出版社，2005：1.
③ 艾瑞克·霍布斯鲍姆. 极端的年代［M］. 马凡，等译. 南京：江苏人民出版社，2011：4.

二次世界大战。作为两次世界大战的见证人，茨威格写到了第一次世界大战期间民众的疯狂，那被弗洛伊德（Sigmund Freud）称为"对文化的厌恶"，要求放纵最古老的嗜血本能，造成了一种可怕的、几乎难以用言辞形容的、使千百万人忘乎所以的情绪，霎时间为那个时代最大的犯罪行为起了推波助澜、如虎添翼的作用，在1914年战争开始的最初几个星期，要想和某个人进行一次理智的谈话，渐渐地变得不可能了。最爱好和平、心地最善良的人，也像喝了酒似的两眼杀气腾腾，莎士比亚（William Shakespeare）被赶出德国舞台；莫扎特（Wolfgang Amadeus Mozart）和瓦格纳（Richard Wagner）被赶出法国和英国的音乐厅；德国的教授们声称，但丁（Dante Alighieri）是日耳曼人；法国的教授们声称，贝多芬（Ludwig van Beethoven）曾是比利时人。那些国家成千上万的公民每天在前线互相残杀，这还不够，他们还互相在后方辱骂、中伤敌国已经死去的伟人，这种精神失常越来越荒唐。在那个极端的年代，一个鸡蛋在奥地利的价钱相当于过去一辆豪华的轿车，而后来在德国竟高达四十亿马克——几乎相当于以前大柏林市全部房屋的地皮价。一战终于过去了，但是通货膨胀、失业、各种政治危机，使德意志民族人心浮动，于是希特勒出现了，是当时对现状不满的怒涛把他匆匆抬出来的。他完全知道，怎样用许诺来欺骗各方面的人，从而使他在掌权的那一天，即使在最对立的营垒里也竟然会爆发出一片欢呼声。接着，国会纵火案发生了，国会消失了，德国所有的法律都化为乌有，茨威格的书被焚烧，剧作不能上演，茨威格开始了颠沛流离的生活，持续不断地到另一个星空下、到另一个世界去居住，但这样并不等于摆脱了他一生中最可怕的日子，每天都有从祖国传来的尖叫的呼救声，他知道每天都有他最亲近的朋友被非法拖走、被拷打、被侮辱，他为每一个他所爱的人担惊受怕却又无能为力。当他母亲去世的消息传来时，他没有悲哀——时代已把人们的心变得如此反常，相反，他感到了一种宽慰，因为他知道母亲已经不会再遭受各种痛苦和危险了。他当然清楚，一个新的时代总会开始，但他不清楚，要到达那个时代，还要经过多少地狱和炼狱。茨威格作为20世纪上半叶历史的见证人，用《昨日的世界》提供了历史文献的价值，展示出一个时代波谲云诡的历史画卷。

三、栩栩如生的文化名人

作为世界主义者的茨威格一生喜爱旅行，他到过印度、苏联、东南亚和非洲，两次踏上美洲，常来往于德国、法国、荷兰、比利时、瑞士、英国、意大利，最后寄居巴西。茨威格待人彬彬有礼，热情好客，再加上他的文学成就，使他的朋友遍及世界，他几乎认识他那个时代欧洲所有的各界名流，不仅有文学家，还有画家、音乐家、演员、医生等，而对这些人物或详或略的描写，也成了《昨日的世界》中的精彩篇章。

我们看茨威格是怎样描写他们的：莱纳·马利亚·里尔克（Rainer Maria Rilke）（1875—1962）是奥地利著名诗人，在艺术上的探索和创新对西方现代文学有很大影响。在茨威格笔下，里尔克是一位规避一切喧哗嘈杂，甚至规避对他的赞扬的诗人，因为里尔克认为，那种赞扬是围绕着一个人的名字积聚起来的全部误会的总和，并且在现实生活中要找到里尔克是很困难的，因为他没有住宅，没有人能找到他的地址，没有家，没有固定的寓所，没有办公室，他总是在世界上漫游，没有人能事先知道他会转到哪里去，就连他自己也不知道，这样一位来无影、去无踪的诗人，尽管境遇不宽裕，但对衣着却是非常讲究，打扮得干净、入时，他的衣着就像一件不惹人注意但又经过精心设计的艺术品，茨威格认为这是因为他要求完美和对称的美感一直渗透到他的内心深处和个人生活之中，艺术上里尔克更是不让不完全满意的作品出手。

奥古斯特·罗丹（Auguste Rodin）（1840—1917），法国雕刻家，以其对人类的理解和对精神世界的表现闻名于世，茨威格到他家做客，发现这位艺术大师所吃的饭菜竟是如此的简单，就像一家中等水平的农民的伙食：一块厚厚实实的肉、几颗橄榄和一道丰足的水果，外加本地产的原汁葡萄酒。罗丹的眼神，在吃饭的时候显得和蔼可亲，但一到他的创作室，他的眼神就闪烁着奇异的光芒，他仿佛变得更高大、更年轻了。他用全部热情和魁梧身躯的全部力量工作着，完全把茨威格忘了，对罗丹来说，只存在他的雕塑以及他精益求精的构思，即便是电闪雷鸣，也不会把他惊醒。因此，当他结束工作准备离开创作室却发现了茨威格后，他几乎惊愕、恼怒地望着这个陌生人。在凝视时，他终于记起来了，并为自己的失礼感到不好意思和惊慌。茨威格把我们带进了艺术大师的创作现场，让我们见识了艺术大师是如何创作艺术精品的。

罗曼·罗兰（Romain Rolland）（1866—1944），法国小说家、戏剧家，

1915年获诺贝尔文学奖,他收到奖金后,毫不犹豫地把全部奖金赠送给国际红十字会。茨威格称自己是在一个纯属偶然的情况下"发现"罗曼·罗兰的。一天,一位俄罗斯女雕塑家邀请茨威格到她家里喝茶,他随手翻开一本不起眼的杂志,上面刊登有罗曼·罗兰的《黎明》(《黎明》是《约翰·克利斯朵夫》的第一卷)。刚开始是漫不经心地浏览,随后则被深深地吸引住了。越读越有兴趣,越读越感到惊讶。这位如此了解德国的法国人是谁?后来他迫不及待地找到《约翰·克利斯朵夫》的其余各卷,如饥似渴地阅读,并为自己的发现而欢欣鼓舞:终于有了一部不是为了一个欧洲国家而是为一切欧洲国家服务的书,一部为增进欧洲国家团结的书。茨威格终于和罗曼·罗兰见面了,罗曼·罗兰有着茨威格有生以来在一个人身上看到的最清澈、最和善的眼睛,他长得又高又瘦,说话的声音非常轻,他几乎从不散步,吃得也非常少,不抽烟,不喝酒,但茨威格发现,在他苦行主义的躯体内竟蕴藏着非常巨大的耐力,他一工作就是几个小时,每天只有四五个小时的睡眠时间,他允许自己松弛一下的唯一事情,就是音乐。他钢琴弹得非常出色,柔和的指法抚摸着琴键,好像他不是要从中弹出声音,而仅仅是要引出声音。他们谈论起《约翰·克利斯朵夫》,罗曼·罗兰向茨威格解释说,"他写这部书是想尽到三层责任:第一,向音乐表示他的感谢;第二,表白他对欧洲统一的信念;第三,唤起各民族的思考。"他们从此建立了真诚的友谊,茨威格后来总结道:"我和罗曼·罗兰的友谊是我一生中收益最多、在某些时候甚至是决定我的道路的友谊。"

另外,茨威格在《昨日的世界》中还写了精神分析学派创始人奥地利犹太籍精神病医生西格蒙德·弗洛伊德(1856—1930)以及苏联文学的创始人高尔基(Maxim Gorky)(1868—1936),意识流文学大师詹姆斯·乔伊斯(James Joyce)(1882—1941)等,他还写了他与当时意大利最重要的人物——墨索里尼(Benito Amilcare Andrea Mussolini)交往的故事,实际上,墨索里尼是茨威格在意大利的第一批和最热心的读者之一,茨威格为帮助一位意大利妇女的丈夫免遭迫害,用尽各种方法都不生效,最后只好写了一封真正坦诚的信给墨索里尼,结果墨索里尼用他的大笔一挥,亲自实现了茨威格的请求,茨威格写道:"在我一生当中,还没有一封信有像这封信似的使我感到高兴和满足,如果说有一件文字工作曾产生过作用,那么,我就会怀着特别感激的心情想起这封信。"① 通过茨威格的描写，使我们看到了墨索里尼鲜为人知的另一面，也让我们意识到文学艺术的魔力，总之，茨威格不管是采用铺叙还是白描，正面描写还是侧面描写，都给我们展示了历史有血有肉的丰富的细节，这是我们读历史教科书所读不到的，他的这部自传也就成了其他似乎比他更有趣、更有知名度或与他本人一样知名的人物的传记，这样，茨威格成功转移了我们关注他的视线，我们也不觉得自传中的其他人物喧宾夺主，而是津津有味地读下去，读完还意犹未尽。

四、隐身的原因

传记的范畴广大，无论是自传还是他传都包含着众多的分支，具有各不相同的形式，其构成也有很大的差异。除某些特定的类型，一般来说，"传主的生平、个性和对传主的解释是传记构成的三个要素，生平是最基本的，任何传记文本都必不可少，其余依次为个性和解释。这三者构成传记的主要内容，它们的统一表述成为传记的主题"②。特别是弗洛伊德《梦的解释》1900年问世以后，因为其中的俄狄浦斯情结理论被视为鼓吹乱伦而一度遭到谴责，但到了1920年以后开始被思想界和学术界接受。精神分析同传记写作，表面看来不属于同一领域，但两者包含了一个共同点：即对一个真实存在的人及其人格的研究，精神分析提供了一种解释人和人性的新方法，这受到传记家的欢迎。20世纪西方一批著名的传记家，都在不同程度上接受了精神分析的理论，并把精神分析的方法运用到传记写作中，比如英国著名传记作家斯特拉奇（Lytton Strachey）的《伊丽莎白与埃塞克斯》，就运用了精神分析方法对伊丽莎白女王童年时代的一些生活细节做了细致的分析，并得到弗洛伊德本人的肯定，弗洛伊德还曾写信给斯特拉奇，称赞他"大胆而谨慎"。茨威格是现代德语传记的旗手，他同弗洛伊德一样，都是出生在维也纳的犹太人。20世纪20年代末，茨威格同弗洛伊德有了直接的交往，在茨威格心中，弗洛伊德是那个时代头脑最清楚的天才，一个敢于离经叛道、执着追求真理的科学家，并在《昨日的世界》中对弗洛伊德的人品、学说及其影响给予了极高

---

① 斯蒂芬·茨威格. 昨日的世界——一个欧洲人的回忆 [M]. 舒昌善，等译. 桂林：广西师范大学出版社，2005：277.
② 杨正润. 现代传记学 [M]. 南京：南京大学出版社，2009：88.

的评价。只有深谙弗洛伊德学说精髓的人，才能对他的生平、学说及思想做出如此简明精当的概括。茨威格对弗洛伊德十分尊敬和钦佩，他的思想和创作深受弗洛伊德的影响，特别是他的传记作品，匠心独运，不拘泥于史实，而是突出心理分析，着重刻画人物的精神、心态和性格。这样的传记创作特色赋予他的传记作品以强烈的震撼力和感染力，把读者带进了一个既深邃又博大的历史时空。所以，罗曼·罗兰称赞茨威格："他运用着弗洛伊德的犀利的锁钥，成了灵魂的猎者。"① 而这位"灵魂的猎者"为何在写自己的传记时就声东击西，"名不副实"呢？

茨威格生性含蓄内敛，不喜欢抛头露面，他是一位紧闭心扉，从来不愿自我暴露的作家。他的第一位妻子弗里德里克曾这样评价他：即使是少数人，你也不让他们接近你，你把自己包得很严。对此茨威格在《昨日的世界》中也做了深入剖析。他说他为他的书籍所取得的成就和他在文学上的名声而感到高兴，但是如果好奇心一旦转移到他本人身上，那么他所取得的成就只会引起他的反感。因为按照茨威格自己的说法：

从少年时代起，在我心中最强烈的本能愿望是：永远保持自由和独立。而且我觉得任何一个酷爱个人自由的人，一旦到处刊登照片，他身上许多最美好的东西就会遭到破坏和歪曲……所以越是要我去大学讲课，去出席各种庆典，我就越深居简出。我不该用抛头露面来宣扬自己的名声。我从未能够克服那种几乎是病态的畏缩。直到今天，我还有这种完全出于本能的习惯：在大厅里、在音乐会上、在观剧时坐在最不显眼的最后一排；没有比在台上或者在一个抛头露面的位置让大家盯着我的脸看，更使我难以忍受的了。对我来说以各种形式隐姓匿名是一种本能的需要。②

实际上，当茨威格还是一个孩子时，他就始终不能理解，为什么老一辈的作家和艺术家，以与众不同的胡须式样和奇装异服在大街上招摇过市。他深信任何想以抛头露面来使自己遐迩闻名的人，无意之中会使自己生活得像一个"镜中人"——各种姿态都要按照某种风度。而一般说来，随着那种外

---

① 转引自杨荣. 茨威格小说研究 [M]. 成都：巴蜀书社，2003：59.
② 斯蒂芬·茨威格. 昨日的世界——一个欧洲人的回忆 [M]. 舒昌善，等译. 桂林：广西师范大学出版社，2005：259.

表上的变化,内在的诚恳、自由和无忧无虑也就失去了。鉴于此种情况,茨威格有一个遗憾或者说有一个梦想,用他的话说:

> 如果我今天还能从头开始,那么我一定会用另外一个名字,一个杜撰的名字,用一个笔名来发表自己的作品,这样我也就能一箭双雕,既能享受文学成就所带来的喜悦,又能享受隐姓匿名所带来的愉快生活,因为像这样一种两全其美的生活,本身就已充满魅力和无穷的乐趣! ①

如此说来,茨威格在他的最后一部作品即他的自传《昨日的世界》中就与读者玩起了躲猫猫、捉迷藏,享受"隐姓匿名"所带来的乐趣。

另外,从自传这种写作形式而言,茨威格对它有精辟透彻的体悟。从表面上看,自我描述肯定是每个艺术家最轻而易举的工作。这是因为创作者对谁的生平还能比对自己的生平更熟悉、更了解呢?对于他来说,这种生存中的一切重大事件都是料想到的,最秘密的事情也是已知的,最隐蔽的东西在他心中也是显而易见的。因此,要讲述他现在生存和过去生存的这种真实,除了打开记忆库,写出来生平事实以外,他无须做任何其他的努力。但事实却告诉我们,成功地把精神形态的自我雕像写成文字的人是屈指可数的,艺术家真切地塑造当代及历朝历代的任何人的困难都没有真切地塑造他本人的自我的困难大。究其原因,

> 这是因为人本身是最虚荣的,(而且正好是他)总是希望自己能卓尔不群,完美无缺地出现于别人面前,而不是与此相反。因此,他所追求的是,让他的那些丑恶的秘密,他的缺陷以及他的浅薄狭隘,都随他一起死亡。与此同时他还想让他的形象活在人间。由此可见,羞惭是一切真实自传的永久敌手,因为羞惭谄媚地诱使我们不照我们本来的面目进行描述,而是照我们希望被看到的样子进行描述……羞惭无意识地教导塑像的手舍弃或者欺骗性地美化有损于形象的琐碎事情(但从心理学的角度看,这些却是最本质的东西!)……但是谁要是软弱地屈从于羞惭的谄媚催促,那么他所做到的准定是自封为神或者为自己辩护,而不是自我描述。②

---

① 斯蒂芬·茨威格. 昨日的世界——一个欧洲人的回忆[M]. 舒昌善, 等译. 桂林: 广西师范大学出版社, 2005: 259-260.
② 茨威格. 茨威格散文精选[M]. 高中甫, 等译. 北京: 人民日报出版社, 1997: 37.

诚实的自我描述是如此难得一见，因为这时除了自我——见证人和法官，原告和被告都集于一身的自我以外，没有别的人能够对真实性进行监督和对质。如此说来，诚实的自我描述就成了一个无法验证的命题。另外，茨威格外表谦和，一副绅士风度，可实际上他的内心深处却暗藏着高耸的危崖，阴暗的幽谷，湍急的河流，崇拜他的女性人数甚多，插曲式的艳遇不胜枚举。许多事情发生在别人身上但说无妨，在自己身上就难以启齿，难以下笔。茨威格意识到完全诚实的自我描述具有缥缈虚无的一面，他也不去假装自己解决了别人不可能解决的难题，于是在他的自传写作中转向更多地描述他人，描述事件，在通常最难以隐身的时候绝妙地使用了"隐身术"。

我读理查德·艾尔曼的《乔伊斯传》

在 20 世纪宛若群星璀璨的著名小说家中,詹姆斯·乔伊斯(James Joyce)(1882—1941)可以说是最耀眼的那颗——他被公认为是最具风格、最具独创性的作家。他是如何做到这一切的?理查德·艾尔曼(Richard Ellmann)的《乔伊斯传》有助于我们找寻这一答案。

理查德·艾尔曼(1918—1987)是 20 世纪西方文学界现代英语文学的主要权威之一,他的一生著述甚丰,其中最突出的是他写的文学传记和有关的研究著作。"他写传记的方法是通过大量调查研究,以翔实生动的事实揭示这些文学家在实际生活中的思想感情与他们的作品之间的有机联系"[1]。他写的《叶芝传》《乔伊斯传》(1959 年初版,1982 年修订再版)、《王尔德传》都受到学术界的一致推崇。按照《当代文学批评 1987 年年鉴》摘引著名评论家的说法:"艾尔曼的《乔伊斯传》是 20 世纪最优秀的文学传记,而且很可能将继续保持这一地位……"的确,艾尔曼的《乔伊斯传》充分显示了乔伊斯成为伟大作家的种种内外因素,又毫不掩饰他身上的种种缺点、弱点以及一些荒谬可笑之处,因而使读者能对乔伊斯其人其文获得全面而又深入的认识,甚至我们可以这样说,艾尔曼的《乔伊斯传》可以和英国文学史上最著名的《约翰逊传》相媲美。

作为一部艺术性很高的文学传记,艾尔曼的《乔伊斯传》虽然写作重点并不仅仅聚焦于乔伊斯如何具有非凡的独创性,但还是提供给读者大量值得回味的事实与细节,毕竟,乔伊斯是这样一位卓越的艺术家,他之所以成为这样的人物,既是人才研究所要探讨的问题,也是传记作品应当予以某种形式和程度的解释的问题。一部传记(包括自传),"如果有意回避这一点,即

---

[1] 理查德·艾尔曼. 乔伊斯传[M]. 金隄,等译. 北京:北京十月文艺出版社,2016:2.

未能提供让人才学家予以分析的充分的材料,就是一种缺陷和不足"①。关于这一点,艾尔曼没有让读者失望,乔伊斯在刚刚上学后就表现出非同寻常的记忆力,正如他的弟弟所说的"过目不忘","能很快地把所读的诗歌和散文烂熟于心,甚至能把见到的整个场景保留在脑中历久不变"。② 另外,乔伊斯对微小的细节特别感兴趣,用乔伊斯自己的话说,"我有杂货店伙计一般的头脑"。乔伊斯极具语言天赋,他学习拉丁语、法语,还有意大利语,他最拿手的学科是英文。他博览群书,"读书涉猎范围很广,19世纪后期出版的有影响的创造性著作,要确切地说出哪一本他没有读过,不是件易事。"③ 不管家中果腹之食是否充裕,乔伊斯的父亲都要给他钱购买外国书籍,有乔伊斯签名的和日期在1900、1901年的有:豪普特曼(Gerhart Hauptmann)的剧本《汉内莱升天》、易卜生(Henrik Ibsen)用挪威书面语写的《建筑师》、魏尔兰(Paul Verlaine)的《厄运诗人》、于斯曼(Joris-Karl Huysmans)的《在哪儿》、邓南遮(Gaetano Rapagnetta)的《追求欢乐的人》,还有托尔斯泰(Leo Tolstoy)的《教育的果实》等。

乔伊斯一生的生活从表面看来似乎一直都不在正轨,好像总是在临时对付似的,但这种生活似乎更有利于他的创作,他的弟弟斯坦尼斯劳斯(Stanislaus Joyce)在一则日记中写道:"他哥哥是靠事件的刺激过日子",确实,没有人比乔伊斯对于单调的生活更敏感,也没有人比他更积极依靠饮酒或是迁居来回避内心的平静。"乔伊斯越是忙乱越有劲头,在时间最紧迫的时候,写出他最佳的作品。"④ 1902年秋天,乔伊斯只身来到巴黎攻读医学,因生活所迫,先后移居里雅斯特、罗马和苏黎世,随后在巴黎一住就是二十年。巴黎是当时群星荟萃的名流云集之地,巴黎不仅孕育了一代20世纪优秀的艺术家,而且也为乔伊斯在艺术上的腾飞提供了极为有利的环境,乔伊斯是在巴黎火车站的一个书报亭买了一本爱德华·迪雅尔丹(Edouard Dujardin)写的书,这本书名叫《月桂树被砍》,后来,"不管批评家们怎么想努力证明乔伊斯的内心独白是从弗洛伊德(Sigmund Freud)来的,他始终以信誉担保,说

---

① 中国中外传记文学研究会. 传记文学研究 [M]. 长沙:湖南文艺出版社,1997:61.
② 理查德·艾尔曼. 乔伊斯传 [M]. 金隄,等译. 北京:北京十月文艺出版社,2016:39.
③ 理查德·艾尔曼. 乔伊斯传 [M]. 金隄,等译. 北京:北京十月文艺出版社,2016:110.
④ 理查德·艾尔曼. 乔伊斯传 [M]. 金隄,等译. 北京:北京十月文艺出版社,2016:343.

他是从迪雅尔丹那里学来的"。① 我们没有必要怀疑乔伊斯这句话的真伪,毕竟,艺术天才也需要学习吸收别人的成就,对乔伊斯来说,不管是大名鼎鼎的弗洛伊德,还是小有名气的迪雅尔丹,对评定他本人文学成就的影响可以说是微乎其微。天才的成长也需要天时地利人和,19 世纪末,当时的爱尔兰处在英国的统治之下,爱尔兰人民,尤其是知识分子对此十分不满,掀起了民族自治运动以及由诗人叶芝领导的爱尔兰文学复兴运动,前者不了了之,后者也未能达到自己的目标。在这种情况下,爱尔兰笼罩着一片悲观气氛,乔伊斯一生不满英国的统治,同时他又深感封闭落后的爱尔兰不利于他的文学创作,因而长期侨居巴黎,他宣称这是"自愿流亡",但他始终眷恋着自己的祖国——"乔伊斯不回国但派他笔下的人物回去,并且设身处地地体味他们在都柏林环境中的生活,同时也体味他们在某些方面与都柏林的现实格格不入的心情"。② 是的,重要的不是身在哪里,重要的是心在哪里。他在旅居海外多年并最终病逝于瑞士苏黎世,"葬礼上有一个绿色的花圈中编着一把象征爱尔兰的古琴"。③ 正如他生前所说:"我死后你会发现都柏林镌刻在我心上……"

乔伊斯的人生经历极为简单,但在作品中他把他这点履历开发利用到登峰造极的地步。"每一代人的经验(除了在实际事务上的)都随着他们进入坟墓——还不如森林中的树叶,它们起码肥沃了土地,把生活经验加以提炼,保存和扩大的是文学。"④ 乔伊斯特别善于对生活经验加以提炼、保存和扩大,他的弟弟斯坦尼斯劳斯和当地一个叫"尿达菲"的男孩干过一架,并且饶有兴趣地发现他那好记性的哥哥在《一件伤心事》(《都柏林人》第 11 篇)中把里面的主人公换作了达菲,"其实那个人物的原型大体上是斯坦尼斯劳斯"。⑤ 斯坦尼斯劳斯还在日记中记录了他与一位已婚妇女在一场音乐会上的会面,此事也被乔伊斯借用到了他的《一件伤心事》中。另外,《尤利西斯》中对许多地方的描绘都非常逼真,所以有一些人曾贬低乔伊斯,说他是模仿

---

① 理查德·艾尔曼. 乔伊斯传 [M]. 金隄,等译. 北京:北京十月文艺出版社,2016:190-191.
② 理查德·艾尔曼. 乔伊斯传 [M]. 金隄,等译. 北京:北京十月文艺出版社,2016:522-523.
③ 理查德·艾尔曼. 乔伊斯传 [M]. 金隄,等译. 北京:北京十月文艺出版社,2016:1142.
④ 基托. 希腊人 [M]. 徐卫翔,黄韬,译. 上海:上海人民出版社,1998:3.
⑤ 理查德·艾尔曼. 乔伊斯传 [M]. 金隄,等译. 北京:北京十月文艺出版社,2016:56.

多于创造。这种贬词当然是不符合事实的,然而从另一个角度来说是最高的赞词。乔伊斯让斯蒂芬·代达勒斯(Stephen Dedalus)在《尤利西斯》中强调,艺术家和自己的生活分不开。的确,《尤利西斯》并不仅仅是一副冷眼观察都柏林生活所描绘的图画,而是表现了真实的生活,凡是书中所写,没有不是亲身经历、切身感受的东西。乔伊斯是创造者,但他从来不是无中生有的创造者,而是根据他非凡的记忆重新加以组合。

他自己经历的情况,以及他听别人说的往事,他大多都能记得住。在一个喜欢说逸事趣闻的城市里,这后一种材料是很丰富的。乔伊斯作品中的主题材料,绝大多数都是根据他自己早期在都柏林的生活和后来几次回去的经历。某些喜剧材料是现成的,他只要回想故乡的情况,自然而然地就凑成了他的市内怪人大会。①

确实,《尤利西斯》大体上可以看作一部真人真事的小说,小说出版之后,都柏林人曾经以惶恐的心情互问,把你写进去了吗?或是把我写进去了吗?但是这样的问题很难回答,艺术来源于现实生活,但艺术并不等同于现实生活,毕竟艺术是对现实生活的加工改造、提炼升华。

奥地利著名小说斯蒂芬·茨威格(Stefan Zweig)(1881—1942)在他那部饱含真情的回忆录《昨日的世界——一个欧洲人的回忆》中曾对乔伊斯有过入木三分的描写:

在他身上好像总有那么一点辛茹苦酸,但我相信正是这种多愁善感使他内心产生激情和创作力量,他对都柏林,对英国对某些人物的厌恶情绪已成为他心中的动力能量,并且事实上已在他的创作中释放出来。②

的确,乔伊斯是清醒的爱国者,也是激进的批评家,他的感情是复杂的,更确切地说,他的感情交织着爱与恨,这是乔伊斯的才华熠熠生辉的内在动力,而这一点在艾尔曼的《乔伊斯传》中也有深入细致的分析论述,正如本文开头所述,艾尔曼虽然并不聚焦于乔伊斯何以具有如此非凡的独创性,但

---

① 理查德·艾尔曼. 乔伊斯传 [M]. 金隄,等译. 北京:北京十月文艺出版社,2016:569.
② 斯蒂芬·茨威格. 昨日的世界——一个欧洲人的回忆 [M]. 舒昌善,等译. 桂林:广西师范大学出版社,2005:222-223.

却通过自己独有的方式回答了这一问题,也以自己独有的方式,揭开了乔伊斯以及他的作品上面覆盖的层层神秘面纱。有批评家曾这样写道:"把鲍士韦尔交给约翰逊,把约翰逊交给鲍士韦尔,这一偶然事件是文学史最大的幸运之一。"[1] 如果我们用艾尔曼替换鲍士韦尔(James Boswell),用乔伊斯替换约翰逊(Samuel Johnson),这句话同样成立。

---

[1] 转引自杨正润. 传记文学史纲 [M]. 南京:江苏教育出版社,1994:271.

试析传记中的一人多传现象

源于人类纪念本能的传记具有很强的认识功能。古希腊人就有"认识你自己"的箴言,认识自我是人类一个迫切的愿望,人们需要认识自我,也需要认识自己的同类,认识必然带有倾向性,认识的倾向性在传记中一人多传的现象上表现得最为明显。常言道:"有一千位读者就有一千位哈姆莱特",同理,有一千位传记作家就有一千部哈姆莱特的传记,因为传记不只是罗列、展示传主的生平材料及其性格,更是对传主进行解释,所以一人多传不仅为我们展示了同一位传主的多种形象,而且也显露了传记作者的性格、思想以及审美趣味。传记是人类为自己建造的纪念碑,碑上铭刻的不仅是传主,还有传记作者;传记又是一面特殊的镜子,它映现了传主和传记作者的双重身影。这一特点,在我国著名艺术家徐悲鸿的两部传记上表现得非常明显,即廖静文写的《徐悲鸿的一生——我的回忆》和蒋碧微写的《蒋碧微回忆录》。下面主要以这两部传记为切入点,分析传记中的一人多传现象,并得出结论:极具传记作者思想倾向的一人多传反而正是更接近传记客观性的一条途径。

一、一位传主 两种形象

蒋碧微是徐悲鸿的第一任妻子,1917年18岁的她与徐悲鸿私订终身并随之远赴法国求学,和徐悲鸿一起度过了他从一个学子到著名画家的青壮年时期。在抗日战争期间和徐悲鸿分离,晚年的她写了《蒋碧微回忆录》,自1964年10月1日在台湾《皇冠》杂志连载,此杂志称之为"中国第一部女性自传"。蒋碧微在回忆录的后记中写道:我的最高原则是追求真实,

我以"真实"为出发点,怀着虔敬之心,一个字一个字写下我半生的际遇,因此我曾说:"我一心坦荡,只有忠诚感恩之念,毫无睚眦必报之心,我

在我的回忆录中抒写我所敬、我所爱、我所感、我所念的一切人与事，我深信我不会损害到任何一位与我相关的人。"①

在她真实的笔下，徐悲鸿是一位暴躁冷漠、用情不专、做事没有计划、没有定见的男人，在他的日常生活中，除了画画和教书以外，就是和自己的学生谈恋爱，对家人缺乏责任感，也没有为人师表的道德感。蒋碧微在她的回忆录中是这样回忆徐悲鸿的：

悲鸿的心目中永远只有他自己，我和他结缡二十年，从来不曾在他那儿得到丝毫安慰与任何照顾。他需要妻子儿女，是为了点缀他的人生。我们活着，一切都得为他，因此对于他的轨外行为，我们也必须加以容忍。②

总之，在蒋碧微笔下，徐悲鸿是一位自私任性、既不可爱又不可敬的男性。

廖静文是徐悲鸿的第二任妻子，比徐悲鸿小 28 岁，和徐悲鸿结婚时还不到 20 岁，到徐悲鸿 1953 年去世时，她才刚刚 30 岁，和徐悲鸿共同生活了 10 年。1982 年 8 月，中国青年出版社出版了她的《徐悲鸿的一生——我的回忆》。廖静文笔下的徐悲鸿和蒋碧微回忆录中的徐悲鸿是迥然相异的两个人：他风趣幽默，富有正义感，对待亲人细致入微，作为老师，他热情扶植有才能的学生。总之，在廖静文的笔下，徐悲鸿是一位矢志不渝的爱国画家和具有高尚情操的杰出艺术家。与徐悲鸿共同生活的 10 年，也是廖静文一生中最幸福的时光，在她心目中"悲鸿永远是一个热情而诚实的艺术家"③。

同一位传主（徐悲鸿），在两位妻子笔下却是两种截然相反的形象，那么我们不禁要问，到底哪一个才是真实的徐悲鸿？最自然的解释：同蒋碧微生活过的徐悲鸿不同于与廖静文生活过的徐悲鸿，也就是说 48 岁之前的徐悲鸿不同于 48 岁之后的徐悲鸿，这种解释不能说没有道理，但这仅是个次要原因，主要原因要从两位妻子身上寻找。

---

① 蒋碧微. 蒋碧微回忆录：（下）[M]. 上海：华东师范大学出版社，2019：353.
② 蒋碧微. 蒋碧微回忆录：（下）[M]. 上海：华东师范大学出版社，2002：54.
③ 廖静文. 徐悲鸿的一生——我的回忆 [M]. 北京：中国青年出版社，1982：389.

二、由两种形象看两位传记作者

塞缪尔·约翰逊（Samuel Johnson）认为："只有那些与一个人在社会交往中一起吃过、喝过和生活过的人，才能写他的传记。"[①] 约翰逊所规定的条件似乎有些苛刻，但无论是蒋碧薇还是廖静文都是符合这个条件的，而她们所写的关于徐悲鸿的传记，应该说也都是严肃认真的，因此，两位女性笔下的徐悲鸿虽然大相径庭，却都是真实的，更确切地说，在她们各自眼中都是真实的。我们知道，人物传记不可能做到绝对"忠实""客观"，传记中的人物总是传记作者眼中的人物。蒋碧微与廖静文的不同，决定了她们眼中的徐悲鸿必定不同。从另一角度来说，她们眼中的徐悲鸿又都是不真实的，即蒋碧微笔下的徐悲鸿在廖静文看来是不真实的，否则，廖静文就不会爱上他；而廖静文笔下的徐悲鸿在蒋碧微眼中肯定也不是真实的，要不然她也不会和徐悲鸿分手。威廉·狄尔泰（Wilhelm Dilthey）认为：

> 传记就是对于个体生命的生理心理单元的描述……对一个个体在其历史性的具体环境内部所具有的总体性存在的描述和理解，是撰写历史的过程所能够取得的最高级的成就之一。的确，它是一种需要人们付出极其艰巨的努力才可能取得的成就。[②]

是的，世界上不存在两片相同的树叶，个体与个体之间存在着相当大的差异。我们有时对自己行为的动机都搞不明白，更何况要去了解别人的了，但是我们却常常把别人的言辞与举动赋予我们所认为的重要意义，尽管这种意义在事情发生的时候也许根本就不存在，所以西塞罗（Marcus Tullius Cicero）认为通过灵魂来认识灵魂是一件伟大的事情，而当 D. H. 劳伦斯（David Herbert Lawrence）的妻子写劳伦斯的传记时，即弗里达·劳伦斯（Frieda Lawrence）不禁自问道："我理解了一切了吗？"[③]

蒋碧微理解徐悲鸿了吗？她对自己的评价是："我一向是个不思进取的

[①] JAMES B. The Life of Samuel Johnson [M]. New York: The Macmillan Company, 1900: 498.
[②] 威廉·狄尔泰. 精神科学引论 [M]. 童奇志，王海鸥，译. 北京：中国城市出版社，2002：60.
[③] 弗里达·劳伦斯. 不是我，是风——劳伦斯妻子回忆劳伦斯 [M]. 姚暨荣，译. 天津：百花文艺出版社，1991：2.

人，除了祖宗传给我的一身傲骨，一生了无长处，对艺术简直一窍不通。"反观徐悲鸿呢？把艺术视为生命，据他称："我在巴黎最穷困的时候，宁愿饿肚子，也不愿意放弃一场好的音乐会。"① 他们之间巨大的差异不禁使人联想到弗里达与劳伦斯之间的不同，他们来自不同种族、不同阶级，一位是德国贵族，一位是英国矿工的儿子，但他们有共同点，即"强烈的创造新生活的欲望"②。弗里达对自我的认识是："我就是想了解这世上最好的东西。"③ 她和丈夫劳伦斯之间也不免会有生活中的龃龉，也有关于另外女人的争吵，但她明白"天才具有人类全部的情感，从最崇高的到最低贱的"④。她还认为：

> 对女人来说，最幸福最满足的莫过于同一位富有创造力的男人生活在一起。这个男人不停地奋斗、迸发。每当劳伦斯沉浸在小说的创作或其他写作中，我就感到兴奋不已，仿佛发生了什么新鲜事，仿佛这世界上又诞生了新的事物。⑤

我们在她的书中不仅看到了她对劳伦斯深深的柔情，更看到了她对丈夫的理解。她的目光越过夫妻生活中琐碎的细节，用和劳伦斯一样的眼光去关注更广阔的社会和生活。弗里达对劳伦斯的爱具有无限的包容性和忍耐力。应该说，最初蒋碧微也是爱徐悲鸿的，但因为她把与徐悲鸿共同生活中的不和谐的地方全都变成一种对自己的伤害，于是她爱的空间就变得非常狭小，狭小得容不下一个天才画家的全部。所以她这样认为："我发现他的结婚对象应该是艺术而不是我。他无视任何与艺术无关的人、事或物……悲鸿的一颗炽热爱好艺术的心，驱走了我们所应有的幸福和欢乐。"⑥ 她还认为："这许多莫名其妙的事，没有人可以理解，而徐先生却是一桩一桩地做去，仿佛冥

---

① 廖静文. 徐悲鸿的一生——我的回忆 [M]. 北京：中国青年出版社，1982：208.
② 弗里达·劳伦斯. 不是我，是风——劳伦斯妻子回忆劳伦斯 [M]. 姚暨荣，译. 天津：百花文艺出版社，1991：3.
③ 弗里达·劳伦斯. 不是我，是风——劳伦斯妻子回忆劳伦斯 [M]. 姚暨荣，译. 天津：百花文艺出版社，1991：9.
④ 弗里达·劳伦斯. 不是我，是风——劳伦斯妻子回忆劳伦斯 [M]. 姚暨荣，译. 天津：百花文艺出版社，1991：4.
⑤ 弗里达·劳伦斯. 不是我，是风——劳伦斯妻子回忆劳伦斯 [M]. 姚暨荣，译. 天津：百花文艺出版社，1991：179.
⑥ 蒋碧微. 蒋碧微回忆录：（下）[M]. 上海：华东师范大学出版社，2019：351.

冥中有魔鬼支使他，一直要做到我们的感情全部破裂为止。"① 我们可以把她与劳伦斯的妻子弗里达做个比较。

如果我们认为蒋碧微无法真正理解徐悲鸿，那么廖静文就理解徐悲鸿了吗？当她和徐悲鸿结婚时，不过是一个刚刚开始求学生涯的女学生，而比她大将近30岁的徐悲鸿已进入了生命的成熟期，他那如雷贯耳的艺术家的声誉和经过磨炼的中年人的情怀，的确足以使他成为一个涉世之初的女学生的精神导师。如果说徐悲鸿像一口深不可测的井的话，那么廖静文则像一条清澈见底的小溪，自然很容易用崇拜和尊敬的眼光来美化徐悲鸿的一切。虽然她在书中写道："我终于理解了，悲鸿就是悲鸿，而不是任何别的人。我不能再要求他按照我的愿望去做。"② 但她真正理解了吗？毕竟，"我唯有真正成为柏拉图，才能真正理解柏拉图。"③ 我们没有根据说廖静文一点也不理解作为艺术家的徐悲鸿，但有一点笔者敢肯定她没有理解艺术家的创作力与厄洛斯之间的微妙关系，不理解这一点，她就理解不了作为艺术家的徐悲鸿丰富多彩的情感世界，这从她对徐悲鸿私生活的讳饰、溢美之词可见一斑。

三、一人千面 千面一人

传记文学史上那些优秀的传记，其作者大都与传主有某些相似之处，从那些最成功的作品看，"传记家同传主不只是相似，而且总是寄予了某种同情。所谓同情是对传主性格的同情性的理解，对传主的缺点和错误做出合乎情理的解释，同时也并不因为他阴暗的一面而无视他人格中的光彩。"④ 从以上分析我们可以得出：两位徐悲鸿传记的作者似乎都不符合上述条件，蒋碧微同徐悲鸿既不相似，她对徐悲鸿也很少给予同情，而廖静文同徐悲鸿之间巨大的年龄差距，导致的结果更多的是她对徐悲鸿的尊敬、崇拜而不是站在同一条地平线上的理解，那么怎么看待她们写的关于徐悲鸿的传记呢？

有一则古老的故事：据传说，希腊的第一位哲人泰勒斯（Thales）喜欢审视天宇星辰。有一天，他仰视天空太专注以至跌入井中。一位漂亮婢女在侧，

---

① 蒋碧微. 蒋碧微回忆录：（上）[M]. 上海：华东师范大学出版社，2019：155.
② 廖静文. 徐悲鸿的一生——我的回忆 [M]. 北京：中国青年出版社，1982：389.
③ 吉尔伯特·赖尔. 心的概念 [M]. 刘建荣，译. 上海：上海译文出版社，1988：54.
④ 杨正润. 传记文学史纲 [M]. 南京：江苏教育出版社，1994：16.

见状不禁窃笑道:"天上的东西你都一清二楚,偏偏鼻子尖下的东西倒看不见。"柏拉图(Plato)在这个故事后面加以评论:凡是哲学者,总会被这般取笑。德国哲学家海德格尔(Martin Heidegger)也认为:"哲学即是人们本质上无所取用而婢女必予取笑的那样的一种思想。"① 虽然传说中的婢女不能理解哲学家,但她提供给我们非哲学家看待哲学家的一种视角。同理,蒋碧微不理解徐悲鸿,廖静文也很难做到,但她们都真诚写下了她们眼中的徐悲鸿,而她们尽最大的努力也是只能写她们眼中的徐悲鸿,所以胡适认为传记最要紧的一条是写"他站在特殊地位的观察"②,如果传记作家做到这一点,那么他写的传记就不能说是没有意义的,我们就应当予以承认。

法国著名传记作家安德烈·莫洛亚(André Maurois)认为,在一部传记作品杀青之前,传记写作的原则方法是不能以作者的先入之见去印证传主的某种形象,即不能对传主有任何偏见。但如果这种成见、偏见并非仅仅是对传主的,而是一种本体论的条件,是在理解一切人或事的过程中早已本质包含在认识者自己的当前情境中时,非要消除这种成见、偏见,结果只能是"丧我""丧书",因为"偏见"同时规定了一个解释者进行理解时所处的基础。任何解释工作之初都必须有这种先入之见,"事实上我们存在的历史性包含着从词义上所说的偏见,为我们整个经验的能力构造了最初的方向性。偏见就是我们对世界开放的倾向性。"③ 所以这样看来:"任何传记都会依赖于其作者不可避免的偏见。"④

传记写作是一种主动的活动,传记作家倾向于去看他所要写的东西而不是写他所看见的东西。蒋碧微和廖静文的"偏见"或是"成见",就像是一个选择性的过滤器,只允许她们的词汇表中存在的特征进入,所以她们看到了她们能在徐悲鸿身上所看到的东西,解释了由她们的理解力所能理解了的徐悲鸿,这两位女性的不同,决定了她们笔下的徐悲鸿的不同。所以伽达默尔(Hans-Georg Gadamer)认为"一切理解都必然包含某种前见。"⑤ 甚至

---

① 陈嘉映. 海德格尔哲学概论[M]. 北京:三联书店,1996:21.
② 胡适. 胡适自传[M]. 合肥:黄山书社,1986:5.
③ 伽达默尔. 哲学解释学[M]. 夏镇平,宋建平,译. 上海:上海译文出版社,1993:54.
④ 艾伦·谢尔斯顿. 传记[M]. 李文辉,尚伟,译. 北京:昆仑出版社,1993:84.
⑤ 伽达默尔. 真理与方法[M]. 洪汉鼎,译. 上海:上海译文出版社,1992:347.

"一切理解都是自我理解。"①

两本传记中不同的徐悲鸿形象使人不禁联想到历史上的苏格拉底（Socrates），苏格拉底实际上没有写过作品，我们只是通过他同时代人的见证来了解他。而"阿里斯多芬笔下的苏格拉底与色诺芬、柏拉图笔下的苏格拉底之间的差别是如此显著，以至于我们无法将之认同于一个人。"② 其实色诺芬（Xenophon）笔下的苏格拉底与柏拉图笔下的苏格拉底也有很大区别，最通行的解释是，他们笔下的苏格拉底都带有他们自身的色彩，作为讽刺作家的阿里斯多芬（Aristophanes）决定了他笔下的人物是对一个时代潮流的抽象概括，而非对某个具体人物的纪实描述；柏拉图笔下的苏格拉底不仅意味着一个伟大哲人的理想形象，而且还戴上了他本人的"面具"；色诺芬笔下的苏格拉底是平庸乏味的，是因为色诺芬本人缺乏深刻的洞察力和戏剧能力，那种平庸的个性也许恰恰属于作者色诺芬，而不是他的主人公。所以他们都是在写苏格拉底，同时又是在写他们自己，写他们自己对苏格拉底的理解与诠释，因而每个人笔下的苏格拉底各有差异，但又相互补充、相互衬托，使我们不囿于从一个视角来认识这位对人类生活影响极为深远的历史人物。

写一位传主的多部传记中总会有相对比较出色的，而写出比较出色的传记作品的传记作家同传主不只是相似，而且还能做到真正理解传主。这就好像照相，传记作家拍了一张传主的正面免冠照片，让我们看清了传主的面部特征，正好是能给我们提供最多信息的视点（最好的传记作家也许就站在这个视点上）。但是当我们不仅仅需要一张免冠照片而是需要一座塑像时，就需要从各个视点为传主拍照片了，因为无数个视点的平面照片提供了制作立体雕像的基础。我们的理解、评论都是局部的和历史性的，即使进行反思，也是在历史之中的，从某一特定视界出发的。一人多传提供了多种视角，且不管这种视角乍看起来是多么偏颇，总是有其存在的价值，因为有视点就意味着有盲点，有洞见就意味着有盲区。

传记中的一人多传现象反映了认识主体的差异性，它是由主体现有的经验知识、各自的情感意志直接作用于一定客体所造成的，具有私人性，因而是不可避免的。从认识论的意义上讲，"事物的本来面目"永远是一种可望而

---

① 伽达默尔. 哲学解释学 [M]. 夏镇平, 宋建平, 译. 上海：上海译文出版社, 1993：9.
② A.E. 泰勒. 苏格拉底 [M]. 周濂, 译. 济南：山东人民出版社, 1998：4.

不可即的理想状态。在认识活动中,"客体首先只是通过主体的活动才被认识的,因此客体本身一定是被主体建构成的。因为这个缘故,客体就具有永远被接近,但又永远不能达到的极限性质。"[1] 因为"客观性是作为一种过程而不是作为一种状态开始的;客观性是通过逐步接近而困难地达到的。"[2] 所以从这个角度看,极具传记作者思想倾向的一人多传,反而正是更接近客观性的一条途径。

---

[1] 皮亚杰. 发生认识论原理[M]. 王宪钿,等译. 北京:商务印书馆,1997:93.
[2] 皮亚杰. 发生认识论原理[M]. 王宪钿,等译. 北京:商务印书馆,1997:92.

后　记

　　本论文集共收录四十余篇，内容有些庞杂，为何写了这样庞杂的文字？与自己的专业当然有一定的关系，但更主要的是自己多年教学的"功课"，这些文字从某种角度上讲是自己讲授过的《大学语文》《欧美戏剧》《外国文学史》《西方文学经典导读》《外国文学概论》《二十世纪外国文学作品选读》《比较文化》等课程的"作业"，为了上好各种不同的课程（当然了，最后的结果也不一定能上好），不照本宣科，不人云亦云，教师必须不停地阅读、不停地思考，也就是讲什么、读什么、研究什么，比如本论文集的第一篇：《描绘最平凡事情的现实主义——契诃夫短篇小说〈苦恼〉赏析》，几乎就是我在《大学语文》课堂上讲解契诃夫《苦恼》的文字版；论文集的第二篇：《刻骨铭心的刹那——读李娟的〈乡村舞会〉》，这是我在讲《大学语文》课间与中国青年政治学院经管学院 2013 级学生谢宇超聊天的结果。他总是坐在教室的第一排，是他向我推荐了李娟的《乡村舞会》，他还向我推荐了清少纳言的《枕草子》，于是又有了论文集里的另外两篇：《〈枕草子〉——包裹在阳春白雪之下的人间烟火》和《温柔的革命——从〈枕草子〉看清少纳言的女性意识》，毕竟，文学阅读、批评是个人的行为，也是与他人对话、交流的行为和结果。

何玉蔚

2021 年 11 月 5 日